China in Transition:

Boiling Point Vs Frozen Point

——A Dialogue with Economists

转型中国：沸点与冰点

——对话经济大师

宋宏 著

安徽大学出版社
ANHUI UNIVERSITY PRESS

图书在版编目(CIP)数据

转型中国:沸点与冰点:对话经济大师/宋宏著.—合肥:安徽大学出版社,2008.9

ISBN 978-7-81110-506-3

Ⅰ.转... Ⅱ.宋... Ⅲ.经济发展—研究—中国 Ⅳ.F124

中国版本图书馆CIP数据核字(2008)第138348号

转型中国:沸点与冰点

——对话经济大师

宋宏 **著**

出版发行	安徽大学出版社	**印　刷**	合肥中德印刷培训中心印刷厂
	(合肥市肥西路3号　邮编230039)	**开　本**	710×1000　1/16
联系电话	编辑部0551-5108348	**印　张**	19.75
	发行部0551-5107716	**字　数**	230千
E—mail	ahdxchps@mail.hf.ah.cn	**版　次**	2008年9月第1版
责任编辑	谈　菁	**印　次**	2008年9月第1次印刷
封面设计	闻　静		

ISBN 978-7-81110-506-3　　　　**定价39.00元**

自序

时值母校安徽大学建立80周年之际，安徽大学出版社约请我作为校友著书向校庆献礼，令我自知学浅而不胜惶恐，更承蒙厚爱而不胜荣幸。为回报母校，惟有从命。

80年前，安徽大学在积贫积弱的中国向近现代化转型的时代呼唤中应运而生，为推进这一转型培养了一代又一代优秀人才。30年前，中国启动了以富强、民主、法治、文明的社会主义现代化为目标的改革开放，这30年乃至未来一个时期，中国经济社会都处于一个史无前例的深刻转型时代，当代莘莘学子仍须担负推进转型的历史使命。“转型”就这样把历史、当代和未来贯穿，将先贤、我辈和后生联结，虽然星移斗转，却是一脉相连。

置身于转型时代是人生际遇的幸运：看变化日新月异，听潮流激荡涛声，观事物新陈代谢，察文明步步挺进，充满生机与活力的时代总能给人以丰富的思想营养和创造力量。置身于转型时代又意味着一种特别的艰辛：新旧碰撞，矛盾迭出，冲突尖锐，阵痛频仍，蕴含矛盾与冲突的时代常常给人以巨大压力和痛苦。100多年前，英国大作家狄更斯在《双城记》开篇描述了当年欧洲国家向现代化转型时代的感受，他写道：“那是最美好的时代，那是最糟糕的时代；那是智慧的年头，那是愚昧的年头；那是信仰的时期，那是怀疑的时期；那是光明的季节，那是黑暗的季节；那是希望的春天，那是失望的冬天；

我们全都在直奔天堂，我们全都在直奔相反的方向。简而言之，那时跟现在非常相像，某些最喧嚣的权威坚持要用形容词的最高级来形容它。说它好，是最高级的；说它不好，也是最高级的。”尽管国度各异、时代不同，但人们对历史性的深刻转型的感受毕竟颇为相似。当下转型中国正可谓“黄金发展与矛盾凸显”，倘若我们能在这样的转型时代，面对发展变化的喜悦与矛盾冲突的阵痛，能够更深刻地体认时代特征与发展规律，更主动地顺应规律和促进转型，那将会从容应对，尽责尽力，不虚此生。

所以，当母校出版社约我为校庆献上一份礼品时，我便选择了以《转型中国：沸点与冰点——对话经济大师》为题撰著一本小书。本书汇集了近年来我对话国内学术界著名的经济学、社会学、管理学大家以及在实业界体验转型的企业家的访谈录，意在通过他们深邃睿智的思想、条分缕析的解读、鞭辟入里的透析、感同身受的体认和推进转型的对策，将当代中国转型中最前沿的经济、社会、政治、文化等宏观问题和企业、个人的微观生涯展现出来，揭示让我们热血沸腾的“沸点”与令我们冷静思考的“冰点”的各种现象；将发展规律与前行路径寻觅出来，给出正确理性的应对之策，使我们得到有益的启迪。本书涉及了多门学科的前沿问题，表述力求通俗易懂，或许有助于学术研究者从中发现课题和思路，适宜于大学生的学习参考，也可为政府官员、企业家和其他读者体认转型中国的现实与规律提供帮助。

我要衷心感谢欣然接受我访问的学者和企业家，感谢默默支撑我追求学术的亲人，感谢培养我的母校和关爱我的老师、同学和朋友，感谢母校出版社的盛情厚爱。这份薄礼，是我真诚奉献给你们的。

2008-08-08

目 录

厉以宁，全国人大常委、北京大学教授、著名经济学家。厉先生在经济学方面的造诣和影响，几可谓国人尽知，无需赘述。厉先生在研究中国经济问题特别是中国企业理论问题时，力主导入现代股份制理论，并从本国实际出发，以股份制改造中国国有企业，改革产权制度，重构中国经济的微观基础。大约也正是因为这一点，故而在经济界，厉先生享有“厉股份”之美誉。多年来，厉先生不仅取得了丰硕的经济学科研成果，而且也为地方经济和企业发展第一线的实践运作提供了大量咨询、培训、指导，赢得了各地政府和广大企业的热烈欢迎与广泛赞誉。

企业文化建设的多维视角透析

——著名经济学家厉以宁教授访谈录

企业文化建设业已被认为是增强企业竞争力的重要方面。许多企业从企业竞争的实战中也已感悟到了这一趋势，业已接受并笃信这一观点，因而对于企业文化建设正表现出极大的积极性，同时对于学习和掌握企业文化建设的有关知识也表现出极大的热情。马鞍山钢铁集团在早些时候，专门邀请著名经济学家、全国人大常委、北京大学教授厉以宁先生，请他讲授企业文化建设的有关经济学理论知识。笔者有幸聆听了厉以宁教授所作的题为《关于企业文化建设的几个问题》的学术演讲，并借机专访了厉先生。

一、公平与效率:经济学和管理学中的最难问题

宋　宏:我们知道,企业价值观是企业文化的重要内容。您在演讲中首先提出的是公平与效率观念,您为什么把这一点放在企业价值观的第一位,我们又如何理解这个问题呢?

厉以宁:在经济学和管理学中,最难的问题是公平与效率的问题。这一问题又是企业文化建设所必须涵盖的重要问题。搞企业文化建设,应该对公平与效率问题加以理解。

经济学文献对公平有三种解释。第一种解释是:平均分配是公平。比如,一个城市严重缺水,必须平均定量供应;发洪水时,救灾食物必须平均分发,每个人都是一样的。这就是特定条件下平均分配是公平。第二种解释是:机会均等是公平。比如大学招生考试,机会对所有参加考试的人是均等的,差别是竞赛的结果。但由于各人家庭经济、文化条件不同,实际的出发点是不一样的,各人付出的努力实际上不可能一样,所以机会均等的公平有其局限性。第三种解释是:收入分配的合理差距是公平。这个问题大家都好理解,但难就难在什么才是"合理差距",只能模糊解释,实际做法都是根据历史形成的比例(它总有一定的系数)作一些调整而已。上述三种解释都是对的,而且是并存的,但都有局限性。除以上三种解释外,还有对公平的第四种解释,即公平来自认同。每个人都生活在一个群体中,属于群体中的一分子。当群体中的成员对群体是认同的,公平感就产生了。以一个家庭为例,一家有三个孩子,因为家境开始不好,第一个孩子读到中学就要出来挣钱;以后家境好转,第二个孩子就上大学了;第三个孩子更是出国留学了。只要孩子们对家庭是认同的,对父母当年的处境是谅解的,那么谁也不会认为自己受到了不公平待遇。由此可见,公平来自认同。要绝对分清什么是公平,是不可能的,但有了认同感,公平感就会产生。因此,企业文化最重要的是培育职工的认同感,由此企业才有凝聚力。

关于效率的理解,最早的经济学文献采用的是生产效率这一概念,它的

涵义是多投入多产出,有投入才能有产出。到 20 世纪 30 年代,人们感到生产效率的观点有其不足之处,于是出现了第二种效率观念,即资源配置效率。它是指,当投入是既定的,用 A 方式配置可以产生 N 个单位效率,用 B 方式可以产生 N+1 的效率,用 C 方式则可以得到 N+2 的效率。投入不变,配置得好,效率就会增长。资源配置效率观念使经济理论发生了很大变化。比如,过去认为生产第一线的人是产生效率的人,因为多投入就有多产出;现在则认为,做组织管理工作的人从事资源配置工作,他们把资源配置得好也是会出效率的,而且能提高效率。20 世纪 60 年代以后,对效率的解释又有进一步发展。从理论上讲,有多少投入就应该有多少产出,但实际是产出往往与投入不符,或多了或少了,大部分情况是少了。为什么发生这种情况,是个未知数 X,于是出现了第三种效率概念即 X 效率。经济学研究发现,出现 X 低效率的原因有三:一是单位的目标与成员的目标不一致,由此产生低效率;二是成员与成员不协调,效率互相抵消;三是每一个成员周围都有一个惰性区域,在他周围总有惰性大的人,这会影响他的效率进而降低整体效率。

针对上述低效率的产生原因,管理学给出的对策是:第一,当单位目标与成员目标不一致时,采取目标分解、求同存异的办法,即把单位目标分解为若干子目标,成员个人目标也分解为若干子目标,对应之下一定可以找到不少一致之处。比如,安全生产、职工平安上下班的目标是一致的;企业要增加利润,成员要增加收入,也是一致的。但也会有不可能一致的,如企业要你做电工,而你的兴趣是美术,可广告科不需要那么多人,这就是“异”。存异的办法就是,首先你必须服从企业需要和分工,其次在业余时间满足你的个人要求。这样,企业目标可以同成员目标一致。第二,当成员与成员不协调时,就要通过工作使他们各自后退一步,互谅互让,从而达至协调。第三,成员如何摆脱惰性区域,或者说怎么对付懒人?管理学对此提出三个原则:一是最低层次的强制原则,以强制方法迫使懒人改变惰性;二是较高层次的激励原则,即用奖励、表扬、荣誉的方法促使懒人改变惰性;三是最高层次的适应原则,即让你懂得道理,使你觉悟,产生自觉性,主动改变惰性,这就适应企业要求了。

我们对效率还可以作进一步的研究。我曾讲过,效率有两个基础,一个是效率的物质技术基础,一个是效率的道德基础。企业有多少先进的设备和多少熟练劳动力，这就构成了效率的物质技术基础。但要认识到，仅仅有效率的物质技术基础，只能产生常规效率。而有了效率的道德基础，就能产生超常规效率。比如，当一个国家遭遇外来侵略时，如中国抗日战争时期，国民有那么大的凝聚力，那么高的战斗力和工作热情，这个效率就是来自效率的道德基础。又如，深圳是一个移民城市，短短十几年就发展成为经济发达的大城市，一个重要原因就是移民社会的道德力量在起作用，它发扬了所有移民社会的共同特点。通过以上分析，我们可以看得很清楚：对效率要从这几方面来认识。

再进一步讨论，历来都认为公平与效率是矛盾关系，要公平就没有效率，反之要效率就没有公平。这个看法是肤浅的。如果根据我刚才所谈的，我们对于公平与效率的关系将有新的认识。从道德角度来看，公平与效率是不矛盾的，公平促进效率，效率又促进公平。一个企业要想搞好，就需要发挥道德力量的作用。企业文化正是发挥道德力量、培育职工的凝聚力的。从这个意义上讲，企业文化工作做好了，既可以促进公平的实现，又能够促进效率的提高。企业文化不是单纯地举行一个联欢会或郊游，更重要的是激发每个职工内心对企业的认同感，发挥道德力量的作用，以实现公平和效率的互相促进。所以，做企业文化建设工作的同志是更深层次的资源效率的创造者，因为他们把人力资源配置得更好、更合理，能人尽其才，这就体现了企业文化工作者的作用。

二、道德调节：第三种调节

宋　宏：有人说，企业文化的力量在于道德力量，是把道德引进现代企业管理。对这个问题，您是如何看待的？

厉以宁：一般认为，市场经济有两大调节机制，一是市场调节，市场是一只无形之手，靠市场供求规律来调节；二是政府调节，它是一只有形之手，靠法律、法规、政策来调节资源配置。那么，有没有第三种调节机制？有。从人类历史上说，市场的出现不过是几千年前的事，原始社会后期才出现了商品交换。至于政府调节的出现就更晚了。但是,人类社会在市场出现之前、在政府出现之前已经存在了少说有几万年,那时既没有市场调节,也没有政府调节,在那么漫长的岁月里,人类社会是靠什么力量调节的呢?是靠道德的力量调节的。再看,人类社会经历了多次大动乱,这些时候市场失灵了、政府瘫痪了,但人类社会还是延续下来了,就是靠道德力量的调节。再继续看,人类社会是个广大的领域,交易活动只是其中的一部分,还有一大部分是非交易领域。这种非交易领域中的关系是家庭关系、邻里关系、同学关系等等,活动也是学术活动、社交活动、公益性活动等等。它们都不是按市场规则运行的,而政府也只是制定法律的、政策的大的框架,使之不越出法律和政策的规则范围,但是对于其内部怎么运行,政府是不管的。在这些非交易领域里,靠的是道德调节。道德调节介于有形和无形之间,道是无形却有形,说它有形却无形,然而它的力量是巨大的。企业文化建设、社区文化建设、校园文化建设都不是市场调节,也不是政府调节,而属于道德力量的调节。现在人们常说自律,这就是道德调节。自律包括两个方面,一方面是自我约束,另一方面是自我激励,不能说自律只是自我约束,对自己的行为也要激励,这样才能充分体现道德力量的调节作用。在没有市场调节和政府调节的情况下,道德力量是唯一的调节。有了市场调节和政府调节后,道德力量同样存在,而且时时刻刻存在。有了道德力量调节,市场运行就会更正常,政府调节就会更有效。

关于德治与法治的关系问题,现在有不少人经常把法治与人治相对应而称,这是不太妥当的。中国历史上是德治与法治相对应,而人治则是另一个层次的问题。儒家讲德治是以德为主,法家讲法治则是以法为主,但两者并不是绝对排斥的,都是以一个为主、另一个为辅,是两种哲学思想,是相辅相成的。在当前的情况下,应该两者并重,因为多年以来,人们是在一种没有法治的状况下生活过来的,经过一连串事件以后,到现在社会信用体系尚未完全建立,甚至有时不起作用,所以当前无论从社会自律的角度还是从社会信用的角度,都需要德治和法治并重、并存、并用。德治和法治,都是要靠人去实施的,或者说都要靠人治实现。至于人们所说的"人治",是指"非法治",就是权大于法、情大于法、言大于法,但它相对于德治和法治则另当别论,是另一个层次的问题。

一个企业也需要德治与法治并重。我们讲公平、认同、效率的道德基础和道德力量的调节作用,都强调了德治;我们讲规章制度、分工负责、制衡,都与法治有关。所以说,企业文化建设的面很广,核心问题是培育全体成员的凝聚力,充分发挥每个人,特别是人力资本的积极性。

三、宽容与进步:民族文化的优良传统

宋　宏:我读到当下很时兴的"学习型组织"管理理论方面的一些著作,发现其中特别强调宽容的理念。在企业文化建设中,讲求宽容有什么意义呢?

厉以宁:从中国古代的历史看,黄河、长江、淮河经常洪水泛滥,所以治水从古代到现代都是重大任务。有的外国历史学家说,中国古代由于洪水经常泛滥需要治水,而治水必须有高度集权的政府,所以就形成了东方专制主义传统。这种说法是根本不懂中国国情,纯属胡说八道。在东方,专制主义是古代留下来的,有很多表现,这个问题很复杂,绝不是三言两语就能讲得清楚的。但可以肯定地说,如果把问题扯到治水上,那恰恰相反。治水留给中国文化的传统是疏导,只有疏导才能把水治好,如大禹治水。中国自大禹以后的治水一直推崇疏导,而这种理念和方法又被举一反三,用于除治水以外的其他很多方面。中国历史上形成的这个中华民族的文化传统,对社会进步的影响很大。在此,我不妨举几个例子。其一,犹太人在罗马灭掉犹太国以后就在世界各地漂泊,因为他们信的是犹太教,在基督教的社会里和伊斯兰教的社会里都是被排斥的,把他们看作异教徒而加以歧视,在欧洲不许做官、不许买地,只准做生意,欧洲人不同他们通婚。当犹太人做生意有钱了,他们便找个理由把其财产没收,把人驱逐出境或者杀了。越是这样,犹太人在每个地方就越是抱成一团。一千多年前中国唐宋时代,犹太人大量来到中国,北宋时期居住在开封,现在还有遗址尚存。犹太人到中国后,没有受到在欧洲、西亚等地那样的歧视,可以通婚,可以读书、参加科举,可以做官,可以做生意、买地等等。这样,犹太人就渐渐地融合到汉民族里去了。前些年,以色列几位教授来河南开封,想从中国找到第 57 个民族即犹太族,考察之后说,历史上有犹太

族，但后来的确是融入汉民族了。其二，我国有的少数民族进关以后，一样被汉民族融合了，如建立北魏的鲜卑族、建立辽国的契丹族，进关以后都被汉族融合了。这些就是汉民族的疏导和宽容起作用的结果，宽容来自于疏导，宽容意味着和解，和解是进步的源泉。从这里，我们可以得出一个很重要的结论，矛盾宜解不宜结，要善于疏导，要宽容，要善于和解。对于企业，也要有这种精神、这种文化传统。和解产生效益。这样，企业才能搞好。从这个意义上说，做企业文化工作，就是在做疏导的工作、做化解矛盾的工作。

四、制衡与效能：一个重要的理念

宋　宏：除了宽容和进步理念，还有什么理念是企业文化所不可缺少的？

厉以宁：在企业管理和企业文化中，制衡是一个极其重要的理念。有一个地方召开国有企业改革经验交流会，会上一位同志介绍说他们厂之所以效率这么高，原因是董事长、总经理、党委书记一个人兼，决策果断，所以效率高。我听了一半就走了。这不是好经验。董事长又兼总经理，这不符合公司制规范，因为它没有制衡机制。决策权集中在一个人手中，虽然拍板快，但是发生错误时就没有制约，就会发生最坏的情况，而最坏的情况就是最大的效率损失。建立制衡机制，有可能降低效率，然而这是为了防止最坏情况的出现而必须付出的代价。我们都知道，领导人的功过是不对称的，当事业走向成功时，应归功于领导集体，当事业走向失败时，“一把手”要负主要责任。原因何在呢？当事业走向成功时，“一把手”起了重要作用，但他一定是跟领导层共同商量而作出决策的，共同负责，共同把事情搞好；而在事业走向失败时，很可能是“一把手”独断专行、排斥异己、刚愎自用，最后造成决策失误而失败的。所以任何单位都应记住，制衡是必要的，即使制衡要付出效率的代价，也仍然是必要的。

企业内部的制衡，难就难在谁来监督“一把手”、设置什么机构来监督“一把手”？更难的在于，即使确立了对“一把手”的监督者，那么谁来监督那个监督“一把手”的监督者？负责监督“一把手”的监督机构和监督人员是否起到了应有的作用?所有这些,都是管理哲学中的深层次问题。企业文化建设不可能做到对企业、对单位的完全监督,但至少可以有一种制衡作用,如职工监督也能起到制衡作用。如果形成了全企业自下而上的监督风气,这也是制衡。当监督的思想深入到领导班子每个成员内心的时候,企业就一定能搞好。这也应当被看作企业文化建设在制衡方面的作用。

五、顺应规律:关注企业大事

宋　宏:您在演讲时指出,只有企业及其员工都能自觉地顺应客观规律,才能说建设了一个成熟的企业文化。那么,我们应该怎样认识顺应客观规律与企业文化建设之间的关系呢?

厉以宁:企业文化建设是从道德方面、从凝聚力方面起作用的,但是也同时包含了从顺应客观规律方面来使企业的每个人清醒认识这个问题。由于顺应规律是办好企业的大事,企业文化建设就必须关注这个大事,否则企业文化建设就没有意义。在企业文化建设中,既包括思想道德方面的建设,也包括对企业重大决策之前的咨询专家,征询职工意见,开展职工讨论,认清当前企业面临的任务,包括顺应市场规律,我们还有哪些方面是不足的,怎样改进。例如,现在和过去社会上都存在一种观念,即中国的产品之所以在世界上有竞争力,是因为我国劳动力成本低。这个观念还非常普遍。我的一个助手、北京大学光华管理学院副院长张维迎教授曾指出,这个观点是错误的。他把劳动力分为两类,一类是高素质的劳动力,一类是一般劳动力。一般劳动力的工资虽然低,可他们的效率也低,或者反过来说,因为他们的效率低,所以工资也低。这不是我国的优势所在。以前,中国的产品之所以有竞争力,是因为向高素质的劳动力支付的是低工资,这是过去的优势所在。加入 WTO 以后,形势改变了,外商在不断地招人,高素质的劳动力不一定再像过去那样留在低报酬的企业,而有了许多跳槽到高报酬的企业的机会。报酬提高了,过去那种对高素质人员支付低工资的“优势”也就不复存在。所以,现在企业竞争是高素质人才的竞争,是他们的高效率之间的竞争。这就是客观规律。那么,企业如何顺应客观规律把他们留下来，这就是需要研究的新问题。经济学提出了一系列对策供我们思考，如职工入股问题、给经营管理人员股票股权问题、给股权奖励问题等。企业文化建设就应当关注这类企业大事。只有使大家认清客观规律，才能共同关心企业大事，才能正确地处理好企业大事。

分工明确、各司其职，这也应该纳入企业文化建设中去。解决目前企业普遍存在的有些岗位的权责界限不清问题，也是一件大事。在我们以往的管理中，往往过于讲求方阵式的、矩形的管理结构，或是金字塔型的管理结构、垂直管理结构。不论什么结构，都必须明确：每个部门、每个职位该管什么，你只做你该做的事情，你要懂得你不该管什么。这样，整个企业运作就是有序的，而其中的关键在于分工明确、各司其职。实际上，管理者可分为三个层次，正对应着中国古代哲学思想的三派：一是道家，道家讲清静无为，就是认清客观规律、尊重客观规律、顺应客观规律；二是儒家，儒家思想的出发点是人之初、性本善，因此重在教育、重在启发、重在感化；三是法家，法家思想的出发点是人之初、性本恶，因此重在告诉你不准干什么，干了怎么罚，让你守法，否则就要受罚。这三派思想在企业中应该是并存的。作为高层领导，要认清客观规律，顺应客观规律来作出决策，要管大的方向，而不要管那么多具体的事；中层干部应该是以儒家思想来做管理工作，重在教育、重在启发、重在感化；基层的管理人员则应当靠法家思想来管理，只按规则制度办事，谁的条子也不管，谁的情面也不买，铁面无私。这样做，企业就能管理好。然而如果反过来，最高领导是法家，变成"一言堂"，听不得不同意见，结果成了孤家寡人，那就坏了，企业也不可能搞好。当然不是说我们要按照道家、儒家、法家思想来建设企业文化，但企业文化建设要让企业每个人分工明确、各司其职，这是十分重要的。

六、企业家：不是职务而是素质

宋　宏：在企业文化建设中，企业家的作用具有关键意义。许多企业的企业文化与企业家的价值观、经营管理理念及风格有着非常直接的联系。我们应怎么看待企业家呢?

厉以宁:首先要端正一个看法,即企业家不是一种职务,而是一种素质。只有符合这种素质,才能成为企业家。经济学教科书说,企业家必须具备有眼光、有胆量、有组织能力这三个条件。所谓有眼光,是指他能够发现别人所不能发现的赚钱机会。所谓有胆量,是指他在看准赚钱机会后,敢于冒风险。市场竞争总是有许多风险的,没有敢冒风险的勇气,不敢拍板,不敢投资,议而不决,就是缺乏企业家的胆量。所谓有组织能力,就是善于把各种生产要素组合到一起,甚至能够把人们看上去互不关联的要素有机地组合到一起,产生高效率。有的人不善于组织各种生产要素,有的人虽然能组织但效率很低,这都不能算是具备有组织能力这个条件。只有上述三个条件同时具备的人,才能叫企业家。

在现今的新经济时代,对新型的企业家有着新的要求。第一个要求是,企业家在观念上必须解放。经济学界比较一致的看法是,新经济是建立在技术创新和资本市场基础上的经济,两者缺一不可。作为新经济时代的企业家,必须有技术创新的观念,必须善于组织技术创新的资源,并促成技术创新的实现;同时必须善于利用资本市场进行融资,因为一个不善于融资、只会靠自己慢慢积累的企业是不可能迅速发展的。现代的资本市场发展很快,融资方式也不断增加和创新,如股市、风险投资、兼并、收购等等。企业家如果没有现代的融资观念,对此什么都不会,那就不能算是现代企业家。新经济还是人才经济。企业竞争的最后是人才的竞争,所以企业家还必须有人才观念,善于吸引人才、留住人才,善于调动和发挥人才的创造性,善于建立健全企业的人才管理机制。

我想应该指出,现代企业家必须有利益导向的观念,而不能有危机导向观念。所谓利益导向,就是当一个企业在顺顺当当地发展之时,在大赚其钱、日子好过之时,能够看得更远,看到未来还有更大的利益存在,为了取得这个今后的更大利益而善于主动改革、积极创新。什么是危机导向呢?中国有很多企业都存在危机导向,就是说只要日子还过得下去,便不会想到改革创新;只有当企业混不下去时,才想起要改革。人们常说:“改革总是受命于危难之际。”这就是危机导向的表现。之所以出现这种危机导向,是因为对于改革者、企业家来说，他的得失是不对称的。按利益导向进行改革时，一旦改革遇到麻烦，得罪了上级、左邻右舍和职工，上级就会怪罪于他，甚至撤职换人，使改革者、企业家好处得不到，反落得一身过失。因此，他们不愿意搞利益导向的改革，而是危机导向，被逼得无路可走时才只好去改革。但是，改革是需要条件的，这个条件决定了改革的可行性。企业发展顺利时主动搞利益导向的改革，改革的可行性要大得多；相反，当企业在危机时才想去改革，改革的可行性则小得多。我们的许多国有企业就是这样，以致现在再改革时困难重重。所以，作为一个新时代的企业家，一定要有利益导向的观念，而不要有危机导向的观念。

我觉得还必须要强调一个问题，即新时代的企业家应当了解专家比较决策。任何一项决策、一项可行性研究、一个发展规划，都是要请一批专家来做的。专家作出的规划、决策，你如果认为不妥当，不能轻易否定，而应该求教于另一批专家来论证前一批专家做得对不对；如果两批专家意见不一致，你就应该再请第三批专家来鉴定。究竟哪一种意见对，最后仍然要由专家来决定。有的人会说，我这个企业能养那么多专家吗？这个眼光就不够了。科学决策是靠咨询来保证的，是靠专家来提供知识支持的。企业不需要养这么多专家，但要善于利用社会上各高校、科研机构的专家。不愿和不会利用专家咨询的，也就不能说是现代企业家。

对于现代企业家来说，要树立终身学习的观念。张维迎教授有句话说得好："知识像水果、像牛奶，都是有保鲜期的。"在当今技术创新、竞争激烈的时代，知识不断更新，而且速度越来越快，没有终身学习的观念，不去积极学习、更新知识，毫无疑问就会落伍，以落伍的知识肯定是不可能领导企业前进的。学习当然要付出成本，但是收益要比成本大得多，而且能终身受益。企业文化建设就要使企业家树立以上这些观念，促使企业家不断提高自身素质。

宋　宏：这也就是说，企业文化建设实际上与企业家成长是一种互动关系。对于企业家来说，他既需要塑造一种企业文化以贯彻其经营管理理念，而企业文化形成之后则又成为企业家本人成长的文化环境，这样的互动促进了企业文化动态式地不断丰富和发展。最后，我要向您表达真诚的谢意。

常修泽，现任国家发展和改革委员会学术委员会委员、国家发展和改革委员会宏观经济研究院经济所教授、博士生导师、中外企业集团发展研究中心专家组组长、中国经济学术基金（香港）学术委员会副秘书长；并兼任清华大学中国企业研究中心学术委员会特聘专家、东北大学等数所高校兼职教授或客座教授、国家行政学院兼职教授、中国经济学奖专家委员会委员、科技部国家新材料发展专家委员会委员、中国（海南）改革发展研究院学术委员会委员、特约研究员、综合开发研究院（深圳）名誉理事、北京天则经济研究所特邀研究员、香港政策研究所特邀顾问、香港中小企业国际交流协会名誉会长、全国台湾研究会理事、台湾社会大学台商学院兼职教授。

“黄金发展”与“矛盾凸显”交织时期的中国改革

——著名经济学家常修泽研究员访谈录

时值2004年11月初冬季节，著名经济学家、国家发展和改革委员会学术委员会委员、宏观经济研究院资深研究员、博士生导师常修泽教授应邀来皖讲学，期间做客于安徽大学。笔者闻讯后即前往拜访，自然不会放过这一难得的求教于学术大家的机会，于是便有了以下的访谈。

宋　宏：非常高兴在合肥又见到常老师。

常修泽：又见面啦，我们是老朋友了，真是高兴。

宋　宏：我听说您这次应安徽省政府邀请来合肥讲学，内容是关于经济体制改革和宏观经济走势问题。数月前，我专访您，谈的是发展问题。那么，这次咱们是不是来谈谈改革问题，这样就可以把发展与改革都覆盖到了。瞧，见到您就总想从您这里学点东西，又想专访您了，您不会见怪吧？

常修泽：又要访谈啊？那行啊！不过我想这次咱们变一种方式，不要叫访谈，而是两个研究者之间互动式的交谈，就是交流吧。上回你写的访谈录稿子挺好。可见，你也有很好的经济学专业功底，可以多互动。

一、中国处在高增长的春天和多矛盾的冬天

宋　宏：那就恭敬不如从命了。国际经验表明，从人均1000到3000美元这个时段，既是“黄金发展期”，同时又是“社会矛盾凸显期”，我国现在正处于这样的时期。这种判断在当下已经成为大家的共识了。

常修泽：的确是这样。现在我们面临着相当复杂的情况，“黄金发展期”与“矛盾凸显期”交织在一起。借用英国作家狄更斯在《双城记》开篇的精彩语式，我说，中国正处在高增长的春天和多矛盾的冬天。有人说，这些矛盾都是改革造成的，这种说法失之武断，失之偏颇。我认为，尽管经济和社会生活中矛盾的状态、性质、原因不尽相同，但有一条不容忽视，即体制性原因是深层原因之一。从根本上来说，解决上述矛盾只能用改革的办法，只能用发展的办法。当前不是苦于改革的激化，恰恰相反是苦于改革的“胶着”、苦于改革的“不到位”、苦于还没有用改革形成的制度来规范各方面的权力和行为。

宋　宏：我记得2004年夏天访您时，您在讨论宏观经济走势时就提出当今中国的主流是什么的问题。记得您当时对我说过，“改革和发展是中国的主流，‘宏观紧缩’是次主流或称支流，历史的方位要摆清楚”，并提出了“调力度、紧改制、重结构、转方式”的方略。我注意到您的这一方略在《瞭望》、《中国经济时报》等都有转载。您对“紧改制”，即抓紧体制改革尤其作了强调，这

与有些人的分析和提出的方略有着明显的不同。我认为,现实中存在着一种重运行、轻改革的偏向,讲运行头头是道,但讲改革却轻轻放过。倘若国家和各地的经济实践也这样操作,倒真是令人担忧了。

常修泽:你说得对。现在已是由夏到冬,转眼又是新的一年。今天,综合分析和估量当前国家各方面的情况,我认为特别需要强调以改革总揽全局,加大改革的力度,用改革的办法来解决经济和社会生活中的深层次问题。

二、当前中国的改革面对的三种力量

宋　宏:您对我国的改革有什么见解呢?

常修泽:首先,我认为当前中国的改革面对着以下三种力量:

第一种是来自社会各层广大人民群众要求深化改革的内部动力。有没有这种动力?我认为有,而且动力比较强劲。最近一段时间,各地出现了一些新的情况,透过这些现象,我们可以看到本质的东西,那就是广大人民群众要求变革不合理体制的愿望相当强烈。社会的脉搏是"人心思进"而不是"人心思退"。这股内在的力量之所以强劲,与当前改革的态势有关。中国经过四分之一多世纪的改革,虽然已取得相当大的进展,但是改革的任务远没有完成,现在需要因势利导,将群众的积极性引向改革发展大局。

第二种是中国进入 WTO"后过渡期"之后面临的外部压力。在经济全球化的形势下,国内经济体制改革已不再是封闭的、与世隔绝的事情。中国加入世贸组织,标志着由此走上了一条现代市场经济的"不归之路",不管你自觉还是不自觉。我们要看到,在更大范围和更高层次上参与经济全球化进程,不仅对相关产业产生影响,更重要的是对经济体制产生影响,尤其是对政府体制产生影响。这种进一步开放的趋势将会强烈地"倒逼"改革。面对这种外部"倒逼"的压力,这就要求加大改革的力度,以加快经济的市场化和国际化进程,在维护民族独立和国家利益的同时,使之适应经济全球化的需要,不然将难以避免"体制性摩擦"。

第三种是来自新旧既得利益集团的阻力。在传统体制下,资源高度集中的模式形成了一个庞大的既得利益集团。近年还产生了一些新的既得利益集团。这些新的既得利益集团和原有的既得利益集团并存和交叉，形成了相当复杂的利益格局，并对政策的制定产生某种程度的影响，甚至有些部门已成为既得利益集团的代表。当前中国改革的阻力在哪里？我看就在于此。能否摆脱和冲破新旧既得利益集团的束缚、干扰和阻挠，是对执政党的考验，也是改革能否打开新局面的关键所在。

宋　宏：您指出当前改革面对的三种力量，真是深刻的新见解。这里显然既有动力，又有阻力，而且与20多年前甚至10多年前的改革所面对的力量对比及其力量构成也有着很大的不同。应该说，您的这种看法是一个新的判断。我想打个不甚恰当的比喻，此时此情之下推进改革，犹如武林高手过招，如何用力、借力、发力、打力，最终克敌制胜，是很有讲究的。

常修泽：比喻得不错。分析改革面对的三种力量，就是要使我们清晰地认识和把握，在下一步改革中，如何顺应、依靠改革的内在力量，如何借用改革的外部力量，如何冲破改革的阻碍力量，在此基础上把改革推向前进。

三、改革的三个着力点：利益调整、政府转型、产权创新

宋　宏：那么，想必您对此是有明确的思路了，对吗？

常修泽：准确地说，这是我个人的认识和建议。我说加大改革的力度，用改革的精神推进体制改革，当然必须明确思路、突出重点。根据我的研究，下一步改革应把握三个着力点，即利益调整、政府转型、产权创新。

宋　宏：您提出了三个着力点，请您先谈谈第一点。

常修泽：这就是以利益关系的调整作为改革的切入点。改革是利益关系的调整。哪里利益关系出现严重失衡，哪里就是改革的锋芒所向。当今中国利益关系最需调整的是城乡利益关系。要把农村体制改革放在基础性位置。2004年的农村改革是有成效的，关于这一点我在最近发表的文章和所作的报告中都有所论述。我们下一步应在农村土地制度、税费制度、农村金融制度和粮食流通体制方面继续深化改革。特别要在土地产权制度、流转制度和保护

制度方面,取得实质性进展。要赋予农民产权性质的土地使用权,确保其抵押权和转让权。与此同时,围绕调整利益关系,对城镇劳动力就业制度,特别是农民工进城就业制度,以及整个社会收入分配制度必须深化改革。分配中有一个效率与公平的关系问题。我仔细分析了有关方面的三种提法:一是只提“注重社会公平”,回避“效率优先”;二是“继续坚持效率优先、注重兼顾社会公平”,特别强调“在现阶段”;三是既不侧重强调“坚持效率优先”,也不侧重强调“注重社会公平”,只提“合理兼顾公平效率”。至于我个人是另外一种见解,我在2003年5月为中共十六届三中全会提供的研究报告中建议采用如下提法:“企业效率优先,社会注重公平。”这在《经济学动态》2003年第9期刊载了。现在我依然认为要坚持“企业效率优先”,不否定这一命题,同时强调“社会注重公平”。当然,社会注重公平也要实事求是,不要不切实际地吊老百姓的胃口。

宋　宏: 关于公平公正问题,现时学术界的讨论和民间的议论陡然升温。比如说到公平,有的认为应该强调起点公平,有的则认为只能讲求过程公平或者结果公平。您是怎么看待这一问题的?

常修泽: 改革和发展都涉及利益这个根本问题,而利益关系是不是公平、社会是不是公正,自然地成为备受公众关注的事情。我们国家将推行新的改革,如土地、户籍、房产、社保等等。这些政策的灵魂是什么?我认为应该是社会公正。因为中国历史的原因加上现实的原因,社会公平公正问题是一个突出的矛盾。

宋　宏: 不妨展开来谈谈这一问题吧?

常修泽: 好吧。讲公平问题,我认为首先得从起点上抓。起点在哪里?从城乡关系及其差距来说,在起点问题上城乡之间就存在很多的不公平,有一道鸿沟把城市与乡下分开,把城里人与农民分开,这就是二元结构。农民子女生下来以后就是农民,除非有特殊的机遇,上大学到了城市,或者参军转业到城市,在过去传统体制下农民的儿子就是农民,一生下来就不公平。你不是讲社会公平、社会公正吗?首先起点上我们要公平,要提供一个公平竞争的机会。我们在制度上要让它公平,保障竞争机会的公正和公平。这是最重要的。那么怎么做呢?比如说在近期怎么实现竞争的公平?有四点:一是户籍制度;

二是农民工及其子女教育制度；三是就业制度；四是身份制度。在近期这四件事应该抓紧改革，在此基础上再推行深层次的改革。

宋　宏：对，您说的起点公平是指制度起点公平，制度安排在每个人的起点上应该是公平的。制度安排不公平，可以说是社会上不公平现象的原因。除了起点公平之外，社会各个利益主体之间的利益分配关系也有一个公正、公平的问题。收入差距不断扩大，基尼系数不断上升，现时中的许多社会矛盾我看概出此源，或者说主要是由此引发的。

常修泽：是的。在这个问题上目前社会反映比较强烈，收入的差距比较大。当然对有些官员来说，他的收入不仅是桌子上面的，还有桌子底下的，令老百姓愤怒。仅仅是桌子上面的东西，从社会层面来讲，收入差别也不小，基尼系数超过了 0.4 的国际警戒线，如果考虑到有些人利用职权收受大量贿赂，这个矛盾就会更加尖锐。因此，我们下一步的改革和发展就必须考虑怎么去缩小这样的差距，怎么从制度和政策上调整收入分配关系。

宋　宏：对社会公正、公平问题我们不妨多谈一些。由于现在出现的收入分配不公、基尼系数扩大的现象是在我国实行市场经济改革以后发生的，因此，有人就说实行市场经济与实现社会公平必然冲突，两种不可相容。这种观点及其影响不能不引起我们的警惕。

常修泽：你也注意到了这个问题？应该关注，这个问题很重要，它涉及对市场化和全球化的改革目标、改革方向的评价问题。我 7 月 18 日在北京有个会议发言，我就说，实现社会公平并不必然地与市场化和全球化的趋势相冲突，完全可以与改革开放的路线相衔接、相适应。从理论上说，社会公平和公正正是现代市场经济的内在要求。马克思不是讲"商品是天生的平等派"吗？你只要搞市场经济，就必须遵循公平的原则，包括地位平等、机会均等、实行等价交换的原则。所以，市场经济是天生"反特权"的，并不必然导致不公平、不公正。在世界历史上，主张改革的思想解放派是主张公平、公正的。文艺复兴运动和法国启蒙运动的代表人物都有一个共同的思想，就是"人文关怀"，强调公平、公正。在现实中，一些国家如北欧国家，既强调实现社会公平，同时又坚定地推进市场经济改革，做得也很好。我们千万不要把社会公平与市场化、全球化对立起来，否则就会造成思想混乱。

宋　宏：还有一个问题，现在有些文章或公开或暗示说，邓小平关于"先富后富"的论述已经过时了，现在我们要超越邓小平，不能再按照他那时候的思路来办了。这是一种在社会上深有影响的观点。我想这恐怕也是会造成麻烦的一种观点。

常修泽：是的。我是不同意这种观点的。我仔细地阅读和研究了邓小平关于这方面的论述，我得出的结果恰好相反。我们今天讲的公平和公正，不是对邓小平观点的背离或抛弃，而是对邓小平观点逻辑的自然展开，是对它的继承和发展。根据我看到的历史材料，邓小平第一次提到这个问题是在1978年12月13日中共十一届三中全会前夕提交的一份讲话提纲中。这个讲话的题目叫《解放思想，实事求是，团结一致向前看》，这是一篇给三中全会路线奠定基调的讲话。在这篇讲话中，邓小平说："在经济政策上，我认为要允许一部分地区、一部分企业、一部分工人农民，由于辛勤努力成绩大而收入先多一些，生活先好起来。"这是我看到的邓小平关于"先富后富"理论的最早论述。在此后的十几年中，邓小平一直坚持这个提法。

到了20世纪90年代，邓小平及其周围的人认为当时的主要矛盾不是平均不足，而依然是财富不足。在1992年南方视察谈话中，他仍然强调"一部分地区、一部分人先富起来"，同时强调要采取措施"避免两极分化"。这里有一句话是非常值得深思的。他说："到一定的时候，我们会提出另一个问题。"他说："当然太早这样办也不行，现在不能削弱发达地区的活力，也不能鼓励吃'大锅饭'。什么时候突出地提出和解决这个问题，在什么基础上提出和解决这个问题，要研究。"他接下来说："可以设想，在本世纪末达到小康水平的时候就要突出提出和解决这个问题。"我觉得邓小平的思想实际上是一个"两步走"的设想。对于"在什么基础上提出"，根据我的研究，认为有三个条件：一是社会生产力较大发展，具备一定的物质技术基础，人民生活初步实现小康；二是社会主义市场经济体制初步建成，分配有一个适宜的体制环境；三是分配中的矛盾发生转移，平均主义让位于收入分配不公，成为矛盾的主要方面。在这个时候，我们需要强调缩小收入差距的问题。即使到那时，一部分地区、一部分人还要继续发展，不能抹杀他们的积极性和活力，不能以牺牲人们的创造性和经济发展来换取收入均等。我认为，这是邓小平完整的思想。我们今天讨论的问题没有背离邓小平的思维框架，不是对其思想的反叛，而是对其思想内在逻辑的自然的展开和发展。所以，我认为，邓小平“先富和后富，共同富裕”这条路线我们还应该接着往前走。

宋　宏：邓小平在论述什么是社会主义时，就明确地指出“共同富裕”是社会主义的特征之一，“先富后富”只是达到“共同富裕”目标的必经过程。可见，邓小平是把社会公平公正与改革开放统一起来的。常老师，关于利益分配关系的问题，我们就谈到这里好吗？接下来谈谈第二个着力点吧。

常修泽：好的。我认为，要以政府转型及政府自身的体制改革作为整个改革的“关节点”。这是下一步整个经济体制改革的“症结”。从现在的情况来看，经济和社会生活中出现的诸多矛盾和问题，与政府职能的定位失误——或越位，或错位，或缺位有关。尤其是对于“政府主导型”的经济模式，通过这些年实践的检验，我觉得要作新的反思。推进政府自身的体制改革，当前的中心点是推进政府职能的转换。基本的思路应该是由“经济管制型”政府转变为“公共服务型”政府，也就是转到为市场主体服务和创造良好的市场环境上来。

宋　宏：关于政府转型、建立“公共服务型”政府的问题，近年讨论得很多了。但是，我认为，这个问题现在还没有像国企改革那样有一个明晰的现代企业制度的目标模式。因此，我认为，给出政府转型的目标模式是极其必要和迫切的事情。

常修泽：你讲得对。我曾和同行们一起，对北欧三国（芬兰、瑞典、丹麦）政府职能转变与制度安排进行了比较深入的考察。北欧国家政府在实施公共服务方面的四大“基本面”：一是提供面向劳动力市场的“民生性”服务，重点是促进就业和增加居民收入，并注重缩小收入差距；二是提供促进社会事业发展的“公益性”服务，重点是发展医疗卫生事业和教育事业，建立和完善全方位的社会保险体系；三是提供非竞争性领域的“基础性”服务，即在非竞争性基础领域的重要环节和关键部门，提供公共产品和公共服务；四是提供促进市场主体正常运转和创新的“主体性”服务，重点是创造良好的市场环境和推动企业创新。我认为，北欧国家政府在公共服务方面的变革也表现出四个新趋势：一是公共服务领域的“公平竞争化”趋势；二是基础领域和公用事业领域国有企业“适度民营化”趋势;三是注重发挥中央和地方各级政府的作用,呈现出“分层负责化”趋势;四是政府在实施公共服务方面的“社会分担化”趋势。

宋 宏:那么,这些对我国的政府转型或者说建立“公共服务型”政府有什么借鉴意义呢?

常修泽:从当前及今后改革的总体态势分析,政府自身改革的滞后是导致经济和社会发展出现诸多矛盾的深层次原因。因此,要把政府自身的体制改革作为下一步整个改革的重点。当然,中国不同于北欧,由于条件所限,不可能实行高福利制度。但是,将政府经济职能的重点转到公共服务方面来,则是一个基本的方向。根据北欧的实践,政府主要应提供面向劳动力市场的“民生性”服务、提供促进社会事业发展的“公益性”服务、提供非竞争性领域的“基础性”服务、提供促进市场主体正常运转和创新的“主体性”服务。在实施公共服务的同时,政府还应做好自身应当承担的管理职能,包括规划协调、市场监管和社会管理工作。这里要注意,要对管理作出科学的界定,防止在“管理”的旗号下,使旧的体制“惯性运作”。中国下一步的政府体制改革,就是要围绕这一中心点,重点抓投资体制特别是“审批制度”的改革和打破“行政性垄断”。同时,政府要加大反腐败的力度。这既是经济体制改革的内容,也是经济体制改革和政治体制改革的交汇点。

宋 宏:您把这定义为两大体制改革的交汇点,真是很精辟,这就明确了两大体制改革的结合部和互动关系,避免了“两张皮”误区。常老师,我读过您的几部著作和媒体有关您的很多报道,我知道您在经济学界是以研究产权制度创新问题著称的,故而博得了“常产权”的雅号。我想您对下一步产权制度改革创新问题一定有更新且深刻的见解。

常修泽:(笑)你也听说这个了啊?学界朋友之间,玩笑而已,不必当真。在国内经济学界提出产权制度创新的不止我一个人,只是我研究稍早一些罢了。我也不知道怎么地就出来这么一个外号。

宋 宏:确切地说是“学术雅号”,就像大家对吴敬琏先生称“吴市场”,对厉以宁先生称“厉股份”一样,都是尊称,而且还特别传神地反映了各位先生的学术专长和学术建树。您还是得接受大家的“常产权”之称,免得却之不恭。这是轻松一下的话题，让我们还是回到主题上来。往下该谈产权改革了，您刚才说的是产权创新。

常修泽：对。我的意思是说，中国下一步改革要以产权制度创新作为改革的支撑点。现代产权制度是建立完善的社会主义市场经济体制的支柱。这里要注意，产权不仅包括企业的产权，而且包括国家、事业单位、社会团体以及广大自然人等多层次的产权。从总体方略出发，在这些层次中，下一步要紧紧抓住国有企业产权包括国有商业银行产权制度的改革。国有企业产权改革，一要向重点地区推进；二要向重点行业包括基础设施领域和公用事业领域推进；三要向重点企业特别是中央所管的企业推进。根据我的调查，现在大体态势是，小型国有企业改制大约在八成到八成半之间已经完成，中型企业我估计是五六成，大型企业特别是中央所管国有企业还没有明显进展，“一股独大”的局面没有完全改变，国有资本大约占96%。这个比重太高，与中央提出的建立“混合所有制经济”的产权改革目标有很大距离。当然，中小企业也要抓紧改革，不要走回头路。

宋　宏：最近一个时期，香港和内地经济学界的一些人士在企业改革特别是产权改革问题上发生了相当激烈的争论。有的人认为，国企股份制改革中严重存在着外来战略投资者和企业内部管理层“侵吞国有资产、侵吞职工利益”现象，并或明或暗地提出要改变国企股份制改革的方向。我倒是认为，指出前面一定程度存在的问题是有意义的，也是正确的，但后面的观点却不能说是正确的。股份制是现代企业制度最主要的形式，国企产权股份制改革的方向是符合时代潮流和市场经济要求的，不能改变，也不必改变。

常修泽：2004年1月，我提交了一篇内部研究报告，题目叫《置换国有资本的四种经济力量之协调研究》，是报上层的。当前一个突出问题是，在国有资本从相关领域和企业退出后，由哪些经济力量填充国资撤出留下的空间，在我们的改革方略上应该允许并鼓励哪些经济力量去参与国有资本的置换过程？我认为，当前置换国资有四种力量，一个是外资，一个是民资，再一个是企业管理层，还有一个是企业职工。这些力量都可以参与国资的置换。但是，我讲的重点还不在于此，而是强调要平衡好、协调好置换国有资本的四种经济力量即外资、民资、管理层、职工之间的关系。我认为，这不仅是一个微观的产权运营和产权制度改革问题，同时也是宏观层面的产权置换问题，从长远看还涉及若干年以后我国的社会结构平衡问题。所以说，平衡置换国资四种经济力量之间的利益冲突，意义实在是太大了。在这里要看到，置换国有大型企业和国有中小型企业的资本力量是有差别的。如果说国有大型企业改制的主要力量是“国内外战略投资者”的话，那么，中小企业国企改制的主要着力点，不应放在“国内外战略投资者”上，而应放在中小民营资本、国企经营者资本和企业内部的职工资本上。从这个意义上说，MBO和职工入股方式不应否定。针对社会上对产权改革的非难，我们要坚持国企改制的方向，不要动摇和后退；同时要注重规范操作，不要违规。应当承认，国企改制的产权交易过程中确实存在着一些负面的东西，经济生活中的腐败现象对国企改革的影响是相当严重的，但这是腐败对改革的干扰问题，不是管理层收购制度设计的问题。我认为，不能将腐败问题归咎于改革本身，并由此因噎废食。我在企业国际论坛讲过，对违规或不规范的问题可以在法律、法规的框架内予以纠正，不宜通过“大讨论”的方式来解决，不要刮清算风，但要打击腐败行为。

宋　宏：我赞同您的观点。我还认为，要完善地规范国企股份制改革，完善地协调外资、民资、管理者、职工等各方利益相关者之间的关系，可能还需要一个博弈过程，还需要讲究博弈技巧。当然，这可能要有一个探索研究的时间，而且国际上发达的市场经济国家在这方面的现成经验和规范规则可以为我国借鉴。因此，我国的国企改革完全能够在学习和探索中继续进行，而不可以停顿，否则我国经济的市场化进程将会延宕，发展也必将被耽误。

常修泽：是这样。我前面讲，下一步的改革应以调整利益关系为出发点、以政府转型为关节点、以建立现代产权制度为支撑点，当然最终要以经济、社会和人的全面发展为落脚点。如能在以上三点取得突破，则会大大加快经济的市场化进程。

四、对体制改革的艰巨性要有充分估计

宋　宏：不过，下一步推进体制改革肯定不会易如反掌，还会是逆水行

舟。您刚才就说到了当前改革面对着三种力量，其中就有阻碍性力量。

常修泽：一点不错。对下一步体制改革创新的艰巨性要有充分的估计。我认为，要想取得改革新的突破，关键在于摆脱某些既得利益集团的束缚。所以，我在最近的一些文章和报告中反复说，推进体制改革必须具备改革的精神，关键在于摆脱某些既得利益集团的束缚和对改革的阻挠。改革开放以来，原在传统体制下庞大的既得利益集团的力量受到了较大的削弱，但在一些改革尚未攻坚的领域，其能量依然较大，在新的条件下，他们会以新的形式来顽强地表现自己。同时还应看到，近年还产生了一些新的既得利益集团。他们中的一些人，既反对倒退回计划经济体制，也不赞成继续推进改革，极力维持目前这种不甚协调的利益格局和处于“胶着”状态的局面。这些新的既得利益集团和原有的既得利益集团交叉并存，形成了相当复杂的利益格局，并对政策的制定产生了某种程度的影响。当改革进入深度市场化、国际化新阶段之后，能否超越这些既得利益集团是个关乎改革全局的重大问题。他们中的一些人虽然对改革的掣肘未必是很自觉的，但是对改革却造成了很大的阻力。在下一步的改革中，我们要以极大的勇气来冲破某些利益集团由于其自身的局限性而对改革形成的干扰和阻挠，以保证改革的继续深入。

宋　宏：我访问过不少国内著名学者，不论他们从事的是什么学科研究，也不论他们的年纪大小，从他们身上，我总能感受到他们有一种强烈的社会责任心。今天在您身上，我同样感受到这样的社会责任心的脉动，真是深受教益。

常修泽：你客气了。我告诉你啊，我是山东人，在家里我是老大，下面有几个妹妹和弟弟。以当时的家境条件，我就得承担更多的家庭责任，照顾弟妹，维持家庭生活，所以我那时就有了较强的责任心。现在做学术研究工作，还是要讲责任心，只不过不是局限在一个小家庭的范围里，而是面向社会、服务社会，是对社会的责任心了。我想，这对一个学者是非常重要的。

宋　宏：看来责任心、责任感是一种素质，也是一种修养，是需要历练而成的。今天我们谈了不少时间了，您谈的内容非常丰富，就到这里为止吧。谢谢您！

常修泽：你跟我就别那么客气了。我看到你写的书——《智者诤言》。你访谈了好几十位学者,看来你很会抓机会做学术访谈的,写得挺好。你自己也是做经济学研究的,所以我们之间的交谈就是研究者之间的学术交流。这就很有意思,也有深度。下次我再来合肥的话,再找你来一起交流,好不好?就这样吧。

顺乎潮流而特立独行的中国发展模式

——著名经济学家常修泽教授访谈录

中国改革开放三十年来的发展成就举世瞩目，但经济学家们的关注点则并不限于经济总量“翻几番”，也不限于财政收入、进出口总额以及外汇储备的显著增加，甚至也不限于中国在世界经济竞争力排行榜上的位次上升，而是更加重视中国作为一个发展中大国为人类贡献的极具特点的发展模式。

一、人类通往现代化道路上的发展模式的多样性

常修泽:(打电话)宋宏吗?我来合肥了,刚下飞机,一会你有空吗?有空就到我住处来,咱们聊聊天。

宋　宏:常老师啊,我这就去看您。(见面后)不久前还拜读了您的文章,今天就又见到您,真是高兴。已经晚上快十点了,会打扰您休息吗?

常修泽:没关系,咱们都是"夜猫子",哈哈。我一到合肥,就想到叫你来尽兴聊聊。你不是又要访谈吧,聊聊天就弄个访谈也好啊。

宋　宏:那太好了,非常荣幸又有机会向老师请教了。那么,我们就谈谈您的最近一篇谈中国经济发展模式的文章的论题吧。近二十多年来的中国发展模式是世界经济学界都非常关注的研究课题。诺贝尔经济学奖获得者斯蒂格里茨来华访问时曾提出,研究中国经济发展模式是一个有望得到诺贝尔奖的选题。您最近发表了《中国发展模式论纲》,我拜读后深受教益。

常修泽:我们一起来讨论吧。改革开放以来的中国发展很值得总结,到本世纪中叶中国基本实现现代化的发展更值得研究。我认为,研究中国发展模式是中国经济学家的责任。前不久有个电视片《大国的崛起》,说明了人类在通往现代化的道路上,发展模式是可以多样化的,这是一种"历史的多样性"。具有中国特色的发展模式是人类文明多样性中的一种。

宋　宏:您定义的中国发展模式,是怎么表述的?

常修泽:我最近应邀去英国参加一个高层学术会议,中国发展模式是会议的一大热议命题。西方国家其实非常关注中国发展模式,这次会议就特别邀请我去讲中国发展模式,参加会议的西方国家学者们对此都表示出极大的兴趣。我在那个会议上是这样讲的:所谓"中国发展模式",是指从中国处在社会主义初级阶段这一基点出发,立足中国的特殊国情,以到21世纪中叶基本实现现代化为目标,充分挖掘社会主义制度和现代市场经济相结合的巨大潜力,注重发挥人力资源丰富和市场广阔等优势,着力推进有中国特色的工业化、信息化、城镇化、市场化和国际化进程,并在此基础上

推进“四位一体”的发展，即以优化结构和提高效益为重点的经济发展，以改善民生为重点的社会发展，以降低能耗和保护环境为重点的人与自然关系的和谐发展，以及以改善人的物质、精神生活和参与政治生活为重点的人的自身发展，努力建设一个富强、民主、文明、和谐的社会主义现代化国家，从而为人类文明发展作出中国的贡献。

二、“以人为本”的发展理念

宋　宏：任何发展模式的形成总是以某种理念为指导的。中国发展到今天，显然不能再以“穷则思变”的朴素的冲动来指导未来发展，而应当有科学的、先进的、文明的理念作为引导。

常修泽：正确，这很重要。综观二战以后人类发展理念的演变，大体可以看出一个基本的脉络：一开始都强调经济总量的增长，把发展等同于经济增长；到了五六十年代，随着社会矛盾的突出，人类发展增添了对“社会结构”和社会问题的关注；继而到了七八十年代，随着人口、资源、环境压力的增大，又增添了“可持续发展”的内容；八十年代后，随着人权保障的兴起，人类发展又增添了更多的“人文关怀”，“幸福指数”、“人类发展指数”应运而生并受到普遍关注。六十余年来，由“物”到“人”，由经济发展到社会发展、可持续发展、人自身的发展，这是当代世界人类文明发展的总体趋势。现在中国提出“科学发展观”的发展理念，其基本内涵是在“以人为本”的宗旨之下，实现“四位一体”的发展，即经济发展、社会发展、人与自然关系的和谐发展、人自身的全面发展。当代社会人类发展理念与科学发展观之间是“内在相通”的。科学发展观的贡献，并不在于超越人类的共同发展理念，“原创”一套新的发展理论体系，而在于结合中国自己的国情，借鉴国外发展经验，为寻求一条具有中国特色的发展道路提供指针和战略思想。这是破解这个问题的切入点。

“以人为本”是科学发展观的本质和核心。但据我观察，在人们谈论“以人为本”时，要表达的思想并不完全一致，这里有两种不同性质的“以人为本”。一种是侧重于从执政者“本治”角度出发的“以人为本”。“夫霸王之所始也，以人为本，本理则国固，本乱则国危。”我以为能认识到“本理”与“国固”、“本乱”与“国危”之间的内在联系是相当深刻的，而且实施“本理”的政策，客观上给老百姓也带来了好处。但是，这种“以人为本”，是站在执政者的角度为其“本理”服务的，它的中心词是“以”，而不是“人”。我称之为“人本工具论”。另一种是真正站在“人”自身的立场来秉持“以人为本”的。马克思曾有一句名言：新社会是实现“人的自由的全面发展”的社会，在这一社会中人们可以“在最无愧于和最适合于他们的人类本性的条件下来进行这种物质变换”。这里马克思用了“人的自由的全面发展”、“最无愧于”、“最适合于”、“人类本性”等关键词，这是一种切实站在“人”自身角度研究问题的“人本实质论”。可惜，现在一些地方在引用马克思明明白白阐述的“人的自由的全面发展”这句名言时，把前面的“自由的”一词给略掉了，只讲“人的全面发展”。中国应力求避免“人本工具论”，而应按照第二种涵义的“以人为本”来探讨“科学发展”和有中国特色的发展模式的问题。

三、中国在五个“起点特征”的基础上推进现代化

宋　宏：马克思说的“人的自由的全面发展”，其中“自由”是前提，如果没有这个前提，“全面发展”也就不可能实现。这个省略令人费解。当代中国的现代化进程是在处于社会主义初级阶段的基本国情下展开的，到本世纪中叶，这个国情基本的阶段性特征仍然存在，这构成了中国发展模式的历史背景。

常修泽：这正是中国发展模式的历史和逻辑起点。中国是在五个“起点特征”的基础上推进现代化事业的：第一，中国是一个经济不发达且发展不平衡，特别是二元经济结构特征显著的国家。第二，中国是一个人口众多尤其是农村人口占很大比重，而且自然资源禀赋并不丰裕、环境承载能力也不够宽松的国家。第三，中国是一个经历过两千多年封建专制统治，又没有经历过“文艺复兴”和“启蒙运动”的充分洗礼，民主传统比较薄弱的国家。第四，中国曾经是一个计划经济体制根深蒂固，现在正在由计划经济体制向市场经济体制转型，需要“攻坚”的国家。第五，中国曾经是一个长期闭关锁国，改革开

放以后才“睁开眼睛看世界”，正在寻求与世界“亲和”的国家。同时具备以上五个方面的特征，这在世界190多个国家中，比较罕见。

强调“初级阶段”，意义极其重要。主要有四点：第一，凝聚发展共识。科学发展，第一是发展。我们必须老老实实承认现阶段的根本矛盾是人民日益增长的物质文化需要与落后的社会生产之间的矛盾。发展生产力既是当务之急，更是中国的长远大计。中国不仅有北京、上海的高楼大厦，还有西部的缺医少药、缺水缺电。解决中国的全部问题，根本还是要靠发展。从某种意义上说，今天之所以能在公共事业、社会发展方面多一些投入，根本还在于近年年均30%左右的财税增长。第二，自觉融入科学的发展理念。发展生产力的根本目的，不是为了得到一个好看的GDP数字，而是为了增加百姓的福祉，即在解放和发展生产力的同时，注意发展的全面、协调与可持续，在让人民共享改革发展成果的同时，逐步推进社会公平正义的实现。第三，避免形成超越阶段的浮躁氛围。一方面是要避免面对既有发展成绩沾沾自喜，在实际工作中急于求成，制定不切实际的发展规划；另一方面是在目前公共服务、公共物品供给不充分的背景下，要切实把握科学的、合理的“度”，公共服务均等化“横向上范围要适中，纵向上标准要适度”，“全覆盖”的社会保障也还有一个“由低向高”逐步推开的过程。第四，让世界更了解中国，营造有利的外部发展环境。现在中国与世界的关系颇为复杂与微妙。“崩溃论”、“威胁论”云云看似互相矛盾，实则显示出一个迅速发展的大国正在对既有国际政治、经济秩序造成的巨大影响，所以需要告诉世界一个“真实的中国”，这对于世界了解中国、理解中国，从而营造一个良性的外部发展环境是非常重要的。我参加国际学术活动时，就是想要告诉外国的学者们“真实的中国”是什么样子的。他们了解了真实的中国，对中国的偏见和误会才会打消，对不对？

四、中国发展模式的特殊性

宋　宏：我最近写了篇短文，认为中国作为发展中国家的现代化进程不同于已经实现现代化的发达国家，因为当代经济全球化把许多已经实现现代化的时代矛盾和问题提前摆在中国面前,使我们解决矛盾和问题的难度与方式大大不同于当时处在现代化过程的先发国家,这是中国发展模式的特殊性所在。

常修泽:的确如此。比如,中国面临的资源短缺、环境恶化已成为未来发展的首要"瓶颈"。资源特别是能源短缺严重,这一点就是先发国家在现代化过程中所没有遇到的。中国的资源远不如同为"金砖四国"之一的俄罗斯,也不如其中的巴西,大体与印度相仿,特别是石油的问题是我们经济发展的一个"瓶颈"。环境问题将成为下一阶段影响中国社会稳定的重要潜在因素之一。2007年6月在德国海利根达姆举行的8个发达国家和5个发展中国家领导人会议表明,当代世界环境问题的严峻期已经到来。在中国国内,以2007年几起环境事件为标志,如太湖蓝藻爆发和厦门民众抵制某化工厂项目建设等事件,环境问题已酿成让老百姓喝不上水、决策者睡不着觉的重大社会问题,并引发了对一些地区"进入小康社会"的反思。环境问题的复杂性在于,它不仅仅是一个简单的自然生态问题,而是一个集自然、经济、社会、制度、人权等诸多问题于一体的复杂体系。又如,全球化格局中的中国金融市场风险,主要表现在三个方面:一是银行不良资产存在;二是资本项目进一步开放可能带来的风险;三是人民币升值背景下流动性过剩和资产价格膨胀,给宏观政策操作和外汇管理带来挑战。从长远看,要特别注意防止金融危机,金融危机一旦爆发,可能会引发经济、社会甚至政治方面的连锁反应。

宋　宏:您说的能源、环境、金融问题,我们常常用"不确定性"这个词来表达,这应当是客气的说法。更直率地说,这三个方面的问题其实是潜在的危险或危机。如不认真对待,设法解决,潜在变成现实可就麻烦大了。

常修泽:是啊!除了当代经济全球化给中国带来新的矛盾和问题外,还有中国自身在发展中存在的问题,如城乡、区域发展不平衡。中国是一个典型的二元经济结构的国家。如何防止城乡差距进一步扩大是一个重大的战略问题。这方面主要盯住三个问题:一是城乡居民收入差距的扩大问题。2002~2006年城镇居民人均可支配收入累计增长61%,而农村居民人均纯收入5年累计增长只有33.2%,只相当于城镇居民收入增长幅度的54%。2006和2007年,政府虽然采取了一些措施,但两者差距尚未缩小,反呈进一步扩大之势。

二是贫困人口问题。按693元绝对贫困人口的标准，2006年末农村贫困人口2148万人，按958元的标准，农村低收入人口5700万人。可见，解决贫困问题的任务仍十分艰巨。三是农村的公共服务资源严重不足问题。今后几年需着力推进基本公共服务均等化，防止农村发生“问题”。

又如，中国还面临严重的区域发展不平衡问题。以2006年为例，东部10省、市面积占全国的9.5%，人口占全国的35.68%，而地区生产总值占全国GDP的55.57%；中部6省面积占全国的10.7%，人口占全国的26.82%，地区生产总值占全国GDP的18.72%；西部12省、区、市，面积占全国的71.5%，人口占全国的27.51%，地区生产总值只占全国GDP的17.12%；东北3省面积占全国的8.2%，人口占全国的8.23%，地区生产总值占全国GDP的8.59%。从发展趋势来看，我们要遏止这种区域不平衡状况进一步加剧的态势。从中国大格局考虑，我们要防止因地区发展不平衡而发生新的“板块碰撞”问题。

再如，政治体制改革滞后问题，是当前面临的一个突出问题。未来10年能否打破“体制性瓶颈”，是一个考验。2007年，官员腐败、违法乱纪，频频出现种种突破人类文明“底线”的事件，令人惊讶不已。如此局面，主要是权力失去约束的制度造成的。这是中国发展中最大的“软肋”。如果政治社会改革滞后，将可能使权力资本化更趋严重。即使仅仅从经济发展角度分析，绝对的权力对一个民族创造力和公正力的抑制，也不可低估。

五、“转变发展方式”的三条道路

宋　宏：从内外因素考察，中国未来发展及其模式就不能不具有中国特色了，也就是在解决既包括普遍性又极具特殊性的各种问题的进程中形成中国模式。

常修泽：对于当代中国而言，要完成现代化目标，关键在于“发展方式的转变”，但发展方式的“转变”有三重涵义：第一是窄方式：“经济增长方式转变”，就是由“粗放型”转为“集约型”。“九五”确定的经济增长方式转换目标并没有实现。迄今为止，中国经济模式的一个显著特点是：要素价格扭曲下的低廉(主要是劳动、资本、土地、能源等)+政府导向、扶持(招商引资)——吸引外商投资,形成出口加工基地——粗放型的外向拉动。相比之下,这种模式与印度的所谓“世界思想工厂”的模式有很大差别。第二是中方式:“经济发展方式转变”。包括:经济增长问题,不仅有增长速度,而且特别包含质量和效益;经济结构问题,包括产业结构、城乡结构、地区结构、内外结构等;经济体制问题,包括企业、市场、宏观、分配、社保等;经济可持续发展中的问题,包括人口、资源、环境等。中国“经济发展方式”主要面临三种病——“结构病”、“体制病”、“欠持续病”。这是比“增长”更深层次的转变。第三是宽方式:“总体发展方式转变”,由单一经济发展向“四位一体”的发展拓展,即经济发展、社会发展、人与自然关系的协调发展、人自身的全面发展。其核心是由“物”转变为“人”,提高中国的“人类发展指数”。这是一个更大范围和更高层次的发展方式转变问题。

宋　宏:您分析这三种方式很有意思,那么您认为应该如何选择呢?

常修泽:原来提出的“窄方式”的经济增长方式转变没有完成,新的“中方式”的经济发展方式和更大范围“宽方式”的总体发展方式转换又提出。不发达经济阶段的问题(如几千万贫困人口等)没有解决,发达阶段的问题(如老龄化等)又来临。中国的特殊问题(如人口问题、二元经济结构等)尚未解决,人类共同面临的问题(如环境保护、人权保障、“人类发展指数”等)又涌来。中国未来的发展面临来自多方面的转换压力。这里的关键在于如何在经济全球化背景下,扎扎实实地推进工业化、信息化、城镇化、市场化、国际化进程。这应成为新阶段中国现代化的新内涵,也是中国发展模式的五大支点。

宋　宏:您说是新内涵,这更有意思了。就请您具体谈谈,好吗?

常修泽:那就再展开来说吧。

第一点,推进中国“后发优势”的新型工业化。工业化是中国实现现代化最重要的支点,它不仅表现为工业在国民收入和就业结构中比重的上升过程,还意味着工业生产方式和观念渗透到全部经济领域的过程。改革开放以来,中国一直抓紧工业化建设。三十年经济的迅猛发展,主要依靠的动力是工业化。尤其是最近几年来,工业化进程明显加快,工业增加值增长速度持续高于 GDP 增长速度。可以说,中国目前处于工业化加速期,已经成为世界最大的工业生产国。

中国工业化有自己独特的发展道路。经过积累，中国基本建立起较为完备的工业体系；通过利用全球化和后发优势，挖掘丰富的劳动力资源，中国有效吸收发达国家资本和技术，在较短的时间内完成发达国家用很长时间才完成的工业化过程。但是，中国巨大的人口压力和资源约束，以及丧失了前工业化国家“危机转嫁”的条件，使中国的工业化必须探索新路。一方面，基于中国制造能力较强和劳动力丰沛的特点，着力推进制造业发展。以 2006 年公布的 2004 年数据进行计算：在全部工业总产值 22.2316 万亿元中，制造业产值 19.386 万亿元，占 87.2%，以致中国被称为“世界工厂”。另一方面，利用在世界“第二次现代化”亦即工业社会向信息社会转变的历史机遇，将工业化和信息化结合起来，以信息化带动工业化，以工业化促进信息化，从而最终推动整个社会的现代化。

第二点，推进有中国特色的“立体网络型”城镇化。城镇化在中国有自己独特的发展道路。根据基本国情，中国城镇化走的是一条协调发展的道路，即以大城市为中心、中等城市为骨干、小城市及小城镇为基础，以大带小，协调并举，构筑一个能容纳农村剩余劳动力的立体网络。这是一条大、中、小城市和小城镇协调发展的道路。

采取区域布局“差别化”的城镇化方略也是一大明显特点。中国东部地区的重点是丰富城镇内涵、提高城镇化质量，形成有生命力的城镇带、都市圈、大城市连绵区；中部地区的重点是大力发展中等城市和大城市，结合能源基地、物流中心建设，每个省份扶持 3 ~ 4 个区域性中心城市，形成大、中、小城市和小城镇协调发展的城镇体系；西部地区的重点则是控制小城镇无序发展，优先发展大城市，有重点地发展中等城市，将超出环境承载容量的人口向区内大、中城市和东部沿海迁移。

2006 年中国城镇化率已达 43.9%，按每年增长一个百分点的速度，2020 年应达 55%以上，约 7.5 亿人口。下一步为实现城镇化目标，应打破城乡分割，促使城镇化从政府推动型向市场引导型转化。首先，打破城乡人口管理二元体制，改革户籍和社会保障制度，引导农村富余劳动力向非农产业和城镇有序转移；其次，改革城乡管理体制，为简政放权、改进政府管理方式创造条件。

第三点,推进中国全方位的市场化进程。中国曾经是一个计划经济体制根深蒂固的国家,必须紧紧抓住由计划经济体制向市场经济体制转型这一链条,由外围到核心,逐步“攻坚”。从国内看,现在绝大部分消费品的产销已经市场化;从国际看,中国市场已成为世界市场的重要组成部分,更是世界各国竞争激烈的特大市场。中国已成为全球最大的新兴市场国家。

目前,中国的市场化进程也遇到了如何继续深化的难题:国内方面,要素市场市场化程度还较低,企业、政府以及其他相关方面离适应市场化的程度还有距离,影响市场在资源配置中发挥基础性作用的各种体制性、机制性障碍依然存在,行业垄断、地区封锁、行政壁垒等仍在妨碍公平竞争和商品要素的自由流动,社会信用体系缺失,统一、开放、竞争、有序的现代市场体系仍有待建立;国际方面,进入全球市场遭遇到国际既得利益集团较大的阻碍。认识到中国在市场化方面与发达国家的差距,需要加快经济市场化进程,大力消除影响经济活动的各种体制性和制度性障碍,尽快建立统一、开放的国内市场,并实现国内市场与全球市场的接轨。

第四点,以全球思维推进国际化,并以独立自主的大国姿态参与全球化。三十年来的对外开放,特别是 2002 年中国加入世贸组织的几年来,中国的现代化进程已被纳入全球开放范畴。开放的意义并不局限于上万亿美元的出口规模,也不局限于累计超过 7000 亿美元的外资引进,更不局限于超过 1 万亿美元的外汇储备,尽管这些在相当程度上成为中国综合国力的重要组成部分。开放的更深层意义在于其对国内改革形成的“倒逼”机制。事实上,近年取得较大进展的金融改革,正是开放“倒逼”改革的典型例证。

进一步提高对外开放水平,以开放促进国内产业结构升级和竞争力提高,这应成为今后对外开放政策的重要着力点。决策层和执行层应该比过去更具备全球视野,更具备全球思维,更加主动地吸纳、整合全球资源。在经济全球化潮流正在大规模深化之历史时刻,如果对外开放意识没有建立在全球思维基础上,不但有可能失去在全球范围内整合资源的战略机遇,而且也可能变成一种“被动防御型”的对外开放局面,就谈不上主动参与国际合作和竞争。需要注意的是,中国的市场经济是独立自主的大国“市场经济”,这种属性决定了中国既要“融入”全球化,又不能消极地对待游戏规则。中国有句古话："树欲静而风不止。"中国不能只被动地当"树"，更要主动地当"风"，用实力参与游戏规则的制定。

中国的发展是在"经济全球化"背景下展开的，因此要注意把握好"三外"（外贸、外资、外汇）与"三化"（工业化、城市化、市场化）的关系，要特别注意两个系统之间的协调度。以近五年的实际状况来分析，国内"三化"的进展滞后于"三外"的发展，在国际上达到的水平还比较低，特别是国内的体制改革尚未完全跟上对外开放的步伐，两条腿之间有不够平衡之处。

第五点，以市场化为目标的经济转轨仍是体制改革的"重头戏"。经过近年的市场化取向改革，社会主义市场经济体制框架已初步建立，浅层次的体制弊端已初步消除，但深层次的问题并未得到解决。下一步应坚定不移地向弊端产生的体制根部掘进：一是市场化改革从商品市场向要素市场推进，突出的是资本市场，劳动力、科技、土地等其他要素市场，也应在更大的范围内推进；二是所有制改革从竞争性领域向垄断性行业延伸；三是积极推进相关领域的配套改革。这里面有一个很重要的问题，即应防止出现改革决策和操作被利益集团主导的局面，要注意动员各种社会力量参与改革，增强改革的协调性和科学性。

中国的"四位一体"发展是在"体制转轨"的大背景下展开的，这种体制转轨不仅是经济转轨，而且包括政治、社会和文化体制转轨。发展转型与体制转轨，两个"转"字要结合。中国除应继续推进经济体制改革以外，还应推进以社会主义民主政治为目标的政治体制改革、以先进文化为目标的文化体制改革、以和谐社会为目标的社会体制改革。这四个方面构成一个完整的整体，在人的发展和民主价值上，"四位一体"的发展与"四位一体"的改革找到了"最佳交叉点"。对于一个传统体制和封建文化根深蒂固的国家来说，这种"四位一体"的改革关系到国之盛衰存亡。

现在面临的突出问题是，几个方面的改革并不协调。其中，尤以发展社会主义民主政治为目标的政治体制创新为难点。下一步改革要用"两只眼睛"看问题："第一只眼睛"，瞄准已确定的改革目标，按照改革的基本目标来"改革旧体制"；"第二只眼睛"，瞄准中国社会已出现或即将出现的新情况，根据新情况"创造新体制"（如建立环境产权制度、基本公共服务均等化、民主参与等)。同时留意改革进程,防止旧体制的某些东西在新形势下的“回潮”。

六、人民共享什么、如何共享

宋　宏:您指出的这些关键点切中要害,有助于澄清人们的认识。中国发展模式还有一个要求,就是让人民共享改革发展的成果。这里实际包括两个问题,一是共享什么,二是如何共享。对此,您是怎样看的?

常修泽:我就谈谈“共享什么”这个问题。提出“共享”改革发展成果是好的,但不能仅仅让人民“共享”单个方面的成果。人民群众日益增长的物质文化需要与落后的社会生产之间的矛盾,当前主要表现为人民群众对于公共产品和公共服务需求的迅速上升与政府供给不足且配置失衡的矛盾。这几年,政府在教育、医疗、就业、社会保障等领域的改善速度与人民群众的要求是不同步的,老百姓很不满意。需要加大公共服务,特别是要加强对这些领域的改革。但是,我们不能简单地认为,解决公民“共享”问题,只要在社会事业上发展就够了。

应当让全体人民“共享”四个方面的成果:第一,共享改革发展的物质成果,以适应全体人民日益增长的物质生活需要;第二,共享改革发展的文化成果,以适应全体人民日益增长的精神生活需要;第三,共享改革发展的社会成果,以满足人民在公共服务方面的需要;第四,共享改革发展的政治成果,特别是在四个权利,即知情权、表达权、参与权和监督权方面,让老百姓能够参与到政治生活和社会生活中去。我们要防止“共享”改革发展成果方面的“单边主义”。

党的十七大报告明确指出,“保障人民的知情权、参与权、表达权、监督权”。这四个权可用四个度来测量,我们在这方面还有一定差距。至于有关国际组织用“全球治理指标(Worldwide Governance Indicators)”,即话语权和问责、政治稳定性与杜绝暴力、政府有效性、监管质量、法制、遏制腐败六个指标来测度政治社会领域的进展的情况,虽然对中国有明显的低估,但也值得关注。

七、注重“环境产权”的制度建设

宋　宏：您提出可持续发展要注重环境产权，并提出建立环境产权制度，这在学界反响很大。我想，这也应该是您所说的“中国发展模式”的题中应有之义。

常修泽：是的。实现可持续发展要以节约资源、保护环境为重点。强调“生态文明”，其目的是保持经济、社会、人与自然关系以及每个人自身的全面发展。中国 GDP 虽已超过 20 万亿元，但环境损失严重。例如，2006 年国家统计局公布，环境损失 5118 亿元(2004)，占 GDP 的 3.05%，应扣未扣；此外，资源成本低廉和过度耗费也很严重。资源企业成本严重缺陷，像矿业权有偿取得成本、矿区生态修复成本等未完全体现，仅矿产一项估计总额约 3000 亿~6000 亿元，这部分成本不适当地转化为 GDP。这两方面的“应扣未扣”，使得 GDP 存在一定失真成分。

在环境问题的复杂体系中，牵涉到深刻的产权关系。基于此，应从深层次建立完整的制度。我建议建立的“环境产权制度”，即是寻求的制度之一。

除建立“环境产权制度”外，同时需建立“环安健”机制。所谓“环安健”机制，即 ESH 机制，E 指环境(Environment)、S 指安全(Safety)、H 指健康(Health)。这是当今世界在经济和社会发展方面应对新挑战、强化社会责任的集中体现，是国际上正在强化的一种机制。面对这一新形势，中国自上到下需强化“环安健”机制。一方面，在宏观层面强化环保、安监、质检、药食监等机构的监管力度；另一方面，在企业层面切实寻求企业竞争力与“环安健”机制的统一。

宋　宏：您谈的内容非常丰富，见解也非常深刻，令我深受教益。最后，请您展望一下“中国发展模式”，好吗？

常修泽：好的。我就用我在《中国发展模式论纲》中的一段话来说吧：从 1978 年到 2020 年，经过 40 多年的发展，中国特色的发展模式将会取得历史性的阶段成果。按照中共十七大部署，待目标实现之时，中国这个历史悠久的文明古国和发展中社会主义大国，“将成为工业化基本实现、综合国力显著增强、国内市场总体规模位居世界前列的国家,成为人民富裕程度普遍提高、生活质量明显改善、生态环境良好的国家,成为人民享有更加充分民主权利、具有更高文明素质和精神追求的国家,成为各方面制度更加完善、社会更加充满活力而又安定团结的国家,成为对外更加开放、更加具有亲和力、为人类文明作出更大贡献的国家”。以上“五个成为”,既是全面建设小康社会的远景,也是中国特色发展模式成效的主要表现。届时,中国的发展就能立于当今世界文明发展的潮头,中国将会为人类文明的发展及其多样性作出自己的贡献。

宋　宏:哎呀,都下半夜两点多了,太耽误您休息了,不好意思。谢谢您又给我指教,请休息吧。

常修泽:说着话就忘记时间了。没关系,你不是也没休息吗?这次聊得很愉快,有机会我们再聊吧。

新一轮增长中的宏观调控与长远发展改革

——著名经济学家常修泽研究员访谈录

我国经济自 2000 年后进入新一轮增长周期或者说“战略机遇期”刚刚三四年，便出现了局部过热现象，由此国家及时出台了一系列宏观调控措施。这种形势无疑颇具新的复杂性，认清和把握它也有相当的难度。比如，“我国的新一轮经济增长周期是否会就此中止？”“完善社会主义市场经济体制的改革是否需要放慢？”等等问题，正是时下人们所关注的。2004 年 8 月初，笔者应邀参加了安徽省政府委托省发改委与省社科院主办的“十一五规划思路研讨会”，与来自中央有关部门和研究机构的专家学者一起研讨交流。会议期间，应邀与会的国家发展和改革委员会宏观经济研究院资深研究员、博士生导师常修泽欣然应允了笔者的专访要求。于是，笔者就新一轮经济增长中的宏观调控与长远发展改革问题请教了常修泽老师。

一、分清什么是主流、什么是次主流

宋　宏:很荣幸认识常老师。我前些年在写一本关于企业管理创新案例的专著时,就曾特别研读了您的大作。您是国内最早呼吁和阐论“创新”问题的经济学家之一。我在那本专著中还引用了您的观点,所以令我神往已久。

常修泽:是吗?那我们俩是书本之交、研究之友了。我也很高兴认识你。

宋　宏:常老师,您知道,我国经济在1996年到2000年由于受亚洲金融危机和世界经济低迷的影响,经历了一个时段的紧缩运行;自2000年以来的三四年间,我国经济进入了新一轮增长周期,在新的消费升级需求拉动下保持着高速增长。由于出现局部过热现象,国家果断而及时地采取了宏观调控措施,以抑制局部过热、保持协调发展。人们关心的是,宏观调控与经济发展改革的下一步走向将会如何?我想请教您是怎么看这个问题的?

常修泽:那好,我们就来一起讨论这个问题。我认为,研究下一步走向,视野必须开阔。要把握什么是当今中国的主流?什么是次主流?这是我们讨论问题的一个前提。在我看来,改革和发展是中国的主流,“宏观紧缩”是次主流或者说是一个阶段性、暂时性现象,历史的方位要摆清楚。前不久,有人提出“改革要服从于调控”,我不赞成提此类口号。上世纪80年代末、90年代初一度曾有过“改革服从于治理整顿”的提法,使改革几乎停顿甚至倒退,其后果和教训难道不足以让几代人刻骨铭心吗?从下一步的经济发展和改革,包括从宏观调控的走向角度去审视,这里面既有短期的问题,也有长期的、深层次的问题。我的基本看法是既要有利于当前的调控,又要有利于长远的发展;既要有利于日常的运行,又要有利于深层次的改革。

关于下一步宏观调控的走向,我认为基本的是适度调整宏观调控的力度。如果放松前一段比较凌厉的宏观调控政策,可能会在一定程度上造成反弹;但如果继续实行过紧的政策,则可能对地方经济和民营企业造成困难,甚至使改革受到挫折。我个人这样认为,在基本实现了宏观调控对过热现象的有效抑制后,需要适度调整、放松紧缩力度。我提出这个观点的理由如下:第一，目前宏观领域人们所担心的突出问题已明显缓和。目前，投资规模增长过快的势头已经明显下降；货币信贷增幅已经明显回落；产品价格特别是基础产品的价格已经开始回落，如钢材价格现在比 4 月份每吨下跌 700 元；一些热点行业增长过猛的势头已经平缓下来。总之，前一段宏观调控措施的实施已取得明显效果，当前的情况与今年的 3 月份、4 月份相比，已经发生了变化。第二，要保持经济稳定增长，防止异常性下滑的需要。宏观层对 2004 年上半年局势的判断，我认为是包括了两个相互联系的方面：其一是中国经济总体发展态势是好的；其二是在好的形势下仍存在一些问题，有的问题还比较严重。前者是主要方面，后者是次要方面。但是在前一段有关形势和宏观调控的讨论中，有的论者对上述主要方面“虚晃一枪”，而在“但是”后面大做文章，只强调“紧”而不提“松”，只强调“收”而不提“放”，这是需要注意的。我认为，尽管宏观经济运行中确实存在问题，存在不健康的因素，但是，中国经济并没有失控，而且处在新一轮经济增长期。问题是有些“信号员”给的信号似乎是“失控”的信号，说经济运行已经“失控”，这与经济现实是有差距的。正是此类“失控”的信号使有关方面对形势作出了比较严峻的判断。下一步如果不对调控力度进行调整，极有可能造成“为调控而调控”、不计成本、不计长远影响的局面。这样继续搞下去，可能导致经济出现异常性下滑。这对经济的健康、持续、稳定增长是不利的。第三，有一些宏观问题，固然与运行有关，但更深层的是结构问题和制度问题。比如，煤炭石油电力运输、土地违法开发的问题，到今天仍然没有解决好，这类问题未必都要揽在短期调控任务上，一定要在短期内求得完全解决是不可能的。这些问题可能需要结合下一步调整结构和深化体制改革予以解决。第四，要充分考虑宏观调控的成本和新的情况。前一段的紧缩政策成效是有的，但也付出了相应的代价，如对地方经济发展和民营经济发展以及资本市场的正常运行造成一些困难，地方、民营企业及其投资者对此有些反应。如果不调整紧缩力度，就将会给改革带来一些影响。

基于以上分析，我认为，下一步在调控力度上宜有适度调整，包括对前一段的强硬手段相应放缓。这对统筹短期与长远、整体与局部，以及调动中央与地方两方面的积极性都是有利的。

二、经济“冷热病”的深层次是“体制病”

宋　宏:经济学界业已反复指出,我国经济运行中的过热和膨胀问题与体制直接相关。您也强调提出了应根据宏观调控的最新态势,抓紧推进经济体制改革的观点。我很想更详细地知道您的具体看法。

常修泽:那我就详细一点谈吧。我一直认为,改革这些年来的宏观经济问题,不仅仅是一个经济运行问题,而且涉及发展模式的转换和体制模式的转换问题。从表面上看,中国经济患的是“冷热病”,但从深层次来看,它患的其实是“体制病”、“结构病”和“增长方式病”,尤其是“体制病”相当严重。因此,要解决中国经济问题,在很大程度上必须依赖于深化改革。现在的问题是,在中国这样一个宏观调控的大格局下,改革怎么推进?

宋　宏:这正是我想请教您的。

常修泽:那好,我就具体谈五点。

第一,瞄准当前宏观经济运行中暴露出的一些缺口和问题,乘势而上,进一步推动国有资本结构的调整和产权制度的改革。比如,面对煤、油、电、运的短缺情况,去年中共十六届三中全会允许并鼓励非公有制资本进入基础产业领域,向煤炭、铁路运输、电力这些传统的垄断性或支柱行业推进。这就要“倒逼”打破垄断、放宽产业准入。除“增量革命”的思路外,还要考虑“存量革命”,打破国有的存量格局。要抓住几个重点行业,如钢铁、电解铝等,推动这几个行业的重组,出售这些领域国有企业的一部分资产,推动民企参与重组,以减少“绿地投资”(宋注:“绿地投资”原指外商在东道国单独投资新建生产基地的方式,这里是指国家单独投资新建企业或项目的方式)。无论是在“增量革命”还是在“存量革命”上,都可以作很多文章。

第二,抓住当前的机会,推动以“土地制度改革”为中心的农村制度改革。农村改革里面有很多机会,如土地的问题。现在不是清理土地吗?可以借此机会深入农村,推动农村的土地改革,重点是土地产权保护制度、流转制度、补偿制度等。除此之外,还有农村富余劳动力转移等问题,这都有新的机遇。改革的目标是一定要城乡协调发展。现在农村这块发展比较滞后，可以借整顿土地把这条短板补上来。

第三，抓住当前宏观经济调控中出现的新问题，推动政府体制的改革。所谓调控中出现的新问题，我认为有两类，一类是作为调控对象、客体出现的问题；一类是作为调控主体、调控者自身出现的问题。现在加强宏观调控，在这个过程当中暴露出了政府管理体制中的一些深层问题，如政府对微观经济过多干预的问题、权力失去制衡问题等。应结合《行政许可法》的贯彻实施，规范行政权力和行政行为，大力推进政府自身的改革。

第四，在经济领域改革的同时，开辟“第二战场”，推进社会事业领域的改革。控制投资规模并不妨碍对社会事业项目的投资。但是，这个领域计划经济的影响根深蒂固，市场化的程度很不高，在转轨中制度性腐败相当严重。哪里矛盾突出，哪里就是改革的重点。可以因势利导，推进教育、卫生等领域的制度改革，使改革保持一个良好的势头。

第五，除上述四方面改革以外，还特别需要深化国有独资商业银行的改革和利率市场化的改革，解决金融领域的一些深层次问题，为防范金融风险提供可靠的制度保障。

三、优化经济结构有三个着力点

宋　宏：这次经济过热明显表现出结构性失衡的特征，这必将使经济结构调整、优化的任务更加凸显。事实上，各地经济结构调整一直在进行。那么，宏观调控对经济结构调整、优化是否意味着带来新的压力或者说机遇呢？

常修泽：经济结构失衡是中国经济发展中的“痼疾”，解决这一问题无疑是长期而艰巨的任务。在当前必须结合宏观调控，着重推进经济结构的调整和优化。从结构调整的角度看，目前有三个方面需要着力推进。

第一，产业结构调整。当前中国产业发展中固然有一些产业投资偏旺，但是还有不少产业并不过旺，甚至是偏冷的。前一段的调控措施重点在于抑制部分行业的投资，下一步在“抑”的同时要考虑“扬”的问题，要重点强化经济和社会发展中的薄弱环节。

第二,区域结构调整。通过此次宏观调控的实践检验,人们对区域不平衡性看得更加清楚。发达地区和不发达地区由于基础不一样,在发展中呈现出不同的投资增长率是可以理解的,加上市场化进程不一样,改革和发展动作有快有慢是一种正常现象。如果实施“一刀切”的宏观调控政策,就很可能出现“先行者切尾巴,后行者切脑袋”的状况。因此,要强调区别对待,要特别重视西部等不发达地区和东北等老工业基地的经济发展问题。这里要具体情况具体分析,避免“一人感冒、大家吃药”的现象发生。

第三,城乡结构调整。中国经济发展中最根本的结构调整是城乡二元经济结构的调整。中国的第一次革命道路不同于俄国的“城市中心爆破”的道路,走的是一条“农村包围城市”的道路;如今推进的“第二次革命”也遇到“城市中心论”与“城乡协调论”的道路选择问题。中国属于发展中的国家,城乡差别很大、二元经济结构相当严重,因此必须把解决城乡发展的严重失衡问题作为结构调整的重中之重。

宋　宏:与许多国家常常是在经济发展慢时出现问题不同,我国往往是在经济发展快时出现问题。新一轮经济增长不过运行了短短三四年便发生局部过热,这正暴露了我们的经济增长方式所存在的粗放式、土地资金能源等资源高消耗问题。转变经济增长方式业已提出多年,但问题却屡屡发生,而这次对我们可谓是严重的警告。对此,您有何看法?

常修泽:早在上世纪80年代初期,党中央即提出要走“经济建设的新路子”;以后又明确提出“推进经济增长方式的根本性转变”。现在需要深思的是,多年来一再强调的这种理念为什么一直没有实现?转变经济增长方式为什么没取得实质性进展?为什么会出现这样的情况?我分析其原因,发现有如下几点:第一,与投资决策的失误有关。有些低效率的项目本身就是政府投资失误导致的,再加上现行的审批经济未予根本改变,也妨碍了经济效率的提高。第二,体制的原因。例如,“谁投资、谁决策、谁收益、谁承担风险”的市场化投资体制一直没有建立起来;市场竞争中的“优胜劣汰”机制也很不完备,民营企业反映“进入时在后,退出时在先”,这就很不公平。如果能够使国有经济和民营经济公平竞争、优胜劣汰,经济效益就会得到很大提升。第三,结构的偏差。由于结构的失衡和低级化，这些问题也对增长方式产生了较大影响。我认为，对于中国这样的发展国家来说，不要一般地批判“高投入”，而应该批判“低效率的高投入”。增长中主要的问题不在于投资规模的大小，而在于投资效益的高低。如果不能打破“高投入和高消耗而同时低效率”这样一个“怪圈”，即使降低投资规模，依然解决不了效率的问题。所以，我主张要针对宏观调控中暴露出的问题，切实推进经济增长方式的转变。

宋　宏：您的观点对很有启发。常老师，让我套用电视谈话节目中结束时的程序，请您不妨用一句话总结您以上所谈论的观点。

常修泽：行啊，如果要我用一句话来说，总而言之，中国宏观经济走到今天，短期来说对策是“调力度”；从长期和深层来说，重点在“紧改制、重结构、转方式”，这恐怕是解决长远问题和深层问题的一个根本出路，也是三个值得重点研究的问题。

宋　宏：谢谢常老师今天和我谈了这么多的深刻见解。我还知道，您在经济学界有着“常产权”的称呼，您在产权理论研究和中国产权制度改革对策研究上有很多深刻的见解，希望能有机会再向您请教。

常修泽：不客气。你也是做经济学研究的，我们交流起来很轻松，以后我们还可以找机会再多多交流。

吕政，经济学博士，工业经济研究所所长、研究员、博士生导师。主要研究方向：工业发展理论与政策。主要代表作：《对计划与市场机制相结合的再认识》、《九十年代中国工业发展的任务》、《工业结构调整任务的变化》、《九十年代以来中国工业发展的新特点》、《需求约束下的工业增长》、《中国工业经济问题研究》、《工业经济学》、《走向21世纪的中国经济》、《从贫困走向小康》。本人多项研究成果获得国家级、院级奖励。曾获得"国家级中青年有突出贡献专家"称号，1993年被评为享受国家政府特殊津贴待遇的专家。

新型工业化：中国工业发展趋势与模式

——著名经济学家吕政教授访谈录

2008年春天，著名经济学家、中国社会科学院工业经济研究所所长吕政教授来皖出席一个学术活动。笔者也被邀请参加充作专家嘉宾，因而有幸再次见到吕政教授，并且借会议间隙访问了吕老师。

宋　宏:吕老师,您是我们安徽老乡,多次和您一起开会,听过您的许多场精彩报告,早就想专门访问您了。今天还有些时间,可以吗?

吕　政:噢!那好啊。我们谈什么呢?你提个题目吧。

宋　宏:您是国内工业经济学的顶级学者之一,今天就谈谈中国工业化的发展问题如何?当下人们最为关注的问题之一就是中国的"新型工业化"究竟是什么样的模式?我想就此问题向您请教。

吕　政:好吧,我们一起来讨论。

一、新型工业化与传统工业化有什么区别

宋　宏:谢谢您!工业化是经济发展不可逾越的阶段。我国现时就处于工业化中期发展阶段。作为"后发"国家,我们可能不是完全重复"先发"国家的工业化道路,而会有一些当今时代的特征和要求。所谓"新型工业化"应该是从这个意义上提出来的概念。另一层意思是,我国以前在计划体制下也搞工业化,而现时在市场经济体制下的工业化与传统体制时代的工业化又有不同,所以是"新型工业化"。

吕　政:你的理解很对。早在中共十六大报告中就已提出要走新型工业化道路,十六大报告中将走新型工业化道路概括为以下四个方面:一是以信息化带动工业化;二是采用高新技术改造传统产业,优化产业结构;三是实现可持续发展;四是实现资源、环境、人口协调发展。这四点可以理解是新型工业化的要求。

我想从广义的角度来讲走新型工业化道路的要求和走传统工业化道路有什么区别?这里主要从中国由计划经济转变到市场经济的工业化差异来讲,我将其概括为以下七点:

第一,在所有制结构的安排上,传统工业化实行单一的公有制;而新型工业化坚持公有制为主体、多种经济形式共同发展。深化经济体制改革中提出要发展混合经济。我认为,混合经济今后应当成为我国经济的主体。其主要原因有:一是国有经济在竞争性领域大量的退出;二是非公有制经济一部分做

大做强,也变成资本社会化的经济,而集体所有制经济已经出现了急剧的分化,多数通过承包、租赁和拍卖或已转化为合伙人甚至是私人经济。因此,我认为,今后真正的所有制的主体是混合所有制,就是说既有公有制的成分也有非公有制的成分。十六届三中全会提出,股份制是公有制的主要实现形式,混合所有制是股份制的一种主要表现。所以,从这种逻辑上讲,我认为,今后是混合所有制这样一种经济形态,将成为我国所有制结构的主体。

第二,在经济运行方式上,传统工业化道路实行高度集中的计划经济,新型工业化道路要发挥市场机制在资源配置中的基础作用。这种基础作用主要表现在这样几个方面:一是供求关系引导投资方向;二是价格杠杆调节企业的生产经营行为;三是优胜劣汰的竞争机制决定企业的生死存亡。当然,它配置资源的基础是企业作为资源配置的主体。这里涉及一个问题就是投资体制改革,它的基本指导思想就是说投资主体也有自主的决策权,谁投资、谁受益、谁承担风险。这里涉及一个理论上或实践上的问题,当投资主体决定它投资干什么、不干什么的时候,政府的责任是什么?政府还要不要审批,或者说审批是通过什么形式?它的边界在哪?我认为,新的投资体制强调了投资主体是企业,而且它要自己承担风险,取消行政或者减少行政审批不等于没有市场秩序的机制和政策。在规范的西方的市场经济条件下,没有行政审批这一手段,但是仍然有市场秩序。市场秩序的边界在哪?我的理解是,它的边界在于解决经济的外部的不经济性,至于说赚钱不赚钱、可行不可行、它的投资回报率、几年回收投资等等,这些是由企业主体决定的,政府没有必要去审这个可行性报告。而政府要审的或者要批的,着重是在外部带来的不经济性。所谓它的边界是外部的不经济性,如造成环境污染、不符合整体的国土规划和区域流域的规划。比如在淮河流域不允许建造纸厂,这么多年建了这么多造纸厂,赚了大概三十多个亿,而治理淮河要花六百多个亿,这完全是件得不偿失的事情。所以说,市场秩序的边界应当是解决它的外部的不经济性。投资体制的改革不等于说我企业想干什么就干什么。企业行为的外部不经济性问题,政府还必须管,就像国家治理局部经济过热一样,对一些小钢铁厂、小水泥厂采取一些行政的办法来制止规模不经济而且严重污染环境项目的盲目投资。

第三,在发展方式上,传统工业化道路片面强调优先发展重工业并以牺牲农业为代价,而新型工业化道路强调国民经济各个部门的协调发展。这里我想强调一点,我们的新型工业化道路能不能再以牺牲农民的利益为代价。在传统工业化道路的过程中,我们通过工农业产品的价格剪刀差,通过城乡二元分割这样一种行政的办法,限制农业劳动力的流动,通过剪刀差来为工业化积累资金。同样,在全面建设工业化、实现小康社会的过程中,事实上又出现了以牺牲农业为代价的发展趋势。这种趋势主要表现在:农民失去土地,造成了没有土地、没有职业、没有社会保障的三无农民。因此,在新型工业化道路过程中,我们要避免再次出现以牺牲农民利益为代价来实现工业化和全面建设小康社会的现象。

第四,在发展速度上,传统工业化道路过分强调经济增长的高速度,经常导致经济的过热或者是大起大落,而新型工业化道路要强调实事求是,既要积极进取,又要量力而行,在遵循客观经济规律的基础上实行有效的宏观调控,保持经济协调、健康的发展。关于增长速度问题,从 2003 年以来中国进入了一个新的快速发展时期,这一周期经济起飞了已经几年,连年高速增长。从 2007 年下半年开始,政府加强宏观调控,要控制增长过快的现状。我研究了固定资产的投资规模和 GDP 增长的关系,根据 90 年代的经验,我们认为,固定资产投资的增长率与 GDP 的增长率从全国来看保持在 2.5 : 1 是比较合适的。假定当年的固定资产的投资增长 20%,当年的 GDP 增长 8%,在这样一个水平上上下波动是比较适度的。1992 和 1993 年这两年固定资产的投资增长率和 GDP 增长率分别是 3.14 : 1 和 4.67 : 1,就出现了两年的这种投资过热。1998 ~ 2001 年,当时国内有效需求不足,整个固定资产投资的增长率都在 15%以下,而最低的一年是 1999 年,只增长了 5.5%,它与 GDP 的比率都在 1 : 1.5 或者是 1 : 1 以下,而到了 2003 年这个比值已上升到 2.93 : 1,接近于 3 : 1。因此我们认为,中国未来经济增长要保持一个适度的增长,就是说 GDP 的增长最高不要超过 8%,工业的增长率保持在 10% ~ 12%,可能是适度的。

第五,在经济增长方式上,传统工业化道路以资金的高投入和大量地消耗自然资源为代价,而新型的工业化道路要求重视科技进步,要求实现可持续的发展。那么,为什么要进行宏观调控?为什么要对局部过热的行业进行限制?我们认为,2003 年以来的工业高增长是不可持续的,而 2003 年我国的高增长消耗了全世界22%的钢材,50%的水泥,30%的煤炭,13%的发电量,进口的铁矿石达上年全世界铁矿石出口量的将近50%,这就造成煤、油、电、运的全面紧张。从短期来看,能实现高增长,但从长期来看,这样的高增长是不具有可持续性的,而且加剧了国民经济各个方面的不平衡。因此,走新型工业化道路要求一个协调的、可持续的发展。

第六,在处理工业与农业的关系上,传统工业化道路通过行政手段限制农村劳动力的自由流动,而且是采取剥夺农业的办法来为工业积累资金,而新型工业化道路要求正确处理农业与工业的关系。中国的农村工业化能不能走这样一条道路?就是能不能找到这样一种道路,即中国的家庭联产承包责任制基本的所有制形式和制度安排不变,而且要把这种家庭农业和大市场联系起来,要利用现代的高科技、新技术,同时要有一个非常有效的中介服务体系。我把它概括为"小农户、大市场、新技术、好中介"。另外,要使人口分散的农业人口向城镇集聚,而这种集聚,我们认为,首先是产业集聚,单单放开户口并不能解决产业集聚问题,就是农民进城要有谋生的职业、就业的岗位。所以说,农村人口向中心城镇的集聚必须建立在产业集聚的基础上。

第七,在经济开放度上,传统工业化片面强调自力更生;而新型工业化强调广泛地参与国际分工和国际交换,尽可能多地利用外国的资本和技术。

宋　宏:您这么条分缕析的阐论,使我们清晰地把握了新型工业化与传统工业化的区别,也明确了新型工业化的制度特征,令我受益匪浅。

二、绕不过的关口:工业结构调整与产业升级

宋　宏:我们在强调发展新型工业化时,也特别提出了要加快中国工业结构的调整和升级,这个现在大家都很关注。比如,现在能源紧张,又说经济偏热,都表现为结构问题。但是,对于工业结构如何调整、如何升级,在理解上还存在颇多差异。

吕　政:你提的这个问题很重要,新型工业化是要解决结构问题。

首先,我讲什么叫结构和结构调整,结构在整个经济增长中的主要作用

和结构调整的目标、重点是什么？所谓结构就是主要工业生产要素在不同的部门、地区和企业配置的比例关系。它的作用主要表现在以下五个方面：一是绝对制约社会再生产的比例。前期的固定资产的投入必然决定了下一年再生产产值的结构。二是影响社会产品的供求关系。我们现在又出现了煤、油、电的紧张局面，而整个的消费则仍然是供大于求，这与我们上个世纪整个80年代与90年代固定资产投资所形成的生产结构有关系。三是影响地区和国家的经济效率，也就是说，资源到底应该配置在什么样的部门。当然，将资源配置在附加价值高的高新技术产业、知识密集和技术密集型的产业是最有效益的，但是不等于说结构调整的任务就是要发展高新技术产业，而同时也包含着高新技术产业对传统产业的改造，通过这样的调整来提高效率。那么，为什么要对那些小钢铁厂、小水泥厂和电解铝来进行这种点射或者说是进行阻击呢？本来宏观调控主要是解决总量问题，你总量控制住了，实现供大于求，然后竞争加剧，它自然会淘汰那些落后企业，可是在现行的体制下我们很难做到这一点。所以，我们既要有宏观的总量调控，也要对那种局部过热的行业进行限制，甚至采取行政干预手段。比如钢材，中国钢铁产量还需要继续增长，我们认为需要3.5亿至4亿吨钢材的生产量。问题是由谁来生产？我们认为，全国现有200多家炼钢企业完全是不合理的。如果从经济效率、从国际竞争这样一个大的范围来看，我认为，全国今后有30家大型炼钢企业年生产3.5亿~4亿吨钢材就足够了，就是平均每一个钢铁企业生产一千万吨以上，多的达到三千万吨。因此，我们要建立一种使我们的生产要素向优势企业、大型企业集中的机制。缺钢材不等于都要去办钢厂，完全可以通过购买宝钢、马钢、鞍钢、武钢的股票让这些大型企业来进一步做大，而没有必要再建年生产量一万吨以下的中小型钢铁企业。这就是说，这种结构问题实际上是要在“十一五”期间乃至更长时间里着重调整的，要使我们的生产组织结构向优势企业集中。四是结构调整关系到国家和企业的竞争力。五是决定了进出口贸易的规模和产品结构。这是对结构调整的一般的分析。

其次，结构调整主要解决两个矛盾。第一个是消除结构性过剩或者是结构性短缺，避免经济运行中的剧烈波动。我们在上个世纪的七八十年代是解决消费品供给不足的问题；80年代后期到90年代初是解决基础产业的瓶颈障碍。到90年代中期,这个基础产业的供给不足矛盾基本缓解了。这给人们一种错觉,中国基础产业的瓶颈障碍已经消除了。而现在又出现了新的煤、油、电、运全面紧张的局面,这表明,中国所谓消除短缺问题还没完全消除。这是结构调整需要解决的第一个目标。第二个是促进生产要素向更高的部门转移,提高资源配置效率。我们认为,从总体上讲,中国产业结构调整的重点已经转向了第二个方面,就是转向了提高资源配置效率。即使是解决资源性产品短缺的矛盾,也不能完全采取传统的面多加水、水多加面的办法,也要通过提高资源配置效率来缓解这种短缺。例如,电解铝、氧化铝的耗电总量占全国耗电总量的5%,这是近年来电力紧张的一个重要原因。比如水资源紧张,我国的吨钢消耗的淡水是15吨,华北地区集中了全国三分之一的钢铁生产能力,而华北地区是严重缺水的地区,如果南水北调,调到北京的成本是4块钱1吨水,如果你消耗15吨淡水的话,那么仅是水的成本就要达到60块钱,还不是进厂成本。所以,华北地区的唐山一带和邯郸地区大量的小型钢厂必须要给它"枪毙"掉。所以,我们认为,消除资源性产品短缺,要加大投入,更重要的是要提高资源配置效率,要进行结构调整,把这些资源配置到效率最高和设备最先进的企业去。这是进行结构调整的目的。

第三,结构调整发生的两大变化。第一个变化是结构调整的主体由政府转向了企业。因为资源配置的主体是企业,而结构是资源配置的比例关系,因此,结构调整的主体应该是企业。干什么、不干什么,企业说了算;而政府的主要职责是制定市场秩序的规则。随着这种主体转变,政府的作用在结构调整中主要表现在以下三个方面:一是创造公平竞争的市场环境。例如,安徽阜阳的奶粉制假售假事件,你不打击假奶粉,真正的奶粉生产厂家就要倒霉,因为它的奶粉生产成本高,必然竞争不过假奶粉。因此,创造一个公平竞争的市场环境是政府在结构调整中的第一个任务。二是提供公共产品,搞好基础设施建设,为企业的结构调整创造一个硬件的平台。三是建立完善的社会保障体系。在结构调整过程中,企业要减员增效,而对于失业下岗的职工,政府有责任对他们进行再就业培训。此外,政府有责任建立失业保险基金和最低生活保障费用制度。要提高效率,就应当鼓励企业裁员,那么裁下来的人,政府要兜底。所以我认为,在结构调整中,政府建立完善的社会保障体系有利于企业进行结构调整和优化。

第四,产业升级,就是关于当前和今后是不是仍然呈现重化工业快速增长的格局，就是从21世纪或者从第九个五年计划开始出现了重化工业明显加快这样一种趋势。安徽过去提出来要建立轻工大省,但是我们从统计数据上看到,从1998年到2003年安徽重工业的增速大大快于轻工业的增速,重化工业增加值的比重已经达到64.3%，而轻纺工业增加值的比重已经降到35.7%。这种格局会不会持续下去?为什么会出现这样一种局面?它对轻纺工业发展有什么影响?总体上看,目前轻纺工业的产品多数是供大于求,在整个价格上涨中,轻纺工业的产品价格很难升上去,就是生产资料的价格上升了,传导不到下游产业,你想涨价也涨不上去,它受到需求的约束。从宏观上看,最有效的解决办法就是调整积累与消费的比率,降低积累率,提高消费的比率。提高消费比率的问题在于提高谁的消费,长工资能够提高消费,但是现在对城镇大多数有稳定工资收入的人来说,长了工资可能转化为储蓄;现在真正消费不足的是农民,但是又缺乏一个能够提高农民消费的有效机制。从总的格局上讲,今后几年间重化工业快速增长的格局不会发生变化,这是因为,一是需求结构变化了,就是对住房和一部分人对汽车的购买,加重了对重化工业产品的需求。二是城镇化进程加快,就是对旧城改造加快,我们认为,从现在到2020年,中国城镇化的速度是每年平均增加一个百分点,就是说全国13亿人每年大概有1300万人稳定地转化为城镇人口。到2020年,城镇化率将从现在的34%上升到51%,或者再高一点。三是投资规模,这些年每年增长20%,几年就翻一番。固定资产投资的增长导致对能源、原材料需求的增加。现在,拉动中国经济增长最快的主要集中在五大部门,第一是石油化工,第二是冶金,第三是成套设备、重型机械,第四是交通运输设备包括汽车,第五是电子通讯设备制造业。这五大部门在整个中国工业经济增长拉动率中占53%,并且,新增的利润中52%以上也是这五大部门创造的。这就是中国整个结构变化出现了重化工业和资本密集型产业加快这样一种格局。在这种情况下,安徽要成为轻工大省,就要分析未来的消费品工业的市场需求。如果说积累与消费的比率调整了,那么,它会对消费品需求拉大,另外就是靠出口。

第五，关于战略性产业的选择。2003年有十几个科学家给中央领导写信,提出在2010年至2020年要发展中国的战略性产业,防止高新技术产业的空心化。那么,什么叫空心化?空心化有两类,第一类是说如同日本、台湾的产业转向中国大陆,日本和台湾的生产下降,市场需求萎缩,就业减少,这是一种空心化。而我们现在要防止的不是这种,因为现在产业往我国大陆转移。我们要防止的是第二类空心化,就是有高技术产业,而没有高技术,也即高技术产业出口比率增长很快、比重提高,但是核心技术没有。比如,昆山、苏南的加工区拉动了苏南的经济增长,但是在增长过程中出现了GNP的增长与GDP的增长不对应的情况,GDP的增长很快,而GNP的增长很慢,人均GDP已经接近3万元人民币了,而当地的人均收入也就在8000元人民币。那么,这种巨大的反差是什么原因造成的?这就是我刚才讲的空心化,就是你没有技术,只是做代工。他们当地人概括叫"税收交给中央、利润留给台商、工资发给老乡"。为什么税收交给中央?当然,税收交给中央还是在国内,还是为国家作贡献,因为加工工业的增值税是17%,而17%中的75%是中央税种;利润留给台商,就是台商在昆山建立的这些加工制造业,关键原器件的采购,通过转移定价,它的某公司在台湾就赚了一大笔,然后它控制出口渠道,那么它可以把利润做到零,让你利润所得税征不到,然后这一笔利润它赚了,所以利润留给台商;工资发给老乡,因为在这个流水线上的大部分是安徽、苏北、湖南、江西到苏南去打工的这样一些人,他们除在当地进行一些消费以外,到年底或者中间要把他们所赚的钱汇回老家。所以,这是从一个局部分析和反映了GDP与GNP增长的格局问题。而相反的,浙江的这种格局要赚的就是净赚的,而浙江一般的贸易出口要远远大于全国其他省份,包括广东,它自己加工自己出口,而且是私营企业,赚的绝对是下了自己的腰包。当然从发展过程看,有外资总比没有外资强。但是,我们认为需要调整中国今后引进外资和利用外资的这种结构。我个人的观点是,中国已经越过了资金缺口的矛盾,对中国的经济发展,重点是要引进具有高新技术产业的这样一种外资。选择战略性产业的目标,应解决这样三大问题:一是我们不能长期为跨国公司做代工,必须要增强资本和技术密集型产业的竞争优势,既要发挥比较优势,也要增强竞争优势,推进产业升级;二是要解决工业化、城镇化和现代化与资源短缺的矛盾,那就是这种产业要如何有利于解决资源瓶颈问题,如何加快装备制造业的发展,使整个国民经济的物质技术基础转移到现代化的基础上来;三是对国际政治、军事关系必须要研究。我们面临着日本和美国针对中国的冷战和威胁,发展以高技术为基础的国防工业仍然是一个不可懈怠的战略性任务。因此,我认为,战略性产业的选择主要是解决上述三大矛盾。这是我要讲的关于结构调整问题。

三、"中国制造"向何处去

宋　宏:中国现在被称为"制造大国",但是最近人们醒悟到,"中国制造"并不一定是我们的目标模式,因而,"中国创造"的呼声变得越发激烈起来。您能否对中国制造业的未来发展作个预见?

吕　政:这个我想介绍一下,就是国务院科技领导小组领导制定到 2010 年和 2020 年中国中长期科技发展规划,其中涉及工业领域的一个是制造业,另一个是高新技术产业。对到 2020 年中国制造业发展的重点是什么?这个规划指出了现代制造业未来发展的趋势,我将其概括为以下七个方面:

第一,制造业全球化。所谓全球化,即由原来的产业的垂直分工,就是不同产业的垂直分工转向同一产业的产业面的垂直分工,就是这一产业我可能在美国做研发、做设计,到中国来做零部件、做组装,就是通过同一产业内部的不同产业链来在全球范围内进行最优的配置,哪儿便宜,哪儿成本最低,我就转移到哪个地方去。这是制造业全球化的一个最典型的在同一产业的产业链的垂直分工。

第二,制造业产品的智能化。如现在的汽车,现在认为最高档的汽车,如奥迪中的中电子智能设备的价值已经占汽车整个成本的 30%。我们现在能不能不要去发展整车,而根据这样一种汽车发展趋势去发展汽车智能化的零部件和原件及器件。

第三,制造业的网络化和虚拟化。所谓虚拟化就是我本身可能有研发的力量,但是我不一定有自己的制造能力,我利用我的研发和设计然后进行社会化的大生产。我想举一个最典型的例子,湖南的长沙有一个中连重科,它过去是建设部建材总局的一个建筑机械设计院,后来改制为企业。因为本来是一个建筑设计院,它只有设计能力,而没有制造能力。改成企业以后,它只扩张或者是增加它的核心的关键的部件的总成能力,而其他的零部件生产一律是谁有生产能力,谁达到了我的标准,我就让谁干。这样,这个只有3000人的企业2003年的销售额已经达到60亿,净利润是3亿。而徐州的工程机械集团有2万人,它的销售额2003年是155亿,它的净利润也只有3亿。也就是说,长沙的中连重科3000人的销售额达60亿,净利润是3亿,而徐州重工155亿的销售额,也只有3亿的净利润。所以说,这种采取虚拟的办法,就是说它有设计消化能力,有关键的技术的总成能力,把零部件扩散出去实行高度的专业化分工,效率更高。当然,这种改制过程,董事长个人控股20%,是一个国有控股的股份公司,但是董事长(这规划院的前院长)个人占了20%股份,无论它的内部运行机制还是它的产业组织方式,我认为都是很现代或者是很先进的。我想提出这样一个启示,我们要发展装备机械制造业,第一关键是你的设计研发能力,第二关键是你核心零部件和总成的能力。至于说一般零部件的制造完全可以扩散,这样来造成大量的专业化分工的工厂,这是关于制造业所谓的敏捷化,就是使用现代电子计算机技术来改造生产流程。

第四,制造业的服务化。也就是制造业很多的服务性的工作完全从企业分离出去,成为技术密集型服务行业,专门为制造业服务,以提高制造业的生产效率。

第五,"十一五"装备制造业发展的重点,第一是电力设备,因为"十一五"期间平均每年要新增装机容量大概三千万千瓦;第二是大型石化设备;第三是大型车船装备。车船装备和轨道交通设备这两个问题。第一个问题是造船。有人说,中国的造船工业是"造壳工业",而不是造船工业,就是把钢板焊起来,而里面的值钱的附加价值高的关键性部件和设备大部分是靠进口,所以必须要提高造船的附加价值,就是要把"造壳工业"转变为真正的造船工业。有许多人问,中国为什么不能造航空母舰?我们能造17万吨、30万吨的油轮,现在17万吨散装船的甲板的面积已经有两个足球场大,关键是舰载设备你造不出来,所以说造船是要解决那些附加价值高的关键性的那些部件和设备。轨道交通是未来的发展重点,现在有一个争论,即到底是引进还是自己干。我们主张是引进技术,自己制造。另外还有大型隧道掘进、井下采掘设备、环保设备、农业装备和医疗器械等。

第六,研发的重点制造业。

第七,重点研发的领域。

四、产业集群与地方特色经济发展

宋　宏:新型工业化也要有新型的产业组织形态来支撑。比如,当下国内产业经济学界热议的"产业集群";许多地方也在工业规划中大力鼓吹发展产业集群。这应该说是个好现象。我们在上世纪 80 年代因搞小而散的布局吃了太多的苦,现在应该寻求符合产业发展规律的产业组织、产业布局了。

吕　政:对,对。我们已经观察到,在中国区域经济布局中出现了生产要素向优势地区集中的趋势。比如,珠三角、长三角、东莞、温州、宁波在国内市场的占有份额非常高,其他地方休想和它们竞争。在一般同类产品的领域,从资源配置上讲,这是最有效率的,就是生产要素向优势企业集中的同时也向优势地区集中。什么叫产业集群?就是同类企业在同一地区集中了大量生产同类产品和配套产品的企业,通俗地说就是企业扎堆。而这种产业集群具有非常显著的规模效应,它实行高度的专业化分工而且有很强的配套能力,物流成本低,社会化服务体系完善,主导当地或该产业的技术进步方向,产品成本具有竞争优势。例如,四川长虹斥资 2 亿余元在广东中山设厂,从企业的抉择看,它为什么要搬到中山?因为,这个地方采购电视的零部件非常容易,而且采购成本低、配套能力强,另外它是要出口到海外,它的运输成本要远远低于在绵阳生产彩电。所以这都是产业集群带来的,你越发展它就越要向这个地方集中,必须要看到这样一种趋势,因势利导。

宋　宏:做事总得有目标,对于一个地方,做产业集群也应该有自己的理念和目标,否则就成了盲目赶浪头了,热闹一阵旋即便灰飞烟灭。

吕　政:你说的这一点很值得重视,一个地方发展工业一定要有科学理念和明确目标。我认为,做特色产业就是目标,就是我不干则已,要干我就要把这个领域干成全国的龙头老大,甚至在世界都占有很高的市场份额。我想把这种产业集群概括为四句话,即“特色求生存,优势求发展,竞争出效率,垄断出利润”。我们讲竞争是最好的,但是如果你不形成在这个领域的垄断地位,你就赚不了钱,你永远是步履薄冰,利润就摊得很薄。比如,IT 产业普遍销售额在上升,利润率却平均下降 30%以上,过度竞争必然是这样的。所以说,必须要形成一种在竞争格局下相对垄断的这种状况,我不干则已,我要干就要垄断这个市场,少则 30%,多则 50%、60%的市场,但又不是绝对的垄断,仍然有寡头垄断竞争。这种产业集群大大促进了专业化的分工,别的地方再想上类似的项目就很难和这个地方竞争,也就是你必须要找到你的地区特色。例如,温州做鞋子,它已经把鞋子做到了极致,或者说它已经把它做到了成本很低。因此,根据产业集群的这样一种趋势,我们必须要找准自己的特色,每个地区必须要找准自己该干什么,不要盲目地去模仿。当然,它的结果是导致地区之间的不平衡性。我认为,这种不平衡性具有客观必然性,由于生产要素向少数优势地区集中具有客观必然性。但从宏观上看,它有利于提高生产要素的配置效率,有利于在最狭小的国土空间创造最大的国内生产总值。比如,珠江三角洲、长江三角洲、环渤海地区的整个 GDP 占国内生产总值超过了 60%以上,国土面积利用是最有效的;在成渝,在 9 万平方公里以内要把四川和重庆地区最有竞争力的大型企业摆放在成渝铁路沿线,造成一个成渝工业走廊;湖南要在湘潭、长沙和株洲这样一个三角地带(平均相互之间的高速公路只有半个小时的路程),建成整个集中湖南最优势的企业在长株潭三角地带。从生产要素配置的趋势看,这种发展不平衡性完全是有道理的,不能撒胡椒面,面面俱到,都想发展,这儿摆个厂照顾你,那儿摆个厂照顾你,这样会整个降低了生产要素的配置效率。日本也是这样,东京湾地区、大阪的关西地区人口非常集中、产业非常集中,但创造国内生产总值 65%以上;美国的旧金山地区、五大湖地区也是这样。所以说必须要看到这种不平衡性所带来的积极的一面,它促进生产要素集中,提高了效率。它带来的地区间配置的不平衡,也有解决的办法:一是财政转移支付;二是欠发达地方人口可以向这些地区集中,在这些地区可以造成一个中等或特大的城市群。这样可以使那些欠发达地区人口减少,也可能改善它的生态环境,提高它的单位农业产出。

宋　宏:那么再进一步问个问题:产业集群的形成需要什么条件?

吕　政:这是需要一定条件的,没有条件不可能有产业集群。我认为有以下几点:一是要有正确的产业定位,就是你选什么、干什么,你必须要选准了,不能频繁地更换,这干不成再换一个产业;二是良好的社会经济环境;三是关键的企业家的创业和创新精神,你光有政府着急不行,你必须有企业家,有领头羊;四是龙头、骨干企业的带头作用,就是引进或者找一个龙头企业,龙头企业一扩散,带动大量的专业化分工,围绕主导产业形成一个产业链来带动这个地区的发展;五是建立高度的专业化分工体系。

合肥地区有大量的机械装备制造业,这些机械装备制造业可能普遍存在这样一个问题——大而全,厂很大,少则一千人多则几千人,但是一年的销售额没有多少。我认为,装备制造业和机械加工包括汽车工业也是这样,你要想做大必须做小,没有小企业就没有真正的大企业。小企业只有做到大批量、做到专而精、做到高度的专业化分工,才能提高整个的生产配置效率。我曾经到过肇庆和武州交界的地方,那已经是广东最西部的地区,在一个很落后的县有一个汽车零部件厂。这个汽车零部件厂就做发动机活塞里面一个连杆系列产品,但美国的福特和通用公司都在这儿大批量订货。这个零部件厂,它就把汽车发动机活塞的连杆做的质量能达到通用和福特的要求,而且能做到大批量的生产,成本远远低于美国本土甚至低于日本、韩国,但质量却能达到人家要求。在全球产业链的分工中,我们能干什么?如果我们能有一个高度的专业化分工体系的小企业的发展,那么,我们的加工组装制造业就能发展起来。比如说奇瑞,除了车型及车内装饰要进一步改进以外,还要进一步加大零部件产业的配套,发展那种高度专业化汽车零部件工业,就像日本的静冈,丰田汽车所在地,要形成这样一个产业集群带。

顺便说一下产业集群与边缘化问题。这个问题是指大部分产业集群集中在沿海地区,向沿海地区集中,内陆在新的经济发展中有被边缘化的可能性。例如,安徽虽然靠近长江三角洲,但也有可能被边缘化。这里我们需要研究一下,意大利在欧洲的发展中,曾经遇到了边缘化这样一种困境,二战以后,英国是老牌的工业国家,德国、法国的工业也要比意大利先进,意大利没什么好做的了。意大利在一段时间内变成了一个相对的内陆国家一样,它被边缘化了。意大利怎么来解决这样的问题?意大利首先找准自己的定位,把传统的文化和记忆与现代的小企业的专业化分工结合起来,发展具有意大利特色的以小企业为主导的产业群,如服装、鞋子、工艺品、小型机械等,还有一些具有特色的国防军工产品。这样,意大利摆脱了自60年代以后被逐渐边缘化的窘境而成为西方强国之一。随着长三角、珠三角的发展,内陆地区要防止自己被边缘化。

五、民营经济:新型工业化的主体之一

宋 宏:在中国这样一个尚处于转型中的国家,新型工业化同时会伴随着所有制结构的转型,特别是中国内地,民营经济还相当不充分。作为市场经济中最具活力的主体,这一成分亟需发育、壮大起来。

吕 政:是啊。我认为,中国东部、中部、西部的差距主要是在民营企业的发展与不发展上。这儿有个数据,这种格局现在没有什么大的变化,就是整个东部地区的企业数量、产值占的比重达62%,中部占21%、西部占17%,产值东部占70%、中部占15%、西部占13%。你从这样一个比例上可以看到,东部的发展首先是取决于民营中小型企业发展的。全国排序最先进的也就是广东、浙江、江苏。那么现在,传统的民营企业发展的机遇在中西部地区已经错过了,就是你现在再要重新按照浙江那样去做鞋子、服装,往中部地区转移,这是一种渠道。其次,民营企业的发展也有新的机遇,参与技术和资本密集型产业的发展,这主要是东部地区、沿海地区的民营企业已经越过了原始积累,它有钱了,它才能进入这些领域。当然进入这些领域,在宏观调控下它遇上了一些矛盾,它在进入过程中有盲目性,这需要引导。“十五”时的宏观调控期间,关了江苏铁本,新疆的德龙也垮台了,然后新希望集团全面收缩,所以有人认为每次宏观调控就是针对民营企业的。我曾在温总理召开的一个座谈会上建议,需要对民营经济的发展,在宣传上、舆论上有一个正确引导。此外,我曾在广东接触过一些大的企业家,他们说这一届政府强调关心穷人、关心弱势群体,会不会冷落富人,会不会出现对民营企业、对大企业的歧视?我说

不会的,“三个问题”已经解决了,趋势上不会出现逆转。第一个问题,2001年,江泽民在“七一讲话”中强调,私营企业家也是社会主义建设者,优秀分子可以入党,在政治上解决了问题。第二个问题,国家不断发文,取消对民营企业的产业整合,国有企业能进入的、法律不禁止的,民营企业也可以进入。第三个问题,对民营企业的资金的放宽,当然这个问题并没有完全解决;更重要的是,私人的合法财产受到法律保护,而且也可以继承,在法律上也解决了。因此,政治上、经济上和法律上不会出现对民营企业发展的逆转问题。

我认为,现在民营企业从发达地区的情况来看面临着以下五个转变:一是开始由劳动密集型向资本密集型转变;二是产权形态由私人独资向社会化转变;三是企业规模由小企业向大企业转变;四是治理结构转向现代的委托代理制;五是生产经营空间由本地向家乡以外的地区转移。对于浙江民营经济的发展,我概括出以下两条:一是开明的政府;二是精明的农民。我给浙江概括了五个没有:没有工矿资源、没有大型国有企业的基础、中央政府改革开放以后没有在浙江进行大的投入、没有大量依靠银行的贷款、没有大量外资的进入。但是,浙江经济发展为什么很快?我认为:第一,政府必须努力营造一个宽松的有利于发展民营经济的外部环境,要减少各种苛捐杂税。前几年,《经济日报》报道,湖北省的赤壁市有2360种税费,最后炸油条的也不肯再干,他们宁肯到广州去打工也不愿做小买卖了。要想真发展,政府就要营造宽松的环境,要为民营企业的发展创造条件。第二,你必须有企业家,有这种精明的农民。我1963年冬天在安徽徽州的潜口塘毛大队搞过三个月的“四清”,当时有温州的人到那儿讨饭;最近几年,我到温州去问,他们说那时确实有到安徽南部讨饭的,这是一种精神,就是说我觉得需要在商品经济条件下奋斗的商业进取精神,这个可能是市场经济最深厚、最广泛的一种基础,只有具备了这种精神,才能使这个地区的经济发展起来。

宋　宏:一口气我们就谈了这么长的时间,您谈的内容非常丰富,使我深得教益。非常感谢您!

吕　政:不客气,安徽我常来,我们还有机会再谈。

樊纲，经济学博士，中国社会科学院研究员，中国社会科学院研究生院教授；国家级有突出贡献的中青年专家，现任中国经济体制改革研究基金会秘书长，国民经济研究所所长。男，汉族，1953年9月生于北京；祖籍为上海市崇明县，1969年赴黑龙江生产建设兵团务农，1975年转到河北省围场县；1978年考入河北大学经济系（七七级）政治经济学专业，1982年毕业后，考入中国社会科学院研究生院经济系，主攻“西方经济学”专业；1985年至1987年赴美经济研究局及哈佛大学访问研究；1988年获经济学博士学位；同年进入中国社会科学院经济研究所工作；1992年至1993年任《经济研究》编辑部主任，1994~1995年任经济研究所副所长。

推进“中部崛起”的思路与对策

——著名经济学家樊纲访谈录

2006年新年伊始，著名经济学家、中国经济体制改革研究基金会秘书长樊纲教授应邀来安徽出席“2006安徽财富论坛”，并作了有关“中部崛起”的学术演讲。笔者在此期间就“中部崛起”的有关问题专访了樊纲教授。

宋　宏：樊纲教授，久仰您的大名。对于您的著作和文章，我是一直注意学习的。今天能有机会访问您，真的是很高兴。

樊　纲：不客气，不客气，我也很高兴和你一起交流。

一、解读"全民创业"

宋　宏：刚才您就"中部崛起"问题发表了很好的学术演讲，听后颇受教益。您也知道，前几年，国家实行东部大开放、西部大开发、振兴东北老工业基地等区域经济政策，一度盛传"中部塌陷"的说法。好在国家终于提出了加快中部地区经济崛起的区域经济政策，近年来，"中部崛起"日益成为国人关注的热点，也成为中央的战略决策。目前处于中部地区的安徽、江西、山西、河南、湖北、湖南六省正在努力实施"中部崛起"，有关的思路研究与对策设计更是在紧锣密鼓地进行中。您在这方面有什么见解？

樊　纲：据我的观察，中部地区过去长年是"左顾右盼"，虽然有发展，但进展不算快，所以有过"中部塌陷"的说法，也因此有一个"中部崛起"的现实必要性。我作过一些调查，我的感觉是，中部地区经过多年投资建设，特别是交通、能源、水利、开发区等基础设施建设较快，与东部沿海发达地区相比，基础设施落后已不是制约"中部崛起"的一个主要"瓶颈"，差距更多的是在软件建设方面，即体制方面的差距。因此，要打造一个有利于崛起的更好的平台，我觉得中部地区各省更应关注体制等软件的建设与改善问题。由于历史原因，中部地区的体制包袱更重一些，导致了在为民营经济和民营企业发展创造条件方面还存在着一定缺陷。

宋　宏：您说到民营经济发展，这正是中部各省现时特别强调的发展道路。安徽就提出了"全民创业"的口号，其指向就是希望动员民间力量发展民营经济。

樊　纲：我知道，现在安徽、江西等中部省份都提出了"全民创业"的发展思路。我很赞成这个提法。我们可以研究一下江苏、浙江的发展经验，实际上，江苏、浙江今天的成就大多是全民创业的结果。全民创业激发的是蕴藏在民间的而不仅仅是政府的创造性的东西,这样的活力一旦被激发出来,其产生的能量无比巨大。江浙等地正是激发了全民的创造力和活力,才有了今天江浙等沿海省区县域经济活力巨大、民众生活富裕的面貌。但是,也要认识到,全民创业是一个长期发展的过程。这里有全民创业文化的培育、创业环境的改善、创业的制度保障等很多方面的问题,而解决这些问题需要一个长期的过程。

宋　宏:您说得很对。我在去年曾到浙江温州作了几天调研,深深感到浙江经济的发展,就是依赖于民营经济。浙江当年的工业基础也相当单薄,农业比重也很大,与中部省区的情况非常相似。但是由于在市场经济环境下,民间力量起来了,民间的创造力释放出来了,使得浙江现在成为中国最发达的省份之一。有学者称,浙江经验对于中部地区有着普适意义,中部地区要崛起就必须大力发展民营经济。

樊　纲:我觉得这个观点是有道理的。可以看得出来,中部几个省份提出"全民创业"的口号,就是借鉴了浙江的经验。

宋　宏:美国经济学家曾经指出,政府是"区域经济增长机器",也是制度供给者。在这个主体地位上,它在鼓励全民创业中毫无疑问应该发挥相应的作用。时下中部地区的一些省份提出"全民创业"的正是当地政府,但政府显然不能仅仅是"号召者",而应该作为一个方面的主体为全民创业做些什么,以尽分内职责。

樊　纲:是的,全民创业的内涵不是政府单纯对民众和社会的口号,而是内在地要求政府自己在制度上进行改革和政策调整,为全民创业提供好的服务。这正是政府的应尽职责。政府应该相信民众、相信企业、相信市场。首先,一个好的政府要弱化对企业和市场的支配,要让企业和创业者自主投资、经营和发展。政府的责任在于加强制度创新,提供好的投资环境,降低投资和创业中的政务成本。目前,不少地方企业和创业者的商务成本很高,其中政务成本过高就是一个重要因素。政府要鼓励全民创业,就一定要把这个政务成本降下来。其次,政府还应摆正自己的位置。企业的发展并不是靠政府"扶植"起来的,而是在市场中竞争出来的。政府的职责在于营造一个好的公平的环境,同时为企业和创业者提供更多的公共产品与服务,如信息支持、培训、品牌推介等。值得强调的是，我想中部地区的省市政府应推动成立一批区域性中小金融机构，为当地中小企业和创业者服务。大商业银行的营运成本较高。大量复杂的小规模的项目经过层层审批所耗费的成本过大，因此不能给中小企业提供小规模的风险性的贷款。所以，在创业问题上，政府不应鼓励由大商业银行来支持中小企业投资；在创业阶段的中小企业也不能将希望完全寄托在大商业银行之上，因为大商业银行本身并不是提供风险性较高投资资金的机构。实际上，中部地区经过这些年的发展，民间资本越来越多，如何将民间资本集中起来做创业投资，是值得考虑的对策。地方政府则应该建立一些区域性商业银行以及风险投资基金机构，做小做专，做出特色，以支持全民创业。风险投资基金是我国金融中发展一直比较薄弱的，正需要政府投入更多的精力。

二、宏观调控对"中部崛起"有什么影响

宋　宏：谈论"中部崛起"，离不开当前所处的宏观形势。时下经济界对当前和今后一两年国家宏观经济形势的判断各异，莫衷一是。例如，有人说，当前宏观经济偏热，中央宏观调控趋于偏紧，这对刚刚开始发力的"中部崛起"颇为不利。这种观点有着相当的影响，以至于一些地方在编制"十一五"规划思路时发生较大的争议。甚至还有人颇为悲观地说，在宏观调控趋紧之时提出"中部崛起"，似乎生不逢时。您认为宏观调控对"中部崛起"会有什么样的影响呢？

樊　纲：据观察和分析，在过去的两三年里，我国经济又经历一轮过热的周期。这一段时间投资上涨的速度大幅增长，全国的宏观经济出现过热。从2005年下半年开始，投资过热的不良后果开始显现出来。一些企业很快出现了"产能过剩"的苗头，一些企业利润开始下降，有的甚至处于濒临倒闭的境地。2006年在一些生产资料，如钢铁、水泥及机械（尤其是运输机械）等行业，"产能过剩"问题开始显现。"产能过剩"将会造成通货紧缩，在这些行业将会发生投资减少甚至戛然而止的情况。未来可能出现的这种"产能过剩"是由

2003、2004年前后投资过热所造成的。经济过热真正的后果,就是过热当中形成过度投资,并由此产生的过度产能,并最终导致通货紧缩乃至经济萧条。大家都很关心,在新一轮增长中,这种"产能过剩"的出现,会不会对经济正常运行产生影响?我认为,这可能会对经济产生一定影响,但如果宏观调控举措得当,就有把握实现"软着陆"。因为,目前我们的消费仍在正常增长,年增长率在12%以上;外部市场即出口仍保持20%~30%的增长,城市化进程仍在继续前行。这些基本因素加上技术、制度的创新,足以保证我们经济增速不会太低,并有望在相当长一段时间内保持8%~9%的增长,而这种增速如果持续两三年,基本可以消化现有的过剩能力。实际上,如果国家不早实行宏观调控,中国有可能出现经济危机。宏观调控的实质就是反周期。在本轮宏观调控中,中西部地区尤其是中小企业受到了最大的保护。"产能过剩"、经济过热是一个全国性的现象,并不存在区域差异。东部地区和大企业规避经济风险的能力明显高于中西部地区和中小企业;中西部地区和中小企业在经济过热时享受的好处可能不太明显,相反,过热之后受到的伤害却可能非常大。所以,"中部崛起"面临的宏观形势与环境总体上可以说是好的。

宋　宏:判断和认清宏观形势,更深层次的问题是企业和创业者对产业、行业的选择。这个问题对于中部各省的企业和创业者都非常现实。

樊　纲:这的确是一个非常现实的问题。应该说,今后没有"哪个行业好赚钱"的说法了。因为,我国现在的市场总体上大不同于二十年前,已经从卖方市场转变成买方市场。除了某些特殊行业,所有行业都是竞争性的行业。随着中国经济发展,未来的暴发产业将越来越少。对于中部地区的企业和创业者来说,想要发展,就必须充分利用自己的相对优势,必须凭借自己的比较优势如劳动力成本和后发优势、专业化、品牌和创新来求得生存。现在最需要企业和创业者学会创新,不仅要在高新技术产业领域创新,而且各行各业都可以进行创新。技术创新、市场创新、制度创新、理念创新,这是一个大概念,是全面的创新,具有更加广泛的内涵。企业和创业者能不能拿到平均利润,完全要靠自己的努力,特别是在创新方面的努力。经济波动是一个常态。在经济发展周期和宏观调控下,中部地区的企业一定要思考企业的动态战略,学会思考宏观问题,关注宏观局势,掌握投资结构和时间上的布局,再也不能蒙着头想当然地发展，而要把握宏观经济局势，在经济波动中把握机遇，由此取得发展，从而避免在新一轮经济增长中被淘汰出局。此外，还有一个问题需要认识清楚，即"大"与"强"的关系。就一般规律而言，一个企业要想持续地做大，首先必须做强。一千条小舢板捆在一起，只是一堆舢板，绝不是航空母舰。简单地做大，往往未必能强。而在市场竞争中，唯有强者才能取胜，才能持续发展。

三、"中部崛起"的产业选择要有战略眼光

宋　宏：在探讨"中部崛起"的产业选择问题方面，大家关注的是下一步中国的产业结构将会是什么样的格局？中部地区及其企业的机会在哪里？过去中部地区的产业定位基本上是以"能源和原材料基地"及"农业主产区"等为特征，这些产业都属第一产业，附加值均较低；而自提出"中部崛起"口号以来，中部各省都意识到产业升级的必要性与紧迫性，纷纷将产业选择的重点放在重化工业及加工制造业等第二产业，有的还着力发展高新技术产业。对这种思路转变，您有何看法？

樊　纲：要回答这些问题，必须先思考我们目前处在一个什么样的发展阶段。我认为，中国目前仍处于工业化中早期阶段，其根本标志是目前农村仍有40%的农业劳动力人口，而未来会有30%左右的农业劳动力人口从农业转移出来。因此，就业问题才是中国目前各种问题中的根本问题。中国多年发展所取得的最大成就是转移了2亿多新增非农人口的劳动力，而未来所要面临的是仍有2亿多农业劳动力人口的转移问题。解决这一问题的最佳途径是发展劳动密集型产业以及重化工业。因此，未来的几十年，中国要继续成为"世界工厂"，成为世界的制造业中心。另外，不解决人口的就业问题，收入差距这样的问题也将是一个无解问题。中国需要继续发展重化工业及制造业，不仅是因为中国必须这么做，而且还因为中国在发展制造业上具有自己的优势，尤其是劳动力上的成本优势。正因为目前还有2亿多的农业劳动力没有转移出来，因此，中国劳动力成本低的优势将长期存在。事实上，劳动密集型产业本身并非没有发展前景。一般人会认为，世界首富是比尔·盖茨，实际上

目前的全球首富应该是沃尔玛家族，而沃尔玛本身就是一个劳动密集型产业。中部各省都是人口多、农村需要转移的劳动力多，在发展阶段上基本还处于向工业化中期迈进的过程之中。这一现实更决定了中部地区各省大力发展重化工业及制造业的必要性，而且要融入创新机制和创新要素，变传统产业为现代产业。应该说，这是有前景的，是可以有大作为的。我看到，中部地区的许多省市都提出了“工业强省”或“工业立市”的战略。对此，我是非常赞同的。对中国及其中部地区而言，工业化是一个无法逾越的阶段，只有在工业化的基础上才能城市化，这是一个必然的过程。我不太相信，在工业化没有取得较大发展的情况下，服务业就能取得很大发展。比如，如果没有工业基础，大多数老百姓收入低，发展金融服务就没有市场；如果老百姓收入低，去饭店消费的机会不可能多，餐饮业的市场空间也就不会大。所以，以工业来带动中部地区的发展，是具有战略目光的选择。

宋　宏：我想还需要明晰的是：第一，中部地区各省的实际存在一定的差异，因此在战略和战术上都应因地制宜；第二，“中部崛起”肯定不可能是一蹴而就的“闪电战”，而将会是一个需要经历数年甚至更长时间的过程，因此正如您在许多场合都反复指出的，要有动态的战略思维，要顺势而变，因势利导，特别要注意完善各省和各地经济发展的动态战略。

樊　纲：对，对。我是一直强调这一点的。要有战略思维，还要有动态的战略思维，千万不能一成不变，因为形势是不断变化的。你怎么能以不变应万变？如果一成不变就只能“塌陷”。

四、经济改革尚未到位仍需深化推进

宋　宏：您刚才说到，前几年，中部地区发展不快的原因之一是体制包袱更重一些，与沿海地区相比也主要是体制上的差距。您是中国经济体制改革研究基金会秘书长，我注意到您在学术研究中也非常多地研究中国经济体制改革问题。最近一个时期，理论界对中国改革的争论颇为激烈。有人认为，中国的改革存在偏差，造成了两极分化、加剧了腐败等弊端，不符合社会主义方向，损害了广大群众的利益。您怎么看这个问题？

樊　纲：你既然提出这个问题，那我就利用这个机会讲讲我的看法吧。我想讲以下两个问题：

其一，我对现在改革和现在存在的一些问题的关系的理解。我比较赞同这样的观点：我们现在存在的一些问题，主要的还是因为我们改革还没有到位，我们该改的很多东西还没有改，而不是因为改革造成这些问题。而且，中国现在的很多问题，不能仅仅从体制改革一个角度来理解。我们要特别认识到，中国现在是一个转轨国家，同时又是一个发展中国家，在发展的初期阶段，在发展阶段上的一些问题不是改革造成的问题。改革是发展的动力，是朝着市场化的方向发展的，经济发展了，但是经济发展了和经济还完全没有发展的情况下会出现新的不同的问题，这是发展的结果，而不是因为改革产生的这些问题，这应该说是一个非常值得讨论的问题。

中国在现在这个阶段上出现了一些如收入分配等所谓不和谐的问题，在一定意义上是我们一些改革还没有到位的问题。如腐败问题，腐败的问题不是因为改革改出腐败，而是因为原来存在的一些公权力失去监督而失控所产生的问题。没有改革，那些腐败、公权力失控现象仍然存在，随着时间的推移一样会产生问题。同时，发展过程中出现了一些收入差距拉大的情况，在一定意义上首先是因为我们过去的体制过度的平等，而且是过度的贫穷的平等，或者叫平等的贫穷，从平等的贫穷走出来自然差距有所拉大。发展到一定的程度，由于大量的劳动力的存在，由于资本刚刚开始成长，这当中也会出现一些新的问题。这个不是改革的问题，而是因为发展处在早期的阶段。如果我们作一些比较，与西方的发展过程进行比较的话，我们在工业化完成了一半这个阶段，中国走了30年工业历程，按照劳动力算，现在只转移了一半的农民，过去70%是农民，现在剩下35%，仍然离工业化完成还有很长的一段距离。在这个阶段，我们不能将这个阶段以后的那些变化应用到这个阶段。很多社会福利制度的发展也要随着这个工业化进程而逐步发展，而不能将工业化完成以后的福利制度应用到工业化进程当中来。当然，我们是一个工业化的"后发"的国家，我们要吸取一切国家发展过程当中的经验和教训，吸收发达国家中的一些已经形成的良好制度，但是在这个阶段上如果应用发达国家的一些制度的话也会产生一些问题。我们确实要看到中国的发展还是处于一个比较低的阶段,重要的问题还是怎么使农民尽快地转移出来的问题,怎么使我们的就业真正是平等的并且能够有所促进的问题。正是在这个意义上,我们做理论的人要注重如何使这个社会的大众更多地思考如何去创造、如何去生产,而不是把人们的注意力过多地转移到分配上去。这两种努力的关系应该也是一个重要的问题。

其二,中国经济改革走的是一条渐进式改革的道路,本身就说明不是一夜之间要把所有传统的东西毁掉,也不可能一夜之间建设新的制度。建设和完善新的制度是一个长期的过程,是随着工业化、市场化进程推进发展的过程。确实,现在我们必须进行新的改革,才能够解决目前遇到的许多问题。说到新的改革,现在大家说得更多的是要进行社会改革、政治改革,这方面我同意。政府应该更多地关注社会问题、政治问题,但是如果以为"经济方面的改革基本结束了,现在主要是其他方面的改革了",我是不赞成的。我认为,经济方面的改革还远远没有结束。我们现在暴露出的很多问题,仍然是经济体制改革不完善,还没有完成,还有许多问题有待于解决。

宋　宏:我同意您的观点。我也对经济改革理论的研究很感兴趣。我认为,我国市场经济体制虽然已经基本建立起来,但还远不完善,无论是微观层面还是宏观层面,都仍然有许多需要深化改革的体制问题。

樊　纲:是啊。比如,我们现在宏观经济上所暴露出来的一些问题,可能表明我们需要进行新一轮的财税体制改革。我们过去尽管搞了很多的财税体制改革,但是还有很多的财税体制安排,或者是过去传统的计划经济遗留下来的体制,或者是我们改革当中形成的一种过渡性的体制,或者是过去条件下还不可能实现的一种体制。举例来讲,我们的资源性行业,不交资源税,不向国家这个所有者分红,不跟国家分享利润、分享收入,这是传统体制遗留的问题。我们过去说都是国有企业、国有资源、国有的大锅饭,都在一个锅里,但是现在各种体制改了,企业已经实行股份制了,按股份制规则利润必须分红。国有企业不分红,这个是改革当中形成的一种过渡性的体制,因为80年代国有企业改革很困难,国家说了,国有企业可以不上缴利润,跟其他企业一样交所得税就可以了,剩下的利润你们留下来发展。这种过渡性体制显然需要进一步改革，要符合股份制产权制度的规范。还有一种是传统体制中没有，过去也没有条件实现的，如针对财产的税收问题。迄今为止，中国没有财产税，所有的税收都是针对流量，针对收入的，这个既不利于平等，又不利于整个社会的长期发展，包括政府的长期发展。没有这些针对财产的税收，导致对人们的收入所得税征收比较高，所以导致消费比较低。对这些经济体制本身的改革还需要进一步深化。只有加快这方面的改革，我们整个体系才能更加和谐、经济才能更加均衡、社会才能更加和谐。

宋　宏：今天我们所谈的内容应该说关系到中部地区各省各地能否实现"崛起"的战略和战术的重大问题。您的见解颇有启迪意义。另外，您对我国的经济改革问题也发表了深刻见解。我认为，这可以帮助人们更好地理解当下对于改革的争论。非常感谢您，希望再有机会听到您的高见。

魏杰,1952年生于西安市西郊的西江渡村。1974年西安师范毕业后参加工作,曾在西安市教育局及西安师范工作。1977年恢复高考后考入西北大学经济管理学院。1979年大学未毕业提前考取西北大学经济管理学院研究生,1982年9月研究生毕业后留西北大学任教。1984年考入中国人民大学经济系博士生,1987年毕业后留中国人民大学任教,曾任中国人民大学副教授、研究生导师、教授、博士生导师,经济研究所副所长、经济系主任等职。1996年6月起任国家国有资产管理局科研所所长,中国国有资产学会副会长等职。1991年被评为国家级有特殊贡献的中青年专家。出版《宏观经济政策研究》等20本专著,主编的著作有10本,发表论文300余篇,曾获得全国性大奖多次。兼任数十家企业及十几个省市的经济顾问,15家大学的兼职教授。

国有企业改革的最终发展方向

——经济学家魏杰教授访谈录

我国的经济体制改革从一开始,就把企业改革定位于“改革的中心环节”。国有企业改革经历了十多年的探索,先后从调整利益关系、隶属关系、权力关系的利改税、放权让利等一系列方面着手,出台了许多改革举措,但是其效果均不能尽如人意,企业及其资本的效率问题仍然没有得到很好解决。直到90年代,党的十四大明确提出了我国经济体制改革以建立社会主义市场经济为目标模式,国有企业改革方才从以往的政策调整转变到制度创新上来,由此提出了以建立现代企业制度为方向和目标的国有企业改革新思路与新举措。然而,国有企业从传统的计划经济体制转变为现代企业制度绝非易事,其中的大量理论和实际问题或是尚未达成共识,或是有待寻找解决对策,因而围绕有关问题的讨论目前仍很活跃。时值世纪之交,著名经济学家、清华大学经济管理学院教授魏杰应马鞍山市有关方面邀请来皖讲学,作了题为《关于国有企业跨世纪改革与发展若干重大问题的思考》的学术报告。笔者在听取报告后,就国有企业的产权制度改革问题专访了魏杰教授。

一、国有企业:改到深处是产权

宋　宏:中央提出国有企业产权改革已有好几年了;而且,人们大都认为,产权制度改革是国有企业建立现代企业制度的基础所在。但是,直到现在,对这样一个论断还没有达成共识。我就在多次理论研讨会上听到有些人说,国有企业的产权本来是明晰的,没有必要在建立现代企业制度时再要求"产权清晰",产权改革是不必要的,再改只会越改越乱。如此看来,现时仍需要从理论上进一步廓清产权制度问题。

魏　杰:我在刚才的报告中,重点就讲了产权制度问题。我认为,现代产权制度包括四大内容:一是产权清晰;二是产权结构合理化;三是产权的流动;四是产权制度的设置必须充分调动人力资本的积极性。国有企业的产权制度改革,应该围绕这四个方面展开,也应该达到这四个方面的效果。

宋　宏:"产权清晰"是中央提出建立现代企业制度的第一个或者说基础性的要求。就我国的国有企业状况而言,产权清晰有什么特定涵义和具体要求?

魏　杰:国有企业要实现产权清晰需要明确三个问题。一是所谓产权清晰,是指法律上产权清晰与企业现实运行上产权清晰的统一体,不能把只是法律上的清晰或者只是现实运行上的清晰就叫产权清晰。我国的国有企业在法律意义上是清晰的,企业是国家的。所以,反对产权制度改革的人就据此认为产权本来是清晰的。但是,法律上的清晰不等于在现实运行上也是清晰的。国有企业的产权恰恰在现实运行上是不清晰的。我们看到,民营企业尤其是戴红帽子的企业、大集体企业,它在法律上不清晰,但在现实运行上是清晰的。这说明,各类企业都有问题,都有清晰产权的任务。二是既然产权都需要清晰,那么,清晰到什么程度才算是清晰的?有人认为清晰到自然人才算是清晰的,有人认为清晰到政府或者法人就算是清晰的。我不完全赞成只有清晰到自然人才算清晰的观点,而认为应该尽量、只能尽量清晰到自然人,因为有的产权不能清晰到个人,只能清晰到法人、清晰到政府机构;同时对那些只能清晰到法人、政府机构的也要加强约束。三是产权应该通过什么方式清晰。这里有两条途径。首先,完善法人治理结构。它主要解决所有者与经营者的问题,把这对关系处理好,产权就清晰了。目前,法人治理结构调整中遇到的问题是如何处理“新三会”与“老三会”的关系。曾有外国的咨询公司来中国帮助国有企业搞法人治理结构,但遇到这个问题时,他们怎么也搞不明白:现代公司只有股东大会、董事会和监事会,怎么又有“老三会”夹杂其间,这不符合国际惯例,因而无所适从,只好打道回府。其次,完善委托代理结构。国有企业资产都不是经营者的,需要通过委托代理关系来由他们经营。我们有的国企董事长受贿,外国人又看不懂了:董事长怎么愿意把多的东西给人家,而自己受贿拿人家少的东西?其实,我们的董事长是假的,他并不代表所有者,所以才这样做。这表明,委托代理关系的完善是非常重要的。

二、“剪不断,理还乱”的国有资产管理体制

宋　宏:说到委托代理关系,就涉及国有资产管理体制了。我们曾经研究过这一问题，感到目前我国的国有资产管理体制内部关系相当纷乱复杂，真可谓“剪不断,理还乱”。

魏　杰:目前的国有资产管理体制里有四大利益主体,而且是“打混战”,结果导致国有企业产权清晰不了。第一个利益主体是宪法规定国有资产的所有者——全体人民。国有资产的最终所有者是全体人民,但不可能每个老百姓都来管理,而需要找个所有者代表,代表全体人民管理国有资产。第二个利益主体是所有者代表。这个所有者代表现是国务院,它按照行政体制层层往下代管,有条条即部门,有块块即省市县。这样的所有者代表存在如下三个问题,一是行政性,它的管理是行政性的;二是多层次管理,从中央国务院到基层企业,中间不知有多少层次;三是多头管理,条条上好几个部门都可以管,块块上省市县各级也可以管。第三个利益主体是经营者即经营主体,即企业的厂长、经理。第四个利益主体是国有企业的职工。所谓主人,就是所有者。但这个企业又不是职工的,所以,他们只能算是部分所有者。问题绕了一大圈,又绕回来了,可见其乱。这样,国有资产又怎么能清晰?正因为国有资产

在现实运行中是如此的不清晰，才需要“产权清晰”。顺便说一下，国有资产管理体制改革是必然的，也一直在进行。例如，国家前些年成立了国有资产管理局、上海成立了市国有资产经营总公司，还有上海模式、深圳模式、武汉模式等，都是改革的探索。下一步还会有新的改革举措，还会有新的突破。

三、产权结构合理化等于多元化

宋　宏：国有资产管理体制改革应该说是建立现代企业制度的深层次问题，也是一个关键点。在此难点上实现突破，意义非同小可。其中问题复杂，故且不去展开了。请接着谈产权制度的第二大问题。

魏　杰：这就是产权结构合理化的问题。世界上把产权结构分为两大类，一类是一元化产权结构，即一个企业的出资者只有一个；另一类是多元化产权结构，即一个企业的出资者有好几个。实践证明，一元化的产权结构不符合现代经济的发展，而只有多元化的产权结构才适应现代经济发展的趋势。所以说，产权结构合理化就是指产权结构多元化。从我国经验看，国有企业产权结构一元化，只有一个国家政府出资主体，最后永远解决不了行政干预问题。私营企业产权结构一元化，最后也解决不了家庭血缘关系的干预。家庭血缘关系干预有两重效应，当企业小的时候它是正效应、有凝聚力，而当企业壮大后它就转成破坏力，所以民营企业也出现了大量的问题。我刚才说，民营企业的产权是清晰的，资产是私人所有的，但产权结构不合理，是一元化的，摆脱不了家庭血缘关系固有局限性的严重障碍，这样的民营企业总是长不大。可见，国有企业、民营企业都有实行产权结构多元化的必要。

宋　宏：产权结构多元化在理论上没有什么疑问，难就难在国有企业在改革的实际操作中如何实现多元化。

魏　杰：这是实践中的一大难点。我认为，这里应把国有企业分为两类：一类是竞争性企业，它们都必须实行产权结构多元化，这是没商量的；另一类是非竞争性企业，它包括涉及国家安全的、自然垄断的、公用产品的和高新技术的核心企业。对非竞争性企业也要放开，让它走向多元化，但同时也要控制。

竞争性企业的产权结构多元化搞起来相对容易一些，办法也比较多，而难的是非竞争性企业怎么才能实现多元化。最近，我们研究英国电信这一典型案例。英国电信占英国电信市场的99%以上，是一个无竞争的垄断性企业。如果要搞产权结构多元化，危害了公众利益怎么办？但是，英国政府还是让英国电信上市，走向多元化。解决的办法就是在产权制度设置上搞了一个黄金股制度。所谓黄金股，就是政府在英国电信里面有一股，它是特权股。这一股的特权是可以否决英国电信董事会的决定。当然，这需要两个条件：一是企业不能随着技术进步降低装机费用，靠垄断损害公众利益的时候；二是企业不能随着技术进步降低通话费用，危害公众利益的时候。这样，既保证了这家垄断公司不能危害公共利益，又实现了产权结构多元化。政府绝对控股51%，还是政府任命董事长、总经理，经理革命都没有实现，这样的企业的多元化是假的，是搞不好的。

四、产权流动是产权多元化的必要条件

宋　宏：以国有企业产权结构一元化的现状，若要实现多元化，就必须有一个条件，就是产权应该是可以流动的。产权不能流动，股权不能转让、出售，企业产权就不能重组，产权结构多元化也就不可能实现。特别是国有资本要从一般竞争性行业退出，更必须有一个产权流动以使之能够退出和重新配置的机制。

魏　杰：对啊。这正是我要说的产权制度的第三个内容，即产权必须可以流动。产权清晰了，产权结构多元化了，但是不流动还是死路一条。我对股份合作制历来持否定态度。股份合作制可以清晰产权，可以使产权结构多元化，但是产权是不流动的，这个局限性太大，所以不应该成为改革的方向。从现代企业制度上说，产权流动是一个重要特征。但是，国有企业现在在产权流动上遇到了一个问题，就是它们的资产基本上是实物资产，除了上市公司之外都表现为实物资产，而实物资产是无法流动的。为解决这一问题，1994年，全国曾搞了4000多家产权交易中心。当时有人反对，说美国都没有这样的产权交易中心，我们搞什么，不伦不类的。实际上，美国公司的实物资产都表现为有价证券，可以在证券市场上交易，所以没有“产权交易中心”，但产权交

易是存在的。我国搞了产权交易中心后，结果发现还是不能解决产权流动问题，这是因为，实物资产不能分割，而不能分割也就无法实现交易。比如，一家企业要卖3亿，这么大的数额能买得起的人肯定不多，但能购买其1/10、1/100的人就多了，能购买1/1000、1/10000的人则更多，然而由于企业资产是实物资产，不能分割，不能分割就使得大家不能购买，结果挂在那里始终没有人要。我们不是鼓励私营企业参与国有企业改革吗？国有企业的资产不是希望私营企业来收购吗？但如果这些国有资产都是实物资产，不能分割，那么，私营企业怎么能购买、怎么能参与？因此，这只能是一句空话。所以，我们在国有资产体制改革方面面临的一个重大问题，就是国有资产的有价证券化。

宋　宏：的确如此。从国际资本流动的当前态势看，并购已成为一种主要形式，大都是通过股权的收购、兼并来实现公司的重组。不久前，好些大的跨国公司完成跨国重组，都是采取这种股权并购方式。我国今后引进外资，也将面临着国际资本对国内企业股权并购的要求，这无疑是一个新的课题。

魏　杰：是这样。现在外国资本对华投资，已经不倾向于再搞合资办企业的形式，而偏好于收购国内企业的股权，这是一大发展趋势。但是，他要收购你的股权，你的资产要表现为股票才行、表现为有价证券才行。实物资产只能收购产权，而不是股权，这就不行。不久前，深圳创维集团被世界三大风险投资基金看中，它们意欲向创维集团投资，在华发展家电产业。这三家投资基金掌握了家电的核心技术，如果创维集团接受了它们的投资，发展前景一定很好，所以创维集团也是求之不得。但创维集团是私营企业，它的资产没有证券化，于是阻碍了三大风险投资基金对它的投入。为此，创维集团花了一年多的时间，将资产有价证券化，消除了这个障碍，结果三大风险投资基金收购了创维15%的股权。不难看出，资产的有价证券化、产权特别是股权的流动，对我国引进外资也是非常必要的。

五、产权改革的目的是提高效率

宋　宏：在关于产权制度改革的理论争论中，有人指责说，把产权改革作为建立现代企业制度的基础，是过分强调产权改革，是为产权改革而改革产权。我们说,改革是一个过程,但它一定是有明确目的的,不能只讲过程而不问目的。产权制度改革的根本目的是提高效率,当然不是“为产权改革而改革产权”。这个目的性是我们应该把握好的。那么,怎样才能体现这一目的呢?

魏　杰:我要讲的现代产权制度的第四个方面,正好是回答这个问题的。现代产权制度要求产权制度的设置必须能够充分调动人力资本的积极性。这是通过产权制度改革来提高效率的最重要的体现。我们搞产权制度改革不是为产权改革而改革产权,而是要调动积极性,促进企业的发展。调动积极性最重要的方面是调动人力资本的积极性。所谓人力资本不是指企业所有的人,它是一个特殊概念,指两种人,即企业家和技术创新者。跨国公司的人力资本部就管两种人,一是经理阶层,另一是技术创新人员。一般劳动者属于劳务部门管,不属于人力资本。人力资源包括人力资本和一般劳动者。跨国公司是将他们分别管理的。企业要发展,人力资本是最重要的,但是现在最难管的也恰恰是人力资本。我们的一些教材很陈旧,只是讲劳动管理。有一个地方办了一期企业老总班,老师就讲劳动怎么管,这些老总们一听就急了,说工人怎么管我们早就知道了,现在我们就想知道副总该怎么管、分公司老总该怎么管、技术人才该怎么管。我们需要的是人力资本的管理知识和方法。现在职业、岗位是高度流动的,对经理人才、技术创新人才一旦管理不好,便很容易流失。这些人力资本从企业流失,企业也就垮了,而现实中这个问题还很严重。几年前,我曾写过文章,表示担心国有企业的能人都跑了,留下意志坚定却又能力不强的,企业就有危险了。国有企业之所以出现这一问题,是因为产权制度的设置上没有考虑怎么调动人力资本积极性的问题。

宋　宏:您谈到的这一点,我很感兴趣。实际上,这是个许多企业都面临的使老总们挠头的管理难题。您不妨多谈谈您的研究观点,好吗?

魏　杰:那我就多讲一点吧。

以技术创新者为例，他的技术创新成果能够为企业带来很高的经济效益,实际是企业的资本因素。这样,在产权制度设置上,就必须把它作为资本因素安排进来。对他们不只是按劳分配问题,还有一个应该按资本因素分配问题。国有企业需要这样做,民营企业也需要这样做。中关村高新技术企业的改革首先就是把技术创新者当作一种资本因素，设计到企业产权体制中，从而解决了这一问题。例如，联想已经让技术创新者统治了企业，持股从政。但是，这是职务性控股，他们不可能永远控制这个企业。因为现在你技术创新能力很强，当了总裁，你的股份比较大，控制了企业，但是一旦有人比你更强，取代了你的总裁职务，你就必须把你的股票卖给接替的人，因为新的技术创新能力更强的人要控制这个企业。这样就保证永远让最有技术创新能力的人控制这个企业，成功就在于此。

再说企业家，应该指出的是，并不是凡当了厂长、经理的人都是企业家。厂长、经理与企业家不是一个概念，厂长、经理只是一个职务称呼，而企业家则是个人素质标准。所以，有的人当了厂长、经理，但不一定是企业家；有的人则是企业家却还没有当上厂长、经理。西方公司选人，就是选企业家来当厂长、经理。作为企业家，他有着一颗永不满足的事业心，他办企业不是为了给自己赚钱，钱对他来说只是个数字，而是为了自我价值的最大化体现。按照马克思的讲法，这就是人格化的资本，不断实现增值正是资本的本能。企业家就具有这样的内在冲动和本能。有的人赚了一点钱便小富即安，把钱用于个人豪华生活和高档消费，这种为改善生活而赚钱的人只能算作小老板，而不是企业家。在世界各国包括我国，企业家都是一种稀缺资源。有一位地方领导告诉我，选市长、县长，人很多，但是要给几个企业选配班子却发现人不够了。因此，对于企业家，我们需要调整选择机制。这里有两层意思：首先，要选真正的企业家当企业的厂长、经理。选企业家不是以通常说的好人标准来选的，一个政治思想好、道德品质好的好人不一定具备经营企业的企业家素质，他去搞企业就可能把企业搞垮。有一家企业的厂长既老实又廉洁，但干了几年把企业搞破产了。于是，市政府决定处分他，党内记大过，还降几级工资。我们去调研，对市政府领导说不能给他处分，共产党处分人不能因为能力问题处分人，没有这个道理。市里说，如不处分就没法向全市人民交待。我们说，要处分应该处分那个选他当厂长的人，是这个人选人失误。选人的人永远不承担责任，这个机制必须改过来。西方公司的董事会制度，就是当选经营者选错并导致损失时，首先处分董事长、董事会。只有选择机制这样转过来，才能把真正的企业家选出来。其次，要调动企业家的积极性。其关键之一是要满足企业家的经济利益。现在搞经营者持股和年薪制,即是解决这个经营者激励机制问题。如果你不满足这些人力资本的经济利益要求,他会觉得得不到应有的尊重,于是行为就会扭曲,干不该干的事,拿不该拿的钱,搞高职务消费等。这些实际上都是产权制度的设置不合理所造成的,解决的办法还在于产权制度的设置必须考虑到企业家的经济利益,同时也要考虑对经营者的管理和约束问题。

对于企业家,我们在社会地位上要公开承认经营者这个阶层。现在的国有企业的企业家没有社会地位,他们是依附于政府公务员阶层的,最惨的是民营企业家,他们更没有社会地位。世界银行有人问我,中国的企业家现在是异地大流动,武汉发起来的跑到广州,广州发起来的又跑向武汉。应该说在本地发展各方面关系最熟,关系也是资源,为什么要舍近求远、舍利趋弊呢?据我观察,这正是社会地位问题。在本地,大家都清楚你早年的状况,可能是卖豆浆的、卖花生的,绰号叫二狗子。你后来办成了企业,成了企业家,可大家并不把你当"绅士",却还是把你当"二狗子"。这种文化环境怎么能让你感到有社会地位,受到应有的尊重,又怎么能干下去呢!而换个地方,别人只看到你是"绅士",谁也不了解你曾经是"二狗子"的过去,自然尊重你的企业家的社会地位。正因为如此,才发生了中国企业家异地大流动的现象。我国加入世界贸易组织,对整个国家、对每个地区、对每个企业都将会产生巨大而深刻的影响,会带来翻天覆地的变化,其中一个就是必须给企业家以应有的社会地位,因为现代市场经济从一定意义上说就是企业家经济。

六、国有企业负担何以解脱

宋　宏:您刚才从四个方面谈了产权制度的内容与改革要求。但我们知道,当前国有企业在建立现代企业制度、进行产权制度改革过程中还遇到一个很大的障碍,即企业负担问题。当然,这个问题相当复杂,请您简略地谈谈您的看法。

魏　杰:国有企业负担问题的确是改革的严重障碍。大体来说,现时国有企业的负担有以下几类:一是债务负担;二是富余人员负担;三是职工退休金问题；四是企业办社会问题。这些企业负担是历史原因造成的，情况也比较复杂。解决四大负担的核心是钱从什么地方来。

中央提出的第一个方式是通过国有资产变现，用变现的钱来解决国有企业负担问题。国有资产要变现，我认为要明确以下三点：首先，我们应该明确哪一种资产能换回最多的钱。不能像过去那样，卖最差的企业，差的企业没有人要，结果好的企业也等成差的了。既然要变现换钱，就应该把最好的企业拿出去。其次，这里还应当明确，国有资产变现时资产如何定价。我们过去采用的是投资成本法，就是从投资方向来计算，当初投资5亿，折旧1亿，价格影响1亿，余下的即为企业的资产价值。国际惯例则不是这样，资产能卖多少钱是由资产能带来多少收益决定的，采用的是资产收益法。再次，资产变现得来的钱必须用于解决企业历史负担，而不能用作他途。我之所以强调这一点，是因为我们有些地方把变现的钱没有用于解决企业负担，而是拿去修桥修路。这显然是不对的。修桥修路是公共预算，企业卖的钱则是企业的经济预算，这是两笔性质不同的账。

中央提出的第二个方式是采取必要的货币政策，增加货币供应量。为了刺激内需和拉动经济增长，我国近几年一直采取了积极的财政政策。这是没有疑问的。在货币政策方面，实际上有个两难选择，即一个是通货膨胀，一个是失业。增加货币供应可能引发通货膨胀；减少货币供应量，又会增加失业率。根据现在的形势，物价长期走低，而失业率却相当高，因此应该选择增加货币供应量，赶快解决失业人员的就业问题，赶快解决国有企业的历史负担问题。在当前这个时期，要实行积极的宏观经济政策，既要实行积极的财政政策，也要实行积极的货币政策，用积极的货币政策支持财政政策。没有积极的货币政策，不增加货币供应量，解决国有企业历史负担就缺少钱，财政搞建设也缺少货币政策杠杆的支持。我认为是这个道理。

宋　宏：您谈得很全面、很深入，涵盖了国有企业产权制度改革的方方面面，涉及许多深层次的难点、难题。您的观点非常有启迪意义。占用您很长时间了，真不好意思，我们这次就谈到这里吧。谢谢您！

中部工业化如何聚集资本

——著名经济学家魏杰教授访谈录

近两年来,“中部崛起”业已成为我国区域经济发展的一道新风景。中部各省在“十一五”规划中都提出了加快工业发展的战略诉求,不少地方纷纷提出“工业强省”、“工业立市”等战略。早些时候,著名经济学家、清华大学教授魏杰来皖讲学。笔者借机就中部地区发展工业需要聚集资本的有关问题专访了他。

一、没有资本就没有工业化

宋　宏：加速工业化进程、发展现代工业是“中部崛起”的主题之一。我们知道，发展工业需要大量的资本，从某种意义上说，工业化的标志就是资本的发展和运作，没有资本便谈不上工业化。现实问题是如何才能使中部地区聚集更多的资本？

魏　杰：从经济史角度考察，工业化进程需要大量的资本投入，发展工业的前提是聚集大量的资本，资本是重要推动力。就我国现实而言，资本主要有三种：外资资本、国有资本、民营资本，工业化要靠这三种资本推动。怎么让一个地区聚集这些资本，很值得研究和分析。关于民营资本已经有许多论述，我就不再说了。这里，我想着重谈谈外来资本和国有资本问题，好吗？

宋　宏：好。那么我们就首先谈谈外来资本。

魏　杰：外来资本，即是指外资资本以及一个地区以外的资本。我认为，中部地区现在吸引外来资本进入是一个较为有利的时期。最近两年，我国经济出现了一个新情况，即高成本时代过早地到来。本来，我们的企业发展是靠低成本推动的，但现在高成本时代提前到来了。原先预计 2015 年到来，那时各地发展平衡会好一点，应对力也强一点，但是现在提前 10 年到来，可谓不期而遇。高成本时代一旦到来，必然引发资本的流动和战略调整。现在，特别是沿海地区的高成本压力加大。例如，浙江省投资增速前年上半年为 27%，去年同期则下降为 13%。这就是由高成本导致的。高成本时代提前到来的主要原因有以下六个方面：第一，能源方面的原因。能源需求上升，导致能源短缺，引发能源价格上涨，当然使企业生产成本上升很快。国际期货市场上现在一桶石油的价格已经突破 70 美元，我国成品油价格也是一涨再涨，这么快的上升幅度，而能源又是所有企业生产的首要要素，这必然会引发企业生产成本上升。还可以作进一步分析，为什么能源需求上涨、能源短缺进而导致能源价格上涨呢？其主要原因有：一是城市化，城市化必然引发能源需求上升；二是工业化，工业化必然引发能源需求上升；三是中产阶级家庭的比例扩大，也必然引发能源需求上升。中产阶级家庭一旦形成,就有四大需求——住房、汽车、现代家电和现代通讯设施,都会引发能源需求上升。而工业化、城市化以及中产阶级家庭的发展和扩大是我们必须要实现的目标,不能改变。因此,能源需求上升所引起的成本上升是必然的,这种现象和问题现在越来越突出。这种能源需求的上升,必然引发企业生产成本上升。第二,原材料方面的原因。原材料需求的上涨引发价格上涨,最终引发企业生产成本上涨。现在看来,原材料需求上涨引发价格上涨将是长期性的。为什么原材料的需求会上升?其背后也有三大原因:城市化、工业化和中产阶级家庭的比例扩大,它们都导致原材料需求的上升。如城市化,搞基础设施建设就需要大量的钢材,就是往地下埋钢材。美国埋了多少年,我们才刚起步。而且,美国实现城市化不到1亿人口,而我们是13亿人口,原材料需求大得吓人。钢材是3亿吨好,还是5亿吨好,根本算不出来。又如,国家调整农业政策,农民收入上升,一上升就盖房子,现在盖房子都不是砖木结构而是钢筋水泥结构,需求多少原材料,根本算不清楚。我们的钢材是远远不够的。按照我们2030年高速公路建设的白皮书,我们要达到美国的水平,一算账,光钢材就吓人一跳。这些需求都导致原材料价格上涨,最终必然引发企业生产成本上升。第三,交通运输方面的原因。现在交通运输是严重短缺的,这必然引发价格上涨。公路运输超载问题那么严重,为什么?因为只有超载才能有点利润,不超就没有利润。我估计运输价格还可能上涨。要分析这个问题,不是光治理超载,而是要研究这个产业。交通本来是公共服务产品,应该政府提供,现在政府没有钱,基本搞商务运作、道路收费,这当然要企业买单,于是导致企业生产成本上升。第四,生产条件方面的原因。一是土地短缺,导致价格上涨。最近,国家土地政策进行了调整,国有土地均是拍卖,拍卖必然是高价,因此必然引发企业生产成本上升。二是环保。环保水平越来越高,标准越来越提高,这等于企业买单的钱越来越多。治理污水、废气、废物的标准越来越高,达不到标准就不能开工生产,要达到标准,企业就要支付更高的成本。我非常支持企业一定要解决环境污染问题,但是环保要符合国情,不能把北欧的标准搬到中国,这个问题需要研究。我们还是发展中国家,是穷国,怎么样保证企业的发展也是一个问题。总体来讲,环保标准在不断上升,企业支付的成本随之不断上升,最后必然会引发企业的生产成本上升。第五，人力资源方面的原因。人力资源的价格上涨非常快，必然引发企业生产成本上升。这在长三角、珠三角表现得尤为明显。人力资源价格上涨的原因主要有：一是农业政策的调整，农民收入提高，必然引发非农业收入的提高，这是连带性的。近年民工荒背后的一个原因，就是这个原因，人们不愿意去打工了。二是城市生活条件价格的上涨，导致人力资源价格上涨。三是舆论方面的原因。现在收入分配领域存在两种现象：一种是收入分配不公，一种是收入差距过大。人们对此的关注也越来越多。按经济学原理来讲，应该首先解决收入分配不公问题，但现在人们更多地注意收入差距过大。一旦把收入差距过大作为主要问题来解决的话，就必然促使政府实行高福利的公共政策，结果必然会提高企业的成本。国家出台最低工资制，失业、养老、医疗三大社会保障指标也都在提高，最终都会引发企业成本上升。经济学界早就在讨论“拉美陷阱”问题。什么叫“拉美陷阱”？拉美国家在人均收入刚刚超过 1000 美元时，大家都呼吁收入差距过大，要解决，结果迫使政府搞高福利的公共政策，但政府又没有钱支持高福利，只好借外债，借多了便引发了外债危机，最终引发“拉美陷阱”。我们担心中国出现这种现象，反复强调，首先应该解决分配不公的问题。我们现在还很穷，要勒紧裤带干活。但是人们看到的还是差距过大，这样会迫使政府出台高福利政策，引发企业成本上升。对于一个穷国，高福利不是想搞就能搞的，需要经济支持和财力保证。虽然人们还是希望较多的福利政策出台，但是，我们需要注意避免出现“拉美陷阱”。第六，国际方面的原因。比如说，人民币升值，其实质就是让中国企业的生产成本上升。这是美国的主要目的。有的人不了解，说美国让人民币值钱，这不是好事吗？这不是什么好事。我们现在在国际竞争中，主要靠成本优势。因此，美国就想迫使人民币升值，使企业成本上升，失去国际竞争力。最终，人民币还是上升 2%，进而导致企业成本上升。又如，我们国家的设备工业不行，就必须依靠国外，只要他们稍微一提价，就使我们成本上升。我考察过玻璃行业的一个企业，年产值 30 个亿，但老板说他不赚钱。这个行业每五年出现一次技术创新，五年就要更换一条新的生产线，要从国外进口，而价格刚好是五年利润的总和。一年 30 个亿的产值，等于给老外打工。自己不赚钱，但还没办法不做，因为要解决那么多人的就业，银行贷款还要还。所以国际上装备工业微微一提价,就会引起中国企业生产成本的上升,这成了约束我们企业发展的非常重要的因素。以上六个原因,导致我国企业高成本时代的提前到来,首先影响了长三角和珠三角地区。

二、沿海地区企业调整动向值得中部地区关注

宋　宏:沿海地区近年加快了对产业结构和企业战略的调整,应该说与您说的高成本时代到来的问题密切相关。这种调整带来了沿海地区资本的"外溢"与流动,对中部地区聚集发展工业所需的资本是一次机遇。我在研究中已经明显感觉到,长三角等沿海地区的"扩散效应"正在彰显。例如,安徽近两年引进的外来资本中江浙资本所占比重越来越大。我们要想更多地引进这些外来资本,显然必须研究它的战略调整动向。

魏　杰:很有这个必要。据我观察,目前沿海地区企业调整动向大致有以下几个方面:

第一个战略调整是从成本优势转向技术优势。就是说,过去是低成本,现在是高成本,没有成本优势了,那就转向技术优势。去年10月在深圳举行全国的技术创新大会,促使企业作出调整,以应对企业的高成本时代的提前到来。最近,我也在研究这个问题。有一家企业很有代表性,即华为公司,已经从成本优势转向技术优势。其关键在于拥有核心创新技术优势。华为的核心技术导致了西方研究芯片技术方向的调整,华为的产品已经进入北欧市场,这是最高端的市场。为什么能这样?因为,华为拥有核心技术。十几年前,这个公司为别人代理,赚点代理费,赚点钱就投资研发。这么多年来,华为科研经费占到了销售额的40%以上,远远高于国际上5%的标准,结果完成了这个转变。最近,我去华为,他们告诉我,因为拥有核心技术,外国同行企业已经不是他们的对手了。客户对华为提出产品要求,一般一个月就可以完成,而其他企业要一年。我们的致富心理很重,客户一有要求我们愿意加班加点,而其他国家则强调休闲,放假了谁也不加班。拥有核心技术,又能及时提供产品,自然有竞争力。当然,有些企业近期不能搞核心技术创新,即使你投入再

多也不可能有。如电冰箱，我估计 20 年内都是压缩机加零部件，不可能有新的核心技术。这怎么解决技术优势呢？我研究了海尔。说老实话，海尔走出国门，我们一直很担心。因为你卖产品，我们有成本优势。但在美国办企业，你雇的是美国人，成本优势就没了，又没有技术优势，怎么竞争？但是，海尔成功了。我发现他们虽然没有搞核心技术创新，但搞非核心技术创新。比如说电冰箱，国内的电冰箱出口以后根本卖不掉，适应不了外国需求。如中东，家庭人口多、天气比较热，每天开电冰箱的次数要比我们多几十倍。海尔生产出了专门针对中东地区生活特点的电冰箱，虽然核心技术没有变化，还是压缩机加零部件。国内的洗衣机在中东用不了，他们穿长袍子，你洗不了。但是，海尔开发出一次可以洗 15 件长袍的洗衣机，核心技术虽然没有变化，但适应了这个地区居民的要求，所以成功了。怎么从成本优势转向技术优势，我们要研究。转轨的过程中有一个重要问题，由于任何技术创新都是在实验室中完成的，因此，实验室经济将来可能成为一个重要的经济形态。只有实验室，才能把知识变成技术，才能完成转变。在这种战略调整的时候，我们要抓住这个机会。我一直想不通一件事，比如中科大在合肥，如果要讲实验室经济，从目前科技力量来看，合肥应该最容易形成一批有优势的东西，但为什么没有或者说不多？我们要研究和分析其原因。我们现在有许多需要大规模提升技术的产业，如果有一个这方面的实验室经济，就会整合整个产业，这方面就可以有所作为。我认为，中部地区的中心城市一定要考虑形成某种产业的实验室经济。最近，我去了深圳，深圳一直想要成为科技创新型城市，其实关键不在于开创新大会，关键在于有没有发达的实验室经济。如香港，以前香港和大陆比有三大优势：一是大陆是短缺经济，大陆原来什么都缺，所以发了；二是大陆不开放，就开了香港这个“小口子”，什么东西都要经过香港，“雁过拔毛”，所以发了；三是大陆还没有实行对外改革。但时至今日，这三条比较优势现在香港都没有了。第一，大陆现在商品已经过剩了；第二，我们全面开放了，不要经过香港，海峡两岸再实现“三通”，香港的贸易量要降三分之一；第三，我们现在的机制也很活了。这样，香港就没有比较优势了。一个地方的比较优势不是一成不变的，而是需要不断创新才能保持的。1991 年前苏联解体的时候，北京经济学界不断地建议香港，你不是有钱吗，地方又好，赶快借机收购前苏联的科技力量,从实验室起,直到科技团队。但当时谁都听不进去,结果没有完成自己的转变。香港如果在那时成了实验室经济中心,现在仍然对大陆有辐射力。有时如果一个战略选择不清楚,就可能丧失比较优势。当外来资本和企业迫于压力要将成本优势转化为技术优势的时候,我们要面对、思考这个问题,笼统喊口号不行,要研究怎么办,要去寻找机会,并抓住机会。

第二个战略调整是从粗放型经济转向节约型经济。因为成本上升很快,必须走向节约型经济,这就是一种商业机会。能不能让能源消耗降下来、原材料使用量降下来,这都需要技术支持,需要新材料的支持。我估计,随着节约型经济的提出,会出现一批新的公司。比如,国外一些公司叫能源服务公司,专门给你提供技术、原材料支持,节约你的生产成本。譬如,我有某种化学产品,一旦使用,可以提高铁矿砂的使用率。这种企业肯定会出现。目前国际上有一大批这样的公司和资本正企图进入中国。中部地区城市可以在招商方面有所设想,不能笼统地招商,要有重点和特点地发布招商信息。政府在把国际资本和公司引进来时,要想想办法。比如,开发区是不是可以提出一些新的有特色的东西。现在招商不能盲目招商,要有导向性和个性,要引导他们带来别的地方没有的东西。

第三个战略调整是沿海地区企业都在寻找成本较低的区域。沿海地区的成本已经很高了。当地企业和资本都在寻找低成本地区,要求这个地区既能节约生产成本,也能节约社会成本。社会成本就是诸如审批等事项,花很少的钱就可以解决的一些问题。中部地区应在这两个方面有所作为。中部地区的城市能不能面向全国发布:外来资本在我这里创办企业,生产成本能降多少,社会成本能降多少,能不能有具体承诺。现在每个产业的社会成本都有标准,大家都知道。如果我这个地方的社会成本降低 30%,大量资本就可以被吸引进来。现在招商和过去不一样,过去是市场招商,现在中国的市场已经过剩,又进入高成本时代。奔驰汽车落户北京,就是北京市向奔驰公司承诺,如在北京投产的社会成本比其他地区低多少,这样,它才进来。现在外商谈判,最主要就是谈成本问题,一开口就是“你告诉我,你的生产成本降多少,社会成本降多少”。吸引资本,最后在谈判桌上主要谈成本。能降多少、怎么降,这个问题很具体。如果是引进长三角、珠三角的资本,你还要知道长三角、珠三角的成本到底是多少，引到我这来，保证你成本降多少。中部地区的生产成本能降不少，但社会成本能降多少，要有具体东西，并且落实这些具体的东西。总之，中部地区一定要想办法承接东部地区因成本优势丧失而出现的空挡。降低自己的社会成本和生产成本要具体化，这属于软件工程，是政府可以搞也应该搞的。我一定让你的生产成本不超过多少，社会成本降多少。这就是沿海地区企业最为关注的成本问题。

第四个战略调整是长三角和珠三角都会出现结构调整，大规模的调整已经开始了。如制造业，未来更多的是发展设备制造和机械制造。我们要注意，沿海地区可能会把产品制造向外地淘汰，同时积极推动本地设备制造的发展。我们要承接这种调整，要更多地收集一些这方面信息。搞招商现在不要大型化，没有意义，关键要小型化，要更有针对性。这些地区的调整会引发许多商业机会。当然，现在基础产业需要量很大，这个产业会上得很快。最近，长三角、珠三角地区拼命地发展基础产业。比如在广东沿海，中石油、中石化等那么多的企业都放到那里，惠州都成了基础产业的基地了。这些都是影响我们未来经济发展的基础企业。所以，我认为，中部地区在基础产业上应有所作为。沿海地区调整所引发的这些机会，后进崛起的地方都必须抓住，主动去承接。我们要留一些地方为未来着想，如设备制造业，如果可行的话，一定要上一些形成产业链和产业集团的东西。在结构调整中，一定要向这个方向思考。这次沿海地区的结构调整，会给中部地区带来一些机会。这些机会必须量化。如基础产业，我们能吸引哪些？未来的城市格局里，有没有给基础产业留出一块？我们不要把基础产业理解为都是有污染的，这是不对的。我们要看到现代基础产业很重要。设备制造业刚刚兴起，有些外资想进来，中部地区应该有所作为。只有大量资本的进入，才会在较短时间内形成一种格局，这才有意义。

三、国有资本怎样才能“盘活”

宋　宏：刚才讨论了外来资本问题，您分析高成本时代和沿海资本调整动向的观点很是精辟，给我颇大启发。我们接下来谈谈国有资本。国有资本是发展工业所需要的另一种资本。就中部地区而言,在国有资本方面,既要“盘活”国有资本的存量,也要发展其增量。从某种意义上说,现在如何盘活国有资本存量是一大难题。

魏　杰:这正关系到国有企业改革问题。现在国有企业改革的问题,大致有两条原则。一条原则是:凡不属于国家安全和国民经济命脉领域的,我们的改革方向是非国有化;另外一条原则是:凡涉及国家安全和国民经济命脉领域的我们不再搞独资国有企业,而是发挥混合经济的作用,即股份化。这是正确的发展方向,而且我们正沿着这个路子朝前推进。比如银行,涉及国家安全和国民经济命脉,现在不再搞独资国有银行,而是搞股份化。中国银行和中国建设银行已经改为股份制,中国工商银行、中国农业银行也将要改制,这样就引进了许多战略合作伙伴。

当然,现在非国有化和股份化改革遇到了一些问题,主要是以下三大问题:

第一个是现在国有资产的定价问题,即资产评估。因为不管是非国有化还是股份化,都要回答这个问题。非国有化卖多少钱,新股东进来要问你,你值多少钱,我们各占多少股份。资产定价本来不是一个问题。投资理论有一个观点,专门研究资产定价,已成为国际惯例,全世界都这样做。这个理论认为,任何资产,不管是国有资产还是非国有资产同时都有两种价格。一种叫资产管理价格,我办企业,投了多少,我要管理这个资产,资产管理都是价值管理。它是由资产的投放数量决定的,评估的方法叫投资成本法,投资成本决定资产的管理价格。另一种叫资产交易价格,这是由资产的赢利能力决定的。赢利能力越高,价格越高,否则越低。买资产的人,主要是买资产背后的赢利能力。举个简单例子,我想买个企业,搞好了,每年100万利润。如果银行存款利息是10%,那这个企业每年最高价值是1000万。因为,我把1000万存在银行,每年也可以得到100万利息。因此,决定价格的是赢利能力。在现实中,这叫资产收益法,资产的收益决定资产的交易价格,这是国际惯例。任何一个资产,同时有两种价格,一是资产管理价格,由投资成本决定的;一是资产的交易价格,是由赢利能力决定的,这是资产收益法。我们现在搞国企改革,讨论哪个价格?我们应该讨论的是资产的交易价格,无论是卖,还是股份制,都要讨论交易价格。但在现实中，有人顽强地坚持投资成本。我这个企业卖多少钱，最少要卖到投资的数量，卖不到了，给你戴顶帽子，叫国有资产流失。我投了 5 个亿，不管亏不亏，我要卖 5 个亿，卖不到就是流失。实际上，这不是流失，是我们的定价方法出了问题。你投资数量很大，但交易价格不是由投资数量决定的，是由赢利能力决定的。我曾到一个县级市讨论“十一五”规划，被市里安排在一个 18 层高的饭店，饭店设施很现代化。晚上刚回房间，饭店老板敲门来了，交谈时我问他企业经营的怎么样。他说，你一讲这个问题，我就十分难受。今天晚上，连你一共住了 17 个人，你想一想我亏损成什么样了。我说你开始经营时，是怎么考虑的。他说，这个饭店不是我盖的，是市政府盖的，花了 9000 万，一盖起来就亏，亏了两年顶不住了，于是要卖给我。我当时说，你们都搞不好，为什么要卖给我。市政府讲市里有困难，你要伸出友谊之手，我们政府对你这个民营企业发展支持也不少。出价是 6000 万，我说，6000 万也不想要，我有 6000 万干什么不行，非要办这个亏损饭店干什么。最后没办法买了。一买下来，告状信不断，说是 9000 万国有资产只卖了 6000 万，这还了得。来了一个庞大的调查小组，找到这个老板。这个老板说，这样吧，你们认为是流失的话，那我不要了，我卖给你行不行，只要 5800 万，我不要 6000 万了。调查组长很吃惊，一方说资产流失了，一方说不要了，怎么回事？实际不是流失，是定价出了问题。饭店一旦盖起来，卖多少钱不是由投资数量决定的，而是由饭店的赢利能力决定的。饭店如果赢利能力高，甚至可以卖 2 亿。饭店一旦建起来以后，就不是由你的投资数量决定的，而是由赢利能力决定的。近几年，“国资流失”的责难之事凸显，我可以讲，这阻碍了我们国有企业改革。内地有家企业，亏损得很厉害，要卖。刚好有一家国际资本想买，讨论价格时中方要价 5 亿，因为这个企业前后投了 8 亿，折旧折了 3 亿，还剩 5 亿，用的是投资成本法。外资派了一个考察小组，了解了一个月，开价 3 亿。外资利用资产收益法一算，只值 3 亿。最后谈不拢，中方不敢以 3 亿卖，卖了就是国有资产流失 2 亿。这就不是经济问题，是政治问题，谁也不敢签字，结果这件事不了了之。去年“两会”期间，我正好碰上这个市负责这件事的领导。我就问他，这个企业怎么样了。他说，别说 5 亿，现在 7000 万都没人要了。但没人要没问题，谁都没事。国有资产放在那可以，流失也可以，但谁都不能卖,谁卖了收拾谁。有人说,国有资产像冰棍一样,放在那化了可以,但谁都不能吃,谁吃谁倒霉。现在这件事很麻烦,使整个国企改革的步伐放慢了。本来外资进来,有些国资还可以重组,但现在谁也不愿签字。所以,资产定价是个大问题。

第二个是国有资产负债问题。本来负债问题不是大问题,因为国际上有一条原则,就是债务跟着资产走,谁收购资产,谁承担债务。我们国家的情况不一样。大量企业不是债务,是债务负担。负债分两种,一种是正常负债,叫债务,一种是非正常负债,叫债务负担。比如纺织行业,最高负债率不能超过40%。40%及其以下叫债务,超过就叫债务负担,这不是一个概念。债务可以跟着资产走,但债务负担不行。我们现在因而多了一道程序,先要将债务负担变成债务,然后让债务跟着资产走。把债务负担变成债务有两种办法,一种是注入资本金,资本金的比例提高,相对降低负债率。企业总资产由两部分组成,一是资本金,一是债务资金。提高资本金当然负债率就下降,通过注入资本金把债务负担变为债务。这次中国银行、中国建设银行就是这样做的。因为,之前中国银行和中国建设银行负债率太高,达不到股份化的要求。全球商业银行有一个《巴赛尔协定》,规定所有商业银行资本金的比例最低不能低于8%,低于5%,就算银行破产。我们早期认为,我们不加入《巴赛尔协定》,资本金比率达不到这样高。这次股份化就不行了,一定要解决,不然没法在海外上市。怎么办呢?国家给这两大银行注入了450亿美金,通过资本金的注入,提高资本金的比例,降低负债率,达到股份制要求。这里有一个公式,叫汇金公式,也就是外汇和黄金的意思,真金白银注下去,不是简单的人民币。中国银行、中国建设银行就是这样搞的。这个方法好,但国家没有那么多资金,对几家银行可以,对更多的企业没法去搞。办法好,但使用范围小。另一种是用资产对冲债务。我负债率太高,但我还有资产。比如说,正常负债率是40%,我的负债率是70%,多了30%,你替我还了,我给你一部分资产。这叫债务和资产对冲。有时企业在债务对冲中资产成零了,就出现了"零资产收购"现象。可是,这样又有人讲"国有资产流失",没给钱就把我们企业拿走了。其实人家是给钱了。当然,资产和债务对冲,还有一个问题,价格怎么定。例如,你欠银行2个亿,我替你还了2个亿,那你给我多少资产。因为价格很高,资产没有现金价格高。现金具有流动性，价格最高，资产具有风险性如无形损耗。有时遇到技术创新时，你的资产就等于零；遇到了政策变化时，你的资产也可能是零。所以，现金价格一定高于资产价格。我给你 2 个亿的现金可能等于你 6 个亿、8 个亿的资产。这就有一个现金和资产的定价问题。而我们有的人对此不作研究，只讲流失。所以债务也是大事。

第三个是员工身份转换的问题。国有企业改制，员工身份必须转变。国企和员工原来的关系是无限责任，生老病死什么都包下来。现在改制后，企业对员工是有限责任，这就涉及身份转变，从无限责任转到有限责任。这一转，压力比较大。现在，改革的阻力有一部分来自国企内部，不愿意转。因为一转身份，企业对职工是有限责任了。有一次，我到东北一个企业考察，看到一条大标语：宁做国有企业鬼，不当民营企业人。实际上，这主要是利益问题，原来国家对员工是无限责任，现在是有限责任。有限责任，即双向就业选择。员工竞争上岗上来了，企业给员工提供应有的保障和收入，别的则不管了。这样一转，难度就大一点。无限责任就是没有竞争，谁都不提升自己。有限责任才能提升自己，不提升就会被淘汰，所以才有动力。我上大学时，学的就是计划经济，刚毕业不久国家不搞计划经济了，我知识成零了，只有重新学习。中国经济学界这些年来，就是靠不断否定自己而进步的，你不自己否定自己就要被淘汰。转型时期都是这样，转型时期的稳定性很差。因此，每个人都要根据转型时期的要求，不断提升自己。一旦你不否定自己，不再进步，就要被淘汰了。当然，国有企业改革不能亏待了国有企业职工，这是个大问题。国企改制后，职工就剩社会保障了。因此，在改制时不要把企业的资产都算成国有资产，该给职工的还要给职工。有些企业改制转换员工身份一年工龄就给一个月工资。这样算根据在哪？都是拍脑袋想出来的，所以职工有意见。我们现在劳动的力量太弱了，而资本的力量太强大了；资本的力量都有代表，而劳动的力量没有代表。本来企业是一种利益平衡，各种利益代表都有，才能平衡。所以，国企改制不能亏了职工。企业要改要转，但这一条要保证。当然，无限责任缺少活力，一定要改。所以，现在国资改革的动向就是“两化”和“三个问题”，一个叫非国有化，一个叫股份化；遇到的问题是资产定价问题、债务负担问题和员工身份转换问题。如果把这些问题解决好，国有资本就活了，就能够在工业化进程中发挥更大的作用。

宋　宏:您从引进外来资本和盘活国有资本两个方面谈论了工业化的资本来源与聚集问题,而且谈起来滔滔不绝,让我听得很过瘾。

魏　杰:哈哈,这可能是当教师讲课养成的说话习惯吧。

宋　宏:已经谈了很长时间了,我想请您用一句话来概括您的基本观点,可以吗?

魏　杰:好的。我想说的是,工业化一定要有资本,没有资本就谈不到工业化,工业化是靠资本支撑的,工业立市就是资本立市。所以,中部地区一定要把资本作为重要的工作来抓,要千方百计地在引进外来资本和盘活国有资本上做文章。

人力资本激励机制的创新

——著名经济学家魏杰教授访谈录

2005 年 8 月，著名经济学家、清华大学经济管理学院副院长魏杰教授应邀来安徽合肥讲学。笔者在此期间就当前经济管理学前沿问题之一的人力资本激励问题，专访了魏先生。

宋　宏:我三年前曾在马鞍山访问过您,今天再次专访您,真的很高兴。您知道,现时全国各地都在加快工业化进程,而工业化中的一个重要资源或要素,便是人力资本;经济管理学界目前对于人力资本的激励问题倍加关注,可谓是理论上和实践中的一大热点问题。今天我想就这个专题来访问您,可以吗?

魏　杰:对,对,你访过我。今天照样访问吧。你提的题目也正是我在合肥会议上报告的内容之一,这个问题确实非常重要,很有理论意义与实践意义,但我发现不少人对这个问题的认识还存在相当多的误区,所以我利用在这里讲演的机会呼吁呼吁。我知道你也是作经济学研究的,我们一起交流交流。

一、什么是人力资源、什么是人力资本

宋　宏:谢谢您!我想就从什么是人力资本谈起吧。

魏　杰:好。企业是工业化的主体,而企业的关键是依赖一种人。现在世界上都把企业内部的岗位分为两大类,企业中的人也被分为两种主体。企业内部两种岗位。第一种就是所谓劳动性质的岗位。这种岗位具有劳动性质。一个人竞争上岗,进入到这种岗位,被称之为人力资源,人力资源泛指普通员工。第二种岗位就是具有资本性质的岗位。这种岗位具有资本性质。一个人竞争上岗,进入到这种岗位,就被称之为人力资本。

宋　宏:人们往往把"人力资源"与"人力资本"混用,你这样作出性质不同的区别,很有意思。美国经济学家舒尔兹对人力资本的定义是指人经过教育而提升素质,可以取得比未经过教育的人更高的收入,人的经济价值提升了,这种人就是人力资本。讲到人力资源,一般是从经济发展的要素的角度来定义的,这是与其他要素如自然资源、技术资源等对应的概念。从您的这一区分出发,我觉得是否可以这样来理解:人力资本是人力资源中的特殊组成部分,两者应该是小概念与大概念的关系吧。不过,按您的区分,您所说的人力资源是指一般人力资源,而人力资本则是指特殊人力资源。我们就用您的界定来谈吧。

魏　杰：可以这样来理解。在企业中，能进入资本岗位的人，主要是两种人：一种是技术创新者，一种是职业经理人。因此，可以说，人力资本就是指企业中的技术创新者和职业经理人的统一体。企业中两大类岗位已经使企业中的人成为两种主体存在，一个是人力资源，一个是人力资本，两者虽然都很重要，但是决定一个企业兴衰成败的不是人力资源，而是人力资本。也就是说，人力资源这个要素虽然非常重要，我们不否定它，但是真正决定企业兴衰存亡的是人力资本。因为，人力资本具有创新功能、经营管理要素功能，居于企业核心竞争力的地位，所以企业发展的主要推动群体是人力资本而不是人力资源。我在许多地方都看到，工业化发展得快不快，关键是当地有没有大批的企业家，也就是人力资本的多少实际上决定了工业化的进程。所以，评判一个地区工业化的程度，一个重要的指标就是人力资本的成熟程度。

二、人力资本的经济利益激励

宋　宏：正因为人力资本如此重要，所以就要研究怎么调动人力资本积极性、怎么充分发挥他们作用的问题。当下，经济学界、管理学界都非常关注这个问题。

魏　杰：是啊。现在世界上的做法主要有三种。我先谈第一个方法，即经济利益激励。需要注意的是，对人力资本的经济利益激励，不能理解就是改革和完善工资制度，一定要从这个误区走出来。人们通常一讲经济利益激励就想到了改革和完善工资制度，实际上对人力资本的经济利益激励不是改革和完善工资制度。因为工资是劳动的报酬，劳动这种要素的回报方式叫工资制度。而人力资本是一种资本，它不是劳动。所以，对人力资本的经济利益激励，是把这种激励当作资本进行回报的问题。现在全世界使用的概念是薪酬制度。

薪酬制度与工资制度在实质上是两回事。国外企业有两种分配制度，一个是工资制度，一个是薪酬制度，这是两种完全不同的收入方式。凡是在国外企业打工的人，都有这样的感觉：进入一个企业，好好干，提级提得很快，但提到最关键岗位时，绝大部分人上不去了，只有极少数人能进入人力资本性质的岗位。因为，人力资本岗位是由董事会管理。薪酬制度的管理机构是董事会，在董事会里设立薪酬委员会。它不是给企业所有人设计薪酬的，主要是给人力资本设计薪酬的。因此，对人力资本的经济利益激励，关键是设计薪酬制度问题。

薪酬制度的构成有五个部分。第一个组成部分是基本薪酬。就是一个人进入人力资本岗位以后，这个岗位的责权利是对称的。你完成责任，就应该拥有和这个责任相对应的利益，这个利益就是基本薪酬。基本薪酬不是讨论哪个人值多少钱，主要是讨论这个岗位值多少钱。所以，现代企业管理的关键是设计岗位。一个企业到底要设计哪些岗位，责权利怎么确定，设计完成以后，任何人都可以竞争上岗。你上去以后，完成责任，就拥有应得的利益。一家外资企业的老总告诉我，你的一个博士来就业，见面就说："我是博士，最低应该拿多少钱。"他一听就笑了，告诉这个博士："我们从来不讨论你值多少钱。你要告诉我，你要竞争哪个岗位，你竞争上去了，这个岗位是多少钱，你就拿多少钱。我们是讨论哪个岗位值多少钱，从来不讨论哪个人值多少钱。"第二个组成部分是激励薪酬。一个人竞争上岗了，完成责任，就拥有和那个责任相对应的利益。但现实中有人超额完成责任，这样责权利就不对称了。而经济学要求权责利必须对称，这就需要搞利益补偿。通过利益补偿，让你实现责权利对称。这就是激励薪酬。所以，激励薪酬也是讨论这个岗位值多少钱，不过讨论的是超额完成部分。鼓励你超额完成，你越超额完成，你的这个责任就越值钱。国外 CEO 的薪酬中很大一块是激励薪酬。基本薪酬在同类企业、同类岗位上来讲，大致有一个价格的平均线，只是在平均线上下浮动而已，而不同的是激励薪酬，由此产生了差别。第三个组成部分是职务消费。消费分两种，一个叫自然消费，一个叫职务消费。职务消费就是职务所引发的消费。国外的薪酬里面，很大一块是职务消费。当然，我们国家现在不是这样。我国现在把职务消费放在会计制度里面，叫实报实销。你请客户吃饭、给客户送礼、出去办事打的，拿发票报销，叫实报实销。但采用这种办法的结果是监督成本极高：发票是真的还是假的搞不清楚，发票是真的但究竟是谁用的无法知道，所以监督不住他。管理学中有一个人们常常忽视的原理，就是既然监督不住干脆就不监督。因此，国际上已经把职务消费从会计制度转变为薪酬制度。怎么转变呢？关键是设计职务消费的数量。假设这个岗位的职务消费一年是 60 万，你签单就完了，任何人不再审核了。到年底，这个钱花不完的剩余部分就是你的，而不够花则由你自己补贴。当这部分钱被责任和利益两个方面约束时，使用效率是最高的，而整个管理成本是下降的。不少人说，国外企业负责人请人吃饭一个比一个抠门，能不请就不请你，或者请你时尽点些便宜菜。也有人说，他们这样做是对他们企业的爱护。实际上，这既不是道德问题，也不是爱护企业，而是体制使然。因为他的职务消费在薪酬里面，他花的是自己的钱。所以，他的原则是在能办成事的前提下，能少花钱就少花钱。董事会的这个设计非常科学，既能调动你节约，同时又能让人完成责任。第四个组成部分是股权收入。人力资本要参与企业剩余分配。参与剩余分配的权利就是股权，所以是股权收入。我们对全世界的跨国公司抽样调查发现，它每年利润的 20%左右根本不是出资人拿走了，是被人力资本切割走了。所以，美国的个人所得税法规定，在企业中工作的人，年收入超过 100 万美金的部分不能进入企业成本，因为你是对企业利润的分割。全世界都认可人力资本对企业剩余的分配，分配的方式就是股权收入。那么，股权怎么来？不同的企业做法不一样。比如，微软过去实行的就是期股期权；大量企业实行的是 MPO，就是管理层必须买公司一点股票，你不买，就说明你对企业没有信心。顺便说一个概念问题，MPO 不是管理层收购。管理层收购是管理层收购控股权，是产权制度的问题；MPO 则是薪酬制度设计的问题，我们不要把两者搞混了。要注意的是，薪酬里面的股权收入，不是员工持股。国外的企业中有两种持股方式。一种方式叫员工持股。员工持股是工会搞起来的，现在工会团结工人的主要方式，就是推动员工持股。但是，员工持股的目的是完善社会保障制度。比如说，人失业了，股权不会失业，还有点股权收入，日子也会过得好一点。它的目的是为了完善社会保障制度，操作的办法是按人头算的，也就是以人定股。以人定股的结果就是平均主义、大锅饭，全世界都是一样的。中国经济学界一直不赞成用员工平均持股搞国有企业改革，就是这个原因。国有企业原来就是大锅饭，员工持股又是大锅饭，大锅饭加上大锅饭，怎么解决国企问题？另外一种持股方式是人力资本持股。人力资本持股是董事会搞起来的。人力资本持股的目的是完善薪酬制度。它的操作办法是以岗位来定股的,你在哪个岗位,决定你可以拥有多少股份,叫以岗定股。因此,它是强调差别的。这两种不同的持股方式,我们一定要区分开来。对于外资收购国企,不能"一卖了之"。我建议,国企先别急着合资,应先搞两个改革:一是员工持股,这样在合资后即使职工被裁员了,但还有保障,日子会过得好一些,不会出问题;二是搞人力资本持股,肯定本届领导班子的贡献。第五个组成部分是福利补贴。全世界的福利制度都是平均主义、大锅饭,不体现差别的。而人力资本有差别,所以往往搞各种补贴,包括给他购买各种保险。外国 CEO 的薪酬制度里有各种保险,保险就是因为福利补贴而进来的。大致上讲,对人力资本的经济利益激励,就是靠由这样五个部分组成的薪酬制度。通过这种薪酬制度在经济利益上激励人力资本,让人力资本成为企业创新的主要带头人。这是对人力资本的经济利益激励。

宋　宏:您刚才提到了经济管理的一个重要原则即"监督不了的干脆就不监督了"。我认为,这实际上是说,一种监督办法如果成本太高而且收效不理想,就应该放弃这种办法,重新设计制度。比如,"实报实销"无法监督职务消费,就改变为"总量控制"的自我约束制度。它虽然不是直接的监督,却强化了制度约束,起到了"实报实销"起不了的作用。

魏　杰:是这样,所以说制度是关键。我们现在要推动工业化,尤其要让企业成为主体,而企业中尤其要让创新者闯出来。这就有一个很重要的问题,即要不要实行薪酬制度的问题。我一直强调,我们要认真吸取国有企业的教训。国有企业为什么搞不好?实际上,国有企业中有些非常强大的人力资本,非常厉害。但是,我们不认可他们,就给点工资,结果导致他们心理不平衡。短时期做做思想政治工作,发挥雷锋精神,平衡平衡,是可行的。但长时期是不行的,而且现在又有参照系,如外资企业、民营企业等。国有企业中的人力资本认为,我比民营企业的老总更能干,为什么就拿这点报酬,心理不平衡,结果就是自己给自己找平衡。办法有几条:一是该给的不给,花了不该花的。比如,有些国企老总请客吃饭非常铺张,这显然不是为了生理需要,而是为了发泄他们的不满情绪。他们说,哥们这么能干,又拿不到钱,就来糟蹋,糟蹋越多,心理越平衡,心里越高兴。他们说:"不求所有,但求支配。"二是拿了不该拿的。我研究过一些案例,有些人一辈子办企业,兢兢业业,没出过问题,可就是快退休了，五十八九岁时出了问题，叫“五十八九岁现象”。为什么好多人过不了这个坎？这说明，我们制度有问题，是制度失败的问题。对人力资本一定要认可，要研究薪酬制度，研究人力资本的问题。现今，我们又遇到了外资企业的压力。最近，我们认识到，外资企业和我们企业的决战根本不是市场和产品，而是对人力资本的争夺。一些外资跨国公司零售业的人力资本原来都是国企的人，没一个老外，都非常能干。我问他们，怎么都跑到外资企业里去了。他们说自己在国有企业称之为高级打工仔，而在外资企业叫人力资本，大家都愿意当人力资本，而不愿意当高级打工仔。最近，我跑了一些“猎头”公司，它们追踪的不是人力资源，而是人力资本。一些金融界的精英，如银行、基金、保险、大金融等，多达7000多人。我随便翻了一下，所认识的人，都是我们国家二十多年来培养的业务骨干。他们为什么要搞这些名单。因为从2006年开始，外资可以经营我国的金融业务。人从哪来，就从这名单中来。外商已经开始下手了，给我们以很大压力。我们要不要研究这个问题，我觉得要认真思考。越接近国际前沿，越要思考这个问题。这个问题的关键是人力资本问题；而激励人力资本的关键是设计薪酬制度。

三、人力资本的权力和地位激励

宋　宏：经济利益激励应该说是对人力资本最基本的激励。按照美国社会学家马斯洛的人的需求理论，他把人的需求排列为五个台阶式的内容。那么，人力资本的需求也将是一个逐步升级的序列。

魏　杰：对。因此，对人力资本激励的第二条，即权力和地位的激励，就是让人力资本拥有更高的权力和更高的地位。人力资本要运作企业，必须有充足的权力和地位，因此就需要权力和地位的激励。国外公司实施这种激励的结果，现在已出现许多新情况。例如，企业的负责人出现一个新的领导人，英文缩写叫CEO，即首席执行官。许多同事问我，CEO到底是董事长还是总经理。我没法回答。我只是说他既不是董事长，也不是总经理，是个“怪物”。他的权力构成是全部的总经理权力再加上50%的董事长的权力。什么叫50%的董事长的权力?过去的董事会是管两件事,一件是管人,另外一件是管事,即参与重大经营活动的拍板。出现CEO以后,现在的董事会便退出经营决策,不再管事而只管人,选择、考评和监督,以及制定CEO等人力资本的薪酬制度。管人不管事,所有事都由CEO拍板,CEO的权力非常大。但是,全世界的企业85%的CEO不是出资人,是人力资本控制的。有些CEO自己既是出资人,也是人力资本,董事长兼CEO。这说明,CEO这个岗位是给人力资本设计的,只有拥有人力资本性质的人才能担任CEO。这样,整个社会财富,在国外已经给CEO控制了,即由人力资本控制了。这是工业化的主要特征之一。谁来运作财富?是能运作这种财富的人力资本,而不管他是不是出资人。可见,人力资本权力非常大。我国企业好跟风,一发现老外叫CEO,也把自己叫CEO。据网上统计,我们国家有2.4万人叫CEO,但是实际上我们的制度根本没有调整过来,名不副实。这不是称呼问题,是人力资本控制企业的标志;而人力资本控制企业又是工业化的标志。

此外,现在企业"董事"这一概念的内涵也发生变化。以前,公司的董事岗位一定是出资人才能承当的,董事的概念也是财产关系问题。但是,现在的国外大公司里董事已不再是财产关系,而是一个人的能力标志,是一种资源。所以,外资企业中有大量的非出资人的专家型的董事。出资人按照出资比例,可以派人进董事会,但是如果派的人能力不行,照样不能进董事会。我国不少企业为什么搞不好?比如,政府向国有企业派董事,派了一批根本不懂的人进董事会。不懂企业的人搞企业,你怎么可能搞好?董事不仅是财产关系问题,更是人的能力标志和职业。所以,对人力资本的地位和权力的激励是社会的一大进步。我们要看到这些问题。不看到这些问题,我们很难保证企业的快速扩张、长期发展。这是对人力资本的第二个激励。

四、人力资本的价值理念激励

宋　宏:您给出的关于CEO的定义的确有助于人们澄清对此的认识。说到底,人力资本就是一个素质与能力的问题,所谓激励也是对这种特定的素质与能力的认可和激励。

魏　杰：你的这个概括非常好。激励制度就是对这种特定素质和能力的激励安排。社会对人力资本的认可非常重要。这就是我接下来要讲的第三条激励，即价值理念的激励。它意味着整个社会和员工要认可人力资本这个主体，在价值理念上必须认可它。价值理念激励有很多，其中有一条差别理念。它告诉人们，人本主义是必须坚持的，但人本主义不是平均主义。人本主义不是讲人人都一样，是讲在人权上，人人都是一样的。但是，人是有差别的。所以，我们既要有人本主义思想，还要有差别理念才行。只有这样，人力资本才能登上舞台。如果人人都一样，哪有人力资源和人力资本的区分？那不是平均主义还能是什么？平均主义只能导致低效率，所以要有差别理念。

在理论上，差别理念的论证非常有意思，让你心服口服。它的论证分为三个层次，很有逻辑性：一是强调人的能力差别决定人在企业中的分工差别。人的能力差别是很大的，有人非常能干，有的人则差一些。这种差别决定了人们在企业分工的不同，有人当了CEO，有人只能打水扫地。为什么会有分工差别，这就是由能力差别决定的。能力差别决定人们在企业中的分工差别。我们现在的理念刚好相反，我们老强调人没有能力差别，只是分工不同。这种思想害苦了我们。我们一定要注意这个问题。实际上，人的能力差别决定企业分工乃至社会分工的差别。我有一次坐出租，上车后司机问我："是清华的吗？"我说，是。他又问："是教授吗？"我说，是。他接着说："也没什么了不起，不就是分工不同吗？要是给我个司长、局长，我也能当，主要是给不给的问题。"现实中一些人就是这样认为的。其实，这种思想要不得。我们为什么会"窝里斗"？为什么现代化东西搞不出来？就是这种思想观念在作怪。能力差别决定分工差别，因为人的能力差别虽然和后天有关系，如和后天接受教育程度有关系。但是分析到最后，你会发现，人的能力差别最后是天赋之差，而不是别的。大家不要认为，天赋是唯心主义的。天赋的背后是基因，基因导致了天赋的差别。所以，我们不要过度地夸大教育的功能。教育具有一种开发功能。你有这种素质存在，我把你开发出来，这是教育的功能。你没有这种能力和素质，教育是无能为力的，最后是天赋起了非常大的作用。比如，作家需要有一个很强的素质，即形象的思维能力极强。你有这种超强的形象思维能力，上大学，文字功底能力加以提高,逻辑知识加以提高,知识面加以拓宽,可以当个作家;没有的话,你所受教育程度再高,也当不了一个作家。我就是当不了作家。清华朱自清先生的《荷塘月色》,写的就是清华"工"字楼的池塘,写得非常诗意,极具美感。但是,我也常常坐在那里,却怎么都没有这种境界,怎么都想不出来,因为没有这种天赋。经济学强调机会均等,不强调结果均等。因此,受天赋影响的能力差别,最后必然导致在企业分工的差别。这是合理的。二是分工的差别决定收入方式的差别。分工不一样,收入方式也就不一样,有人进入资本岗位,有人进入劳动岗位。所以,它是两种不同的收入方式,有人是薪酬制度,有人是工资制度,所以分工的差别决定收入方式的差别。三是收入方式差别导致收入水平差别。收入方式不一样,收入水平差别就很大,有的人薪酬高得很,这是没办法比的。有差别是正常的,没有差别才是不正常的。

宋　宏:这个论证真是一环套着一环,逻辑的确很严密。

魏　杰:我说很有意思吧。概括起来说,一是能力差别决定分工的差别;二是分工差别决定收入方式差别;三是收入方式差别决定收入水平差别。每个人都要用差别理念来看待企业中的人和事。这个时候,人力资本才能登上历史舞台。我曾考察一家美国企业的一个机器设备清洁工,是有点技术含量的那种清洁工,每月拿不到两千美金。我说,你工资太少了,你这个企业的CEO一年290万美金,你为什么这么少?他一回答,我愣住了。他说,我工资不少,因为我不会干CEO的事,你怎么问我这个问题?他还说,你是中国的大学教授,你怎么问我这么低档次的问题?后来,我终于明白了。他的脑海里有差别的理念,认可这个东西,你再煽动,他都没有革命性。所以,我们也应该具有差别的理念。价值理念的调整是很重要的,价值理念调整不过来,是出不了人力资本的。只有具有这种价值理念,人力资本才能登上历史舞台。

五、人力资本是工业化的中心问题

宋　宏:您详细谈论了对人力资本主体的经济利益激励、权力和地位激励、价值理念激励。我认为,激励的目的是最终让人力资本能充分地发挥作用，因为他是工业化的创业者和带头者。如果不能让人力资本辈出，不能让人力资本充分发挥作用，那么，工业化的目标就很难实现。

魏　杰：我今天所说的核心问题就在这里。工业化的主体是企业；企业的创办者、创业者、推动者是人力资本。一个地区要真正实现工业化，人力资本这个阶层的发展和扩张是必不可少的。甚至可以说，这是个首要问题或者说中心问题，这个阶层的扩张是最重要的。要加速工业化，要落实下去，首先要考虑形成大批快速发展的企业。一大批企业快速发展的背后，最重要的问题就是人力资本问题。一定要形成这种社会氛围，就是认可人力资本。如果一个地区，没有认可这种人力资本的氛围，就谈不到企业的快速发展，就谈不到这个地区的工业化和快速发展。我们要以此为中心，来思考和分析问题，从社会各个方面强调这个问题。这是件大事。

宋　宏：我很同意您的这一观点。在世界范围内，包括企业家、技术创新者的人力资本是一种稀缺资源；而在我国这样的发展中国家中，它的稀缺程度就更高了。因此，关注人力资本及其激励问题，尤其是切实形成适宜人力资本涌现和发挥作用的社会氛围、有效制度和机制，对于我国的意义非同小可。我们对此应该有足够的认知。不少人一谈工业化，就偏重于资金、技术、土地等要素，然而实际上这些要素都要靠企业家也就是人力资本来组织运作、集聚、整合，否则一切都毫无意义。如您所说，我们在这方面的理念真的需要厘清。这次谈了这么长时间，您又作了半天的报告，马上还要赶回北京，耽误您休息了，真不好意思。

魏　杰：没事没事，在一起交流也是很放松的。

宋　宏：这次就谈到这里吧。非常感谢您！

龙永图先生长期从事对外贸易和国际经济合作工作。1978 年至 1980 年在纽约中国常驻联合国代表团工作。1980 年至 1985 年期间，龙永图先生在联合国开发计划署纽约总部工作，负责制定亚洲地区发展规划，并在 1985 年到 1986 年担任该机构驻朝鲜副代表。1986 年至 1991 年，在担任外经贸部中国国际经济技术交流中心副主任期间，负责协调中国政府同联合国发展机构的经济合作。2003 年 1 月，博鳌亚洲论坛理事会在东京选举龙永图先生为博鳌亚洲论坛秘书长。

“召唤管理”趋势与提高“管理觉悟”

——博鳌亚洲论坛秘书长龙永图访谈录

2006 年 8 月 22 日由安徽人民出版社出版的《冰山在融化》一书在上海首发。博鳌亚洲论坛秘书长龙永图参加了当天在浦东金茂大厦举行的新闻发布会，并在会上作了演讲，引起了与会者的热烈反响。龙永图先生在演讲中提出了一个新鲜概念：“召唤管理”，令笔者深感兴趣。于是借此会议间隙，笔者就召唤管理以及提高管理水平和组织变革问题访问了龙永图先生。

宋　宏：龙秘书长，您好！很荣幸见到您并聆听了您的精彩演讲。我在《安徽日报》理论部工作，对经济学和管理学一直有研究兴趣。您的一些关于中国加入WTO的文章和演讲令我深获教益。

龙永图：哦，不客气。你在报纸理论部，那是要作研究的。

宋　宏：今天首发的《冰山在融化》一书是由美国哈佛商学院领导人之一的约翰科特所著的以寓言形式谈组织管理和组织变革问题的专著，刚才您在演讲中阐述了这一问题，还提出了"召唤管理"这一概念，我想占用您一点时间就这个问题访问您，可以吗？

龙永图：好的。首先我想说，我很高兴有机会参加《冰山在融化》的首发新闻发布会，因为我看到有许多专家参加，还有许多媒体参加，说明大家都非常关注管理，这是个可喜的现象。我阅读了这本书，我给这本书的定位是：当今管理科学的优秀的通俗读物。这本书的出版，我认为很有意义，因为中国当下最需要的是提高管理科学知识水平与应用水平。

管理的重要性是不言而喻的。现在世界上有一个趋势，那就是"召唤管理"。为什么这样说呢？学术界最新提出的一个概念——"无论什么事情都是可以管理的"。我们看到，无论是国际上的政治、经济、贸易还是国内的经济、社会，也包括全球化格局下产生的所有方面的争端、问题，都是可以管理的，也都应该加以管理。这就意味着，管理的对象现在是非常广泛的，几乎无所不包了。现时"管理"不仅仅是政治、经济、企业领域的概念，而且已经渗透到社会生活、家庭日常生活乃至一个人的行为，各个领域都存在着管理，都有管理的必要。前些年我国加入WTO后，国务院又要我主持与东盟签订一个自由贸易协定。当时对国家的这个决策还是有不理解的，认为既然已经签订了加入WTO的协定，还有什么必要再与东盟签订一个区域性的自由贸易协定呢？但是，我们知道，中国的国际贸易与东盟之间的竞争是最具特殊意义的。我国的制造业、加工业和出口产品与东盟有着高度的同质性，因此竞争就尤其激烈；而东盟又是离我国很近的区域，东盟经济对我国经济的影响也非常大。例如，上世纪90年代中期发生的东亚金融危机就对整个亚洲经济包括中国经济产生了巨大的影响和冲击。我国与东盟签订自由贸易协定，就是为了把竞争中可能出现的风险、问题、冲突纳入一个可以被控制的框架中，使之变成可认识的、可控制的，而且是有一定规则、按一定程序操作的。这就是管理。市场不是万能的，完全自由放任的市场是必然会发生市场失灵的。所以，我们一方面讲自由贸易，另一方面也要讲对自由贸易的管理。WTO给出了那么多的规则，有什么用处？用处就在于管理，通过规则来规范、来控制，从而保障国际贸易的秩序。

宋　宏：您说的使我深受启发。我们过去对待许多问题都只是讲“处理”而不是讲“管理”，其实“处理”与“管理”是有很大差异的。“处理”带有极大程度的随机性和随意性，强调以权宜之计解决问题。但是，这样并不能形成一种稳定的规则与普遍的秩序，而且还具有很强的“人治”色彩。您在定义“管理”时，特别指出是“通过规则和程序来规范、来控制”，这就极具法治化特征了。还有一点我想请教您，“管理”一词的含义在教科书中是指计划、控制、协调，但我们发现，当今最新的管理学理论更多的是讲“整合”。我认为，强调整合的意义在于，将管理对象视为一个整体，通过管理来重新组织要素并发挥各个要素的力量，从而追求系统的协同效率，这就更加注重于管理的兼顾性、包容性。这与传统的管理偏重于强制性和线性化显见是有区别的。

龙永图：哎，对了，你这个提问说出了一个重要的理论问题。过去我们讲管理，大多是从控制的角度来说的。但是，现在讲管理，更多的是讲整合。首先是整合资源，我国现行的行政分割、条块分割，企业之间的隔绝、行业之间的隔绝，使资源的利用效率受到很大影响，所以最需要整合。我国资源越来越稀缺，而经济增长又那么快速，没有资源整合的概念是不可想象的。《冰山在融化》一书中提出了“成功变革八步曲”——第一，增强紧迫感，强化忧患意识；第二，建立领导团队；第三，确立变革的蓝图与方案；第四，有效沟通；第五，促进参与者更积极地行动；第六，不断创造阶段性成果，鼓舞士气；第七，不要放松，警惕麻痹思想；第八，巩固变革成果。这里所讲的八个原则，强调了团队、沟通、参与、士气等，其核心意义就在于整合。

我们不是经常讲提高觉悟吗？我想在这里提出一个命题，即提高“管理觉悟”。在搞阶级斗争的年代，总是讲“阶级觉悟”，阶级觉悟是讲“斗”，什么都是“斗”出来的，结果弄得小到一个组织、大到整个社会，个体关系、整体关系都弄得特别紧张、特别僵化。而“管理觉悟”则是讲“和”，讲沟通、团队合作、促进参与等等。我认为,"管理觉悟"要求一个组织及其管理者善于发现一个哪怕是很小的问题、危机、风险,并把它们上升到管理科学的高度来认识,运用管理规律揭示的方法和步骤来加以解决。这种意识、理念,即是"管理觉悟"。解决问题、危机、风险的结果就是"和"。国家要讲求和谐,社会要讲求和谐,企业也要讲求和谐,要使所有的问题都可以在管理中得到解决,从而达到一种和谐的状态。当然,这里要注意区分宏观层面的管理与微观层面的管理,不能错位。

宋　宏:您是我国加入 WTO 的首席谈判代表,现时我国加入 WTO 已经五年了,到今年"过渡期"也要结束。在经济全球化背景下,我国企业以及各类组织都面临着国际性竞争。您对我们目前的管理状况或者水平有何评估?或者说,您觉得应该如何提高我们的管理水平?

龙永图:借回答你的问题的机会,我想纠正一个时常被人们说起的观念,即认为我国加入 WTO"过渡期"结束后,我国的企业才开始真正面临着全球企业的强有力竞争。这种判断其实有误,因为事实上并非如此。在加入 WTO 以前,我国的企业就面对了全球企业的竞争,只不过那时是在 WTO 规则体系之外。在加入 WTO 的五年中,我国的企业已经面临着并继续面临着全球企业的强有力竞争与挑战,"过渡期"结束后仍然如此。其区别只是加入 WTO 后我国企业与全球企业的竞争是在 WTO 规则体系之内进行了。从企业管理角度或层面来看,我国企业在竞争中比过去更重视管理,也有了不小的进展。但是,我国企业要进一步提高管理水平,就必须注意在以下三个主要方面下工夫:第一,认真研究国际组织规则,因为认识不到位就难以参与国际竞争。WTO 是国际贸易方面的组织,但它更是一系列规则,规则是它的核心,是最重要的。加入 WTO 就意味我国必须遵循它的规则。只有遵循规则,才能融入国际社会,才能与世界各国平等、公平地进行贸易。如果不深入了解也不想去遵守 WTO 规则,加入 WTO 就没有任何意义。如知识产权问题,我们现在特别强调科技创新,强调通过科技创新来增强我国企业的国际竞争力。在国际规则中有很多有关知识产权的规则,我国的企业怎么去运用、怎么规避风险,都需要认真研究、正确认识。第二,认真研究国际标准,如质量标准、环保标准、劳工标准等。只有达到国际标准,才能参与全球竞争。WTO 旨在实现国际贸易自由化，消除国际贸易壁垒。但在WTO框架下，传统的国际贸易保护主义壁垒如关税、配额等虽然被约束了，然而，新的带有壁垒性质的各种技术标准、环境标准、人文标准却渐次涌现。这些标准就是"门槛"，如奥运会比赛，跳高的参赛门槛是一米九，达不到这个标准你就无法拿到入场券。前一阵大家看世界杯足球赛时，总不免感到有些郁闷，我们这个拥有13亿人口的泱泱大国就是选不出11个人参加这个世界杯，几百万人口的小国的足球队就能把中国队打得落花流水，看了没法不郁闷。可是没办法，因为你没有达到入场的标准。对于企业也一样，你达不到国际通行的标准，你就进不了参与国际竞争的大门。第三，人才的国际化。我国企业要参与全球市场竞争，没有国际化的人才是不行的。我国企业要想走出去或者是与全球大公司合作，自己没有国际化的人才，没有一个国际化人才的团队，怎么可能做得好呢？所以，企业特别是大企业，要想进入全球市场，要想走出国门，就必须拥有懂得国际规则、懂得国际市场、懂得国际贸易的人才团队。这一点要早做准备，要未雨绸缪。

宋　宏：我认为，您所说的这三方面本身其实就是管理。所谓"国际规则"是讲管理理念和制度安排，"国际标准"是讲管理工具和管理标准，"国际化人才"则是讲人力资本管理和团队建设。这些体认能不能说是您刚才说的"管理觉悟"之真谛呢？

龙永图：你概括得不错，可以这样来理解。我国的企业如果确立了当代的"管理觉悟"，就一定能大大提高管理水平。我认为，中国的企业包括民营企业是一定能够出现国际一流企业的。中国13亿人口的巨大市场本身就存在着产生国际一流企业的机会。大的市场培育出一流企业的概率大、机会多。世界上一流的企业大多产生于大国、大市场，当然有些小国家和地区也产生了一流企业，如荷兰的诺基亚是世界手机制造商中的一流企业，但它们无一例外地都是在全球大市场中产生的，绝不可能囿于一个小国家之内。应该说，得市场者得天下，得大市场者则能成就一流企业。这是一个方面的条件。

另一方面就是管理必须跟上去。在管理中，首要的是发现问题、危机、风险，只有发现这些，才能有危机意识，才能保持创新与变革的内在冲动与活力。发现是管理之母，管理创新就是以发现问题、危机、风险为先导的。所以，我国的企业在任何时候都不要以为自己已经做得很好了，比以前有很大进步了。我国的企业如果缺乏危机意识，就一定会被潜在的危机所击败、所打倒。对管理者来说，发现问题、危机、风险，或者及时听取下属发现问题、危机、风险的告诫，应该说是首要的素质。此外，《冰山在融化》这本书中讲到的发现实质性问题、寻求有潜力的合作、制定解决方案、争取最广泛的支持、与墨守成规的人周旋等等，都是管理者非常重要的必备素质。

宋　宏：加入 WTO，必然会强有力地推动我国企业和各个方面提高管理觉悟和管理水平。我在研究中国经济改革问题中，和一些学者都有这样的认识，就是加入 WTO 对中国的经济改革实际是一个强有力的"外部刺激"因素，除了您刚才提出的微观企业在管理上的改革，对宏观层面的政府公共行政和管理经济的改革也是有力的推动。比如，政府的行政方式、管理经济的方式必须与国际接轨，必须符合 WTO 规则的要求。

龙永图：加入 WTO 不仅仅涉及我国对外贸易的政策调整，而且牵涉到经济体制深层次的许多制度改革，当然也不可避免地会影响到一些"部门利益"、"集团利益"、"地方利益"等等。改革就要调整利益关系，有的人就会不高兴，因而也就要"得罪"人。在完成加入 WTO 谈判、与东盟签订自由贸易协定等事情后，我就退出了，转做博鳌亚洲论坛，研究点东西，组织论坛活动。

宋　宏：您刚才提到，中国当下最需要提高管理科学知识水平和应用水平。那么，"提高"的路径又是什么呢？这也是人们最需要知道的。

龙永图：我想应该是学习。我现在做的事情，主要是解读中国经济与世界经济的联系。所以，我除了了解本国的经济研究、实际动态之外，还广泛阅读来自国外的报刊、书籍，比如《经济学家》之类的杂志，另外是与国外同行进行交流。我做这些都是为了掌握国外最新的经济学理论和经济动向。我以为，现代市场经济的管理科学是从西方发源的。市场经济发达国家的管理科学理论与经验已经很发达了，是在总结市场经济条件下管理的规律而提出和形成的；而规律是普遍适用的，就像水总是由高向低流，不可能在中国水会从低向高流。所以，我们学习、借鉴国外的管理科学成果，阅读一些西方的管理学著作包括普及性通俗读物，是完全必要的。当然，在学习中也要结合我国的实际进行创新管理。现在非常需要把深奥的管理科学理论从神坛上"请"下来，使之变成通俗易懂的东西，普及大众。如《冰山在融化》一书就是用寓言的方法,将复杂的管理问题比如变革管理简化成一个人人都能读懂的通俗故事,这就是一种很好的形式。

宋　宏:在经济全球化时代,提高管理知识和应用水平,是以世界为参照系的。因此,您讲的您的学习方法和学习内容,是开放的学习。不懂得世界管理科学的新发展、不了解世界管理创新的新经验,只是闭门造车,那是无效的学习。我们今天从一本书谈到了管理科学的一些前沿问题,您的见解使我深受启迪。占用了您的宝贵时间,真诚地感谢您!

钟朋荣，北京视野咨询中心主任，兼任西北大学、中央财经大学、中南财经大学等多所大学教授，兼任裕兴电子、华立控股、洛玻股份、武汉健民等5家上市公司的独立董事，兼任三九集团、茅台酒厂等20多家大型企业和地方政府的经济顾问。

1993年末，他与北京一批经济专家一起创办北京视野信息咨询中心。10多年来，在他的主持下，视野咨询中心专家团队制定了大庆、三九集团、海南机场股份公司、北京东安集团、河南华信资金市场、河南嵩岳纺织集团、山西潞安矿务局、浙江义乌小商品城集团公司、陕西建设机械厂、哈高科、浙江南都电源集团、宁夏青龙公司、黑龙江大正集团等全国100余家大中型企业的发展战略与体改方案；制定了郑州、湖北襄樊、台州、荆州、运城、吐鲁番等20多个地级市和河南济源、新郑、湖北老河口、温州平阳、苍南、瓯海、河北遵化、福建福安、云南罗平、山东寿光、山西潞城、浙江武义、河南滑县、山西左权等数十个县级市的发展战略方案。

区域发展战略：产业、体制、形象及其他

——著名经济学家钟朋荣研究员访谈录

进入新世纪以来，我国区域经济发展出现了一系列新的变化，尤其是区域经济竞争更加激烈。面对这样的形势，无论是发达地区，还是不发达地区，无不高度重视研究新形势下的本区域经济发展战略。钟朋荣先生是我国著名的经济学家，近年为许多地方做了区域经济发展战略的研究咨询工作。2001年冬，钟朋荣先生来合肥出席一个经济论坛活动，笔者在会上便与他相约有机会专访他一次。果然不久后机会便如愿而至，2003年早些时候，钟朋荣先生应邀来安徽某市讲演，笔者借此机会专访了他。

一、区域经济发展的关键点何在

宋　宏:钟朋荣先生,我们知道,您在近几年比较多地研究了我国区域经济发展战略问题,对不同类型的地区发展现状与走势都有相当深刻的了解,对区域经济发展战略的制定可谓既有研究见解,又有实际经验。我想提出的问题是,研究和制定一个区域经济发展战略方案,应该注意哪些重大的关键点呢?

钟朋荣:中国区域经济发展问题是我在经济学研究中一直十分关注的领域。自1993年底以来,我在为全国13个地级市和近20个县做经济发展战略方案的同时,也从中吸收了一些经验、一些思想。一个地方的经济发展涉及许多问题,从大的方面讲,有一个产业结构问题、一个地方体制问题、一个融资问题、一个市场问题、一个形象问题。我认为,这几个方面或问题是各地研究和制定区域经济发展战略所必须涵盖的关键点,也是必须特别强调和突出的要点。

宋　宏:我国的地区产业结构问题虽然可以说是一个老问题,但是在进入新世纪之后,"知识经济"的发展、加入WTO、国际经济结构和资本流动的变动对我国经济产生越来越深刻的影响,我国的产业结构调整问题也变得非常突出,所以,国家"十五发展计划"将经济结构包括产业结构调整作为未来一个阶段经济工作的"主线"。在您看来,一个地方研究制定和发展经济战略应当如何把握产业结构问题?

钟朋荣:产业结构怎么定,选择什么产业,这是一个地方经济发展的首要问题。咱们中国有句俗话说:"男怕入错行,女怕嫁错郎。"行当如果选错了,再使劲也干不出好的结果,一个地方同样如此。我国有一些地方很穷,长期不发达,就是因为它的产业是"夕阳产业",也就是"干错行"了。这里还有一个大的方面,即是一个地方在产业选择上是坚持产业集中还是坚持产业分散,例如,人口为100多万的中等城市,产业是集中一点好,还是分散一点好,这是必须认识清楚的。我在全国跑了许多地方,根据我的印象,经济比较发达的地方,往往是产业相对集中的地方。我在温州深入地调研了100多个乡镇,其中有一个镇集中生产纽扣，在中国纽扣市场占有率达 80%；另一个镇主要生产皮革，全镇有三四百家皮鞋厂；还有一个镇主要搞低压电器，在中国低压电器市场的占有率占 40%以上；其他有的镇搞印刷、有的镇搞徽章、有的镇搞塑料编织等等。不要说一个乡镇搞一乡一品，就是一个县，也是搞一县一品。不发达的地方也有这样的例子。例如，河南济源有七八百家羊毛衫厂，一个家庭就办一个厂，主要针对农村市场，搞低档羊毛衫。又如，浙江有一个县，生产领带的产值一年就达 30 亿，占全国整个领带市场份额的 80%以上，国内的“皮尔卡丹”领带都是这个县生产的。它每天要向皮尔卡丹公司交二三百万元的品牌费，低档领带一条 3 元多，高档领带一条 300 多元，做成了一个领带产业。

宋　宏：您举出的这些事例，从实证角度证明了产业集中的必要性，这些经验对人们也确有启示意义。但是，从区域经济和产业经济的规律性要求分析，这种在一个地方集中发展一个产业的模式有什么道理呢？

钟朋荣：我专门研究了这一现象，发现这种产业集中有很多好处。第一，由于产业集中，这个乡、这个县，从县委、县政府的书记、县长到一般老百姓都是这个产业的专家，人力资本和专业知识、技术等非常集中。而我们有的县，在不大的区域内就有几十个产业。比如，河北某县就是既有钢厂、水泥厂，又有化工厂、纺织厂，几十种产业，这个县的县委书记可不好当，指导经济时不可能样样都了解，因此非常不好指导。一个县人力资本是有限的，专业经营技术人才更是有限，分布在几十种产业，实在是太分散了。第二，由于产业集中，就容易分工协作。1998 年长江大洪水，抗洪用了无以计数的塑料编织袋，于是我老家的一个人就想搞塑料编织袋，觉得市场紧缺，肯定好销。他向我打听能不能搞这个项目，当时我正好在温州的一个镇，这是个塑料编织袋的主要生产基地。我问当地一位老板能不能建厂。他回答说，告诉你的朋友最好不要建。为什么呢？在温州的这个镇，现有几百家塑料编织袋厂，一个镇就有五六千人在全国各地跑，其中专门有一批人去拉生意、搞推销，专门有一批人在东北、山东从各大化工厂购买那里很便宜的原料，还有专门一批人去采购工业设备，大家分工很细，也很有序。这位老板对我说，你老家的朋友要办厂，自己要跑产品推销，自己要购买原料，没有专业化分工，当然办不好。我刚才说到的温州一个县，它有上千家鞋厂，其中的分工也是很细、很专业化，有的厂专门生产鞋帮,有的厂专门生产鞋底,有的厂专门生产鞋子的线,有的厂则专门利用这些原辅材料生产成品鞋。这样的生产分工把一个产品的生产流程进行了专业化分解,每一个分解后的单个专业化生产的操作十分简单,非常易于人们学习掌握,因此也就非常易于使许多农民或其他当地居民参与其中,形成生产力。第三,由于产业集中,一个区域内的企业很多,所以品种非常齐全,商家来买时,品种任凭挑选,这样又极容易形成专业市场。浙江、福建的那些专业市场就是这样形成的。这样,既有生产企业,又有专业市场,于是就使一个地方的经济发展、繁荣起来。第四,产业集中、企业云集,大家互相竞争,成本很低、规模很大,这就提高了效率。因此,一乡一品、一县一品,往往产品好卖、成本很低、规模很大。中国是个大国,不要说一个乡、一个县就是在一个省,能集中把一个产品做得很好很大,也相当不错了。当今的世界是一个高度分工的世界,在这个分工的世界里面,是通过每一个人、每一个企业、每一个地区的专而精来构成世界的全而精。德国把汽车造好,美国把飞机造好,中国把什么造好呢?我们一个省、市、县又把什么造好呢?只要能把一样产品造好,就相当不错了。因此,在中国这个大市场里,每个地方发展经济可有两种选择:一种选择是少行业、少产品、大市场;另一种选择则是多行业、多产品、小市场、小规模。很显然,前一种选择应该更有利于我们地方经济的发展。所以,我比较主张一个地方产业相对集中,相对集中也包括尽量地发展相关产业。

宋　宏:的确,在现代分工的世界里,产业集中是一个趋势、一个方向。对于我国在长期计划经济时代形成了"大而全"、"小而全"的习惯思维和产业选择定势,指明这一问题及其内在规律,应该说是一种必要的修正。如此看来,区域经济发展以结构调整为主线,很重要的一个方面就是具体落实在产业集中之上。我们接下来要谈的一个问题,即是您刚才提到的地方体制问题。

二、区域经济体制的选择

钟朋荣:我国区域发展现时有三大体制,第一种是以国有企业为主,第二种是以集体企业为主,第三种是以私营企业为主。我们应该看到这样一个现象:我国多年以来乃至今后一个世纪内,区域间的竞争在很大程度上是制度的竞争、体制的竞争。很多内地企业竞争不过浙江企业、许多老牌国有大企业竞争不过温州小小的私营企业,这不仅是个人的问题,更是体制的问题,是一种体制在竞争中打败了另一种体制。说到国有体制,我原来在中央办公厅期间整理了一份材料,上世纪80年代初期以来,美国和英国发起私有化,结果几乎所有的西方国家都把原来的国有企业卖得差不多了,日本、印度、韩国等亚洲国家也是这样。为什么会这样?我认为不仅是意识形态问题,实际上还有个成本问题。我列了一个表,英国国有企业的成本比私营企业有的高出100%,有的高80%,有的高60%。成本问题是世界性的问题,在生产能力大大增强、供需关系相当宽松、市场竞争更趋激烈的总体格局下,降低成本就成为最为突出而关键的问题。1996年,我到浙江省去做该省区域发展研究,国家对该省的投资长期以来很少,因为那时说它是对台前线,在全国省一级大概是第23位,不到某些省的一半。但该省经济发展有几项指标在全国领先,什么原因呢?原因有两条:一是85%以上是非国有经济;二是95%以上是非计划调节。现在浙江经济发展很快,人们把它称为中国经济最具活力的板块之一,而得益的就在于此。相反,国有经济比重高的地方,区域经济发展就不尽如人意,而且困难企业和下岗职工也特别多。这就是体制原因造成的两种截然不同的结果。

再说集体经济或乡镇企业,如苏南地区曾是以乡镇集体企业为主的。我分析了苏南与温州的差异,至少发现了几个很大的差异。一是投资主体不同。苏南乡镇企业的投资主体是乡镇长;温州企业的投资主体则是私营企业家。于是出现了这样的现象:温州每家每户用闲钱办企业,规模小、起点低,不敢上科技含量高、风险大的企业,只做那些看得见摸得着的、平平稳稳的如编织袋、纽扣、打火机之类的小产品,虽然这些产品利薄,但是比较稳,因此,温州那时发展比较慢;而苏南乡镇企业都是乡镇长上项目,用的是公家钱,敢冒风险,所以规模大、科技含量高,发展也快些。这是苏南比温州有优势的一点。二是一个地方发展经济的支撑点放在哪儿?苏南是“能人经济”,一个村、一个乡出了一个能干的村长、乡长,这个村、乡经济就发展、繁荣起来。苏南把一个地方经济发展的支撑点放在少数能干的能人身上;而温州则是把发展经济的支撑点放在千家万户之上,家家办企业、户户闯市场、家家承担风险、户户培养能人。这是温州比苏南有优势的方面。三是苏南是乡镇集体企业,而集体所有制是一种流动的所有者与不流动的财产之间矛盾极为突出的体制,所有者即劳动者一旦退休,就与企业财产没有关系,就必然有不平衡心理和失落感,于是就要搞短期行为,利润不是用于投资,而是想法子分光吃光,这是乡镇企业普遍存在的后劲不足的问题。相比之下,温州的私营企业就产权明晰,不愁没有后劲。两相比较,苏南要解决的是怎样把产权量化到个人,使产权明晰和增强后劲的问题;而温州要解决的是怎样使企业扩大规模、上档次的问题。我认为,我们不能简单化地说所谓公有化或私有化。事实上,我国现在存在两个相反的运动,一个是公有化运动,一个是私有化运动,而两个运动都是要一个归宿,即股份制。股份制对苏南来说是一个私有化运动,把集体企业变为私人企业;对温州来说则是一个公有化运动,把个人企业变为社会资本的企业。这就是区域经济发展的体制问题。哪个地方体制改革得早、改革得彻底,哪个地方就主动,就能在区域体制竞争中取得更多的资源优势。

体制问题是区域经济发展中的一个根本性问题。区域发展的产业集中、能人集中,都与体制有关。我在全国跑,得出一个结论:中国最富裕的地方恰是没有多少自然资源的地方,而自然资源最丰富的地方又正是贫穷的地方;中国交通最有优势的地方不是市场最发达的地方,中国市场最发达的地方是区位很偏僻、交通不方便的地方。这说明,一个地方发展经济主要不是物,而是人,人是发展经济最首要的资源。中西部地区经济落后,主要问题不是区位,不是资源,而是缺乏能干的人,特别是创业者和企业家。一个好的体制能够造就出创业者和企业家,而体制不好,不仅创业者和企业家造就不出来,而且既便有也会因体制压制而流失。

宋　宏:您关于体制竞争的见解,特别是对苏南与温州的所谓公有化运动和私有化运动同归于股份制的分析,令我耳目一新。在新一轮区域经济发展和竞争中,不少地方都提出要打造新体制平台或新体制高地,这说明大家对此问题的觉悟有所提升。但正如您所言,要取得体制优势绝非说说而已,而是看怎么去做,要切实在体制改革上有新的突破。这对经济不发达同时也是体制不先进的地区，应该说尤其重要。

钟朋荣：我再谈谈区域经济发展的市场建设问题。几乎我到过的所有地方，都对建设市场很感兴趣。但是应当明确，所谓建设市场应该分为两等：建市和建场。这是我在调研中得出的一个结论。所谓建场，有的地方把交通、地理区位优势变为商贸优势，搞商贸中心，一个城市中心一举建起好几个大商场，一个比一个豪华，城市的大部分财力都拿去建商场了。这些商场起了什么作用？帮助外地企业掏本地人的钱包，结果本地人的钱包被掏空了，本地生产企业却没有富起来。而所谓建市，则不同于建场，它是建商流，建立商业流通关系。建商流的关键或者说核心在于建立价格差，即是说全国的商品进来又从我这里出去，我在其间加了多少价。价格差很有讲究，犹如雁过拔毛，拔多了雁就走不了，货到地头死，就只好搞零售，也只会掏本地人的钱袋；拔少了，则雁还能再飞得很远，辐射面很广，这是批发，大进大出。自己拔自己的毛，是建不起市场的。

另外，市场还有无形市场和有形市场的分类。浙江、福建等地的小商品市场是有形市场，但它那里还有一个无形市场，即一个城镇几百家专业企业，几千人在全国跑订单、销产品，市场就在这几千人的腿下和嘴上，这也是市场。此外，还有现代信息技术的网络化市场，利用网络采购、销售，搞电子商务，几个人就是一个大的商业中心，这是现代的新的市场形态。欠发达地方建设市场，要拓宽思路，研究现代经济技术条件下建设市场的新特点、新形态，这样才能把市场真正地建设好，促进区域经济繁荣、发展。

宋　宏：不发达地区发展经济，最为短缺的除了人力资本外，还有就是资金要素。一个地区的经济发展战略，不能不考虑融资问题。您把融资问题提高到战略层面来定位，的确应该如此。

钟朋荣：区域经济的融资战略理应是整个发展战略的重要环节和组成部分。一个地方的发展需要资金，一方面要靠本地企业和老百姓的积累，另一方面要靠从外部获取。从外部获取资金的办法很多，对外招商引资是个办法，股票上市是个办法，往北京“跑部钱进”是个办法，还有 BOT 也是个办法。所谓 BOT 就是经营权有限出让，以经营权换得投资。这个项目建成后由你经营、管理、收费，10 年、20 年后交还给我。这个办法已经有不少地方实行了，是可以学习的成功办法。现在不发达地方的农村外出打工的为数很多,我说这就是“打工经济”,它也是一个从外部获取资金的办法。中部地区的许多地市,人口几百万,耕地又不多,也没有什么工业企业,几百万的农村富余劳动力干什么去呢?从长远看,应该是发展非农产业来消化这些劳动力,而这个地方经济能否发展关键是看本地几百万劳动力能否找到事干。既然现在没有可能办许多工业、三产企业,那么就必须搞劳务输出。四川、河南、安徽、湖南等都是劳务输出大省,一个省每年劳务输出拿回来的资金高达几百亿元。这就增加了老百姓的收入和积累,为本地发展所需资金提供了一个来源。像这样的地方,政府应该重点发展劳务经济,帮助本地富余劳动力输出,寻找就业机会。当然,劳务输出拿回来的钱也要注意引导到创业投资上来,不能都用在盖房子、娶媳妇等个人生活消费上。政府的主要任务是为他们营造良好的创业投资环境。

三、区域经济形象究竟如何塑造

宋　宏:您刚才指出,制定区域经济发展战略中还有一个形象问题。我也认为,这是制定区域发展战略的题中应有之义。我们看到,有的地方提出经济发展战略时,就把本地经济发展的形象作为一个重要内容。如上海,它在“十五”时期发展战略中提出的几大基地形象,就给人以深刻的印象,在国内外也产生了反响。对于区域经济的形象问题,您有何见解?

钟朋荣:在现在的市场经济时代,通常都要讲究品牌形象,一个人有一个人的形象、一个企业有一个企业的品牌、一个地区同样也要有一个地区的形象。招商引资也好,吸引人才也好,推销本地产品也好,都离不开区域经济形象。一个地方如果没有一个良好的区域经济形象,人们都没有什么好的印象,那么大家就没有欲望到那里去,我这一辈子来不来这个地方都无所谓。但是有的形象很好的地方,人们一听就会想,没去过那个地方将是一大遗憾,投资者没到那里投资总觉得是一大失误。所以,塑造区域经济形象是一个大问题,应该放在区域经济发展战略的高度上去认识、去实施。

塑造区域经济形象要注意避免一个偏向。有的地方搞区域经济形象,一说就是我这个地方有什么古老的传统,以古老的传统的思维来设计区域经济形象。现在,我们应该用现代的市场经济的眼光来发掘一个地方的闪光点,对现代经济活动有吸引力的闪光点,这样才能吸引投资、吸引人才、吸引商流。有一个靠近王屋山的县,搞区域经济形象最初就是搞“愚公形象”,借老愚公挖太行山、王屋山的“愚公移山”故事树“愚公故乡”、“愚公精神”的形象。我去那里就提出,以愚公塑造地区经济形象只能让人们想到这里还是山高路阻、偏僻不便,这样还怎么吸引外来投资呢?但是用现代市场经济的眼光,就可以发现黄河小浪底水库在这里修建,是国家投资五六百亿的大项目,还有这里的大电厂,投资也是几百亿,近千亿元的投资集中在你这个县,不用说是个投资热点,拥有多少商机。以这样的经济闪光点作为你这个县的区域经济形象,就是全国的一个“经济热点”形象,它将有多大的号召力和吸引力啊!我曾专门研究过改革开放以来形成的经济热点,包括海南、深圳、三峡、浦东等等。改革开放以来,我国经济热点分为三种类型:第一类是政策拉动型,如深圳、海南是国家给了特殊政策,全国各地商家也是为了追求政策效益,都去那里才发展起来的;第二类是投资拉动型,如三峡,正是大规模投资带来了许多商机;第三类是炒作推动型,如广西北海,炒作北海是大西南的出海口,这样首先是西南几省,然后是全国都到北海搞房地产。经济热点的产生是区域经济发展不平衡导致的一个结果。由于区域经济发展不平衡将长期存在,因此,经济热点今天有,明天还会有;今天这里是热点,明天可能那里是热点。塑造区域经济发展形象,应该朝着经济热点的形象定位去设计、去策划。当然,各个地方具体情况不同,作为经济热点的具体特点也应该不同。这样,区域经济发展形象才会有自己的特色。

宋　宏:以上您所谈的关于区域经济发展战略的几个问题,内容很是丰富,也颇有深具启示价值的见解,使我学到了不少东西。现在全国各地都在注意研究新世纪以后区域经济发展战略问题,其中存在着不少的新矛盾、新课题,需要深入探索。我相信,您所谈的这些内容,对大家的研究也会有积极作用的。非常感谢您!

胡鞍钢，祖籍浙江省嘉善县，1953年4月27日生于辽宁省鞍山市，现任中国科学院–清华大学国情研究中心主任，清华大学公共管理学院教授、博士生导师。早年研习工学，在中国科学院自动化所获博士学位。1991年至1992年在美国耶鲁大学经济系进行博士后研究；1993年在美国Murray state University经济系做访问学者；1997年在美国MIT人文学院做客座研究员；1998年在香港中文大学经济学系做客座研究员；2000年任日本庆应义熟大学公共管理学院访问教授；2001年在美国哈佛大学肯尼迪政治学院做访问教授；2003年初在法国社会科学与人文学院中国研究中心做访问研究员。

“中部崛起”的发展战略选择

——著名经济学家胡鞍钢博士访谈录

在我国经济地理上，东、中、西部地区三大板块发展不平衡是一种长期存在的现象，尤其是中部地区自上个世纪90年代以来出现的被人们称之为“中部塌陷”的窘境，足令中部地区各省区忧患意识陡升，崛起冲动强烈。本世纪初，在中部省区轮流举行的几次关于中部地区发展战略问题的理论研讨会上，著名经济学家、中国科学院国情分析室主任胡鞍钢应邀与会，并发表了他对中部地区发展战略选择问题的见解。与会期间，笔者借机两次专访了胡鞍钢博士。

一、追赶战略的核心在于富民为本、富民优先

宋　宏：胡博士，您好！您前些年可能就已经听到过"中部塌陷"的说法，相信您也能理解中部地区的经济学学者和专家们心急如焚的心情。大家对于中部地区经济和社会的走向，一致的共识是加快发展、实现崛起。但这一地区总体上又是欠发达地区，在全国东、中、西、东北这四大区域的竞争态势可谓依然严峻，压力较以往是大大增加了。对此，您怎么看呢？

胡鞍钢：的确，现时中部地区确实面临着十分严峻的挑战。这主要表现在以下几个方面：一是从近年中部各省区的统计资料看，GDP 增长率虽然有提高，但仍然落后于东部地区，说要追赶，看来非常困难，这是很现实的问题。二是中部地区作为我国农产品供应主产区，随着农业在全国 GDP 中比重减小和贡献率下降，该区域经济的比较优势也在减小。进入 WTO 以后，因为中部基本上是劳动密集型农产品，同国外比也没有优势。三是原煤等能源产品是中部的优势，但它的周期性变化比较强、起伏比较大。四是进入 WTO 后，原材料产业和一般制造业所受冲击非常大。这四点就是大家所概括出的中部地区产业的劣势。以前，我们讨论的是优势，这是从供给的角度来看的，很少从需求的角度来看，而需求的变化是莫测的。以上表明了中部地区在产业结构上存在相当大的不合理性。这主要表现为以下几个方面：第一，中部地区农业比重过高，高于全国平均数。此外，我发现农民收入之所以不能有效地得到提高，是由于农业占 GDP 的比重从 1985 年到 1998 年，无论按现价，还是按不变价计算，都下降了 10～11 个百分点。第二，初级产品比重太大，附加值太低。第三，轻工业比重太低，而轻工业中，农产品及原材料加工占了 75%，这样既容易受市场波动的影响，也容易受自然灾害的影响。这样，轻工业发展建立在非常不稳定的基础之上，很难适应供求两方面的影响。这表明，中部这种资源导向性、附加价值低、初级产品比重高的产业结构易受伤害性强，虽然供给能力非常强，但一旦市场需求发生了变化，这种产业结构的脆弱性就显现出来了。这种产业结构会导致"计划赶不上变化"。而且，从国内的外部挑战来看，中部地区同东部地区及全国其他先进省区的 GDP

实际上在1978年到1991年间的相对差距是下降的，但是90年代以后这种情况发生了逆转，相对差距扩大了。看来，这种差距还有可能进一步扩大。如果一味地追求缩小人均GDP的差距，对中部地区大部分省区来说恐怕不现实。

宋　宏：这样说来，以追求缩小与东部地区的人均GDP差距为目标，对于中部地区大部分省区是不恰当的选择。事实上，有的地方前些年提出在人均GDP指标上缩小与发达地区差距，甚至提出“赶超”的口号，然而实践的结果却发现，这种差距非但没能缩小，反而是扩大了，至于“赶超”更是未能成为现实。那么，中部地区在发展战略上应该如何选择呢？

胡鞍钢：我在研究中发现，我国区域经济发展差距扩大的同时存在着另外一种现象，这就是中国社会发展的一些指标的区域差距实际上是在缩小的。那么能不能考虑，中部地区乃至西部地区着力于进一步缩小社会发展的差距。社会发展差距的缩小实质上是富民，因为社会发展的福利可以覆盖到社会的每个成员，而人均GDP差距缩小则未必达到这一点。缩小社会发展差距一定要使农民受益，一定要使他们的基本公共服务能够到位。我认为，这不仅能够做到，而且是切实可行的。第二个考虑是缩小同全国平均水平的差距。这既是缩小人均GDP同全国平均水平的差距，也包括缩小全国所有地区人均财政支出的差距。在实行分税制之前，这种差距实际上是逐渐缩小的，但在实行分税制之后，这种指标是上升的，这就没有达到分税制和财政转移支付的目的了。人均财政转移支付有两种口径：一是窄口径，即财政部的小口袋；一是大口径，包括投资方向。我认为，无论大口径还是小口径，都应该朝着缩小人均财政支出差距的方向来发展。我认为，缩小这种差距对中西部省份更实惠。缩小社会差距是解决老百姓的基本公共服务问题，缩小财政支出差距是维持政府最起码的运作。由此可以看出，我们缩小差距新的追赶战略目的不在于缩小人均GDP，而是富民为本、富民优先。

二、中部地区产业结构需要作战略性调整

宋　宏：这应该说是富有新意的战略思路。研究和制定一个区域的经济

发展战略，必然涉及区域经济及产业定位问题。在传统的计划经济体制框架中，中部省区的定位无非是农副产品生产基地、能源生产和输出基地、原材料和初级加工品基地。正如您刚才所说，现在看来，这种定位狭隘、低级，也无比较优势可言，显然是未来发展所不足取的，因此必须作战略性调整。我很想听听您关于这一问题的见解。

胡鞍钢：应该认识到，中部地区发展不乏有利条件，加快发展的可能性是存在的，尤其是现在可以做一些过去想做而做不了的事。至于中部产业结构调整和经济发展战略，我想提以下几点建议：

开发型的产业战略转向以市场需求的、以吸引内外资的市场导向战略。在传统体制时期，中部地区由于自然资源丰富，一直基本上以资源为导向来选择产业。资源导向型基本上还是计划经济模式，基本思路还是有什么资源就开发什么资源，而市场导向恰恰相反。所以主要还是要创造一个良好的投资环境，通过资源换资金、市场换投资。其实向中央要政策有时比要投资更有效益。凡是竞争性产业，凡是与民争利的事，政府不要去干，要让给市场。其实，电力、能源也不是公共物品，至少不是纯的公共物品，是竞争性产品。作为后发达国家，政府前期是要以予以支持的，但是到了一定时期，尤其是过剩阶段，政府就应该撤离。今后在这些领域，应该鼓励私人投资、外商投资。国家应该从直接投资转变到补贴投资，使国家的钱提高其杠杆效用。一些建成的电厂、化工厂、冶炼厂可以考虑拍卖。我国现有的外国直接投资额在亚洲金融危机后大幅度下降，其中内部原因之一是我们吸引外资的方式同国际潮流不一致。国际上，外国直接投资的60%以上是用于破产、兼并、重组，在美国超过70%。我们现在吸引外商直接投资应该转到这一点上来，鼓励外资来兼并，将这些厂该出售的出售，不要拘泥于股权是49%还是59%。我并不认为，这些竞争性产品是命脉。我认为在今后10年内，中国将大规模地利用国际资源，如石油、天然气、铁矿石。在这种趋势下，中部地区一些目前在建的或已建成的高污染的火电厂及一些企业，将不可避免地面临着作战略调整的命运。中长期的石油资源应该要进行战略性、保护性开发。

另外，政府应该将主要精力放在创造一个好的经济环境上。目前，中部地区最稀缺的资源之一是优秀企业家。政府应该创造环境让企业家能有真正的用武之地；要创造环境吸引国内外的投资。世界100强企业中有59家已进驻上海。我认为，中部地区之所以没能吸引跨国公司的投资，一个重要的原因在于城市化水平低下，因为跨国公司的大投资、大产业是要求在功能较为完善的大中城市布局的。中部地区加快城镇发展时，应当与这种实际情况有机地结合起来。重点不在于小城镇，而在于大中城市。我想有这么几个问题在发展战略上应该充分考虑：一是中部城市化水平低；二是所谓的大城市不大；三是能不能增加50万~100万人口中等城市的数量；四是户籍制问题能不能有所突破；五是如何使得若干以资源立市的城市进行转型。由此，改善中部地区目前的城市状况和投资环境。

中部地区要进一步开放服务业市场，吸收外资、扩大就业容量。服务业主要不能靠政府投资，关键还在于开放市场。市场开放的核心问题就是降低市场准入的门槛。世界未来将有四大新兴产业，即信息和电信业、金融保险证券业、健康医疗和医药业以及旅游产业。中部未来选择产业要符合世界潮流，因为这些产业的基本点都是面向人的。我们现在发展经济总是面向物的，面向人的产业其发展速度是非常之快的。此外，中部地区要加快争取金融业、保险业的对外开放权；要关注在国外发展迅速的职业性服务业，如会计、审计、工艺设计、服装设计、咨询业等新兴产业，这些产业的发展速度是非常之快的。

继续加强基础设施建设，这对于中部地区无疑是极其必要的。改善投资环境、产业发展条件，增强防御水旱风沙灾害能力，优化生活居住环境，都离不开加强基础设施建设。这里的核心和难点是融资渠道问题。中部省区普遍政府财力不足，并且不能享受国家西部大开发投资的倾斜，因此必须拓宽社会融资渠道。我认为，基础设施也具有竞争性，如现在在建的首都机场就完全可以拍卖和租赁，中部地区架桥修路也可以允许外资、民间资本参与，还可以用经营权换投资。总之，要改变过去那种完全由政府投资、生产、提供基础设施产品的做法。政府提供一个融资环境和担保可能比直接投资更有效。跨区域的大型基础设施要联手搞，要改变过去那种囿于行政区划各自为阵、缺乏合作投资主动性、坐等国家拿钱而使许多跨区域基础设施迟迟不能建设的僵局。

建立区域性市场，这也是中部地区应当着手必做之事。中部地区要积极参与国际和国内分工。从目前来看，首先要对内开放，能不能形成一个统一市场，要素能不能够自由流动，对中部地区的发展至关重要。另外还要考虑到面向东部。东部地区经济发展水平大体上要领先中部地区十多年，中部地区发展所需要的人、财、物和技术、产业在很大程度上将要由东部的转移、扩散、辐射而来。因此，中部的开放，其重点之一是对东部的开放。此外，中部各省必须考虑要形成各具特色的产业和市场，避免因产业和市场的同构化而削弱了合作范围。

三、“社会发展优先”蕴含着什么

宋　宏：您刚才提到，中部地区要缩小与先进地区的发展差距，应当着力缩小社会发展方面的差距，您称之为“社会发展优先”。您提出中部不发达省区在未来十年间应把社会发展作为优先政策目标。我想这应该是从公共政策意义上讲的吧？因为，区域经济和社会发展政策的性质就是公共政策。那么，我想请问您是如何考虑这一思路的？

胡鞍钢：是的。我是从公共政策的角度提出这个观点的。我国是一个人口众多、地域辽阔、发展不平衡的发展中大国，也是世界上自然地理、人口资源、经济发展和社会发展差距最大的国家之一。各地区条件差异显著、发展极不平衡是我国国情的基本特征之一。这是制定有效的经济发展与社会发展公共政策的客观依据。从建国以来的资料分析，我国人均 GDP 的地区相对差距变化经历了三个阶段：一是 1952 年到 1978 年期间经济发展差距不断扩大；二是 1978 年到 1991 年期间经济发展差距不断缩小；三是 1992 年到 1995 年期间经济发展差距重新出现上升趋势，沿海和内陆发展“趋同”，但东西地区之间明显呈现“两极化”。这种基本状况迄今仍然存在。这里值得注意的是，这种地区差距不仅是经济发展差距，而且是社会发展差距，并且非常突出。

宋　宏：您这里所说的地区社会发展差距非常突出的涵义是什么？您能否详细谈谈？

胡鞍钢：好的。根据我掌握的有关资料及对各地区 1978 年以来的主要社会发展指标计算分析以及比较，我国社会发展地区差距具有如下特点：第一，我国社会发展不平衡性与不平等性是一个典型的多维尺度现象。从人口、教育、卫生、科技、文化、环境污染、基础设施、人类发展8大类社会发展指标看,无论是相对差距还是绝对差距,我国都存在着不同程度的地区差距。从全国总体或人均水平看,我国社会发展水平已达到世界中等水平,少数沿海地区已达到世界高水平,但许多内陆地区仍处于世界低水平。第二,改革以来,我国主要社会发展指标相对差距不同程度地缩小、变化不大或有所扩大。在8大类31个主要社会发展指标的相对差距系数中,呈下降趋势的指标有19个,占61.3%;呈上升趋势的指标有9个,占29.0%;变化不大的有3个,占9.7%。这表明,大部分社会发展指标的相对差异系数呈下降趋势,也反映了我国居民在享有公共服务的地区差异性不同程度地缩小。第三,我国主要社会发展指标相对差距不同程度地低于或高于人均GDP相对差距。大体有三类指标:人口、教育、卫生、文化(除人均图书印张),人类发展指标相对差异系数都大大低于同期人均GDP相对差异系数;科技(除人口专利批准数)、环境指标相对差异系数低于人均GDP相对差异系数;主要基础设施指标(除人均发电量)高于或大大高于人均GDP相对差异系数。这表明,我国各地区居民在享受各类公共服务和公共设施水平方面存在不同程度的差异性,其中基础设施地区差距最为显著。这应成为今后缩小地区发展(包括经济发展与社会发展)的重点,要通过强化落后地区和边远地区基础设施建设,从而加速这些地区的经济发展和社会发展。第四,在今后一段时期内,各地区人均GDP相对差距还可能有所扩大,但是大部分社会发展指标相对差距有可能不同程度地缩小。这就决定了今后缩小地区发展差距的过程,可能是一个先缩小社会发展差距然后缩小经济发展差距的过程。实现前一个缩小社会发展差距的目标,既是可能的,又是可行的,而且可以为实现后一个缩小经济发展差距的目标创造必要的条件。因此,我们应当把缩小地区社会发展差距和实现基本公共服务均等化作为到2015年长远规划加快中西部地区发展的优先政策目标。这样,既能加快这些地区的经济发展,又能促进这些地区的社会进步。这个战略取向不仅适用于国家宏观层面,而且对落后省区层面应该也是适用的。

宋　宏:这也就是说,中部省区应该而且必须优先考虑和重点着力于社会发展,提升本省区社会发展水平。但是,人们似乎普遍存在这样一种思维定势，即只有等经济发展水平提高了之后才能轮到社会发展。显然，我们要取得对优先考虑社会发展政策目标的共识，便需要突破这种思维定势可能造成的观念障碍。

胡鞍钢：对这个问题，我们应当作理论思考。我认为，需要深刻认识和反思以下几种关系：

首先是经济增长与人类发展的关系。增长不是目的，增长是发展的手段，确切地说，实施增长是以提高人的生活质量为核心的人类发展水平为目的的，而不仅仅是提高人均GDP水平。早期的“发展”概念是以“物”为中心，以“GDP”为中心。“增长优先”的战略，即强调一个国家或地区内物质生产和服务总量的增长。其手段是加速资本积累、增加资本投入。而新的发展战略是以“人”为中心的发展战略。其目标是增强人们的能力，为人们提供各种机会，满足人们的需求，改善人们的生活质量。就中国而言，增长的目的是满足十多亿人口日益增长的物质需求和文化需求，这包括首先要满足全体人口最基本的生存需求，诸如吃饭、饮清洁水、就业、教育、卫生、住宅等；进而使他们不断达到较高的人类发展水平，拥有较高的生活质量，享有更完善的公共服务。

大力开发人力资源是增长国民财富的主要途径。1990年联合国计划开发署《人类发展报告》开宗明义地说：“人是一个国家的真正财富。”新的人类发展战略把人力资源放在极其突出的地位。这是因为，人力资本投资回报率至少等于或高于物质资本回报率；对人力资本的投入可以大大节省物质资本和自然资源，有利于人类持续发展；人力资本投资主要依赖于公共财政，这比主要依赖于非公共资源的物质资本投资更具有公共分配的功能，也有利于达到公平与效率的目标；人力资本投资更具有互补性。例如，提高教育程度可以使妇女总的生育率下降，婴儿死亡率下降又可促进人口预期寿命的提高。在有限的公共财政资源的约束条件下，今后政府发展战略的重心不再单纯是开发“物”和投资物质资本，除基础设施投资之外应重点投资人力资本。开发人力资源是中部地区加快发展的最优先战略。

其次是经济发展差距与社会发展差距的关系。经济发展差距决定和影响社会发展差距，社会发展差距在一定程度上又会影响经济发展差距。这是经济和社会发展的一般规律。各国和中国各地区的实践还表现出另一种现象：

有些国家或地区有相对较高的人均收入,但从教育和医疗卫生角度看处于较低的水平,具有较低的人类发展指标,如阿拉伯联合酋长国、科威特、阿曼、埃及和我国西藏。相反,许多国家和地区人均收入水平较低,但教育和医疗卫生达到较高水平,如古巴、韩国、斯里兰卡。这是政府的公共政策起着决定性作用。这表明,在一定的经济发展水平(如人均 GDP 水平)条件下,政府实行以"人"为中心的发展战略就会提高人类发展水平。政府应大幅度缩小各地区之间的社会发展差距,而缩小社会发展差距有利于缩小经济发展差距。中国各地区差距的形成是一个长期的历史过程,解决这一问题同样也要经历一个长期的历史过程。由于中国各地区社会发展的相对差距小于经济发展的相对差距,解决前一问题比解决后一问题相对容易一些,因此,把缩小社会发展地区差距置于中央政府今后长期发展政策的优先位置,实属必要,又有可能,而且能更有效地发挥公共政策的作用和效率,从而有利于促进经济发展水平地区差距的缩小。

宋　宏:这倒提醒我们想到一个现象,即人们常说的投资环境。倘若一个地区社会发展过于滞后,环境、卫生、教育、人力资源质量等水准低下,那么招商引资是断无吸引力的。社会发展实际上与经济发展应是相互适应、相互促进的,偏废的后果只会造成一种恶性循环。对于社会发展差距较大的地区,认识到这一点尤为重要。

四、效率与公平究竟能不能兼得

胡鞍钢:的确是这样,要更深入地认识社会发展的重要意义,还应把握第三种关系,即经济效率与社会公平的关系。在促进经济增长、运用市场机制方面应遵循"效率优先、兼顾公平"的原则,但在收入分配、提供公共服务方面应遵循"公平优先、兼顾效率"的原则,不应当不加条件限制地任意推广"效率优先、兼顾公平"的原则。在收入分配和社会发展领域牺牲公平,不一定能提高经济效率,更不是社会愈不公平,经济就越有效率。牺牲社会公平并不是提高经济效率的必要条件和充分条件。我们改革的目的,不仅仅是要建立一个更有效率的市场经济体制，也是要建立一个更为公平的社会主义社会。这就是社会主义市场经济的全部涵义。

增长与改革应同时促进经济效率的提高和改善社会公平。通常，某项公共政策或制度改革，对效率与公平的影响，理论上有以下四种不同结果：一是对两者都产生负面影响；二是对两者都产生正面影响；三是效率提高，而公平性下降；四是效率降低，而公平性提高。后两种情形属于效率与公平之间的相互交替。效率与公平之间不一定会产生必然冲突，有效的公共政策既可以提高效率，也可以改善公平。例如，对基础教育、公共卫生投资，不仅可以提高国民素质，而且还能提高他们的收入水平。需要强调的是，在生产性和竞争性市场方面需要鼓励私人投资、吸引外资，而在公共服务领域，则需要强化政策的职责和公共支出投资。

社会主义制度在经济效率和社会公平两个方面是可以兼得的。依靠"经济效率"解决和发展生产力，依靠"社会公平"实现共同富裕，这是市场经济与社会关怀相互兼顾、相互联系的两个方面。社会公平要把握好以下三个基本原则：一是机会平等原则。不管人们在哪个地区生活和初始地位如何，都有享受经济、社会、文化发展成果的平等机会，也就是说，至少使弱势群体和经济落后地区的人，都能得到享受最低的公共服务的机会。二是社会救助原则。社会救助不仅是一种社会公平，也是一项有长远收益的人力投资，它可能会暂时牺牲一些眼前的资源，却能增加未来的生产力。三是共同发展原则。在社会发展事业时，我们不能实施哪些地区先发展哪些地区后发展的策略，否则会出现严重的社会问题，只有经济和社会共同发展才是正确选择。这就是"共同富裕"完整的经济和社会含义。

宋　宏：社会发展事实上可以改善经济发展环境和条件，而且如环境保护、大江大河治理、教育扩充、科技培植、医疗卫生等本身都可能成为经济的增长点，其意义实在不应低估。然而，在以往的发展规划中，社会发展常处于"从属"地位，其内容和措施明显少于经济发展的内容和措施。

胡鞍钢：正是这样，必须改变这种状况。在中部地区的发展规划中，应当明确经济发展和社会发展并举的指导思想。经济发展是社会发展的基础，社会发展是经济发展的目的。经济发展和社会发展是人类社会发展的"两个轮子”,缺一不可,需要相互协调、相互配合、同步发展,否则一个轮子快一些,另一个轮子慢一些,既可能出现制约经济增长的后果,又可能产生社会矛盾积累并激化的问题。经济发展与社会发展的协调,并不是自动形成的,只有实施有效的政策,才能使得经济发展促进社会发展,同时使得社会发展进一步推动经济发展。这里,政府的公共政策具有决定性作用。政府公共政策和宏观措施应当有意识地促进它们之间的相互联系、相互推动和相互作用。因此,在“十五”计划中应把社会发展放在与经济发展同等重要的位置上;从政府的职能和作用考量,还应放在优先的位置上。国家应制定旨在缩小地区社会发展差距的公共政策,而社会发展已经滞后的省区更应特别重视本地的社会发展,加大促进本地社会发展的力度。

宋　宏:您的思路很有创见,也很有意义,使我们深获教益。真不好意思,在您休息时间来访问您,可我只能道声衷心感谢了。

胡鞍钢:没关系。以后有机会我们再聊。

顾海良，1951 年 1 月生，上海人。1982 年毕业于安徽大学经济系，1984 年获中国社科院研究生院经济学硕士。1969 年参加工作，1984 年 3 月加入中国共产党，曾任中国人民大学马列所所长、国务院学位委员会办公室副主任、教育部社会科学研究与思想政治工作司司长，2001 年 12 月起任武汉大学党委副书记(主持工作)，2002 年 8 月起任武汉大学党委书记。中国著名的经济学家、教育思想家，兼为副部级官员。因为《与中国著名经济学家对话》一书，他被誉为中国“第四代经济学人”的杰出代表。他主编的《世界市场全书》(获中国图书奖)被誉为展示世界市场的“清明上河图”。由他任总撰稿人的《画说〈资本论〉》、主编的《画说〈共产党宣言〉》，在海内外亦引起极大反响。

我们应该如何研究马克思主义经济学

——著名经济学家顾海良教授访谈录

2007 年早春，著名经济学家、武汉大学党委书记顾海良教授来皖讲学，就 20 世纪国外马克思主义经济思想发展历史问题向母校安徽大学师生作了精彩的讲演。在讲演中，他谈到了在新时期我们应该如何研究马克思主义经济学的重大问题。笔者就此专题访问了顾海良教授。

顾海良:宋宏啊,老同学又见面了。我一看到你,就知道你不会放过访谈我吧。这是第几次了?

宋　宏:是啊,我是想要访谈您啊,应该有三四次了。海良教授,我听了您的讲演,拜读您和张雷声教授送我的新著《20 世纪国外马克思主义经济思想史》,深感您所指出的当今时代我们应该如何研究马克思主义经济学的问题意义极其重大。我想这次是不是就这个问题请您谈谈您的见解?

顾海良:好的。我们看到,在 20 世纪经济思想的发展中,没有哪一种经济学说,能像马克思主义经济学这样,如此密切地贴近人类经济、政治和社会发展的实际,如此深刻地影响着百年来人类社会经济关系的发展,并始终保持着强大的生命力。在世纪之交,马克思主义再次遇到了关于它的历史命运的大论争。面对世界社会主义运动转入低潮的事实、面对世界资本主义发展跌宕起伏的走向、面对纷至沓来的经济社会思潮,我感到有必要在对由历史的经线和现实的纬线交织在一起的壮观的画卷中,思考马克思主义经济学说的真谛。我们撰写《20 世纪国外马克思主义经济思想史》,旨在对 19 世纪和 20 世纪之交到 20 世纪和 21 世纪之交这一百年间,马克思主义经济学的历史发展作一概述,探寻马克思主义经济思想发展的“历史路标”。这对于我们理解马克思主义经济学在当今时代的价值是有重要意义的。

宋　宏:研究国外马克思主义经济思想,实际上也是对国内马克思主义经济学研究的一种观照和比较,在这样的视野中,有益于我们开拓研究的思路和方法。您在这方面有什么体认呢?

顾海良:我不妨谈谈以下四个基本观点:

一、注重历史、理论、现实相结合的方法和视野

顾海良:对马克思主义经济学本身的研究,要坚持马克思、恩格斯所倡导的一个基本方法,同时也是哲学社会科学研究的一种基本方法,即历史、理论与现实结合的方法。在对马克思主义经济学的研究中,坚持历史、理论与现实相结合的方法和研究思路,在当前有着特别重要的意义。

任何一个理论成为一个有科学体系的理论，都有它的历史。对于马克思主义经济学来讲，有两个历史特别需要认真地进行研究。一是自马克思主义产生以来，世界经济历史的发展过程。二是政治经济学说自身发展的历史，也就是自19世纪40年代初以来马克思主义政治经济学理论演进的"历史路标"。前者可以称作客体化的历史，后者则可看作主体对客体的反映，并在思想理论形态上得以表现的历史。在学科上，就是世界近现代经济史和马克思主义经济思想史。

这两个历史尽管是已经过去的经济材料和思想材料，但在对马克思主义经济学的新的研究和探索中，我们首先必须对这两个历史进行深入研究，否则就无法真正理解马克思主义经济学的精髓。马克思主义经济思想的产生是不能脱离历史过程、历史背景和历史条件的。脱离了历史过程、历史背景和历史条件，就无法理解马克思主义经济思想产生的科学意义及其科学价值，更不能理解由此而产生的科学精神。

如何把历史、理论与现实结合起来，是我们学习和研究，也是我们发展和创新马克思主义经济学的一个重要方面的问题。现在学术界经常提到对马克思主义经济学的"创新"？至少是在马克思主义经济思想历史上第一次提出的那些观点，才有可能被称作"创新"。假如马克思主义经济学文献中已经有过的、现在只是把它们重复一遍的观点，显然是不能被称作"创新"的。其实，在没有对马克思主义经济思想历史作透彻理解之前，不应该轻言"创新"。

如人们常说的"历史总是现实的"，在强调马克思主义经济学历史研究中，我们特别强调对19世纪和20世纪之交马克思主义经济思想历史发展特点的研究。1883年马克思去世以来，特别是1895年恩格斯去世以来，马克思主义的历史发展经历了极其重大的变化。其中最显著的是以下两个方面的变化。

一是恩格斯去世后伯恩施坦修正主义的出现，由此揭开了19世纪与20世纪之交马克思主义经历的第一次大争论的序幕。伯恩施坦确实看到了那一时代资本主义发生的深刻变化，尽管他所理解的变化只是一些现象和数据的堆砌。他以此来质疑自由资本主义时期产生的马克思的基本原则是否已经"过时"，特别对其中的劳动价值论、剩余价值论和经济危机理论等基本原理，提出了更多的"过时"的质疑。伯恩施坦提出的问题的实质就是：自由资本主义时期产生的马克思主义的基本原理,在垄断资本主义已见端倪的新时代,还有没有现实价值?当时严肃的、正统的马克思主义者对此作出了肯定的回答,并从马克思主义历史发展的高度,认定伯恩施坦是一种"修正主义"。但是,当时的马克思主义者,在作出这些回答时都没有涉及时代变化的问题。他们都认为,马克思的时代和他们所处的19世纪末20世纪初的时代并没有本质的或者说根本的变化。概括地说,因为时代没有变化,所以,马克思的基本原理都是管用的。但是,时代确实发生了变化,资本主义由自由竞争向垄断的过渡就是时代变化的显著标志。当时的马克思主义者,由于没有看到时代的变化,没有随着时代的变化来正确判断马克思主义的实效性和时代性,所以,在理论上反而让否定了马克思主义的修正主义思潮占了上风。

直到20世纪初,列宁才以科学的立场、观点和方法,对马克思主义和时代变化的关系问题作出了正确的回答。列宁反对伯恩施坦修正主义以时代的变化为借口而简单地否定马克思主义基本原理。时代发生了变化,但是这些变化并没有超越资本主义发展的大时代,因此,马克思在探索资本主义发展大时代中得出的一些基本原理,就有它的现实价值;与此同时,有必要对马克思已有的基本原理作出新的阐述,作出进一步丰富和发展。所以,列宁既坚持了马克思主义基本原理,又弘扬了马克思主义科学精神,那就是随着历史过程、历史背景和历史条件的变化,对马克思主义进行丰富、完善、发展和创新。这一问题是事关"如何对待马克思主义"的根本性问题,其实质就是如何看待马克思主义的科学原理与科学精神的问题。科学原理要放在历史过程、历史背景和历史条件中去理解,脱离了历史过程、历史背景和历史条件,就可能会得出基本原理"过时"的结论。我们看待马克思主义理论的科学性,要看到历史过程、历史背景和历史条件的变化,要看到由这些变化必将引致的马克思主义基本原理的丰富、完善、发展的创新。

二是马克思主义理论"分野"或"分化"的出现。这是马克思主义在20世纪多样化发展的肇始。最初出现的就是马克思主义的"东方化",而后进一步形成了马克思主义发展的三个重要取向,也就是20世纪马克思主义分化的三个支流:以伯恩施坦理论为起点,从第二国际修正主义到民主社会主义;以德国社会民主党罗莎·卢森堡理论为渊源的"西方马克思主义",无论是卢卡奇、科尔施还是葛兰西，都深受卢森堡思想的影响；以列宁主义为起点的东方马克思主义，列宁走的是把马克思主义"东方化"的新路子，后来产生了以列宁主义为旗帜的马克思主义在东方的发展，包括马克思主义的中国化。实际上，马克思主义在20世纪的多样化发展，是马克思主义民族特色和国别特色形成和发展的基本前提。

马克思主义历史发展的这两个显著变化，对于20世纪马克思主义经济思想的历史发展有着重大意义。也就是说，我们现在理解中国特色社会主义时，千万不要忘记马克思主义经济学的发展是世界性的，在西方国家也有马克思主义经济学的发展。我们要纠正一种观念，即认为20世纪马克思主义只在中国得到发展，只有中国化的马克思主义。我们必须看到，在世界其他国家同样有马克思主义的历史发展和现实发展。当然，在对马克思主义理论的发展上，各马克思主义的流派有正确的、有片面的，甚至还有错误的成分或发展过程。至于列宁主义是马克思主义东方化的历史解读，能使我们更深刻地理解马克思主义在当代中国发展所具有的重要的世界意义。

二、克服马克思主义经济思想研究中的三种不良倾向

宋　宏：您指出了马克思主义经济学的多样化发展。我认为，这正是科学理论必须因时、因地、因势而获得发展的规律性所在。但是，当人们强调因时、因地、因势发展科学理论时，也存在着误入歧途的可能。

顾海良：这正是我要谈的第二个基本观点，即注意克服马克思主义经济思想研究中的片面化倾向。现在对马克思主义经济学的理解中，有三种不良的倾向：第一种是附加的理解，是马克思本来没有而由别人强加给马克思的；第二种是教条的理解，把马克思的理论当作亘古不变的信条；第三种是曲解，按自己的主观臆想来理解马克思的本意。

马克思主义是不断发展的，是与时俱进的。对马克思主义的研究，现在缺乏的或忽视的是对马克思主义创始人思想的研究。我们应当站在现实发展的高度，对马克思、恩格斯一些原始的创新思想进行深入的研究。很多人对马克

思主义的理解是通过流行的马克思主义教科书来实现的。很多流行的马克思主义教科书,主要是根据前苏联学者在那个年代对马克思主义的理解来编撰的。马克思本人的一系列重要的思想,在演绎成为马克思主义流行的教科书时,并没有得到重视;但是,随着时代的发展,很多被我们忽视的理论原理实际上应是马克思主义思想中的重要组成部分,而原来被我们强调的一些理论原理现在看来未必是马克思主义思想的重要组成部分。这些现象在对伟大思想家的研究中时常会出现。因此,对于伟大思想家的研究,往往会不时地出现"重读"或者"回到"的现象。例如,在哲学研究中,就不时地出现"回到黑格尔"、"回到康德"的现象;在经济学研究中,也不时地出现"回到斯密"、"回到李嘉图"的现象,等等。因为每过一个时期以后,人们会在伟大的思想家那里发现还没有被认识的甚至还会有完全没有被理解的精神世界和理论遗产。

我们既应当重视对马克思、恩格斯本人思想的研究,也应当重视对马克思、恩格斯的继承者思想的研究。通过这些研究,我们可以理解哪些是附加给马克思主义的、哪些是对马克思主义的教条理解、哪些是对马克思主义的曲解。马克思本人所没有的思想,绝对不要强加给马克思。例如,有些学者或许出于"善意",力图为现实提供"经典"的理论根据,一定要证明在马克思那里有社会主义存在商品经济的说法。这种做法是较为典型的给马克思主义思想以"附加"做法。首先,马克思所认为的社会主义,从来就不是现在所存在的社会主义的样式,或者说从来就不是我们现在正在实践着的社会主义。其次,在马克思的著作中,一直慎用"社会主义"这个词。大约在1873年以前,马克思几乎不在正面意义上使用"社会主义"这个词,提到的社会主义实际上都是非科学意义上的社会主义。19世纪70年代中期以后,主要是在《反杜林论》写作过程中,恩格斯和马克思才开始在科学意义上使用"社会主义"这个词。我们现在理解的社会主义商品经济,在马克思主义思想中是没有的。当代马克思主义应该说明的是,现存的社会主义社会本身,主要是由于它自身的经济条件、经济关系和经济制度决定了社会主义商品经济或社会主义市场经济的存在和发展。在当今时代,重视对马克思主义创始人思想的研究,是可以受益无穷的。我们应该充分认识到,对马克思本人思想的研究,在马克思主义研究中所占有的重要地位。

通过对马克思主义创始人思想的研究，也可以避免出现凡是马克思、恩格斯本人表达过的思想都是正确的观念。例如，1848年，马克思、恩格斯合著的《共产党宣言》中的第一句话就是“至今一切社会的历史都是阶级斗争的历史”。这种观点他们一直坚持了二十多年。随着时间的推移和认识的提高，马克思、恩格斯对这句话作了修正和补充说明。到19世纪70年代，他们才认为在史前社会还存在过原始社会，那个社会并不存在阶级和阶级斗争。1888年，恩格斯在《共产党宣言》再版时，以注释的形式对他们早先的认识作了修正，提出“在1847年，社会的史前史，成文史以前的社会组织，几乎还没有人知道”。又如，在19世纪40年代中期，马克思、恩格斯在写作《德意志意识形态》时认为，世界历史的发展除了资本主义道路之外别无他途，认为这已经是“经验的存在”了。直到1867年，马克思在《资本论》第一卷德语第一版出版时，仍然坚持这个观点，认为“工业较发达的国家向工业较不发达的国家所显示的，只是后者未来的景象”。但是，马克思晚年对他这个一直坚持的观点作了修正，指出“正像在地质的层系构造中一样，在历史的形态中，也有原生类型、次生类型、再次生类型等一系列的类型”。从而认为在不同的历史条件下，即使是同样的经济条件也可以产生不同的社会发展形式，肯定了社会存在的多样性道路，甚至存在着跨越的发展方式。只有当我们全面理解了马克思、恩格斯的思想历程之后，才可能准确地把握他们思想的科学内涵和精神实质，不会以《德意志意识形态》中的观点作为马克思、恩格斯的全部观点，而无视他们后来对自己观点所作的重要的修正。我们如果缺乏对马克思主义创始人本人思想的全面理解，就无法正确回答哪些是马克思主义创始人本人发展中的观点和结论性的观点。

三、国内经济学家应当注重对西方国家马克思主义经济学的研究

宋　宏：您刚才说，研究国外包括西方发达国家的马克思主义经济学研究对我们有着重要意义，那么这个意义何在呢？

顾海良：我们一直认为，国内经济学家应当注重对西方国家马克思主义

经济学的研究。这也是我想谈的第三个基本观点。

西方国家马克思主义经济学的研究，按照西方学术界所界定的概念来说:“我们所说的马克思主义经济学，是指把其方法论和研究建立在卡尔·马克思基础上那些较为近期的经济学家的研究成果。”西方国家马克思主义经济学研究的中心论题，大体可以分为以下几个方面:首先，“认为资本主义制度具有本质上的矛盾，这种矛盾指的是由资本主义制度结构产生的根本上的失灵，而不是某些和谐机制上表现出来的‘不完善性’”。其次，认为“资本主义制度结构的核心是资本与劳动之间的关系，它在本质上是一种剥削关系。这种在其结构上对资本主义制度产生关键性影响的冲突，在各方面都得到了发展，在技术形式方面已发展到采取国家政策的形式”。再次，认为“对作为这一制度动力的资本积累，不能只从量上加以分析，它所引起的经济结构上的变化受到阶级关系的影响，反过来促进阶级关系尖锐化”。最后，认为资本主义制度尽管会发生一些变化，但“资本主义的根本逻辑仍然没有改变，它的历史可以区分为以一系列的特殊的阶级关系、技术、国家政策和国际结构为特征的不同阶段”。这一界说大体反映了西方国家自称或被称为马克思主义经济学家或马克思主义经济学派的基本取向。

西方国家的马克思主义经济研究学虽然没有统一的理论纲领，但还是有各自的理论倾向的。对西方自称或被称为马克思主义经济学家的学者的理论倾向作出严格的划分可能是困难的，但是，如果从他们的政治立场、学术观点和研究方法等方面入手，还是可以区分出三种主要的理论倾向或者说三种主要的理论流派的。

一是“正统的”马克思主义经济学家。他们在政治上大多参加本国的或国际的工人阶级或类似性质的组织、团体，有的甚至是这些组织、团体的领导人和主要的理论家。在理论研究和学术探讨中，他们自视能坚持马克思的唯物史观和剩余价值理论，能坚信资本主义必然灭亡和社会主义必然胜利的历史发展趋势，能在坚守马克思经济学基本原理结论及主要的研究方法上，都从属于他们所在的组织、团体的理论上的需要，为他们所在的组织、团体的路线、方针、政策寻求理论根据。

二是“激进的”社会主义者或“新”马克思主义经济学家。他们也能够坚持运用马克思经济学理论原理分析、研究当代资本主义和社会主义经济关系。同时，在政治上，他们同西方国家的工人运动和无产阶级政党，只在理论研究论题上有着某种联系，在组织上是毫不相关的。他们中的一些人早年可能参加过某一无产阶级政党或激进的政治组织，但后来就完全与之相脱离了；还有一些人至多只是通过某些"在政治上基本是边缘性的团体"，而同有组织的工人运动保持某些联系。在学术观点上，他们一般都认为，"第二国际和第三国际在理论上的推动力现已耗尽，理论上的停滞只有通过新的探讨才能加以克服，这种新的探讨既包括直接回到马克思那里，也包括直接同资产阶级理论的对抗"。在研究方法上，他们与西方其他马克思主义经济学家相比较，更强调对马克思经济学的"重新研究"和"重新塑造"。他们试图在对当代资本主义社会经济关系的研究中，既主张恢复马克思经济学的"传统"，更倡导"马克思主义必须对世界作出重新解释，并在这一重新解释中，批判它过去已经提出的旧的解释"。

三是"教授的"或"学术的"马克思主义经济学家。他们的最大特点在于，自认为是以"纯粹"的学者、教授来看待和研究马克思经济学的。他们与西方国家的任何具有政治性质的组织或团体，没有丝毫的联系。在学术探讨上，他们也不打算为认识当代资本主义和社会主义经济关系提供什么新的理论见解和思想基础。他们主张"赞成"马克思经济学的科学成就，"反对"对马克思经济学的非科学的理解，包括剔除他们认为的马克思经济学中已"过时"或者"被扭曲"的成分。

上述三种理论流派又多有趋同的理论特色。从理论特色上看，最显著的也许就是"沟通"和"重构"马克思经济学的观点。"沟通"马克思经济学的主张，是20世纪40年代初由英国的琼·罗宾逊最初公开提出的。罗宾逊提出这一主张，既是为了抨击当时已经过时的西方"正统学派"（即凯恩斯以前的经济学），也是为了发展当时方兴未艾的"现代学院派"（即凯恩斯以后的新经济学）。罗宾逊是从有利于"现代学院派"发展的角度，提出"沟通"马克思经济学与凯恩斯经济学的主张的。作为一种回应，西方马克思主义经济学家为了改变他们认为的马克思主义经济学的"停滞"趋向，"恢复"马克思经济学的"生命力"，从有利于当代马克思经济学发展的角度，提出了"沟通"马克思经济学同西方其他经济学的主张。"沟通"马克思经济学的直接结果,就是对马克思经济学的"重构"、"重塑"、"重建"。从"沟通"马克思经济学到"重构"马克思经济学,成为西方马克思主义经济学发展的显著特点之一。

谈到意义,我在这里不打算展开谈了。概括地说,西方马克思主义经济学研究有值得我们借鉴之处。

四、国内马克思主义经济学怎样"与世界对话"

宋　宏:在学术界,当下各学科都注重"与世界对话"的问题,马克思主义经济学研究也不例外。我经常在一些学术会议上听到学者们感叹,他们深为难以与国外同学科的学者对话而苦恼,原因是话语主题不同、话语概念差异等等。在您看来,国内马克思主义经济学研究如何才能"与世界对话"呢?

顾海良:我认为,切入点很重要,这就是注重对国外马克思主义经济学发展新的状况及新的主题的研究。国内学者应当多走出去或者将国外学者请进来,积极参与国际上对马克思主义重大理论课题的研究。这对我们在更为宽广的视野下繁荣和发展马克思主义经济学是极为有利的。

我认为,当前我们应该积极参与国际上的两个重大课题的研究。一是关于经济全球化的重大课题。在我们大量的论述经济全球化的文章中,有多少是以马克思主义理论为指导的、有多少是在全面理解了全球化后的马克思主义观点,是很值得我们反思的。经济全球化绝不是资本主义与生俱来的,它是在资本主义发展的一定的历史条件下才产生的,是以一定的历史条件和社会背景为基础和前提的,特别是建立在两个根本条件基础上的。一个根本条件就是跨国公司的发展,这是经济全球化的微观基础。国际贸易、国际交往古已有之;当马克思讲资产阶级在世界"到处奔走"时,国际贸易还没有达到资本输出和输入意义上的交易。现实情况是,经济全球化所到之处都是由跨国公司为先导、为背景、为基础、为条件的。另一个根本条件就是国际垄断资本的形成,这是经济全球化的宏观条件。这两个条件具备了才会有对经济全球化的探索。因此,怎样理解经济全球化是我们马克思主义者需要研究和探讨的问题。二是关于当代资本主义发展阶段的重大课题。当代资本主义发展到底处于什么阶段？20世纪七八十年代以后，西方国家的很多马克思主义者进行过各种各样的研究。有的认为是国家垄断资本主义，有的认为是新资本主义，还有的认为是晚期资本主义。资本主义发展到底处于什么发展阶段？是不是处在一个新的发展阶段？

资本主义经济的发展如果从1640年英国资产阶级革命算起，至今已有360年的历史。把这360年分为3个120年，即从1640年至1760年，从1760年至1880年，撇开这两个阶段不说，从1880年开始的这120年，资本以垄断为主线得到发展，其中包括60年的私人垄断、40年的国家垄断和20年的国际垄断。也就是说，第二次世界大战以后到20世纪80年代中期，基本上是国家垄断；而20世纪80年代中期经济全球化以后就是国际垄断，由国际垄断而产生经济全球化。所以，当代资本主义发展应该处于国际垄断资本主义发展的新阶段。这就证明，当私人垄断走不通的时候，就由国家垄断来调节私人垄断的矛盾；当国家垄断解决不了问题的时候，就由国际垄断来调节国家垄断的矛盾。实践证明，国际垄断同样不能解决垄断资本主义的根本问题，国际垄断已经把垄断推到了它的极端形式。这就提出了一个问题，资本主义经济关系还能不能够对国际垄断的矛盾进行自我调整呢？1997年的东南亚金融危机，就是这种国际垄断资本主义矛盾的突发点。西方发达国家认为，由于经济全球化，经济危机的矛盾似乎可以向全球其他国家或地区，如新兴工业化国家转嫁。但是三年以后，美国、欧洲和日本同时爆发了慢性的经济危机。这表明，资本主义发展的垄断矛盾正在加剧。按照马克思于1859年在《〈政治经济学批判〉序言》中所预言的，当生产关系和生产力的矛盾不再可能自我调节时，这个社会就必然会走向灭亡。那么，当代资本主义的发展到底处于什么阶段？当代资本主义对自身矛盾的调节能力还有多大？它们的空间何在？这些已经成为西方很多国家马克思主义者研究的热门课题。对此，我们必须作出马克思主义经济学的研究。在这一研究中，我们应该充分借鉴、吸收国外马克思主义经济学已有的研究成果。

宋　宏：您说得太好了！只有与世界的经济学研究包括国外马克思主义经济学研究有共同的话题，才能有对话的话语，才可能展开交流，从中汲取学术发展的营养。我认为,不仅经济学研究需要对外开放,而且其他社会科学各个学科的研究也需要这样的对外开放。寻找和把握共同的话题是可行的切入口。

顾海良:是啊!经济全球化和当代资本主义发展的重大课题,也是我们繁荣和发展马克思主义经济学中应当重视的问题。只有重视这些国际上对马克思主义重大课题的研究,我们才能在国际范围的平台上进行理论探讨,也才能使我们研究的课题、研究的理论得到国际学术界的认可,从而避免被国际马克思主义理论研究边缘化。

宋 宏:听您这一席话,不由得想起我们当年上大学时学习马克思主义政治经济学的情景。时隔二十多年了,当今国内外马克思主义经济学研究发展得是多么迅速啊!非常荣幸听到您谈的这些精辟观点,让我受益匪浅,真的很好。

王一鸣，国家发展和改革委员会宏观经济研究院副院长，研究员，中国社会科学院博士生导师，中国人民大学兼职教授，中国宏观经济学会理事、中国区域经济学会常务理事。

1989年毕业于南开大学，获经济学博士学位，毕业后长期在国家发改委宏观经济研究院工作。1993~1994年欧盟中欧研究中心和比利时老鲁汶大学应用经济系访问学者。主要研究领域为宏观经济和区域经济，主要著作有：《建立比较完善的社会主义市场经济体制若干重大问题研究》、《“十五”计划时期中国经济和社会发展的若干重大问题研究》、《知识经济与中国经济发展》、《中国区域经济政策研究》等。

“十一五”时期：国际环境与发展阶段

——经济学家王一鸣研究员访谈录

2005年是我国“十五”规划期的最后一年，为迎接即将到来的“十一五”发展时期，各地方、各部门都在当年便紧锣密鼓地编制“十一五”规划。如同经济学研究中经济环境分析总是研究的起点一样，对我国“十一五”时期的国际环境和发展阶段的认知与预见，必然地成为谋划“十一五”战略的逻辑前提。当年秋天，因参加安徽安庆市“十一五”规划的专家咨询会，笔者邂逅了国家发改委宏观经济研究院副院长、经济学家王一鸣研究员，并有幸就我国“十一五”时期所处的国际环境和发展阶段问题专门请教了他。

一、"十一五"时期我国面临的国际环境

宋　宏:王院长,您好。这次来安庆为"十一五"规划作咨询论证,有机会听到您在会上发表的高见,于我真是一次学习的机会。我想就我国"十一五"时期可能面临的国际环境和发展阶段的问题和您作个访谈,可以吗?

王一鸣:别客气啊,你也是专家啊,你在咨询会上的发言就很好,很有见地。我们互相交流吧。

宋　宏:谢谢您。加入 WTO 以来,我国经济业已越来越广泛而深入地融入经济全球化之中。一方面,我国在国际经济格局中作为重要经济体的地位不断上升;另一方面,我国对外依存度也提高到相当高的水准。有人说,中国经济打个喷嚏,世界经济就可能感冒;反过来,国际经济有何动荡,也必将引发中国经济掀起波澜。所以,我们谋划"十一五"发展规划包括国家的和各个地方的规划之时,就不能不密切关注面临的国际环境了。

王一鸣:确实如此。经济全球化的影响已经渗透到我国经济活动的每个角落,任何地方、任何企业的发展事实上都与国际经济紧密地联系在一起。因此,谋划"十一五"发展规划,我们必须有全球意识和国际视野。有的地方制定发展战略,眼界只限于本地的格局和态势,或者顶多涉及省级区域乃至国家政策,而没有放眼全球经济,这种视野是不够的。

宋　宏:刚才您在咨询发言中着重谈了"十一五"时期我们所处的国际环境,不过因为时间关系您说得很概括简要,这里我想请您展开来论说这个问题,可以吗?

王一鸣:好的。在会上时间有限,所以不能展开来说。那我不妨就从四个方面来谈这一问题。

第一,进入新世纪特别是美国发生"9·11"事件以来,国际环境发生了深刻而复杂的变化。从国际政治上看,世界政治多极化在曲折中发展。单边主义与多边主义相互斗争、传统的与非传统的安全威胁相互交织、联合反恐与反对霸权主义相互制约,推动国际关系和实力重新组合。大国之间争夺战略要地、争

夺战略资源和争夺战略主导权的斗争更加激烈。有人把伊拉克战争研判为美国等西方国家为争夺中东石油控制权的"石油战争",就是从当今大国争夺战略资源、战略要地的视角来说的。以"反恐"为中心的国际关系重组和大国关系调整,特别是中美关系的改善,使我国在国际战略格局中的地位上升。这有利于扩大我们的回旋空间,提升我国的国际影响力;有利于我们集中力量加快推进改革开放和现代化建设。我国与周边国家关系进一步改善,建立区域性合作机制取得积极进展,有利于巩固我国在处理区域性事务中的地位,从而可以更好地依托区域合作,增强参与全球化的实力。同时,作为一个社会主义国家,我国面临着国际强权政治、霸权主义和意识形态斗争的压力。随着我国国际影响的不断增强,竞争对手在积极寻求与我国合作的同时,也会对我国存有戒心和谋求制衡。对于这一点,我们必须从战略上予以高度重视。

第二,经济全球化加快发展,推动各国经济的相互渗透、相互依存在更广泛的范围内多层次、多领域地展开。随着我国经济的迅速崛起和深入参与全球经济体系,我国已不再仅仅是国际经济环境变化的被动接受者,我国经济自身的发展正日益成为影响全球经济的重要因素。据有关国际机构的分析,2003 年我国经济增长对世界经济增长的贡献率已达到 33%,而我国贸易增长对世界贸易增长的贡献率更是高达 60%。我国在全球经济中的地位更加突出,我国经济快速增长所引致的大量进口需求,已经成为拉动周边国家经济和出口增长的重要动力,增强了我国对外经济发展的回旋余地。同时,作为一个发展中的大国,我国总体经济技术基础和竞争能力仍处于劣势,面临着发达国家在科技和经济实力上占据优势地位的压力。在以实力为基础的国际博弈中,我国面临的压力将是多方面的,但主要是来自于发达国家的科技封锁和经济打压。同时,俄罗斯以及印度、巴西等发展中大国也在加快崛起的步伐,它们与我国存在较强的竞争关系,对我国发展与发达国家关系也将产生牵制作用。我国在国际竞争中的竞争对手将会增多,竞争的领域将会拓宽,竞争的层次将会提高。

第三,新科技革命在信息、生物技术的结合上正在孕育新的突破,推动全球性产业结构调整和市场结构的深刻变化。随着我国作为全球制造业生产基地的形成,跨国公司向我国转移传统制造业和高新技术产业劳动密集型生产环节的势头将继续保持。我国成为全球众多制成品和消费品的加工、组装和出口地,国际产业分工地位正在发生变化。我国从周边国家大量进口零部件和中间产品,同时又将大量的制成品和消费品出口到欧美等发达国家。国际产业分工格局的变化,有利于我国在与国际经济的互动中不断开拓经济发展的空间,在局部领域确立我们的分工优势。同时,作为一个正在崛起的后起国家,我国面临着在国际竞争中越来越大的市场和资源压力。全球范围内商品生产和服务能力迅速提高,对市场的争夺将会更加激烈。以石油为核心的战略性资源对经济发展和经济安全的重要性有增无减。各国为了保障能源和重要矿产资源供给的生命线,围绕资源安全展开的战略较量也将更加激烈。我国由于人均资源不足、经济快速增长和消费结构升级,对国外资源的依赖程度迅速提高,因而必须未雨绸缪,尽早作出战略性部署。

宋　宏:讲到这里,我想插一句。关于新的科技革命,我读到一些国内外学者的文献,认为21世纪的第五次科技产业革命将以生命科学、生物工程为标志;并且,有学者指出,如果说上个世纪八九十年代的第四次科技产业革命带来了"信息时代"、"信息经济"的话,那么,21世纪的第五次科技产业革命将开启一个"生物时代"、"生物经济"。

王一鸣:这个预测是有道理的。我接着说第四个方面,即世界经济正在走出持续数年的增速放缓阶段,国际贸易和投资出现恢复性增长。推动经济增长的因素主要来源于经济全球化带来的市场扩大、科技进步带来的生产力发展和结构调整带来的各国经济适应能力的增强。从总体上判断,世界经济已经走出了近3年的增速放缓阶段,开始步入新一轮增长期。如果不出现大的事件,各国政府在预防可能出现的通货膨胀时能够采取更加审慎的宏观经济政策,加强宏观经济政策的国际协调,进一步推进各自的结构性改革,世界经济就有可能在今后数年内继续保持较快的增长。根据国际货币基金组织的中期展望,2006~2009年世界经济的平均增长率有望达到4.2%,比2002~2005年4.0%的年均增长率提高0.2个百分点。国际贸易和跨国直接投资的增长总体上将会从近两年的下降或徘徊逐步恢复到长期趋势决定的正常状态。国际贸易增长将逐步提高,跨国直接投资可能在现有规模上继续扩大。从发展趋势看,世界经济的复苏和贸易量的增加,以及跨国直接投资开始止跌回升和相对稳定的国际金融形势,总体上有利于我国扩大出口、利用外资和国内经济的发展。同时,作为一个对外依存度不断提高的大国,我国的出口正面临日益严重的国际贸易保护主义措施的阻挠,这在一定程度上降低了世界经济复苏对我国出口增长的有利影响。我国能源、原材料等资源性产品进口迅速增加,对国际市场的依赖程度明显提高,受国际市场供求关系和价格波动影响越来越大。世界经济增长前景虽然总体看好,但也仍然存在不少不确定性因素,我国仍需坚持扩大内需的政策,以避免国际经济形势逆转可能对我国经济造成的不利影响。

宋　宏:从您的阐述,我们不难看出,"十一五"时期我们面临的国际环境既有促进发展的有利因素,也存在值得高度关注的不确定因素,用一句时尚话语来说就是"黄金发展期"与"矛盾凸显期"交织。这种复杂程度或许可以说是前所未有的。对于如此复杂的环境及其变化,我们不能以单一的线性思维考量,也不能用片面的观察视角打量,或者以一种倾向否定另一种倾向,或者以一种倾向掩盖另一种倾向。在国际经济中,一种现象和事物的出现,其原因可能是多样的,其效应也会是多样的,不能简单化地用"好"或"坏"、"有利"或"不利"来定性、来取舍。所以,认清变数,在复杂环境中对复杂现象、复杂事物趋利避害,是"十一五规划"应有的预案,从而既能够抓住战略机遇,又能防患于未然。

王一鸣:你说得很对,编制规划应该有多种预案。

二、我国"十一五"发展的阶段性特征

宋　宏:让我们换一个问题。考察我国"十一五"时期面临的国际环境,可谓是横向分析;而从国内发展的纵向角度界定"十一五"发展环境,我们还应该认识什么呢?

王一鸣:我觉得需要认识"十一五"发展的阶段性特征。据我的研究,总体上,到 2020 年我国仍将处于全面建设小康社会、加快推进工业化进程的发展阶段。在这个阶段,工业化、城镇化进程继续加快,市场化、国际化程度不

断提高。“十一五”时期,我国将在更广领域和更深层面上显示出进入发展新阶段的特征。正确把握“十一五”时期经济和社会发展的阶段性特征,对于这一时期发展战略的选择,至关重要。

宋　宏:我想这是人们希望理解的,那么就请您详细谈谈。

王一鸣:我在研究中归纳了五个方面,我就分别说说这五个阶段性特征。

第一,工业化进程中重工业部门和投资品产业发展加快,并开始向深度加工化阶段转换。从定量分析看,2004 年我国第二产业增加值占国内生产总值的比重由 2000 年的 50.2%提高到 2004 年的 53.0%,提高了 2.8 个百分点,其中工业增加值的比重从 2000 年的 43.6%提高到 2004 年的 46.0%,提高了 2.4 个百分点,重工业部门占工业增加值的比重由 2000 年的 62.5%提高到 2004 年的 67.6%,提高了 5.1 个百分点。这显示了“十五”时期工业化对经济发展的主导作用和工业内部自身结构的变化。“十一五”时期,我国将继续呈现工业化加快发展和结构变动的基本态势。工业在国民经济中的比重将趋于上升,工业将保持略高于国内生产总值的增长速度,2010 年以后会进入基本稳定时期。工业化进程中,一方面,将延续上世纪 90 年代末期以来的居民消费结构升级拉动钢铁、建材、化工、汽车、机械、有色金属为代表的重工业部门发展;另一方面,生产和服务部门的设备更新加快,推动机械、电子和工业装备等为代表的投资品产业发展。产业的资本和技术密度进一步提高,工业化开始向深度加工化阶段转换。可以说,“十一五”时期,我国工业化将同时呈现出在总量上规模扩张和份额提高、在结构上“重化工业化”和“深度加工化”、在路径上传统工业化和新型工业化并存等特征,面临的结构调整和转型任务更加艰巨和复杂。

我国新一轮重工业部门和投资品产业加快发展,是以居民消费结构升级形成的市场需求为重要动力的,因而有着深厚的市场基础,但受到市场经济体制尚不健全的制约,行政力量依然在发挥重要作用;新一轮工业化的市场规模和容量远远超过上世纪 50 年代“优先发展重工业”和 80 年代中后期加强基础工业和基础设施建设主导的重工业发展两个时期,因而面临的能源、资源矛盾和环境排放约束会更大;新一轮工业化是在开放环境下推进的,可以更好地将发挥我国比较优势与利用国际资源和技术有效结合起来,发展的条件和空间都要好于以往,但因此面临的国际市场风险也更大。正是在资源、市场等多种压力下,"十一五"时期,我国工业化将开始向深度加工化阶段转换,通过推进以产业升级和提高国际竞争力为主要目标的结构升级,大幅度提高产业整体素质和科技进步贡献度,提高全要素生产率,转变经济增长方式,在传统工业化尚未完成的基础上去开辟新型工业化道路,加快发展高新技术产业,推进国民经济信息化,促进工业化发展阶段转换。

第二,城市化继续快速发展,劳动力和资本等生产要素向回报率高的城市区域特别是都市圈集聚。"十五"时期,我国实施城镇化战略,城市化进程明显加快。据2000年第五次人口普查统计,从1996年我国城市化率突破30%以后,呈现加速趋势,平均每年提高1.3~1.5个百分点。"十五"时期继续延续这种态势,全国城市化率由2000年的36.2%提升到2004年的41.8%。"十一五"时期虽然城市人口基数将继续扩大,增速会略有下降,但仍可能保持每年城市化率提高1.0~1.3个百分点的增速,到2010年我国城市化率将达到48%~50%,2020年将达到55%~60%。城市化必然带来农村人口向城市的大规模转移,数量将会达到2亿~3亿,这是史无前例的。所以,今后一个时期我国可能要经历世界发展史上最大规模的农村人口向城市迁徙,这将为城乡二元结构转换创造十分有利的条件。"十一五"时期,农村劳动力将继续向城市大规模转移,生产要素继续向城市集聚,有利于推动城市化继续快速发展,并将形成巨大的城市基础设施建设投资需求以及城市人口增加带来的消费市场需求。

"十一五"时期,城市化继续保持快速发展,有着多方面内在动因。一是工业化加速发展创造大量的就业岗位,吸纳农村剩余劳动力向城市转移,特别是向就业岗位数量、种类和层次多的大城市转移,加速了都市圈的扩张速度。二是钢铁、建材、汽车、电子等重工业部门加快发展。这些部门具有大规模资源需求、大运量物流特征和近距离配套要求,需要依托城市地区的基础设施、人力资本供给。三是市场配置资源机制不断加强,促进资本、劳动力等生产要素向要素收益率高的城市地区特别是都市圈集中,为城市化发展提供了充足的要素供给。四是民营经济完成资本积累,实力显著增强,将大量进入城市房地产开发和基础设施建设项目,对城市扩张起到推动作用。城市化加快强化了经济活动和生产要素向优势地区的集聚，提高了生产要素的空间配置效率，具有经济合理性；同时也会引发地区发展不平衡加剧、城市建设过度投资和扩张、城市发展无序竞争、城市就业和公共服务跟不上需要、生态环境矛盾突出等问题。

宋　宏：城市化的实质之一在于减少农民数量。国家近一时期反复发出加强解决"三农"问题的政策与工作力度的信号，表明在"十一五"期间"三农"问题将仍然是一大战略重点。这对于不发达地区尤其是农业、农民比重仍然很大的地区，意义特别重大。我认为，解决"三农"问题，出路在于城市化；近中期的策略应当是将加大国家支持"三农"的力度和加快城市化进程并举，可谓"双管齐下"。

王一鸣：必须这样。我国的城市化是与市场化分不开的。因此，我要说的第三个特征就是：市场化特别是生产要素市场化程度继续提高，但改革仍处于攻坚阶段。在"十五"时期，我国市场化改革取得新的进展，社会主义市场经济体制已经基本确立。十六届三中全会以后，农村税费改革、粮食流通体制改革、银行改革、投资体制改革、文化体制改革等逐步展开。在充分肯定改革所取得的历史性成就的基础上，我们要看到社会主义市场经济体制尚不完善，支撑这一基本框架的重要支柱，包括现代产权制度、信用制度和社会保障制度还比较薄弱，有些深层次问题，如政府在市场经济中的定位和职能转变问题还没有取得突破性进展。正如十六届四中全会《决定》指出的那样："我国经济体制改革仍处在攻坚阶段。"随着改革的深层次推进，必然涉及深层次利益调整，我们要避免利益调整过程中各种社会矛盾的积累和激化，创造一个为社会成员公平参与和共同分享改革成果的制度环境。

"十一五"时期，深化改革不仅要为保障经济持续较快增长创造条件，还要按照"五个统筹"的要求，为全面、协调、可持续发展提供良好的制度环境。一方面，通过深化国有企业改革、建立新型产权制度、培育要素市场、推进垄断性领域改革和政府管理体制改革，使国有经济集中到能够发挥比较优势的行业和领域，并从一般性竞争领域退出，使产权更加明晰、权责更加分明，使要素流动性明显增强，使垄断性行业和领域放宽市场准入，使政府控制和通过行政手段分配的资源减少并转由市场配置，以有效提高资源配置效率，进一步释放经济增长的巨大潜力;另一方面,通过建立有利于城乡经济一体化的体制机制,建设统一、开放、竞争、有序的现代市场体系,建立规范的转移支付制度,健全就业、收入分配和社会保障制度,以及资源和环境补偿机制等,促进城乡经济和社会一体化、地区协调发展、经济和社会协调发展和人与自然和谐发展。深化改革的中心环节之一是政府管理体制改革和政府职能转变,核心是正确处理政府与市场、政府与社会、政府与公民之间的关系。

第四,经济国际化水平继续提高,但面临的国际竞争压力和风险明显加大。"十五"时期,我国加入了世贸组织,进一步融入世界经济贸易体系,对外贸易持续保持超常规增长。2004 年,我国进出口贸易总额达 11547.4 亿美元,成为继美国、德国之后的第三大贸易大国,也成为世界上第三个货物贸易超过 1 万亿美元的国家。我国外贸进出口总额占国内生产总值的比重达到 70%左右,对外贸易依存度进一步提高。外商投资的大幅度增加是对外贸易迅猛增长的重要因素。"十五"前 4 年,我国外商直接投资分别达到 468.8 亿美元、527.4 亿美元、535.1 亿美元和 606.3 亿美元。我国与世界经济的互动关系明显增强。我国进口市场的迅速扩大,已经超过 5500 亿美元,对一些国家特别是东亚国家和地区的影响和作用不断增强。一些国家的传统产业依靠扩大对我国的出口重新复苏。目前,东亚主要经济体包括日本、韩国、东盟等对我国都有贸易顺差,并在一定程度上转换为我国对美国的巨额贸易顺差。

"十一五"时期,我国经济国际化水平将继续提高,面临的竞争压力和风险也会继续加大。一方面,随着我国出口规模的迅速扩大,我们面临的贸易摩擦和纠纷将大量增加;我国对国际能源、资源的依赖程度迅速提高,经济风险和商业风险增大;周边和全球政治格局存在不稳定因素,国家经济安全仍存在隐患。另一方面,我国外贸持续高速增长,但出口增长主要以量为主,加工贸易比重高,拥有自主知识产权、自主品牌、高附加值的产品比重低,国际竞争力不强;利用外资与国内产业结构调整和增强自主创新能力相互脱节。解决这些问题,要求我们树立全球战略视野,统筹、协调国内经济发展和对外开放,统筹国民经济平衡和对外经济平衡,增强在开放环境下驾驭经济的能力,利用好国内外两个市场、两种资源,通过发展对外贸易,促进国内经济结构调整,提高引进外资质量并与发挥我国比较优势和增强自主创新能力结合起来,在更多的产业领域培育竞争优势,提升国际竞争力,通过实施“走出去”战略,深化区域经济合作,改善贸易环境,以有效防范国际经济风险。

第五,生活方式转型升级和社会结构发生变化,社会利益关系更趋复杂多样。我国人民生活在80年代基本解决温饱、20世纪末总体上达到小康水平,但还是低水平的、不全面的、发展很不平衡的小康。“十五”时期,随着城乡居民收入明显提高,社会消费结构在“吃、穿、用”的基本需求满足之后,“住、行”的消费比重明显提高,居民消费需求升级并且越来越多样化。人民生活由“生存型”向“发展型”转型升级,对人的自身发展包括教育、健康以及生产生活环境、文化、社会保障等公共产品和服务的需求持续增长。人民群众的民主和法制意识不断增强,更加注重维护自身合法权益,参政议政的积极性提高。社会结构发生新的变化,随着经济结构变化和体制调整,城乡之间、地区之间、产业之间以及占有资源不同的群体之间,收入差距趋于扩大,社会利益出现多元化,利益诉求差异扩大。

“十一五”时期,我国将继续推进全面建设小康社会的进程,社会消费结构和人民生活方式将继续发生新的变化,人民群众对经济和社会发展提出了比温饱阶段更高、更全面的要求。而随着社会结构和利益关系更趋复杂多样,统筹兼顾各方面利益难度也将加大。一方面,我们要顺应社会消费结构和生活方式的变化,大力增加“住、行”产品供给,满足人民群众“发展型”需求,更加重视人力资源开发和人力资本积累,引导和鼓励增加对人的投资;要强化政府的公共服务和社会管理职能,推进由经济建设型政府向公共服务型政府转变,合理划分公共品、准公共品和私人产品。政府要承担起提供公共产品和服务的职能,切实解决失业、贫困、社会保障、教育、公共医疗和社会分配等方面的问题,使政府掌握的资源更多地投向公共产品和服务领域,并积极鼓励和引导其他社会力量参与社会管理和社会服务。另一方面,我们要统筹兼顾各方利益,政府要运用公众赋予的权力,扩大社会就业,发展社会保障事业,调整收入分配关系,使最广大人民群众共享改革和发展的成果。

宋　宏:您已经从国际环境和我国发展的阶段性特征两个层面界定了“十一五”时期的发展环境,使我对这两个方面的情势有了更为清晰的概念。最后,我想请您用概括性的话来总结一下您的观点,好吗?

王一鸣:好的。概括来说,"十一五"时期将是改革和发展的关键时期。这个时期,经济、社会结构调整和推进改革相互交错,既可能是"黄金发展时期",也可能是"矛盾凸显时期"。在长期的经济快速增长过程中积累和潜伏的隐性矛盾开始显性化,利益分配格局调整的难度增大,经济、社会发展与人口、资源、环境的矛盾更趋突出;面临的国际竞争压力和风险加大。所以,我们必须紧紧抓住和把握重要战略机遇期,全面贯彻落实科学发展观,力求充分、有效地利用经济和社会转型所形成的发展机遇和增长空间,解决关系到经济和社会发展全局的重大问题,最大限度地减少转换成本并化解风险。只有这样,我们才能迈过发展进程中所处的重要关口,避免出现大的起伏,向既定的发展目标稳步迈进。

宋　宏:您的分析高屋建瓴,使我深受教益。虽然我们谈的是国家宏观层面的发展环境和发展阶段问题,但是,我想这对各地方、各企业研究制定"十一五"发展规划也会大有启迪意义。非常感谢您接受专访!

韩俊，1979~1983年，山东农业大学农业经济系，学士学位。1983~1986年，西北农业大学农业经济系，硕士研究生。1986~1989年，西北农业大学农业经济系，博士学位。1989年5月到1989年12月，在原国务院农研中心工作。1990年调入中国社会科学院农村发展研究所工作，1990年破格晋升为副研究员，1995年晋升为研究员，1996年被聘为中国社科院研究生院博士生导师，1996年被任命为中国社科院农村发展研究所副所长，1998年被评为中国社科院有突出贡献的中青年专家，1999年被评为国家人事部“百千万人才工程”高层次学科带头人。从1993年开始享受政府特殊津贴。1993年以后任《中国农村经济》杂志社副总编辑。2001年调入国务院发展研究中心，任农村经济研究部部长。社会兼职有：中央国家机关青联常委、第九届全国青联常委、中国农业经济学会常务理事、农业部软科学委员会委员及专家组成员、青海省人民政府科技顾问、西北农林科技大学兼职教授、博士生导师、浙江大学兼职教授。

农村经济升温与深化体制改革

——经济学家韩俊研究员访谈录

不言而喻，农村经济发展问题长期以来一直是我国经济发展中的一大重点和难点问题，尤其是在农业比重大、经济欠发达的地区更成为人们瞩目的焦点之一。时值国家“十五”规划期即将结束、中央正在谋划“十一五”发展规划之际，大家最为关注的是农村发展的形势如何以及今后的走向。借2005年秋天于安徽省举行的一次关于编制地方“十一五”规划研讨会之机，笔者有幸专访了与会的国务院发展研究中心农村部部长、博士生导师韩俊研究员，就此问题向他讨教。

一、农村经济为什么"升温"

宋　宏：久仰您在中国农业、农村经济问题研究上的造诣，非常感谢您接受我的访问。知道您时间安排得很紧，我们这就开始吧？

韩　俊：好的，好的。

宋　宏：资料表明，今年以来，由于国家加大了对农村经济的支持力度，加之粮食价格上扬，农民种粮的积极性明显提高，农民收入增长的速度明显加快，因此，人们说当前农业和农村经济的形势可谓"明显升温"。您是我国农村经济研究的著名专家，您对这种判断有何评论？如果肯定"明显升温"，那么，其原因何在呢？

韩　俊：我是同意目前我国农业和农村经济"明显升温"这个判断的，这也是有科学依据的。国家统计局提供的数据显示，今年夏粮和早稻双增产，粮食生产出现重要转机，为实现全年粮食达到 9100 亿斤的目标奠定了好的基础。上半年农村居民人均现金收入 1345 元，同比增长 16.1%，扣除价格因素，实际增长 10.9%，同比增长了 8.4 个百分点，是 1997 年以来增收形势最好的一年。因此，人们用"明显升温"来概括当前的农业和农村经济形势，应该说是恰如其分的。

农业和农村经济之所以"升温"，首先得益于国家对"三农"的政策支持力度明显加大，政策效应开始显现。今年中央财政支农力度之大是多年来不曾有过的。今年有 8 个粮食主产省已经免征或基本免征了农业税，有 11 个粮食主产省农业税降低了 3 个百分点，农业特产税已经取消了。中央财政今年拿出 205 亿元支持农村税费改革，加上去年的转移支付，实际上中央财政用于支持农村税费改革的资金已经高达 511 亿元。对农民直接补贴的资金规模也超过了 100 亿元。我们对吉林省的调查表明，仅政策性因素（取消农业税、直补和良种补贴等），全省平均每个农民就增收 200 元，可以拉动农民收入提高 8 个百分点。

对了，你还问我了原因吧？我认为，农业和农村经济"升温"，最根本的原因是制定政策时尊重市场规律,注意用经济手段调控农业和农村经济。比如,粮食价格上涨是今年上半年农民收入增长的重要原因。去年10月份以后,面对粮食价格的全面上涨,没有做过激反应,没有人为打压粮价,而是顺应市场规律的要求。又如,农村劳动力外出就业是农民增收的重要途径。为适应农村劳动力流动的客观要求,中央明确提出要公平对待农民工,并出台了一系列保护农民工合法权益、促进农民自由流动的政策措施,如要求取消针对农民工进城就业的各种准入限制、取消专门面向外出就业农民工的就业证卡、简化农民工外出就业手续、清理整顿对外出或外来务工人员乱收费、采取各种措施保障农民工工资发放等。正因为如此,今年上半年由于粮食价格的大幅度上涨和粮食产量的增加,使农民出售农产品的收入有了大幅度的增长。从全国数据看,上半年出售农产品得到的收入为人均589元,增长了18.9%。农民工的收入增长较快,在本地务工农民的收入增长了27.5%,在外地务工农民的收入增长了15.3%。

宋　宏:对形势的全面分析和对问题的清醒把握,可谓是学者应有的学术品格与治学方法。对于农业和农村经济"明显升温"的形势,无疑需要作更加深层次的和前瞻性的分析。唯有如此,我们的认识才可能更全面、更清醒。

韩　俊:是这样。当前农业和农村经济运行中也存在以下一些值得重视的问题:

一是这次粮食价格上涨以后,能在目前的高价位上维持多久?会不会就只维持2~3年的时间?这是当前大家最为担忧的一个问题。从过去10年的情况看,1993年至1996年粮价经历了3年的上涨,而1997年至2003年又经历了近7年的下跌和持续低迷。这次粮价上涨是恢复性的,上涨幅度也在合理范围之内。过去10年期间我国城镇居民的收入水平有了较大幅度的提高,食品消费占生活消费支出的比重也有了较大幅度的下降,使粮食价格保持在目前这样高的水平上是合理的,城镇绝大多数居民也是可以承受的。过去10年期间,粮食供求关系不稳定,粮食"卖难"和"买难"交替出现,粮食价格大起大落,粮食市场呈现出非正常波动,反映出了在粮食调控政策上有值得汲取的教训。目前,产区粮食价格有较明显的回落。受各种复杂因素的影响,粮食价格出现一定幅度的波动是难免的，但一定要防止这次粮食价格上涨在2年左右的时间后，又出现较大幅度的下跌。今明两年在粮食调控政策上，既要重视切实保护和稳定提高粮食综合生产能力，确保粮食供求平衡，也要重视避免粮价出现较大幅度回落，使粮价保持在合理的区间内，这对实现今后农民增收的政策目标至关重要。

二是今年农民增收形势很好，但不要盲目乐观。农民增收的基础还不牢固，对农民增收的政策支持力度还需要进一步加大。比如，政府要重视并解决农业生产资料价格上涨过快问题。根据对某省的调查，各种农资涨价使种粮农民平均每亩增加支出40～50元，而粮食直补、良种补贴、农机具补贴和降低农业税3个百分点等几项政策农民平均每亩仅可增收50元左右。也就是说，政策性因素（“三补一降”）的增收效果几乎被农业生产资料价格的上涨全部抵消了。如果不是粮食市场价格的上涨，农民的种粮积极性会受到很大损害。又如，优化农产品品种，提高农产品质量，优化农业区域布局，发挥各地农业的比较优势，加大对初级农产品的转化和加工，大力扶持产业化经营，仍是农村经济发展的主线和增加农民收入的重要途径，要继续完善支持政策。再如，要进一步取消对农村劳动力进入城镇就业的不合理限制，进一步完善和规范政府对劳动力市场的管理。政府要将农村劳动力就业培训作为一件大事来抓，大幅度增加各级政府用于劳动力培训的投入。政府可以明确提出取消专门面向外出就业民工的就业证卡这方面的政策要求，以简化农民外出就业手续。我国中部劳务输出较多的省区在这些方面有很大的实践空间。

二、关切中国的粮食安全

宋　宏：农业形势的标志是粮食形势。从2003年下半年起，国内粮食价格以及副食品价格持续上扬，引起人们对粮食安全问题的思虑。粮食是需求弹性几乎为零的基本消费品，在我国这样一个人口最多的国度无疑是国计民生之根本。今年上半年粮食生产形势好转，这是否意味着粮食供求状况的根本好转？

韩　俊:前一时期,粮食供求偏紧主要表现在口粮上,主要是小麦和稻谷供求偏紧,尤其是稻米供求矛盾较大。口粮需求具有刚性特点,对短缺信号反应最为敏感,所以我国粮食涨价一般都是从口粮品种涨起的。前两年,小麦和稻谷产量和库存下降较快,供给保障程度较差,是值得高度重视的问题。特别是作为我国人民口粮消费的主要品种之一的稻谷,全球贸易量只有400亿斤,而我国的年需求量在3300亿斤左右,大批量进口缺乏可行性,因此必须高度重视国内供给的稳定性。我认为,今后应把粮食安全的重点放在基本口粮方面,对饲料用粮等采取更加灵活的策略。近年来,城乡居民直接消费粮食数量均在减少,城镇居民食品消费的增长已处在一个相对稳定时期,而农民的食品消费增长短期内还不会进入高峰期,尤其是农民对动物性食品的消费量增加仍会比较缓慢。从供需平衡来看,只要今年产量能达到9100亿斤,加上大豆进口和玉米减少出口,适度进口一部分用于储备的小麦,再考虑退耕还林规模的大幅度压缩,今年粮食供求保持基本平衡不会有任何问题。今后2~3年只要能够将年粮食产量恢复到9500亿斤的水平,再加上进口调节的作用,我国完全有能力保证全国粮食供求基本平衡。

三、农村经济体制改革向何处深化

宋　宏:改革开放二十多年的历史证明,我国农业和农村现代化进程必须依靠体制改革来推动。党中央也明确指出,发展的动力在于改革。农业和农村经济"升温",应该说这正为体制改革提供了良好的契机。深化农村经济体制改革的时机与重要性业已凸显,那么下一步应如何加大农村各项改革的力度呢?

韩　俊:今年中央"一号文件"提出年内要推进四项农村改革,即农村税费改革、粮食流通体制改革、土地征用制度改革及农村金融体制改革。这就是农村体制改革的重点。

农村税费改革已经迈出了非常大的步伐,但是后续改革的任务仍然非常艰巨。逐步取消农业税后,如何加快基层政府体制改革,建立覆盖城乡的公共财政体制，是一个需要研究的重大政策课题。对农村债务问题，要组织研究，提出可行的解决意见。对中西部地区农村义务教育的支持力度还要进一步加大。中西部地区在推行新型农村合作医疗过程中筹资还比较困难，可持续性是一个问题。国家支持力度还可以进一步加大。农村医疗救助制度具有不可替代性，但目前财政支持力度还不够大。

关于粮食流通体制改革，虽然已经提出了一个非常明确的政策目标，但深层次的矛盾还未解决。中央"一号文件"讲要全面放开粮食的收购和销售。5月份已经出台了一个粮食流通条例，这个条例应该说与过去实行的粮食收购条例相比有很大的进步。过去不允许非粮食企业到农村收购粮食，现在只要符合条件的企业都可以从事粮食收购，当然新的粮食流通条例还保留了对进入粮食流通的企业要进行行政审批的限制。要全面放开粮食的收购和销售，建立真正市场化的粮食购销体制，必须解决国有粮食部门"政企不分"、"官商不分"的深层次问题。

关于土地征用制度的改革，如何既保证国家建设用地，又要抑制地方政府"以地生财"，给农民以公平的补偿，给失地农民以妥善的安置是一个重大政策课题。土地征用的政策存在重大的缺陷，这方面的法律也存在重大缺陷，可以说在现行政策和法律下没有办法保障农民的利益。中国城市化要推进、工业要发展，对土地必然要有一个最基本的需求，应该满足这个需求。关键是在这个过程中农民的利益一定要受到保护，现在存在的问题是征地补偿标准太低了。失地农民问题绝对不亚于下岗工人对社会稳定造成的影响。从根本上解决失地农民问题，需要有新的立法和政策，既要保证国家建设用地，又要给农民以公平的补偿，给失地农民以妥善的安置。国务院有关部门已草拟了关于征地制度改革的政策性文件。这个文件还在讨论过程中，有望在今年内出台。在实践中，征地制度改革的核心是寻求保护农民利益和加快经济发展之间的平衡点。政府只有为"公共目的"才能行使征地权力。即使为公共目的征地，也必须公平赔偿失地农民，不能用"公权"侵犯"私权"。征地程序要公开，在征用土地过程中要保证农民有充分的知情权和参与权。

关于农村金融体制改革，要关注如何花钱买来一个好机制。最近，人民银行已经提出了明确的农村金融体制改革的政策框架。今年下半年要全面推行农村信用社改革的试点工作。各个地方的改革积极性已经超出了预期。根据调查了解到的情况，目前农民在从信用社获得小额贷款方面困难并不大，这方面的需求基本可以得到满足。但由于当前信贷紧缩政策的调整，农民从事农业结构调整和农产品加工等方面的数额相对较大的贷款需求很难得到满足。最近，民间借贷的利率又开始升高，这说明农村资金供求又开始出现趋紧苗头。应该承认，近年农村金融改革推进的速度还不够快，下一步农村金融改革的思路还需要在实践中进一步探索。为了更好地满足农村的金融需求，农村金融机构必须努力创新金融产品和服务方式。根据我们的调查，信用社为了能得到国家的支持，提高资本金充足率，纷纷进行增资扩股，普遍存在要求职工入股的做法，不少职工是贷款入股，不少贷款企业也是被要求入股。这种做法不是个别现象，要引起高度重视。信用社改革试点政策要在总结经验的基础上不断完善，要在完善内部治理结构上做文章，否则，拿多少钱都买不来一个好机制。

宋　宏：您从宏观层面上分析了农村经济升温与深化体制改革趋势，这对我们具体研究一个地区的农村发展问题极具启迪意义。只有认清宏观大盘态势，才能操作好一个地区的中观和微观层次的谋划与对策。希望和您能再多谈一会，可惜这次时间不够，那么就谈到这里吧。再次谢谢您！

韩　俊：不客气，以后我们还会有机会再交流的。

“三农”现代化：“十一五”将会走多远

——经济学家韩俊研究员访谈录

被称为“三农”的农业、农村和农民的现代化发展问题，历来是备受人们瞩目的焦点与难点问题。国际经验表明，解决或完成“三农”现代化，绝不能指望在几年或十几年时间内毕其全功，而一般耗费近百年时间的倒是各发达国家所走过的基本轨迹。作为现代化“后发”国度，我国在改革开放二十多年来加快了“三农”现代化进程，但离现代化目标还有相当大的距离。时下人们关心的是，在“十一五”时期我们的“三农”现代化前进步伐将会走多远？2006 年早些时候，笔者专访了著名经济学家、国务院发展研究中心农村部部长韩俊研究员，请他为我们“拉直”这一问号。

一、稳定提高粮食综合生产能力,确保粮食供求平衡

宋　宏:真高兴又见面了。几个月前,我刚访问过您。您当时还说我们会有机会再交流,果然又有机会了。

韩　俊:是啊,是啊。这次我们谈点什么呢?

宋　宏:“十一五”刚开始起步,我们就谈谈对“十一五”时期农业、农村、农民这“三农”的前瞻,好吗?

韩　俊:好的。就谈这个问题,这也是国内外人们所关注的问题。

宋　宏:当人们说到“农”字时,总是把它与粮食联系起来。粮食是人类基本的生活必需品,这就决定了农业在经济中的基础地位。“三农”现代化并不改变这一性质和地位。因此,“十一五”时期解决“三农”问题,其中一大重点仍是粮食问题。对此,您是怎么看的?

韩　俊:中国有句古话“民以食为天”,粮食是人民生活的首要必需品,粮食对任何国家、在任何时候都太重要了。“十五”时期,我国出现了局部地区部分粮食品种出现供求偏紧的局面,这就提醒我们在“十一五”期间要高度重视口粮,特别是稻谷供给的稳定性。口粮需求的刚性特点,对短缺信号反应最为敏感。我国粮食涨价一般都是从口粮品种涨起的,而且大批量进口缺乏可行性,所以必须高度重视国内供给的稳定性。此外,“十一五”期间,粮食政策的重要目标是使粮价保持在合理的区间内,避免粮价出现大起大落,这对实现今后农民增收的政策目标至关重要。粮食产量受自然因素影响比较大,生产有丰有歉,价格有涨有落,这是很正常的。但是,我国粮食供求关系极不稳定,粮食“卖难”和“买难”交替出现,粮食价格大起大落,因此要特别防止粮食市场呈现出的非正常波动。

宋　宏:从经济学理论上说,粮食需求的弹性为零,即无论供给量多少,无论价格涨跌,人们对粮食特别是口粮的需求量总是一定的。倘若生产不足导致供给不足进而引起价格飞涨,势必会严重影响低收入群体的口粮消费,甚至会引发局部地区或部分社会群体的“饥荒”。这种现象在非洲国家时有发

生,对世界其他地区具有警示作用。我国有13亿多的巨量人口,粮食需求量也是世界第一,所以在任何时候都不可掉以轻心。在您看来,我国在"十一五"时期若要保持粮食供求平衡,应当如何去做呢?

韩 俊:"十一五"期间确保我国粮食安全的合理途径,我把它归结为六条。

一是切实保护和稳定提高粮食综合生产能力。粮食生产的基本资源哪耕地、水资源等一旦减少,使粮食生产的能力遭到破坏,必然危及粮食安全。要实现产需总量的大体平衡,近中期内全国粮食面积需要稳定在16亿亩左右。必须要严格控制各类建设用地对耕地尤其是基本农田的侵占行为,并通过复垦增加耕地资源,以减缓总耕地资源的下降速度。要积极研究和推广先进的农业节水技术,同时保证灌溉设施得到保护和有效利用,并加大对水利设施的投资力度,提高我国水资源的利用率。要充分利用WTO框架下的"绿箱政策",强化粮食增产的科技支撑体系。要把提高粮食品质作为科技攻关和推广的重点。国家商品粮基地建设要调整结构,向优质化方向发展。

二是优化粮食生产区域布局,加强国家对粮食主产区的扶持。要积极引导和强化市场对粮食供需的调节作用,从各地区追求区域内的产需平衡向追求全国供需平衡转变。要增加国家对粮食主产区的财政和信贷投入。

三是激发农民的种粮积极性。在粮食放开经营后,必须探索对生产者进行直接收入补贴的方式;还应当在降低粮食生产成本上想办法。要依靠科学技术的进步,降低要素投入成本。

四是完善国家粮食储备制度。要对国家储备粮明确定位,合理确定国家粮食储备规模。

五是利用国际市场调剂余缺。从中长期来看,我国的粮食自给率可平均保持在不低于90%的水平上。要统一协调粮食内外贸政策。要提高粮食进出口的运作效率,防止粮食的进出口方向与国内的供需实际严重脱节,减少"逆向调节"。

六是保障特殊群体的粮食安全。粮食安全的基本内涵是指"确保所有的人在任何时候都能买得到,又能买得起他们需要的基本食品"。目前,我国农村还有2800多万贫困人口,城市还有不少收入低的居民(包括下岗职工),而且几乎每年我国都有一些因地区遭受严重自然灾害而形成的受灾人群。必须把保障这些特殊人群的粮食安全问题作为确保国家粮食安全的重要内容。

二、增加农民收入，扭转城乡收入差距扩大趋势

宋　宏：刚才我们谈的是农业特别是粮食问题，让我们再来谈谈农民、农村问题。中央在“十五”时期提出，千方百计增加农民收入是解决“三农”问题的中心环节。“十一五”期间，这将仍然是最为关键的重点所在，特别是着力于改变一个时期以来城乡居民收入差距不断扩大的趋势，这一政策诉求更引人注目。关于这一点，您是怎么看的？

韩　俊：我在一篇文章中专门讨论过这个问题，我提出了以下几点对策性观点：

一是全面优化农产品品种、提高农产品质量；优化农业区域布局，发挥各地农业的比较优势；加大对初级农产品的转化和加工，大力扶持产业化经营，是增加农民收入的重要途径。“十一五”期间，要充分利用国内外两个市场、两种资源，把确保国家粮食安全与推进农业结构战略性调整、提高农业综合效益和竞争力、实施可持续发展战略等长期目标结合起来。

二是要把加快农村富余劳动力向非农产业转移，加快城镇化进程，作为增加农民收入的根本途径。要取消对农村劳动力进入城镇就业的不合理限制，进一步完善和规范政府对劳动力市场的管理。要将农村劳动力就业培训作为一件大事来抓，大幅度增加各级政府用于劳动力就业培训的投入。要加强对农村职业技能教育的支持力度，有效整合教育资源，把发展中等职业学校的重点放到农村去。近几年来，在政策制定过程中，关注大中城市、大中企业多，而对涉及人口最大多数的县域经济所面临的各种问题却重视不够。中西部地区的县乡两级经济，目前正普遍处于很大的困境。“十一五”期间，要把发展、壮大县域经济作为一项重大任务。

三是采取措施防止差距过分扩大极为必要。城乡居民收入存在一定的差距，这是各国工业化进程中共同存在的现象。日本经济学家土屋圭造提供的

上世纪60年代的资料表明,以工业就业者收入为100,农业就业者收入在美国为56、西德为44、法国为36、丹麦为77、新西兰为88。而一般认为,上述国家在上世纪60年代已经基本完成了工业化的中期阶段。日本自明治维新至20世纪60年代处于工业化的前期阶段,工农收入差距一直维持1:1.3~1:3.1之间;直到60年代开始进入工业化中后期阶段以后,工农收入差距才开始缩小,1980年工农收入差距为1.15:1,农民收入赶上并超过非农家庭收入,这个过程持续了差不多100年。美国农民拥有的资源优势和生产条件远远优于日本,生产的平均规模也远远大于日本,但从农民收入看,仍然长期低于非农业人口。上世纪30年代农民收入大约为非农业人口的40%,50年代为50%,60年代为70%,80年代为80%,现阶段才基本持平。美国差不多经历了70年的努力,工农收入才由1:2.5缩小到1:1左右。

我国城乡收入差距这样悬殊,应该说既有政策的影响,更有体制的原因。计划经济时期长期实行农产品统购统销政策,工农产品不能平等交易,国家通过工农产品价格剪刀差,从农业部门取得了巨额的资金,农业的基础地位受到严重削弱;在城乡分割的二元结构体制下,城乡之间要素不能自由流动,大量的农村劳动力被束缚在土地上,农村就业严重不足;由于实行农村农业人口与城市非农业人口两种户籍制度,造成城镇居民与农民的权利和发展机会的不平等,加剧了城乡结构的失衡,使城乡差别制度化。目前,我国城乡居民收入差距明显偏大,甚至超过了一些收入分配高度不平等的发展中国家。"十一五"期间,要防止城乡收入差距过分扩大,一方面要增加农民收入,另一方面应加大对农业和农村的投入。

三、加大政府投入,改进农民生产和生活条件

宋　宏:说到对"三农"的保护和扶持,除了给"三农"减负之外,更重要的是加大投入。国际经验表明,由于农业受人力不可抗拒的自然因素影响最大,并且农产品的需求弹性极小,所以将农业界定为"弱质产业",为此普遍采取了保护农业的政策和制度。我国经济学界许多人指出,中国农业需要加大保护和

支持力度,其中特别需要加大对农业、农村、农民的投入力度,这种投入的主角应该是政府,投入的重点应该是农村基础设施和社会事业等公共物品。

韩　俊:我也持这种观点。"十一五"时期,各级政府应该调整国民收入分配结构和财政支出结构,切实增加对农民可以直接受益的农村基础设施建设的支持力度,以改进农民生产和生活条件。就中央政府而言,与中央财力增长相适应,应逐年增加一部分中央预算内投资,重点用于农业建设,保证农业投资有一个正常稳定的来源,确保中央农业基建投资保持在较高水平。要充分利用 WTO 的"绿箱政策",增加对农业科研和推广、质量安全和检验检测、农产品流通设施、农民培训等方面的投入。就地方政府来说,应逐步将县级以下以改善农民基本生产条件和生活质量为重点的中小型基础设施建设纳入各级政府基本建设投资的范畴。特别要重点支持与农业生产和农民增收关系密切的节水灌溉、人畜饮水、乡村道路、农村水电、农村沼气、草场围栏等农村小型基础设施建设。

目前,政府对农业的投入渠道较多,不同渠道的投资在使用方向、实施范围、建设内容、项目安排等方面有相当程度的重复和交叉,但由于分属不同部门管理,因而不同程度地存在条块分割、相互之间协调不够、重复投入等问题。这种体制造成了政府各部门之间职责不清,政出多门,多头管理,力量分散,不利于统一监督、管理和协调,不能形成合力。应对现有农业项目、资金进行整合,使其相对集中。对于目前由不同渠道管理的农业投入,尤其是用于农业基础设施建设的财政资金投入,要加强统筹协调和统一安排,防止项目重复投资或投资过于分散,使有限的资金发挥出最大的效益。能够归并的支出事项建议由一个职能部门统一负责。要对各分管部门的职能和分工加以明确,以确保农业财政资金的有效配置。

宋　宏:安徽是农村税费改革的试点省份。据我的了解,在实行农村税费改革后,农村的教育、卫生等社会公共事业投入机制缺失问题陡然凸显。农村的乡(镇)、村级财力根本无力承担这些公共事业的投入,因此显然需要通过改善政府公共财政的转移支付制度来解决。

韩　俊:的确是这样。针对这一现实,"十一五"时期要强化中央、省、市级政府的支出责任,建立规范化的农村义务教育转移支付制度。从全国范围来看,地方财力不能保证义务教育经费的主要是中西部农村,普及义务教育的主要任务也是中西部地区。因此,我认为,中央财政应根据农村义务教育的最低标准,对中西部省区不能保证生均最低义务教育经费的县予以补助。省级财政应以平衡省内富县与穷县之间义务教育水平为政策目标,通过省级财政义务教育经费支出和调控县级政府间义务教育经费的横向转移支付,使省内各县的农村义务教育水准基本相当。至于农村公共卫生资金投入,重点应放在支持农村卫生机构防保等公共卫生服务方面,并改善农村基本医疗服务条件。目前,农村卫生投入的大头在地方政府,由于相当一部分县乡财政保工资都困难,每年对农村卫生增加的投入十分有限。因此,要对农村卫生筹资体制进行根本性改革。一是要在中央和地方各级政府之间合理界定责任;二是要在城乡之间公平分配卫生资源;三是要完善中央对贫困地区的转移支付制度;四是要着力探索建立多层次的农村社会保障体系。我国是农村人口占多数的发展中国家,在相当长的一段时期内不可能像西方发达国家那样为农民提供全面的、高标准的社会保障。但是,我们要明确目标和思路:坚持城乡一体化的政策导向,坚持分阶段、逐步完善的原则,坚持地区差异原则,加大政府对农村社会保障的投入力度,优先解决农民的基本生活保障问题,建立多层次的农村社会保障体系,逐步缩小城乡社会保障水平的差距,最终建立城乡一体化的社会保障体系。可以先在农村建立最低生活保障和农村合作医疗制度,再逐步建立养老保险;必须从最需要保障的困难群体入手,并逐步扩大保障范围。

四、统筹城乡发展,推进二元结构的改变

宋　宏:“三农”的现代化实质在于改变城乡二元结构,党中央也在科学发展观中特别强调了统筹城乡发展问题。这在“十一五”时期应该是一个要重点运作的战略任务。

韩　俊:这毫无疑问是战略重点。目前,中国的人均 GDP 按汇率计算已达到 1000 美元,按购买力平价计算大约为 3000 ~ 4000 美元,农业与非农产业

的产值结构大约为15∶85，农业与非农产业的就业结构大约为50∶50，城镇化水平为40%。综合上述四项指标表明，目前中国已进入了工业化的中期阶段。这一阶段是就业结构变革的加速时期，也是城镇化加快发展的时期。十六大所提出的奋斗目标是到2020年基本实现工业化，加快城镇化进程。根据我们的预测，从就业结构看，随着经济发展速度加快，按每年农业劳动力就业比重下降1个百分点计算（1981~2001年的20年间，农业劳动力占社会总劳动力的份额年平均下降1.3个百分点），到2010年力争农业就业比重将由50%下降到43%左右；从城镇化发展看，城镇化率在今后20年间，每年提高1个百分点是完全可能的（大体上相当于过去十多年的进度），到2010年中国的城市人口比重要力争达到47%左右。

工业化中期阶段将是由城乡分割走向城乡协调发展的关键阶段。“十一五”时期，将是调整城乡关系的重要时期。要深化经济和社会管理体制改革，在改变城乡二元结构，建立平等、和谐的城乡关系方面取得重大突破。首先，政府要切实把对进城农民工的职业培训、子女教育、劳动保障以及其他服务和管理经费，纳入正常的财政预算。政府在制定政策时，要把这部分人口视同常住人口对待，特别是要把外来工对住房、学校等设施的需求纳入城市建设规划，城市各种公共服务应该有效服务于全社会。其次，随着城乡经济体制改革不断深化，城乡分割的户籍制度正在逐步丧失其存在的基础。大中城市的户籍管理制度改革，应逐步放宽对农民进城就业和定居的条件限制，可以从各城市的实际承受能力出发，更积极、有序地进行改革。在大中城市的农民只要有合法固定的住所、稳定的职业或生活来源即应成为城镇常住户口，要逐步实行以居住合法、固定职业为户口准入条件。要通过这样一些制度改革创新，逐步改变中国的城乡二元结构，促使城乡统筹协调发展。

宋　宏：中国是世界最大的传统农业大国之一，中国的现代化最关键的是“三农”现代化。如果总是城乡、工农“二元结构”，那么，中国永远不可能成为发达的现代化国家。您对“十一五”时期中国“三农”问题的前瞻，大体勾画了一幅“三农”现代化的路线图。我认为，这将有助于人们预见和把握中国“三农”现代化的进程，明晰可能实现的阶段性目标，科学地设计新的制度政策安排和具体操作措施。

陆学艺，男，教授，1962年毕业于北京大学哲学系，1962~1965年，为中国科学院哲学研究所研究生。长期在中国社会科学院工作，历任副研究员、研究员，社会学研究所副所长、所长。1998年后，任中国社会科学院学术委员会委员、北京工业大学人文社会科学学院院长。1996年，任中国社会学会会长，是全国第八、第九届人民代表大会代表。研究专长是社会学理论、社会结构研究和农村发展理论研究。

陆学艺教授曾主持多项国家社会科学基金重大和重点课题研究，曾发表《改革中的中国农村和中国农民》、《转型中的中国社会》、《中国社会结构变迁》和《三农论》等专著多部，发表专业论文百余篇，曾获国家和省部级奖多次。目前仍主持国家社科重点课题《中国国情丛书——百村经济社会调查》、《中国社会思想史研究》等。

社会主义和谐社会是什么样的社会

——著名社会学家陆学艺教授访谈录

中共十六届四中全会提出："要适应我国社会的深刻变化，把和谐社会建设摆在重要位置，注重激发社会活力，促进社会公平和正义，增强社会的法律意识和诚信意识，维护社会安定团结。"这里提出的"构建社会主义和谐社会"，不仅是一个重要的新概念，而且更重要的是今后社会主义现代化建设的重要目标。2006年11月9日，著名社会学家、中国社科院社会学研究所原所长、中国社会学会会长陆学艺教授来皖出席一个学术会议。笔者有幸借此机会专访了他，就"构建和谐社会"提出的背景与其内涵问题请教了这位著名学者。

一、"构建和谐社会"提出的背景

宋　宏:陆老师,很荣幸又见到您了。前几年,我曾两次访问过您。

陆学艺:是的,是的。记得你是作经济学研究的,还有不少的好成果,可是你也很关心社会学,写了几篇访谈我的文章,我都看了,这是为我们的社会学做事了。

宋　宏:社会学现在越来越成为显学了,社会学研究的现实问题是大众都非常关注的。陆老师,您是著名的社会学家,最近您在不少地方发表了关于"构建和谐社会"的学术阐论,十分引人注目。今天,我想向您求教,我们应该怎样理解构建和谐社会?

陆学艺:党的十六届四中全会提出"构建社会主义和谐社会"并把它作为现代化建设的重要目标,这既顺应了广大人民群众的民意,也适合当前我国经济和社会发展的状况和要求,同时也是具体贯彻十六大精神、树立和落实科学发展观的重要步骤,具有十分重要的意义。我认为,要理解"构建和谐社会",首先就要了解它提出的背景。

第一,我国现正处于改革与发展的战略机遇期,也是经济和社会发展的关键时期。党中央反复强调要抓住机遇,过好这个关键时期。这是通过总结国内外经验和教训而概括出来的。国际经验表明,从人均1000美元到3000美元是经济和社会发展的关键时期,经济结构、生产方式、生活方式、社会阶层结构等都要发生深刻变化甚至于剧烈变动。国家引导得好,处置得当,就能使我国顺利地度过这个关键时期,进入中等发达阶段;但如果搞得不好,就可能出现经济和社会失调、经济和社会矛盾冲突频发,以致出现徘徊倒退,陷入"拉美陷阱"。从到2020年我国经济发展的前景看,再翻两番是完全可能的,外国人的预测比我们还乐观。其难点在于社会结构的调整、社会事业的发展、社会体制的改革。只有经济和社会协调发展,才能建成和谐社会。现在明确提出构建和谐社会的目标,有利于把力量放在经济和社会协调发展上,有利于我国经济和社会的持续发展。

第二，提出构建和谐社会是我国五十年来特别是改革开放以来经验和教训的总结。建国以后，我国开始工业化建设，实行计划经济体制；三年困难以后就一直为解决温饱问题而奋斗，长期处于短缺经济状态。改革开放启动后，邓小平提出“三步走”战略，第一步是 1980 ~ 1990 年经济总量翻一番，解决温饱问题。当时说，我们 80%的问题是穷，温饱不足、住房不够、收入太低、生活条件差等，认为只要经济上去了，蛋糕做大了，这些问题自然就解决了。现在翻两番的目标早已提前实现，蛋糕做得相当大了，近二十多年的发展成就怎么评价都不过分。但是，人们发现，当我们人均 GDP 达到 1000 美元后，社会问题不是少了而是多了，比如反映社会收入差距的基尼系数过大、贪污腐败屡屡发生、社会治安形势严峻、社会保障缺口很大等等。这就使社会和谐问题凸显出来了。我认为，问题的关键在分配上，在社会改革滞后上。以经济建设为中心并把它放在第一位是正确的，但我们不能将其理解为“第一就是唯一”，只讲经济发展而不讲社会发展，忽视经济与社会协调问题。提出构建和谐社会，就是为了要建设一个以人为本，经济和社会相互协调、全面和可持续发展的现代化社会主义社会。这个战略目标比以前更高，也更全面了。

第三，提出构建和谐社会是有着现实针对性的，是要解决当前面临的诸多不和谐、不稳定的问题。党的十六届三中、四中全会提出科学发展观，提出“五个统筹”，要求加强党的执政能力，有着很强的现实针对性，是要解决当前存在的突出矛盾和问题的。比如，国际环境呈现出新的复杂性，一方面，世界看好中国发展的前景；另一方面，“中国威胁论”又在干扰中国与世界其他国家(地区)的关系。国内城乡、地区、阶层之间差距扩大，发展不平衡，社会关系有些紧张，存在一些不稳定因素。我们如果不注意解决这些问题，就不可能实现国家的全面发展。

宋　宏：您分析这些背景，对我们认知构建和谐社会很有帮助。我认为，构建和谐社会既是一个理想目标，又是一个长期的历史过程，绝非是轻而易举、一蹴而就的。那么，在您看来，构建和谐社会有哪些内涵和要求呢？

二、社会主义和谐社会是什么样的社会

陆学艺:从和谐社会的内涵与要求来说,我认为有以下八个方面。

第一,社会主义和谐社会应该是一个经济持续和稳定增长、经济和社会协调发展的社会。国际国内发展的经验都证明,经济是基础,经济发展是社会发展的前提。只有经济发展了,各项社会事业发展才有了物质保证。经济发展总是第一位的,但是社会发展必须随着经济发展而发展,经济和社会必须协调发展。如果只是经济发展、孤军深入,社会发展长期滞后,那么,经济发展本身会因得不到人才、科技、教育等方面的支撑而延缓,而且必然会产生诸多社会矛盾、社会问题。此外,经济发展的根本目的就是为了满足人民的物质文化需求,为了实现社会全面进步。因此,一个和谐社会一定是一个经济和社会协调发展的社会。

中国现在面临的最重要的矛盾是经济和社会发展不协调。我们的经济发展成绩斐然,但社会发展却相对滞后了,一条腿长、一条腿短。具体来说,主要存在以下问题:一是经济结构调整了,但社会结构却没有相应地得到调整。我国已进入工业化中期阶段,而城市化水平还处于初级阶段,城镇化严重滞后于工业化,城乡二元结构的存在,严重地影响了经济和社会的健康发展。二是经济发展了,社会事业没有得到相应的发展。科技、教育、文化、卫生、社会保障等社会事业的发展严重滞后,已经影响到经济持续、健康的发展。三是经济管理体制改革了,建立了社会主义市场经济体制,但是社会事业管理体制的改革还没有突破,基本上还是原来计划经济时期形成的管理体制,已经很不适应市场经济发展的要求,不能满足人民群众的实际需要。

从发展的前景看,我国要全面建设小康社会,实现邓小平同志提出的把中国建设成中等发达的社会主义现代化社会的目标。从经济层面看,今后二十年保持7%~8%的增长速度,经济总量再翻两番,可以说是胜券在握,是不会有太多问题的。但是,社会结构的调整、社会事业的发展、社会体制的改革,这些方面的任务都很重,难题还很多。如何解决好经济和社会协调发展问

题,是摆在我们面前且必须解决好的重大课题。

第二,社会主义和谐社会应该是一个社会结构合理的社会。社会结构合理与否是影响乃至决定一个国家或地区社会是否和谐的重要因素,也是衡量整个社会是否和谐的重要指标。社会结构包括人口结构、家庭结构、就业结构、城乡结构、地区结构、社会阶层结构等各个方面,其中最重要的是社会阶层结构。社会阶层结构一般都应和经济发展结构相适应,有什么样的经济结构,就应有什么样的社会阶层结构。现代化社会既要有现代化的经济结构,也要有现代化的社会阶层结构。现代化的社会阶层结构一般都是中间大、两头小的"橄榄形"社会结构。社会中处于优势地位、非常富有的阶层和处于底层、贫穷弱势的阶层的人口规模都比较少,而社会中间阶层的人口规模占总人口多数或较大多数,这样的社会才是比较稳定、健康的社会,也就是和谐社会。

由于我国目前的经济发展水平还不高,经济结构还处于工业化中期阶段,特别是由于户口、就业、人事体制等方面的改革还未到位,所以,我国现在的社会阶层结构既没有与目前的经济结构相适应,如 2003 年我国 GDP 中农业只占 14.8%,但是农业劳动者阶层占 40%以上,更没有达到现代社会阶层结构的水平,离"橄榄形"结构还较远,还只是一个中下阶层结构还很大的"洋葱头形"的社会阶层结构。该小的农业劳动者阶层没有小下去,该大的社会中间层却没有大起来,这是我国目前社会还不和谐的根本原因。

第三,社会主义和谐社会应该是一个社会各个阶层都能各尽所能、各得其所,社会各阶层互惠互利,各自的利益都能得以基本满足,社会各阶层间的利益关系能够不断得到协调的社会。我国目前正处在社会主义初级阶段,党的中心任务是要最广泛、最充分地调动一切积极因素,为实现社会主义现代化的伟大目标而奋斗。现代化建设的根本目的就是要通过解放和发展生产力,满足人民群众日益增长的物质文化的需要。积五十余年的经验,在政治上要保证各阶层应有的民主权利,在经济上要保证他们应得的物质利益,这样才能调动社会各个阶层及其成员的积极性,使社会充满活力。在建设社会主义现代化国家过程中,特别是在实行了社会主义市场经济体制以后,经济发展、社会转型,人们的生产方式、生活方式都在发生快速而又深刻的变化,各种社会关系变化错综复杂。党和政府要把握这些社会关系的变化,审时度势,及时、适情地不断整合社会各种关系,引导各方面的力量,使之有利于实现全国各民族、各社会阶层的大团结,有利于社会主义现代化建设事业的大局。

在各种复杂的社会关系中,社会阶层关系是最重要的一种社会关系。整合社会关系主要的就是要整合社会各阶层间的关系;整合的目标就是要"形成全体人民各尽所能、各得其所而又和谐相处的社会"。建设社会主义现代化国家是包括全国所有社会阶层在内的全体人民的共同事业,各个社会阶层都应该为社会主义现代化事业各尽所能,贡献自己的力量。社会应使各个社会阶层、各个成员都能根据各自的条件和特点,得到相当的各展所长的社会位置,使其各得其所。与此同时,社会应该通过不断的改革和调整,逐步建立合时、合情、合理的分配机制,使各个社会阶层、各个成员都能根据各自的贡献和基本需求,共享经济发展、社会改革的成果,使之各得其利。从一定意义上说,在现阶段,整合社会阶层关系就是整合社会各阶层的利益关系,正确处理人民内部矛盾,也就是正确调整好、正确处理好社会各阶层之间的利益关系。随着经济发展、经济结构的调整、社会主义市场经济体制的完善、社会体制的改革,社会各阶层之间的利益关系是在不断变化的。党和政府要通过建立社会利益关系的协调机制,运用政治、法律、经济和行政等手段,不断调整社会各阶层的利益关系,采取教育、协商、调节等方法,妥善处理在新形势、新条件下的人民内部的利益矛盾,使得社会各个阶层各个成员都能和睦相处,以使整个社会和谐。

第四,社会主义和谐社会应该是一个没有身份歧视、每个社会阶层之间相互开放、社会流动畅通的开放社会。现代社会是一个以能力为衡量标准的社会。一个人的社会地位不是由先赋因素而是由自致因素决定的。由此,我们要建立优胜劣汰的竞争机制和社会流动机制。一个社会越是开放,社会流动程度越高,就越能够为社会成员提供更多的机会和好的预期。社会成员能上能下。上是一种激励,下是一种压力和鞭策。要排除各种身份歧视和血缘关系、亲友关系、非能力主义因素的干扰,使得各种人才能人尽其才、各得其所,使全社会的人力资源得到最优化的配置。这是社会保持健康和活力,社会不断进步的源泉。现在,我们还存在诸如户籍制度、人事体制和城乡很不相同的社会保障体制等的障碍,社会流动并不顺畅,致使一部分人虽然经过努力,自身具备了一定的条件，但还得不到应有的社会位置。

宋　宏：我注意到您在一些论著和学术报告中都提到了公平与效率的问题，特别是强调社会公平，给我印象很深。公平与效率如何才能达到均衡，也就是能够让大多数人满意的兼顾平衡，是许多学科中的一个难点问题。有一种观点认为，公平与效率是“鱼和熊掌不可兼得”的关系，求公平就必须牺牲效率，要效率则只能放弃公平。这种观点显然太偏激、太偏颇了。我认为，追求公平与效率的均衡，这不能只是社会学家独有的视角，而应该成为普遍的共识。

陆学艺：对啊。这正是我要说的第五点：社会主义和谐社会应该是一个公平、公正的社会。追求社会公平是社会主义应有的题中之意，也是人类社会的共同理想。构建社会主义和谐社会，实现社会公平是一个很重要的组成部分，而且要贯彻落实到政治、经济、文化等各个方面。只有实现社会公平，才能协调各方面的社会关系，从而有利于调动人民群众的积极性，有利于实现社会和睦和稳定。

社会公平包括起点公平、过程公平和结果公平。起点公平，因为存在着家庭出身、个人生理条件、智力水平的差别，不容易做到，但社会应该保障每个公民接受义务教育的权利，享有基本的社会保障和防疫免疫等最起码的医疗保障，尽可能做到起点公平。过程公平主要是指机会均等。面对竞争，每个人都应有同样的机会。社会应当保障每个社会成员都享有平等的国民待遇，不受民族、性别、年龄、户籍等的限制，使他们能够获得最基本的生存权和发展权。这是实现社会公平的基本含义。结果公平是实现社会公平最重要的目标，但因为受到社会经济发展阶段的客观条件和个人在起点与机会差别等个人条件方面的限制，结果公平将是一个比较漫长的历史过程。经济是基础，所以在目前要特别强调实现经济公平，以缩小贫富差距。党的十六大报告提出，一次分配注重效率，二次分配注重公平。这是很适时的。所谓一次分配注重效率，是指微观市场主体如企业的分配要有利于提高效率，比如奖勤罚懒就可以激励大家积极工作，提高效率，多劳多得；而二次分配是国家通过税收和财政手段，分配社会共同福利，这就要注重公平了。在市场经济体制下，政府要把维护社会公平放在优先的位置，通过二次分配，建立健全社会保障体制，维护弱势群体的基本利益,缩小城乡、地区、阶层之间过大的贫富差距,这是目前面临的重要任务。

第六,社会主义和谐社会应该是一个社会事业发达、社会保障体系完善的社会。一个和谐社会不仅经济繁荣,而且科、教、文、卫、体和社会保障事业同步发达。我们现在在这方面是相对滞后的,社会事业发展水平要比经济发展水平落后5~8年。去年的"非典"把这个问题暴露了出来。世界卫生组织就卫生、防疫、医疗水平指标将我国排在世界190个国家和地区的倒数第4位,使我们看到这方面的欠账实在太多。国家今后要把人力、财力、物力重点放到办公共事业上,经济建设投资则应该主要交给市场。

第七,社会主义和谐社会应该是一个各阶层人民有共同理想、讲诚信、守法度、民风醇正的社会。中华民族有5000年悠久的历史文化传统,中国素有"礼仪之邦"的美称。近代以来屡遭外族欺凌,中国人在自强过程中,为挣脱封建主义的禁锢,接受了西方的一些先进文明,特别是学习了马克思主义。在这一先进理论的指导下,中国共产党领导中国人民建立了新中国。但在所谓"批判封、资、修"中,我们把优秀的传统文化传统美德丢掉了,把世界的一些先进东西排斥了。"文化大革命"对文化的摧残、对社会的破坏,后果极其严重,影响相当久远。现在大家都关心诚信问题、信仰信任问题、道德伦理问题、民风问题,这说明不尽如人意的现象普遍存在。所以说,精神文明是"三个文明"的重要组成部分,亟待加强建设。

第八,社会主义和谐社会应该是一个社会各阶层关系融洽、人民安居乐业、社会治安良好,社会稳定有序的社会。邓小平同志早就提出了"稳定压倒一切"的方针。维护社会稳定是最大的社会问题,也是最大的政治问题。没有社会的稳定就没有经济的发展,也就没有社会的进步。这是几十年社会主义革命和建设的经验总结。我们要坚定不移地执行这个方针。这是社会主义现代化建设顺利进行的基本保证。我们要实现的社会稳定,是建立在社会和谐基础上的稳定,而不是别的什么稳定。一个和谐的社会一定是一个稳定的社会,而一个稳定的社会却不一定是一个和谐的社会。所以,要维护社会稳定,必须采取文明、法制、妥善的方式,切不可用简单粗暴的强制压服手段。只有这样,才能解决社会矛盾,维护社会真正而持续的稳定。

宋　宏：您说的这八个方面概括起来，就为我们描绘了社会主义和谐社会应该是什么样的社会，非常生动形象，并且富有深层的理论内涵。您给我们阐述了如此丰富的学术见解，这对大家研究“构建和谐社会”新课题将会大有启迪。

三、一点题外话

宋　宏：陆老师，顺便问您另外一个问题，最早我读到您的文章是研究农村经济的，以后才看到您写的社会学方面的论著。您是怎么“转行”的？

陆学艺：啊，你对我了解得挺多的嘛。我在中国社科院，先是在农业经济研究所，搞农业、农村经济问题研究有一些年头，当时写的东西都是关于农业、农村经济的。不过，在研究农业、农村经济时，我也察觉到了农村中的社会问题，研究中就比较关注这方面的问题。后来，大约在上世纪80年代后期，院领导可能是看我对社会学的问题有比较多的关注和研究，就让我去社会学所。当时我还舍不下经济学，但又想，转到新的研究领域也是一个挑战，社会学确实有太多的新问题需要加强研究。这样，我就从经济学转到社会学了。

社会学在中国的发展只有几十年的历史，在“文化大革命”时还被禁止了，直到改革开放以后才得到恢复。现在全国社科院系统基本都有社会学研究所，大学中也有不少设立了社会学系，学科的发展欣欣向荣。你刚才说，社会学现在成为显学了。我想应该说，随着改革开放二十多年来我国社会和经济的发展，经济总量比1980年翻两番之后，社会发展相对滞后的问题凸显了，因此需要社会学研究的问题大大增加了，社会学也必然会得到大家的关注。哎，对了，你问我这个转行问题，是不是你也考虑从经济学转到社会学啊？哈哈！

宋　宏：我是对您的学术经历和学术成就深为敬佩。我的经济学还没学好，只有继续学啊。非常感谢您接受访谈！

邓伟志，男，汉族。安徽萧县人，生于1938年11月。现为上海大学社会学系教授，全国政协常委。曾任民进中央副主席。

1960年毕业于上海社会科学院经济系。曾在上海社会科学院毛泽东思想学习室、研究室、中共中央华东局政治研究室、中国大百科全书上海分社、上海社会科学院信息所国际政治室工作。先后任研究实习员、编辑、编审、研究员。出版《家庭的明天》、《我的家庭观》、《市场经济中的若干社会问题》、《伪科学批判记》等二十余部书。有的著作获国家级一等奖，中国图书奖。发表论文"社区建设的若干问题"，"政治资源的配置问题"等数百篇。1980年发表的"家庭的淡化问题"，1984年发表的"中国的学派为什么这么少"，1985年发表的"淡化'当官心理'"，均在报刊上引起争论，因此，被媒体称为"邓氏三论"，"思想界的男子汉"。1983年提出妇女学，为国人中第一位，也曾引起争议。1986年在《社会科学》发表"马克思主义研究中的多样化问题"后，展开讨论达一年有余。

现为国内多所大学的兼职教授。曾到欧美多所大学讲学。在社会学方面过去主攻家庭社会学、知识社会学，近年主攻城市社会学。此外，在自然科学方面，也写过两本书，曾两度任市科协委员。在文学方面，出版过《我就是我》等数本杂文集，先后在二十余家报刊办杂文专栏。曾获林放杂文奖，人民日报金台奖。现为上海市作家协会散文杂文委员会主任。

建设和谐社会的五个着力点

——著名社会学家邓伟志教授访谈录

中共十六届六中全会《决定》将"构建社会主义和谐社会"作为中国特色社会主义现代化事业和全面建设小康社会全局的战略目标与战略任务之一。2007年早春时候，著名社会学家、全国政协常委、上海大学教授邓伟志来皖出席一个学术活动。与会期间，笔者就如何建设和谐社会问题访问了邓教授。

宋　宏：邓教授，您好。又见面了。

邓伟志：是啊，是啊，真高兴见到朋友们。

宋　宏：不好意思，我又要访问您。我看过您最近发表的演讲和文章，您论说最多的论题就是"和谐社会"。这次我想就如何建设和谐社会问题向您请教，可以吗？

邓伟志：当然，我们是老熟人啊。你看，我这次还带了一些我最近写的书，送给你参考参考。我想应该说，"和谐社会"的提出，是我们党对中国特色社会主义事业认识的新发展。这表明，我国社会主义现代化建设的总布局已经由发展社会主义市场经济、社会主义民主政治和社会主义先进文化的三位一体，提升为包括社会主义和谐社会在内的四位一体。这不只是量的增加，更重要的是认识上的一大飞跃。

宋　宏：和谐社会作为人类向往的社会状态，其内涵极其丰富，而在一定发展阶段又具有时代特征。我国建设和谐社会，就当下来说，也必然有其富于针对性的要求。从建设角度而论，我想最需要的是把握现实的着力点。

邓伟志：你说得对。我曾在许多场合都反复表达了我的观点。我认为时下建设和谐社会要明晰五个着力点。

一、首先要处理好阶级、阶层的关系

宋　宏：您说有五个着力点，那么第一个是什么呢？

邓伟志：首要的是处理好阶级、阶层的关系。中国是一个多民族、多宗教、多党派、多阶层的国家。多民族、多宗教、多党派、多阶层，概括起来说就是一个社会因素繁多、社会资源丰富的社会。然而，同任何事情都有二重性一样，"丰富"也有二重性。不丰富，相互关系简单，容易协调；丰富了，相互关系错综复杂，协调起来就难了。常量、变量、多变量，函数、反函数，线性、非线性，有时候要协调好，简直是难上难。可是，如果不协调好又不行，因为，和谐社会本身就好比一台"交响乐"。

这台"交响乐"的基调"音符"，说到底是社会的各个阶级、阶层。共和国进入社会主义阶段以后,不能再以阶级斗争为纲了,可是这决不等于没有阶级了,更不等于没有阶层了。"物以类聚,人以群分",社会少不了分层。当今中国有哪些阶层,尚在观察讨论中,不管是有八个,还是有十个,但没有人能否认中国还有阶级、阶层存在这一客观实际。根据现代阶层理论,阶层是指按一定标准区分的社会群体,或经济标准,或政治标准,或职业标准。根据不同的理论和不同的研究目的,也有不同的划分标准和方法。改革开放二十多年来,中国社会中不同阶层因在改革过程中所处位置和所扮演角色的不同,出现了新的分化和组合。

宋　宏:说到社会阶层,前几年社会学界作出改革开放以来中国社会阶层划分的研究成果时,有的官方人士还讳莫如深,不准研究成果公开,说是社会学不干好事,制造社会矛盾,影响社会稳定。这简直是天大的笑话。社会阶层是客观存在的,学界怎么能凭空"制造"出来。无视社会结构变化,掩盖社会阶层变化,怎么能治理好社会?或者说,怎么可能有良法、良治?对不起,打断您了,请接着说中国社会阶层的分化和组合。

邓伟志:你讲得好!我接着刚才的话说。我观察到,首先,随着经济体制的变革,国有企业的改革,工人阶级逐渐在分化。就连纯粹的产业工人,也因从事不同产业,如夕阳产业与高科技产业的工人、老工业基地与新兴产业基地的工人、劳动密集型产业下岗职工与知识密集型产业技术工人等,因职业性质的明显差异,其阶级归属感和阶级意识也有明显的差异。万变不离其宗,不管怎么变,工人总归是工人。被我们称作"资产阶级民主主义者"的孙中山曾经高呼"劳工神圣",那么作为工人阶级的先锋队应该如何看待工人的地位呢?其次,改革开放以来,一部分农民进入了刚刚兴起的乡镇企业,转化为企业职工。还有一部分农民进入城市后,由于没有稳定的职业,形成了流民性质的群体。第三,知识阶层在崛起。科学技术是第一生产力,科教兴国战略造就了中国知识分子的新形象与新地位,知识经济的出现又为知识分子提供了更为宽广的舞台。第四,私营个体阶层在发展壮大。为了适应社会主义初级阶段生产力发展水平的需要,在国家政策的支持和鼓励下,个体私营阶层有了较大的发展,他们参与政治的愿望与兴趣越来越大,一个重要原因是为了营造更好的外部经济环境以获取更大的经济利益。第五,企业经营管理阶层逐渐凸显出来。在计划经济时代，企业经营管理人员一直属于党政干部序列，不论是国家对他们的管理、任用、评价还是他们自身的定位都是以党政干部的标准为标准。但是，市场经济体制的逐步建立和经济建设中心地位的确立，使得企业经营管理人员发挥出越来越大的作用。

有不同阶层存在，不同阶层之间就会有矛盾、有摩擦。比如，新的利益群体的出现，必然会使各阶层在维护自身既得利益和预期利益的过程中产生各种矛盾，甚至冲突。冲突不是和谐，可是冲突能够转化为和谐。阶层矛盾普遍存在，问题是如何处理这些矛盾。阶层是执政党的第一政治资源。阶层之间的矛盾在卓越的执政党面前，是可贵的执政资源，也是考验执政能力、检验执政理论、优化执政方式的难得机遇。执政党犹如交响乐的指挥，只有指挥有方，才能荡气回肠。

按照“和谐社会”理论，决定和谐的首要因素是财富的分配。不同阶层之间的经济地位是有差别的，有时还是悬殊的。差别不大是正常的，悬殊过大则是危险的。经济地位相差悬殊必然带来不安宁、不和谐。因此，我们必须建立阶层利益的整合机制。

宋　宏：您提到“整合”的概念，这是当下管理学和社会学最为强调的一个概念或者说理念。如管理学时下不再特别强调原来的控制，而是更加突出整合，即是将管理对象协调整合，既兼顾各个个体的自主性又形成总体的一体化。国外社会学著作中讲到社会状态时，通常也是用“整合”的概念来定义和评估。在您看来，应该如何整合社会各阶层呢？

邓伟志：是这样的。我国社会阶层结构可能的发展趋势有三种：一是在国家经济持续发展中，逐步形成公正、合理、开放的现代性的社会阶层结构。其结构形态将从现在的“洋葱头形”，即底层很大但中间阶层发育不起来，演变成为“扁平化”的理想状态，即两头小、中间大的“橄榄形”。二是受到制度、政策改革不及时、不配套的制约，和社会发展滞后于经济增长的影响，形成病态的社会阶层结构。其结构形态可能继续保持现在的“洋葱头形”。三是由于制度、政策改革出现重大失误，经济和社会发展严重不协调，公正、合理、开放的现代性社会阶层结构停止发育、成长，从现在的“洋葱头形”退化为“蜡烛台形”，即底层越发庞大，自底部往上就一直孱弱，始终无法壮大，中间阶层不大,头也不大。这样的一种畸形社会形态,一种瘦弱无力的社会骨架,根本无法实现现代化。

为了实现阶层的"扁平化",应当调整过高收入,反对灰色收入,取缔非法收入;应当提高所得税,增加利息税,扩征遗产税。要让富人懂得:"抽肥补瘦"是发达国家、发展中国家普遍的做法;要让富人懂得:缩小差距以后仍然有差距,富人依然是富人;要让富人懂得:这样做也是富人自身存在和发展的需要。

为了实现阶层的"扁平化",应当在政策上适当向弱势群体倾斜。据中国人民大学社会研究报告《走向更加公正的社会》的计算,如果将城乡贫困人口、经济结构调整中的失业和下岗职工、残疾人、灾难中的求助者、农民工等各类处于弱势地位的人口加总,再扣除彼此重叠的部分,中国的弱势群体大约有1.4亿~1.8亿人。早几年对存在一亿多弱势群体采取不承认主义是不对的。不承认有弱势群体存在,就是无视弱势群体。不承认有弱势群体会导致弱势群体越来越庞大。邓小平同志曾在1993年9月16日说,"我们讲要防止两极分化,实际上两极分化自然出现";"少部分人获得那么多财富,大多数人没有,这样发展下去总有一天会出问题"。为了实现阶层的"扁平化",要千方百计壮大中等收入群体所占的比重。早几年批判中间阶层是不对的,越批判,中间阶层越小,社会越不和谐。一个是批判中间阶层,一个是不承认有弱势群体,理论上的这两个失误,加剧了阶层之间的不和谐。我们必须认识到,社会分层是天经地义的。在社会主义条件下,社会分层犹如棱镜可以把一束光分成红橙黄绿青蓝紫七色一样。"赤橙黄绿青蓝紫,谁持彩练当空舞?"政府的使命、执政党的使命就是要协调好各阶层的关系。

二、从解决城乡二元结构入手优化社会结构

宋　宏:我国是发展中国家,在工业化历史进程中,社会经济的二元结构是在发展中必须解决的重大问题,应该也是建设和谐社会的重大任务了。

邓伟志:这正是我要说的第二个着力点,即从解决城乡二元结构入手优

化社会结构。因为，不断完善社会结构是维持社会持久和谐的有力保证。

中国社会最大的不和谐，是社会结构存在两种独立的体系，一个是由市民组成的城市社会，另一个则是由农民构成的农村社会，而判断处于哪种结构的依据在于持有户口的类别。这种二元社会结构以二元户籍制度为核心，包括二元就业制度、二元福利保障制度、二元教育制度、二元公共事业投入制度在内的一系列社会制度体系。这是由身份壁垒、不平等交换、城市化滞后乃至包括户口、粮食供应、住宅等“14种制度”组成的不平等现象。从上个世纪50年代起，国家就颁布了一系列的政策和法令，在户口迁移制度、粮油供应制度、劳动用工制度和社会保障制度等方面，把城市人口和农村人口人为分割开来。这使城市人口和农村人口在就业方面和粮油供应方面存在着极大的差异，更为严格的还是户籍制度方面的管理。这一制度严格地限制着农村人口向城市的流动。但改革开放以来，由于国家在政策上允许农民工进城，从事建筑、商业及其他服务型事业，并允许城市中的某些国营企业从农民工中招收部分临时工、合同工，其他所有制企业和个体户从农村中雇工也不再受到限制。在这一政策的推动下，农村人口可以说获得了一个较为自由的活动空间。配第和李斯特将这一现象称为“推拉现象”。也就是说，农业耕地的有限性与人口压力是迫使农村劳动力向非农产业转移的推力，而工农之间的收入差异则成为劳动力非农化的拉力。在这样双重力量的作用下，农民纷纷涌进城市谋取生存，形成了我们国家这一时期的一个特殊现象：民工潮。

在这样一种状态下，城乡二元结构是否正在消失呢？非也！我倒认为，我国社会现阶段正处在一种城乡二元结构、城市二元结构并存的尴尬境地。一方面，户籍制度并没有取消，它仍然制约着市民和农民从出生到死亡的整个生活境遇；另一方面，虽然国家在政策上为农民提供了非农化的路径，但是，农民在城市中并不存在与市民等同的机会，他们的就业，除受自身人力资本的限制之外，还要受社会资本的限制。因为，长期的城乡二元结构使农民和市民一直处于冲突和对立的位置上，突出地表现为市民对农民的歧视以及农民对市民的厌恶。而这种归属感不一致在某种程度上又会导致农民很难在城市空间场域中将自己的社会关系网络纳入市民的关系网络中去，从而很难在城市中积累自身的社会资本，也就更加无法利用社会资本来寻求更好的工作了。因此,他们只能利用在家乡长期建构起来的社会资本——同乡关系、亲缘关系,在城市中求生存。这样,一方面,我国社会仍然存在显在的城乡二元结构;另一方面,还存在一种潜在的城乡二元结构,它由市民的关系网络构成的空间和农民的关系网络构成的空间这两部分构成。这种潜在结构的存在就是阶层关系的分布问题。这种不合理的分布,从根本上影响着各阶层间的协调和社会结构的和谐发展。我认为,解决城乡矛盾的重心在城市。换句话说,我们要对城乡矛盾的主要侧面——城市提出要求,城市必须为缩小城乡差距作出更大的贡献。

宋　宏:从这个意义上理解"以城带乡",它不仅仅是经济上的要求,而且是社会整合的要求,其内涵就更深刻了。

邓伟志:正是如此,应该这样理解。

三、社会整合要依靠社会组织的主体作用

宋　宏:当您讲社会整合问题时,我就在想,谁是社会整合的主体?执政党、政府当然是主体,但仅有这个够不够?您知道,我是研究经济学的,经济学有两个相辅相成的命题,就是"市场失灵"和"政府失灵",暗含的道理就是单纯依靠任何一方都是不行的。

邓伟志:社会学的理论和经济学的理论有很多是相通的。社会整合的主体是多元的,我国当前突出的是,要充分发挥社会组织的作用。

20 世纪 80 年代以来,随着社会进入转型期,中国的社会生活发生了许多引人注目的变化,其中之一就是出现了众多的社会组织,即非政府、非营利性质的社团组织。据统计,截至 2004 年 6 月底,在各级民政部门登记注册的社团组织已达 134443 个,另有民办非企业 121343 个。这与 70 年代只有近百个全国性社团和 6000 个地方性社团相比,几乎是一个爆炸性的增长。

人是社会化的动物,尤其是现代人,无论是生理上还是智力上,都很难以个人的形式来满足需要,只能以群体的形式来增强满足人们多种多样需要的能力和可能。因此,在社会分工的基础上,把追求特定目标的人群,按一定的

社会规范联合起来的社会群体不断涌现。几百年来，这类社会组织的范围不断扩大，数量不断增多，组织形式由初级走向高级。现在世界上，社会组织发达的国家按人口平均每一百人就有一个社会组织。拥有社会组织的多寡早已成为衡量一个国家社会化程度的重要标志；参与社会组织的多寡也已成为衡量一个人的社会地位的一个尺度。从一定意义上说，社会主义就是发挥社团作用的主义；社会主义制度就是从制度上发挥社团作用的制度。由社团来管理社会的社会才是社会主义社会。中国的社团纵向比，突飞猛进；横向比，发育得还很不够。千人拥有社团的数量只是法国的1/90。我们应该在努力建立经济、社会协调发展的机制的同时，积极开展科学的社会管理。

社会组织不同于政府，不具备政府的职能，可是，它能起到政府起不到、政府也不应当起的作用。政府不可能是万能的，市场也不可能是全能的。在政府与市场之外，必须有个“第三种力量”，这就是非政府组织。因此，国外有专家又把社会组织称作“第三部门”。

宋　宏：学术界早已提出，在宏观与微观之间，在政府与企业或个人之间，必然地存在着一个“中观层次”，存在着一类“中观组织”。这类组织所承担的，正应该是政府不该做而企业或个人不能做的事，它们是社会化的“中介机构”。

邓伟志：我们一直说转移政府职能，试问转移到哪里去呢？最佳的去处就是社会组织，由社会组织来承担过去“无限政府”所不应承担的职能，从而把“直接政府”变成“间接政府”。我们不要小看“间接”二字。间接了，有利于发挥广大社会成员的积极性和创造性；间接了，有助于政府集中精力抓好自己的本职工作。“间接”换来了“两全其美”。我们一直说“小政府，大社会”，“大社会”就是社会组织要发育得大起来，“大社会”大不了，“小政府”便小不了。为什么过去政府越简越繁，难以“瘦身”？还不是因为社会组织不发达吗？政府的肩上有千斤重担，社会组织也能挑起八百斤。社会组织挑起了八百斤，政府就可以做到“人少办大事”了。

社会组织的功能是很大的。社会组织具有服务的功能，为成员办实事。社会组织是自治的，它所固有的自生自灭的特性，促使它必然以服务为天职。社会组织具有协调的功能，既有协调社会组织内部成员之间利益的功能，也具有协调国家与企业、政府与社会之间关系的功能。因此,它是政府与人民群众之间的桥梁和纽带。社会组织具有监督的功能。它的监督最具客观性,最富人情味,是人性化的监督。社会组织具有公证的功能。它既要对上负责又要对下负责,这种"兼顾两头"的性质,决定了它必须公正,而公正最起码的表象之一是公证。社会组织还具有智囊团、思想库的功能。近年政府出台的大思路就有不少来自于民间组织,这是民主化进程在加快的表现。从社会稳定的角度看,社会组织具有了安全阀的作用。社会冲突各国都有,在社会冲突起于青萍之末时,最先觉察社会冲突的是扎根于人民群众之中的社会组织。早觉察,发预警,就可以避免把局部矛盾酿成全局性冲突,避免把只要有心解决就能够妥善处理的矛盾演化成不可调和的矛盾。在社会冲突发生以后,社会组织又可以起到化解矛盾的润滑剂、稀释剂的重要作用,为"化干戈为玉帛"作出贡献。

市场、政府和社会组织三者之间是互补、互动的关系,是优势互补、良性互动的关系。从治理国家的角度来讲,政府是主导;从管理社会的角度来讲,社会组织是主力。当前,社会组织应当努力克服依赖性,增强自主意识;政府应当大力扶持社会组织,伸出双手欢迎社会组织的参与。让学界,不论是母学科还是子学科,都有学会;让所有的商界,外商也好,台商也好,都有商会、行会。不论是政治领导型的,还是业务管理型的社会组织;不论是利益代表型的,还是公益服务型的社会组织;不论是文体联谊型的,还是学术交流型的社会组织,都是社会和谐发展的血脉。

四、制度创新是和谐社会的必要条件

宋　宏:我们知道,一个秩序的建立,一种均衡的形成,都是以一定的制度环境和制度安排为基础或为必要条件的。构建和谐社会应该也不例外。

邓伟志:完全正确。所以,用制度创新构建和谐社会,正是一个非常重要的着力点。不论是从现实上看,还是从理论上来讲,要消除不和谐,关键还是要从制度入手。从制度入手,才是科学执政,才是民主执政,才是依法执政。

我这里讲的制度,既包括正式制度,也包括非正式制度,在帕森斯的语境中被称为规范和价值。正式制度是人们有意识建立起来的并以正式方式加以确定的各种制度安排，如各种成文的法律、法规、政策、规章、契约等。正式制度的约束通常称之为法治。非正式制度是指人们在长期的社会生活中逐步形成的习惯习俗、伦理道德、文化传统、价值观念、意识形态等对人们行为产生非正式约束的规则。与法治相对应，在学术的语境中，我们称之为德治。诺贝尔经济学奖获得者、制度经济学代表人物道格拉斯·C·诺斯认为，在人类行为的约束体系中，非正式制度具有十分重要的地位，即使在最发达的经济体系中，正式规则也只是决定行为选择的总体约束中的一小部分。

"法治"在中国已不再是一个沉重的话题，但要真正做到"依法治国，建设法治国家"，还得从以下两个方面努力：首先，要继续推进市场经济体系的建设与完善。通过市场经济制度的根本确立，为国人营造自由、公平、公正的竞争环境，真正剥离附着在每个交易主体身上的神秘外衣，使市场规律、法律充当交易竞争的裁判员。要逐步完成从政府主导型经济向市场主导型经济的转变，收缩政府权力的覆盖范围，为社会力量的发育、成长提供有利的空间和丰富的养分，从而在政府与个人之间建立联系和沟通的桥梁，缓和两者的紧张状态，同时也为个人营造阻挡强权侵扰的屏障。其次，要坚定不移地推进政治体制改革，建立健全我国的民主政治制度，改善党的领导，坚持政党行为合法性原则。我在许多场合都讲，必须将执政党的性质、地位、职能、领导方式及其与政府、立法、司法、社会民间及公民个人的关系、相关的法律责任以法律文件的形式加以明确化、制度化，使得对执政党的约束与监督落在实处，具有可操作性。还须要严格界定党的政策、决定与法律的界限，使其服从法律的规制，防止其超越法律的规定形成隐性立法。同时应注重我国的政权建设，在减少政府职能的基础上，注意各级、各类权力机关之间的有效制约与平衡。

宋　宏：这也就意味着，中国政治体制改革创新，执政党的改革当是题中应有之义，不能仅仅理解为只是政府的改革。

邓伟志：当然如此。

五、政府管理的重心应当转向社会管理

宋　宏:谈到这里,您已经讲了四个方面的着力点。

邓伟志:对。我再说第五个着力点,即政府管理的重心应当转向社会管理。现代化事业是三分建设、七分管理,管理相当重要。政府的职能不论有多少,社会管理和公共服务的职能都应当是最主要的。

首先,要发展社会管理的硬件,提高社会事业投资的比例。随着经济的发展,不仅要不断提高社会事业投资的绝对数,而且要提高社会事业投资的相对数。社会事业投资要与GDP同步增长。鉴于有些社会事业过去投资较少,在一定时间内应当以更大幅度增加。在不发达的西部地区,对科教文卫体等的投资要确保占总投资的30%以上,这是国际惯例;东部沿海地区要达到50%以上,这是许多实现经济和社会协调的国家的通常比例。要迅速把那些建立在牺牲社会事业基础上的、破坏社会和谐的经济超常的高速降下来,用于发展社会事业。在人均GDP从1000美元向3000美元过渡的时期,不一定是社会矛盾的高发期。这已为许多国家和国内许多地区的协调发展所证实。经济发展速度同社会矛盾的高发期没有必然联系,但社会矛盾的高发期同超常的高速有联系。社会矛盾的高发期是忽视社会发展的片面发展观的产物。坚持科学发展观就能实现经济与社会的协调发展。

其次,要制定尽可能完整的社会指标体系、人文指标体系。指标是考评的依据,是办事的分寸。指标体系不完整必然会乱提口号,瞎订目标,如动不动就吹什么"世界一流"等。我们在工作中不仅要关注经济指标,而且要关注社会指标、人文指标、资源指标和环境指标。这些指标,一要切合中国实际,二要与国际接轨。人文指标是在崇高的人文精神指导下,在丰富的人文知识和广泛实践的基础上,经过反复讨论后制定出来的。现在一说指标,有人就拿出当年"评工记分"那一套本事来,这是把指标庸俗化。

第三,要把繁荣文化提到应有的高度。文化繁荣是发展的最高目标,这已是全世界的共识。有的国家提出:"文化变成了城市发展战略的轴心,经济、

社会、技术和教育的战略都将越来越维系于这个文化轴心。”西班牙巴塞罗那更是响亮地提出：“城市即文化，文化即城市。”很多有名的城市、很多有名的国家不是因为经济而出名，而是因为文化而出名。文化的辐射力大于经济的。世界上的许多儿童可能不知道安徒生的出生地菲英岛，甚至还可能不知道安徒生出生的国家是丹麦，可是不大会不知道安徒生的童话。“言必称希腊”，不说是希腊的钢煤粮棉如何如何，而是说“言必称希腊”的亚里士多德、柏拉图、苏格拉底这些大思想家。恩格斯说，理论思维是铁的花朵。这花朵不是昙花一现，不是易燃的绢花，一把火就烧掉了。现在有些人是物质上的大富翁，可在文化上穷得很。我们要强化文化认同，促进社会和谐。现代经济中的文化含量在提高，现代经济的运行常常要走文化快车道，现代文化的经济功能在增强。这既是现代经济的特征，也是现代文化的特点。

宋　宏：精彩！精辟！说得太好了！您就如何构建和谐社会提出了五个方面的着力点，这对于和谐社会的理论研究和实践操作都很有启迪意义。

邓伟志：我还想说一句：和谐有多种，有高度和谐，有低度和谐。我们要的是在发展中的高度和谐。在追求的目标上，我们不能低标准。但是，在实际操作中，这不是能一蹴而就的，需要付出长期艰苦卓绝的努力。对这一点一定要有清醒的认识，你说对不对？

宋　宏：完全同意您的这一观点。邓老师，我们这次不妨就谈到这里，谢谢您！

谢寿光，又名谢曙光。1956年10月生于福建武平万安下镇村。现任中国社会科学院社会科学文献出版社社长兼总编辑，编审，中国社会学会秘书长，吉林大学、北方交通大学、首都信息科技大学、北京印刷学院等高校兼职教授，1993年起享受国务院特殊津贴，1996年获全国优秀中青年编辑称号。

社会保障理想模式：国家、市场、公民社会三方互动

——社会学家谢寿光教授访谈录

社会保障问题在当下备受公众关注，各地正在实施的“民生工程”即有相当多的项目属于社会保障范畴。然而，从体制机制上构建我国社会保障的体系，则仍然是学术界研究正“热”的问题。不久前，著名社会学家、中国社会学学会秘书长谢寿光教授来皖出席安徽省社会保障研究会年会，并作了专题讲演。笔者在会后就构建我国社会保障体系问题专访了谢寿光教授。

一、社会保障不能零打碎敲而应构建体系

宋　宏:谢寿光教授,很荣幸认识您,感谢您接受我的访问。我听过您以前来安徽作的报告。

谢寿光:是吗?其实,我们也算是大同行,我在中国社会科学文献出版社工作,同属编辑职业呢!我们不是专职作学术研究的,但有兴趣作点研究。

宋　宏:我也是学着这样做的。刚才听了您报告,我也在思考。我注意到,近一时期,社会保障体系研究日益受到学术界和决策层的广泛重视。人们已经不满足于一个个单项的保障措施,而更加注重社会保障的系统性完善和体系或者说模式的建构。我想请您来谈谈这个问题,好吗?

谢寿光:好的。现在无论是个人还是政府,都十分关注社会保障问题,政府还以实际行动加大了对社会保障工作的调控与指导,促进了社会保障事业的进一步发展。社会保障研究不仅具有综合性,与经济、法学、社会学这三大学科领域紧密相连,而且具有应用性特征,对现实有很强的指导意义。你提出的问题非常重大,我个人的思考和感受是:我国社会保障的理想模式应该是国家、市场、公民社会三方互动的体系,而"公民社会"在我国是整个社会保障体系的一个关键点。

宋　宏:建构社会保障体系确实是一个重大问题。那么,我们不妨从基本范畴的廓清开始。比如,什么是社会保障?谁是实施社会保障的主体?

谢寿光:从人们的理解和阐述来看,社会保障包括社会保险、社会救助等等,在西方国家称之为"社会福利"。它是指国家或社会通过各种公共手段,为社会成员提供保护,以帮助其应付因灾害、生育、工伤、失业、年老、伤残而导致的丧失收入或所引起的经济和社会的灾难。其基本功能是通过储蓄和再分配机制,保障公民的基本生活,以维持社会的公平、稳定,促进经济发展和增进公共福利。这一对社会保障的定义,不同于过去我们长期以来对社会保障功利性的理解。传统上,人们习惯于从社会公平、弱势群体、经济发展、社会稳定等宏观的、总体的角度来考察和研究社会保障问题。但从本义上

来说,社会保障应是整个社会所有成员的一种基本权益,是每个人的一种基本人权。而社会公平是其应有之义,是从社会保障作为每个人基本人权的角度倒推出来的。基于此,社会保障的行为就不应该被理解成为政府对社会成员的一种恩赐,而应是政府的一项基本职责。

从国家角度来看,社会保障有两个特点:一是实施社会保障的主体是国家或社会。社会保障具有共济的性质,应是政府或社会的基本职能,是通过公共手段、公共筹资和公共供给进行的,不是靠私人的募集,不是私人的市场行为。二是社会保障的对象不仅仅包括一些弱势群体、特殊人群。过去,从狭义上理解的社会保障只保障处于失业、伤残等困难状态的人群。但从发达国家的做法来看,除了用商业模式大量做社会保险外,社会保障也针对更广泛的社会成员自然发生、特定情形的内容,如老年、儿童、疾病、生育、死亡等等,基本上每个社会成员都被涵盖在内。

宋　宏:您把社会保障定义为所有社会成员的基本人权,我以为非常有意义,是切入到本质层面的诠释。这就意味着,社会保障是全体社会成员的权益而不是部分人的权益,是全体社会成员的需要而不是个别人群的需要。因此,作为社会分配和再分配,社会保障必须覆盖全体社会成员。当然,社会保障的水平还要根据财政经济的支撑能力来确定,但"范围"与"水平"不能混为一谈,不能以"水平"不够为理由而不保障全体社会成员的基本权益。

谢寿光:是的。要理解这一点,我们再来看看中国的社会保障的历史演变。在中国,传统观念里是国家承担主要责任,国家通过家庭在几千年的传统社会里形成了社会保障的责任,尽管这个保障是有很多问题的,很多方面是缺失的,我们也不能去否认它,几千年它就是这样延续下来的。这是第一个阶段,其特征是家庭保障。

第二个阶段始于中华人民共和国成立。中华人民共和国成立之时,国家通过单位来实现社会保障功能,在农村,生产队、大队、人民公社制度下也是以单位来体现的。这时,无论是市场还是社会都基本是缺失的、单一的。与此相应的问题首先是城乡之间巨大的差距,尤其是城乡二元分割的体制,靠户籍制度强化了二元结构,城市的发展成果农村享受不到,这是一个巨大的差距和不平等。在城市,国家机关、企业和其他社会组织又不一样,它们占有了强势、优势地位,从摇篮到坟墓无所不包。在国家机关,垄断部门又占据强势、优势地位;在企业,国企和集体企业又形成巨大差距。但是,单位之间差距虽然很大,而在单位内部,社会保障却很均等化,是绝对的平均主义,效率极为低下。

改革开放以后,我国社会保障以单位制为主体的现状开始得到逐步改变。这些年来,国家在社会保障改革方面付出的成本和代价是巨大的。城乡二元格局没有得到有效的突破,在城市里国企受市场的冲击,职工社会保障整个都交给了市场。1994年税制改革以后,为了重新调节分配和各种财政转移支付,分税制把大量财权集中到中央,但大量的事权下放,财权与事权不对称,带来的负面影响、社会矛盾开始聚集。1998年以来更激烈的国企下岗分流,引发的社会矛盾非常多。更为严重的是,广大农村9亿多农民的社会保障缺失,即使在人民公社时期,农村社会保障也是缺失的,取消人民公社制度后,农村社会保障基本退回到传统社会的家庭保障状态。这样,建构市场经济条件下的社会保障体系问题就凸显出来了。

二、中国社会保障体系发育的现状与问题

宋　宏:近些年来,国家越来越注重民生问题,在社会保障方面也有诸多政策、措施出台。请您对我国社会保障的发育现状作个基本评估,并分析一下还存在哪些缺陷。

谢寿光:那我就说说个人的观察和看法吧。党的十六大提出了科学发展观、"以人为本"、关注民生,特别是随后党中央提出构建和谐社会的战略构想,促使社会保障制度改革取得了很大的成就,改革的基本模式、思路比较明确,如城乡最低生活保障、农村合作医疗、农村低保等。社会保障的五大保障制度基本明确。一是国企下岗职工基本生活保障制度从1998年开始,经过这几年努力已经基本确立。二是失业保险制度从资金交纳分配及条件和实施条件都作了具体说明。1994年以来参加失业保险的职工人数不断增加,从1994年的7968万人增加到2005年的10648万人,年均增长244万人。全年发放失

业保险金人数不断增加,领取人数呈现出波动状态。三是最低生活保障制度已经逐渐从城市向农村推进。现时主要问题是农村最低生活保障的覆盖面低。城市的最低生活保障已经健全了,实现了应保尽保、动态管理。到2006年,全国共有2240.9万人、1028万户城市居民享受了城市最低生活保障,比上年增加了6.7万人,平均保障的标准是每人每月169.6元,全国全年总共发放220.1亿元。四是城镇职工基本医疗保险模式基本确立。此试点从1986年始,1996年颁布此决定,2007年国务院正式颁布了建立企业职工养老保险制度,1998年由省级统筹和行业统筹移交地方管理。这一制度也是逐渐完善和成熟起来的。现在最大的问题在于它不是全国统一的,失业保险金、养老基金不能在更大范围内通行。五是城镇职工基本医疗保险制度经过二十多年的探索、改革也已经基本确立起来,农村的合作医疗通过这几年的努力已经确立。城镇的基本医疗保险有如下几个特点:一个是包容性,适用于所有的用人单位,这与市场经济和多元化的经济主体是相适应的;二是基本医疗保险制度,政府从企业职工利益出发采取强制性的措施,涵盖范围内的职工和个人都必须投保;三是社会性,新的医疗体制将着眼于社会化管理和服务,在社会范围里保障职工得到必要的医疗服务,医疗机构的利益也要同时得到保护,这个基本思路已经都确立了;四是筹资性,明确了费用由单位和个人共同负担的原则,对统筹基金和个人账户的支付范围、统筹基金的支付标准、最高支付限额都作出了严格的规定,单位控制在6%,职工控制在2%;五是配套性,同时也将进行医疗机构的改革。我们预测在3~5年内能基本形成基本医疗保险、企业补充医疗保险、商业医疗保险等多层次的医疗保障体系。由上可见,我国的社会保障改革正在推进之中。

这些基本确立起来以后,是不是说中国的社会保障制度现在就没有问题了呢?目前突出的矛盾和问题依然存在,且关注点越来越高。2001~2005年的问卷追踪调查显示,关注点最高的是下岗就业问题;而在2006年底的调查就显示社会保障已成为城市居民关注的首要问题。这个问题从现象的层面看,可以列出这么几项:一是中国的经济和社会发展水平还比较低,城乡差别以及地区差别比较大,在短时间内完成两项任务是非常艰巨的。二是社会保障遗留的历史问题很多,从旧制度向新制度转变的改革成本极高,旧的社保制度主要涵盖了城镇国有、集体企业的职工。现在新增了一块,就是“啮老族”,这在全国是个很大的一批,据我们测算是2000多万人,而且每年都是以百万计的数字在增加,这批人生长在城市从来就没就过业,这个问题再不引起重视将是个很大的失误,最重要的解决途径还是一个,即扩大就业面。三是不同行业、不同企业收入与离退休的差别进一步拉大。据保守估计,机关事业单位是企业的一倍多,事业单位和企业的保险待遇差距也进一步加大,垄断部门和一般部门差距进一步加大,引发了很多矛盾。目前,5000多万退休人员中不到法定退休年龄的有1000多万人,每年新增的养老保险支出上千亿元,这都是现行制度不得不支付的转轨成本。四是社会保险资金管理运行的风险依然存在。目前,其投资渠道不畅,如何使社会保险基金保值增值和安全运行,还有许多工作要做。五是由于城乡差别,我国的社会保障制度安排将在很长一段时间内存在着地区之间的不统一、城乡之间难以衔接的问题。这不仅导致城乡差别难以缩小,而且也使劳动力难以合理流动。六是急剧上涨的医疗费用和不完善的医疗保障体系成为中国百姓近年来最关心的问题之一。尽管城镇职工医疗保险的覆盖面不断扩大、新型的合作医疗在农村的迅速扩展,但是,很多人仍然没有被医疗保障制度所覆盖。同时,目前飞速增长的医疗保障补偿水平也无法抵消迅速增长的医疗费用。

三、国家、市场、公民社会三方互动是理想模式

宋　宏:您指出的这些问题,也正说明了构建我国社会保障体系的现实迫切性。当下学术界对此研究正“热”,也提出了不少解决问题的方案。在您看来,构建社会保障体系应当持怎样的思路呢?

谢寿光:我个人观点就是国家、市场、公民社会的三方互动。我认为,这是一个理想模式。

长期以来,国家承担着社保的主要职能,在很长时间里是全部职能,无所不包,采用的是行政手段。市场化改革以后,国家把社会保障的很多方面交给社会、交给市场,责任开始缺位,从国家管得太多、管得太死、负担过重到责

任缺失、规范空白。因此,国家、市场、社会如何来对位,如何各司其责,形成良性互动,就成为解决我国社会保障的一个重要的节点。

发展经济的目的是全体社会成员都能享受到它的成果,这是国家的基本职责。国家要让社会成员享受经济发展成果,增进全体人民的福祉;而建立完备的社会保障制度就是国家的必尽职责。我们说社会保障是国家的责任,不是要求它包揽全部的社会保障事务。按照管理学的理论,但凡由政府运作的事务其成本都是高的,效率是低的,引发腐败的可能性是巨大的。因此,国家在实现其社会保障的职责时,也需要坚持市场运作的方向。美国的社保模式实际上主要的是市场运作的模式;北欧国家的社保制度,虽然从摇篮到坟墓都进行了保障,但实际上也是按照市场化运作的。政府往往是购买服务,制定法规。从国际经验考察,社会保障坚持市场运作的方向应当是没有错的。

宋　宏:您一开始就提到了一个概念,即"公民社会",并指出这是构建我国社会保障体系的关键点。国家的社会保障职能、市场机制在社会保障中的作用以及公民社会的相应职责与功能,这样才能构成您所说的"三方互动"或者称之为"三位一体"的社会保障体系。

谢寿光:是这样的。这些年的改革基本都是在国家和市场这两个方面,还缺乏一个方面——社会。社会全方位的参与是建立理想的社会保障模式的重要的节点或环节。所谓"公民社会"就是我们所说的第三部门。社会成员是通过组织、经过某种方式组织起来的。以前传统社会中家庭是我们社会的基本单元,计划经济时期是单位,转型期就需要各种各样的民间组织,或 NGO 或 NPO,即非政府组织、非赢利组织,它们都属于第三部门。各种行业协会、社区组织、公民的维权组织、利益团体、联盟等都是公民社会的组成部门,是它的基本层面,如美国的 NGO、北欧的社区服务组织。我国也有类似的组织,叫做民办非企业。它们的特点是自愿的、自发的。公民社会是伴随市场经济发展的必然产物,阻碍其产生是不可能的。例如,各种行业协会已经在我们的社会中发挥了巨大的作用。这些公民社会的组织参与到整个社会保障体系中去,从而才能形成一个政府主导、市场运作、社会参与的理想状态。

以此为标准来看我们今天的运作模式就会发现,今天的医疗制度并非完全没有问题。因为医疗机构、医生在面对患者的时候是强势的一方,拥有最基本的关于疾病的信息、关于治疗疾病的各种手段，按照人的本性说，拥有优势信息的一方对弱势患者的一方有诱导作用，所以再多的医疗费用患者也是得支付的。如何解决呢？我们要靠医保机构，要有第三方的介入。但是，现在我国的医保机构是带有准政府性质的，还缺乏一个第三部门组织的有效的监督。就每个个人来说，有必要把自己的这一部分权力让渡给这些第三方面机构，由它们作为一个机构来代表一个个的患者与医院、医疗机构进行强势的谈判。只有在这种情况下，我们才能保证我们在整个资金的使用以及信息的对称上是合理的。要实现这种合理化，我们的政府的当务之急是什么？政府应当在政策层面制定制度，特别是建立社会保障法，推进立法的形成。国家层级的社会保障法看来很长时间还无法出台，但省级可以先制定一个社会保障的基本法例来统摄与建构社会保障体系相关的各方面关系和事务。所以，从国家的角度来看，就是加强立法工作。

第二就是要加大投入，重设再分配运作机制。社会保障体系中将会有许多基金，基金的保值增值则要通过信托理财来实现，不是政府来运作这些信托基金，而是要通过委托服务，通过企业、市场和第三方，即公民社会来进行运作和监督实施。从公民社会的角度来说，要进一步发展各种各样的民间组织，制定出诸如社会监督法等一系列的制度规则。就非政府组织、非赢利组织来说，它们运作社保基金不是像普通企业那样追逐利润，而是讲求社会责任。因此，国家应该在税收制度上更多地激励和动员它们。我国目前能减免税收的基金会只有六家，其他的运作起来都非常困难。这就难以促进公民社会组织的发展。这里给我们留下的思考空间非常多，值得探索的工作也有许多。

宋　宏：关于公民社会及其组织的问题，我也看过一些资料，记得国内有一位社会学家指出，现代公民社会发育成熟的标志之一，就是“第三部门”组织高度而健康的发展。从理论上说，在公共部门如政府和私人部门、私人企业之间，需要有一个“中介性”或“中间性”的部门，承担公共部门不能做而私人部门不愿做的大量的社会服务与社会管理工作。我认为，您提出社会保障体系中的“公民社会组织”作为“三位一体”的一个环节，便是从这一理论出发的吧？

谢寿光：不仅仅是理论，而且是从实践出发的。选择一种理想的社会保障模式对于建立完备的社会保障制度，对于构建和谐社会的作用是不言而喻的。作为社会保障的研究人员，我们所能做的一方面是给政府提供好的建议；另一方面就是我们如何在发展公民社会方面提出更多积极的意见和建议，如倡导一些有利于推进各种民间组织发展的好的建议。市场经济条件下，人民对各种各样的社会组织是有利益需求的。政府如果限制社会组织的发展，不给社会组织合法的身份，就会在某种程度上压抑了社会组织及其行为，损害了公众的利益。如新的社区居委会的形成，随着大量新区的建设，业主委员会纷纷建立，成为自治性的社区管理组织，也是社会组织。对这些组织如果引导的不好就成为对抗政府的力量，反之就成为我们构建和谐社会的积极力量。我们要深刻地认识组织管理的重要性。这几年，我国一直在推进社团管理登记办法的改进。在对待东欧的城市革命问题上，一些人认为，美国的基金会花费一两亿美元就把一个政府颠覆了，其实根本就没有那么一回事。虽然是有一些国际组织和非政府组织发挥了作用，但是，任何一个事件都有它深刻的社会原因和内部原因。东欧国家的自身内部原因才是其发生剧变的根本原因。我们现在对民间组织实行很严格的管理，基本是按照行政化的方向来走的，而且是以严格限制为取向，对民间组织、社团的结社权、自治权不够尊重，规定民间组织、社团必须挂靠行政机构，接受行政机构的领导，导致这些民间组织、社会又像当年的国有企业那样成为政府的附属物。社会事务的治理还是集中于政府，政府变成了“无限政府”，而公民则不能真正成为社会治理的主体。这种现状确实不利于我们公民社会的建设，不利于社会的健康成长。

这些年有两个地方的公民社会的发展是很值得我们去学习和探讨的，那就是深圳和温州，都属于市场经济最发达的地区。如深圳的各种各样的团体，据我所掌握的资料已达一万多个，按现行规定，这一万多个协会都必须有个挂靠单位，这么大数量的协会怎么去找挂靠单位呢？深圳市成立一个民间组织署，所有的协会都到民间组织署去挂靠。这个方法应当说推进了民间组织的发展，且不说社会保障，对于提高整个和谐社会的建设都产生了积极的作用。我们曾经作过关于城市竞争力的评价，深圳政府的效率并不因为它是特区而很高，城市竞争力这一项指标排位，深圳政府的效率排到了十几位以后。召开发布会的时候，经济研究中心的主任就这项指标提出怀疑。后来，我们再次讨论,我们的硬性指标没有什么可说的。他就提出一个问题,我们的市场经济发育程度那么高,这个和结果是不相称的。最后,我们分析得出的一个结论就是,由于深圳政府公务员收入很高,所以,很多事情到公务员那里互相推诿、推托不办,这是很常见的事情。在我们中部地区,如果政府的效率不高,那么,经济可能就办不下去了。但是,深圳可以情况不同。政府不办,我就去找行业协会,行业协会非常发达,其他社会组织非常发达,从而使经济运作仍然有着很高的效率。我们可以得出一个结论就是,市场经济对于政府来说可以说是有限责任、无限作用。政府的功能太强大,相应就显示出社会的功能太弱小。正是因为深圳、温州各种民间组织的活跃程度、成熟程度高,所以,整个经济运作的效率就高。

宋　宏:您对公民社会的阐述非常有意义。在现代文明的国度,不能一见非政府组织就胆战心惊、竭力限制,这样实际上会阻断公民参与社会事务治理的渠道,抑制公民建设现代文明国家的主体性、积极性和创造性。还可以认为,现代法治社会是建立在公民社会的基础之上的,公民社会与法治社会相辅相成,这应该说是我国建设现代化国家的统一目标。

谢寿光:你的看法也很有道理。最后,我想强调,在国家、市场、第三部门三方互动方面,现时最薄弱的一环就是公民社会这一个环节。加强公民社会的建设,培植公民社会的成熟,发展各种各样的民间组织,应当说是完善社会保障体制、最终实现构建和谐社会目标绕不过去的环节。公民社会组织不可以由市场和政府来替代,它的地位、功能是替代不了的。建立社会保障制度体系中国家、市场、公民社会三方互动的理想模式问题是一个大课题,还需要大家来讨论。

宋　宏:您的观点很有指向性。从学术研究上说,研究任何问题、解决任何问题,都需要有一个参照系。这个参照系就是理想模式或目标模式。只有这样,我们才能知道我们当下离理想模式还有多远,还需要做什么才能达到目标,否则一切努力都可能是盲目的。听您所言,我体会到,研究理想模式可为建构较为完善的、适应全面小康社会以及和谐社会的社会保障体系提供一种目标、一种参照,由此才可以设计实践路径与举措。再次谢谢您接受我的访问。

龚维斌，社会学博士，现任国家行政学院政治学教研部教授；兼任山西省人民政府特聘专家和亚洲开发银行专家。全国县委书记、县长“建设社会主义新农村”培训班专题主讲教师。为省部级、厅局级等领导干部授课，并受到好评。2005 年被评为 2000~2005 年度中央国家机关优秀党员。参与过多项国家重点和重大社会科学课题研究，主持完成省部级课题 2 项，出版著作多部，发表学术论文 40 多篇。

完善社会保障与和谐社会建设

——政治学家龚维斌教授访谈录

纵观世界上社会和谐程度高的国家，无一不是社会保障发达完善的国家。很明显，社会保障与社会和谐之间存在着直接的正相关关系。因此，当我国提出构建和谐社会目标时，人们的目光自然地投向了社会保障问题。2005 年 10 月下旬，知名学者、国家行政学院政治学教研部教授龚维斌先生来皖出席一个学术会议。期间，笔者专访了龚教授。

一、近二十年来中国社会发展的阶段性变化

宋　宏：很荣幸今天能专访您。我们知道，理论和经验都表明，社会和谐与社会保障之间有着直接的正相关关系，那么我国把建设和谐社会作为发展目标，这对当前我国的社会保障就必然提出了新的要求和标准。我们的访谈是否就以这个主题来展开？

龚维斌：好的。构建和谐社会目标的提出，无疑具有重大的现实意义。和谐社会是人类社会不断追求的理想，也是中国共产党人为之不懈奋斗的目标。胡锦涛同志对社会主义和谐社会作了这样的概括："民主法制、公平正义、诚信友爱、充满活力、安定有序、人与自然和谐相处。"前面五句话讲的是人与人、人与社会、人与阶层、阶层与阶层、群体与群体的关系，最后一句讲的是人与自然的关系。我认为，和谐社会主要还是社会关系，让每一个人都能够快乐的工作和生活是构建和谐社会的最高标准，而这显然要以经济和社会协调发展和全体国民共享经济增长成果为前提条件，要达到这个目标，还必须有民主法制和诚信友爱。实现协调发展和共享成果，正是完善的社会保障制度所应有的重要意义和作用。所以说，完善社会保障制度是建设和谐社会的题中应有之义。

宋　宏：有人这样说，提出构建和谐社会绝不会是"空穴来风"，实际上表明社会当前不和谐，并成为一大突出矛盾。以您之见，我们当前建设和谐社会面临着什么样的形势与问题？

龚维斌：改革开放二十多年来，我国经济和社会的发展取得了极大成就，综合国力显著提升，人民生活水平整体上有了极大的改善，社会各项事业稳步向前推进。但是，在整体形势趋好的情况下，也出现了一些值得注意的新情况和新问题。作为研究者，我们尤其需要注意这二十多年社会发展中出现的阶段性变化。我将这些变化的特点概括为以几个方面：

第一，资源配置从扩散向重新聚集的转变。改革开放前，在计划经济体制下，社会资源和财富是掌握在国家（政府）的手中，国家和政府按社会成员所

处的位置进行再分配。西方学者称之为“再分配经济”。这种经济体制的特点是生产力低下、劳动者劳动积极性丧失、普通老百姓拥有的财富和资源很少。1978年至80年代初，安徽率先进行农业生产关系的调整，农村改革迅速发展，解决了长期困扰中国的温饱难题、财富和资源开始向农民手中扩散。农村改革成功后，农村改革经验被引入城市。80年代初，城市和国有、集体企业进行了放权让利式的改革，拨改贷、利改税，在经营方式上采用厂长经营、承包、租赁、资产经营责任等形式，在分配方式上进行工资加奖金的分配改革，整个工人群体利益有了很大改观。个体私营经济也有了起步和发展。出现了繁荣发展的景象，生产力得到了极大的发展，改革带来了社会财富的迅速增加，并向社会基层扩散，使得普通社会成员的生活质量得到较大改善，财富和资源呈现出扩散的趋势。90年代中期以后，财富和资源又重新向少部分地区和少部分人手里集中，表现为地区之间、城乡之间、不同阶层之间、不同群体之间收入差距和发展差距扩大。1996~1997年，国有企业改革进入攻坚阶段，5000万国有企业职工下岗，尽管经过各级政府的努力，大部分又重新上岗，但相当一部分职工利益受到了损害。1997年以后，农村发展进入徘徊期，缓慢增长甚至是处于停滞阶段，农民人均增收远远低于城市居民，相当一部分基层群体成为改革成本的承担者。这种差距拉大的原因，是由我国自1993年实行的社会主义市场经济体制尚不完善造成的。

第二，阶层结构从单一化向多元化的转变。改革开放以前，我国社会阶级、阶层结构比较单一，主要是两个阶级即工人阶级和农民阶级、一个阶层即知识分子群体，表明人们的社会分化很小，同质性较强，工作方式和生活方式差距不大。今天，我国社会阶级、阶层结构有了很大变化，出现了新的社会阶层，社会阶层结构呈现出多元化发展态势。阶层的本质是收入水平的高度不平等。社会的差别是客观存在的。社会的本质是生产关系的总和，由于生产—消费—交换—消费，把个体连接成一个社会，社会就像一张立体展开的大渔网，我们每个人都是其中一个社会关系，通过线连接起来，阶层表明了人们社会地位的不平等。马克思认为，“生产资料的占有方式”决定了阶级的产生，今天在我们特定的形式和环境下再通过简单的生产资料的占有方式来划分阶层已不能适应了，必须以一个人社会地位的最重要信息即职业分类为基础，进而结合组织资源、经济资源、文化资源来划分阶层。阶层结构多元化的实质是人们社会地位的变化。

第三，从生存问题向公平问题的转变。改革发展到今天的阶段，我国绝对贫困人口大幅度下降，绝大多数人的温饱问题已经得到基本解决。但是，这并不意味着人们的满意度相应增加。一部分普通群众在改革开放过程中相对社会地位有所下降，因而抱有强烈的怀旧情绪，他们对现有的收入分配秩序不太认可。2001 年，我们对全国 12 个省进行了抽样调查，经过统计发现，官员、老板和有文化的人发了财。一些人利用公共资源和公共权利谋取个人私利，体现不了公平，使贫困群众对将来的生活缺乏稳定的预期。在一部分人迅速致富的同时，农村有 2610 万、城镇有 2200 贫困人口，这个问题不容忽视。因此，当前公平问题凸显出来。

以上三个转变具有内在主体联系，第一个转变是资源配置方式的转变，是物质的转变；第二个转变带来了人们社会地位的变化，是阶层多元化；由于阶层多元化，人们的心理发生了变化。公平是一种主观感受。三者之间的动因是利益分化，利益分化是因为改革而出现的，改革的本质是利益格局的调整过程，但由于改革方式、改革内容和过程不太恰当造成了利益差距。

二、中国社会当下面临的主要问题在哪儿

宋　宏：经过如您所说的三个转变，那么，当前中国社会面临的主要问题在哪儿呢？

龚维斌：第一，收入差距扩大。收入差距是一个老问题，但分析收入差距，我认为既要看客观差距，更要看主观差距。当前测量群体之间、地区之间收入差距最重要和常用的指标是基尼系数，当基尼系数大于 0.4 表示收入差距偏大。我国 2001 年基尼系数就达到了 0.4，现在已经超过了 0.45。基尼系数不断扩大主要是由于地区收入差距和城乡差距造成的，地区差距的本质是城乡收入差距。到 2004 年底，农民人均纯收入为 2936 元，城镇居民可支配收入为 9422 元，城乡收入比为 3.21：1，就是这样还不具有可比性，因为农民收入

有许多是实物折算成现金的，还有许多是税前收入，如果考虑到城镇居民享受国家的医疗、教育、养老等其他一些福利补贴，实际这个收入比应该是 5∶1 或 6∶1，而国际合理收入在人均基尼系数领先时的比值应该是 1.7 倍。因此，中国城乡收入差距非常大，严重影响了国家经济健康、稳定和协调向前推进。现在经济领域说经济过热，实际是固定资产投资过热，消费需求并不旺盛。2001 年，占全国 70%户籍的农民的市场份额只占 38%，农村基础产品和公共设施薄弱，这是农村发展、城乡发展差距和农民收入增长缓慢造成的结果。再看主观差距，主观差距是一种社会舆论、社会心态的相互影响、相互加强、相互扩散。我们要更加重视主观差距。2001 年，我们经过调查，73.9%的人认为收入差距大了，9.6%的人认为完全应该拉大收入差距，65.7%的人认为应该，也就是 75.3%的人认为应该拉大收入差距，造成的原因是一些人对合理致富存有疑义。看收入差距的合理性既要看收入差距量（幅度）的合理性，更要看收入差距质（产生方式）的合理性。

对收入差距，经济学界有些人以国际上几十个发达国家的发展现象为依据，认为收入差距是随着人均 GDP 增长而扩大的，但发达国家的经验表明，人均 GDP 达到一定均衡点位以后，将出现一个拐点，我们现在处于一个发展阶段，到一定程度就会下降。我认为，这实际上是一种误解，这个解释没有看到发达国家为什么会出现拐点。实际上，拐点并不是市场的自然作用的结果，而是因为我们对市场的配套监管、调控机制完善的结果。这就意味着政府和社会要完善社会保障的二次分配作用。收入差距呈现的扩大趋势，很大原因是我们收入分配的调控方式、我们的社会保障机制不完善，所以我们加强社会保障机制建设很有必要。

第二，就业形势严峻。从宏观上看，我国劳动力供需矛盾非常突出，劳动力无限供给与就业岗位有限需求之间的矛盾非常突出。中国什么都缺，就是不缺劳动力，去年国家公布的城镇失业率为 4.2%，但它不能真实反映出失业的真实状况，实际上远远不止这个比例。西方社会的失业率是严格按定义进行抽样调查得来的。西方经济学界一般认为，失业率控制在 4%以下为充分就业，4%～6%为自然失业率，超过了则为高失业率。根据专家推算，我国目前失业率已超过 10%，所以城镇就业形势十分严峻。农村就业状况也不容乐观，农村

4.8亿劳动力进城务工经商，加上乡镇企业的1.8亿劳动力，农村按现有的耕地、耕作能力计算，每年还要有1亿劳动力要转移，每年还要新增800万劳动力，这样就有1.1亿需要寻找出路，农村不能充分就业。现在资本和技术对劳动力的排斥，需要大力发展城市化和大力发展第三产业，这样才可以吸纳大量富余劳动力。但由于城市化和第三产业发展的严重不足，对就业的吸纳能力下降。GDP每增长1个百分点在80年代可提供240万的就业岗位，而现在只能提供70万个就业岗位，需求和供给之间矛盾非常突出。第二是失地农民问题。就全国而言，经济越发展，问题就越突出，亟需我们的社会保障配套完善。

第三，阶层关系失谐。和谐的阶层关系是和谐社会最重要的内容和特征。当前，社会矛盾不少，主要存在于干群关系、劳资关系之间。干群关系、劳资关系是强势阶层和弱势阶层的关系。干群关系总体上表现为有限合作，时有冲突。干群关系包括两个不同的类别和层次，一是中高层党政领导干部与普通群众的关系。二是基层干部与普通群众的关系。基层干部与普通群众的关系包括：农村基层乡镇干部与农民的关系；城市市政管理者与普通市民（包括农民工）的关系；国有企事业管理者与普通工人、员工的关系。这三种干群关系是直接与普通工人、农民以及其他普通社会成员打交道的干部与群众之间的关系，是最直接、最基层的干群关系，面广量大，是干群关系的主体。人们通常所说的干群关系，主要是指这三种关系，它们的性质和状况直接反映和决定着整个干群关系的水平。它是人们的感觉和认识来源于他们的生活经验，特别是与自己利益相关事件的活动体验。而对于第一种干群关系，人们的感觉和认识，有的来自对上面三种关系的直接体验，从而推断对这种层次干部的认识和评价；有的根据间接的新闻报道和相关消息，很少有直接的经验和感受。产生干群矛盾的原因是多方面的，既有体制的原因，也有政策的原因；既有历史的原因，也有现实的原因；既有领导工作方式的原因，也有群众的原因。

三、现时社会阶层矛盾的透视

宋　宏：您指出的这一点非常重要。现时社会中阶层之间、干群之间的矛盾相当引人关注,议论也颇多。但究竟应该怎样认识,请您详细谈谈。

龚维斌:从原因上分析,主要体现在以下八个方面:

第一,干部体制。一是干部选拔、任用、考核、晋升体制中仍然存在着相当程度的领导说了算的现象。一些干部在工作中没有能够很好地处理对上负责与对下负责的关系,甚至只对上负责、不对下负责,没有把群众的需要和群众的冷暖真正放在心上,"只管领导高兴不高兴,不管群众满意不满意"。二是干部在一地任职期限过短,相当一部分干部没有完成任期就被调动工作,在一定程度上助长了他们的短期行为,没有长远规划和打算,即使有也不能实现,工作难以深入。三是干部政绩考核内容和标准的不健全、不科学。在片面追求以GDP增长为主要内容的政绩考核标准下,一些干部不顾当地的实际情况,不顾群众的承受能力,没有认真考虑群众受益面和受益程度,盲目地搞大项目,大量征占农民耕地,大拆大建,搞"政绩工程"和"形象工程",引起群众的强烈不满。

第二,财税体制。1994年开始的税制改革对于加强中央财政能力、提高中央政府的宏观调控和转移支付能力起到了很大作用,但同时地方财政状况却出现了不尽如人意的情况,越往基层财政状况越困难。很多乡镇负债运转,全国乡镇平均负债大约800万元,村级负债40万元,广大中西部地区乡村负债情况更加严重。在这种向上倾斜的财政体制下,财权和事权不对称,"上面千条线下面一根针"。如果基层干部想有所作为,落实上级政策精神,他们就得自己想办法保证"吃饭和发展"。而基层干部自己想的"土办法"往往会侵占群众的合法权益,引起干群矛盾。

第三,权力制约。当前,我们一些单位和地区的领导干部,特别是主要领导干部的权力过大,而且缺乏有效的制约和监督机制。权力过大体现在各个方面,如用人上的"一把手"说了算、重大事项上的主要领导随意拍板等。权力渗透到社会的各个方面,在相当程度上存在着决策过程不科学、不民主现象;权责不对称,存在"权力无限、责任有限"的情况。一些"拍脑袋工程"、"半拉子工程"就是在这种情况下产生的。权力过大并缺乏有效的制约和监督机制还容易造成"暗箱操作",出现权钱交易、权色交易,滋生腐败。腐败大要案屡禁不止,一些腐败分子"前赴后继",一些地方干部与私营企业老板暗中勾结谋取不当利益，以权力入股，参与投资，谋求不当利益。某些国有企业领导人借改革之机自卖自买，化公为私。当前，一些地方安全生产事故和社会冲突事件频发的背后就是干部有不当利益参与其中，造成公共权力的滥用和监管缺位。而频频产生的腐败案件，特别是一些大案、要案，又在相当程度上损害了干部队伍的整体形象，降低了群众对整个干部队伍的评价。

第四，政策原因。一些基层干部反映，上级政策存在脱离当地实际的现象，甚至朝令夕改、稳定性差；有些时候政出多门、互相抵触，在一些领域各地政策差异过大，给一些地方工作带来被动。这些现象背后的原因是行政管理体制不顺和政策制定缺乏针对性，其结果是基层群众利益受损，基层干部成为群众不满的对象。

第五，分配制度。一些干部权力过大且缺乏有效制约，除了容易造成个体腐败之外，一些人还堂而皇之地利用改革之机，使自己的一些既得利益合法化，甚至借改革之名，使分配制度有利于自己的小圈子以及部门小团体，形成群体性腐败。一些地方的少数领导干部在住房、医疗、用车、子女亲属就业、出国考察、工资奖金和福利等方面分配比普通群众享有更多的好处，与群众差距较大，引起群众的不满。

第六，工作方法。改革开放以来，我国社会群体日益多元化，形成众多的利益群体。不同利益群体之间具有不同的利益追求，因此，协调各个群体之间的利益关系难度加大。而我们一些干部不善于深入实际、深入群众，倾听群众意见，不善于做深入细致的工作，老办法不灵，新办法不会，工作方法简单、粗暴。一些干部做工作时，“通不通三分钟”，“我说你听，我打你通”，高高在上，甚至利用恶势力和地痞、流氓做工作，破坏了党群、干群关系。

第七，群众意识。在社会开放和流动增加的时代，人们的流动范围扩大，获得信息的渠道增多，获得信息的能力增强，人们的理想和愿望不同于以前，致富的欲望被调动起来，人们的权利意识、民主意识增强。当他们的利益得不到保障的时候，他们会在一定程度和一定范围内寻求恰当的表达方式，以期保护和实现他们的利益。这是社会进步的一种表现，但在此过程中，也有少数群众觉悟和水平不高，脱离实际，对自己的利益期望过高，甚至要求不当利益，法制意识淡漠，只主张权利，不讲究义务。而这种情况有时又会被少数别有用心的人利用,煽动这部分群众与政府和干部对抗,以达到他们不可告人的目的。

现阶段干群关系总体上不容乐观,从信访工作来看,近年越级上访事件越来越多。群众信访上升幅度呈“倒金字塔”型。越级上访表明,群众更相信上级党政领导。贪污腐败的大案、要案只是使干部的整体形象受损,直接影响干群关系的还是在基层、与普通群众有直接利害关系的一些事件。一些地方的农民说,中央政策是好的,到下面就走样了,甚至有人调侃说:“上面政策很好,下面政策好狠。”

第八,劳资关系。主要是非公有制劳动关系、劳动就业保障、社会福利、工资等合法权益得不到保障。2004 年出现的“民工荒”就反映了劳动者的权益没有得到保护的现状,再加上新进城的农民工的要求有所提高,从而引发了劳资矛盾。

四、要有正确的社会保障理念

宋　宏:面对如此复杂的新变化和新矛盾,现有的社会保障肯定是无法适应的,当前从学者到老百姓都对现行的社会保障提出了许多质疑。您认为我国现有的社会保障建设存在哪些问题呢?

龚维斌:我国社会保障建设自上世纪 90 年代以来,进行了不断的改革探索,取得了很大的成就,但仍然存在很多问题和困境。这与没有正确的社会保障理念有密切的关系。

第一,公平理念不到位。社会保障制度的产生与发展很大程度上起于慈善,止于公平、正义。我国当前城乡的分割、不同所有制的分割和社会保障制度的覆盖面、不同就业领域的分割问题,都没有把全体国民放在同一水平上来看待。应该说,这与我国大的改革、发展思路有关。这些年我们一直强调“效率优先,兼顾公平”,它具有历史的合理性,但从长期看,需要调整。公平和效率是由不同的主体来解决的,公平是政府的责任,效率由企业和市场来决定。如果政府像企业、市场一样一味追求效率,那么,公平就必然缺失,政府也就“错位”了。党的十六大提出一次分配要注重效率，二次分配注重公平；十六届五中全会又提出更加注重社会公平。社会公平是落实科学发展观、构建和谐社会的重要理念，在社会保障中应该得到体现。

第二，制度设计有缺陷。当前，我国的立法还不完善，社会保障体系不统一、不完备，城乡分割；制度保障单一化，存在一些缺陷。比如，社会保障应该由政府、市场、社会慈善组织、个人家庭等多元化主体构成体系，但现时主体还不健全。在已有的社会保障中，重经济保障，轻服务保障；社保资金安全运营管理及保值增值也有待加强制度的监管和建设。

第三，基本保障未能满足。社会保障应保、未保现象严重。据统计，全国参加养老保险的只有1.2亿人；医疗改革基本不成功，一些早已绝迹的传染病和地方病又死灰复燃了，农村和低收入者的医疗卫生问题比较严重，亟待解决。农村有2610万绝对贫困户、全国还有570万的“五保户”，实际参加保障的只有52%。农村税费改革后，农村老龄化问题非常突出，应保的很多未保，而且保障水平也比较低，集体供养难以可持续发展的问题很突出。城镇中真正需要保障的未纳入保障范围，隐性收入和隐性就业出现了，农民和农民工以及非正规就业人员的社会保障缺位，社会保障统筹层次低、资金调剂能力弱，不能真正有效地满足大多数人的基本需求，抗风险能力较差。

五、怎么建立“新型社会保障制度与体系”

宋　宏：问题看上去的确复杂而严重，可谓到了非解决不可的程度与时刻。事实上，完善的社会保障从一定意义说是社会和谐的基石，也是社会公平最根本的体现。关于我国今后的社会保障建设和发展的问题，大家正在研究设计“新型社会保障制度与体系”，并提出了不少思路。您的观点是什么？

龚维斌：这是一个大命题了，这里我简略地谈谈。我认为，关键要把握以下这么几点：

第一，必须确立公平的价值理念。新型社会保障制度的建设与发展，应有利于保护低收入阶层的利益，改革的推进不能将广大职工对改革的热情变成对改革的憎恨。社会保障最突出的是要坚持公平与效率并重,需要提高社会保障对收入分配的调节力度,控制乃至缩小城乡居民收入差距。立足公平必须解决和完善税收治理、加强监管。只有增加政府的财源,开辟出社会保障新的筹资渠道,才能使政府有财力解决问题,履行政府社会管理和公共管理的职能,如完善个人所得税、开征遗产税、对慈善事业实行减免税等优惠、尽快扩展社会保险制度的覆盖面、建立以最低生活保障制度为核心的完整的对贫困居民的社会救助制度等。要扩大国家财政对社会保障的投入。发达国家对社会保障的投入一般占当年 GDP 的 20%以上,高的达到 40%,我国现在投入很少,只占百分之几,还应提高幅度。各级政府应加大社会保障力度,加大投入。还有与社会保障相关的公平教育问题,这是个相当突出的问题。“教育不公平就是最大的不公平”。城市集中了大量的优质教育资源,而农村教育资源严重匮乏,但录取分数却是一样的;教育的收费与农民人均收入形成了极大的反差。解决教育公平问题对国家的可持续发展具有重要的战略意义。

第二,构建适合国情的社会保障体制。我国当前面临着比发达国家建立社会保障制度更多的困难。一是人口“未富先老”,人均 GDP 刚达到 1000 美元,而老年人口占总人口的比重已经过高,进入“老年化社会”。我国的社会保障制度是在经济不太发达的情况下建立起来的,是低水平的富裕、不平均富裕、“未富先老”。发达国家的老年化是随着经济比较发达、生育资源富裕到来的;我国则是由于计划经济强制控制人口增长的结果。“未富先老”问题和矛盾太大,全国有 11%的人口达到老年化,而且这种趋势将呈继续扩大态势,到 2030 年达到高峰,养老和医疗对经济和社会的冲击比较大。据专家预测,60 岁以上老年人的医疗费用是 60 岁以下人员的 3~5 倍,产生了巨大的包袱和压力。二是计划经济体制和城乡二元社会结构造成的历史欠账较多。2003 年养老保险个人账户欠账已达到 4800 多亿。三是市场化、城市化过程中面临全球化的冲击和压力。在全球化市场中,实行社会保障,会导致人力资源成本升高,致使出口产品竞争力和收入水平降低。因此,我国社会保障制度建设和发展既要借鉴国外的经验,又要立足国情,构建一个“低保障、低水平、广覆盖、重实效、可持续”的社会保障体制。要充分发挥政府、企业、社会和个人在社会保障中的作用,挖掘和利用传统社会保障资源。

第三，促进社会保障建设的可持续发展。就当前的突出问题来看，如何做实养老保险中的“个人账户”、如何做好失地农民的“土地换社保”、如何建立和完善农村合作医疗制度与农村卫生保障体系、如何做好城市低保工作、如何突破农村“五保户”供养困境，都是亟待解决的问题。然而更重要的是，不能把它当作权宜之计和短期措施，而应该着眼于社会保障建设的可持续性。一些地方在这方面做了一些有益的探索，积累了不少经验和教训，值得认真总结。理论界在这方面的研究也要继续深化，要有创新的思路和设计。

美国学者迈克尔·谢若登教授1991年提出了以资产建设为基础的社会福利理论，主张帮助穷人进行资产积累与投资而非简单地直接增加其收入与消费，以此提高其可持续发展能力，构建社会保障政策。这一理论已经在美国以及其他许多国家和地区得到实践，并引发了有关福利政策的热烈讨论，促使社会福利政策开始转向帮助穷人积累资产而使个人、家庭以及社区得以发展的取向上来。这种理论取向与政策实践可以对解决目前世界各国社会发展的贫困问题提供新的思路与选择。这一理论也许对我们构建可持续的社会保障制度具有一定的启迪意义。

宋　宏：这也许可以用句形象的比喻来说，就是变“输血”式的单纯生活救助为“造血”式的生产扶助。西方社会福利理论中一直有“社会福利是养懒汉的”之争，谢若登教授的观点倒是一种崭新的见解。

龚维斌：是啊！我是赞同他的见解的。上面讲的只是我的个人观点。我想还应该说，对一个地方而言，建设新型的社会保障，一方面要自下而上，另一方面要自上而下，不断结合本地实际情况，积极探索当地社区和省情的社会制度和保障模式，推进和谐社会建设。地方在实践中创造的成功经验，往往会成为设计全国宏观模式的基础。

宋　宏：不知不觉中，我们已经谈了不少时间了。您谈的内容十分丰富，见解尤深，给我颇多教益。谢谢您！

赵树凯，山东莱西人。文学学士（山东大学），法学硕士（中共中央党校），法学博士（中国人民大学）。研究员。国务院发展研究中心中国发展研究基金会副秘书长。享受国务院政府特殊津贴专家。中共中央政治局第三十六次集体学习主讲人。1982年8月参加工作，曾任中央书记处农村政策研究室办公室秘书，国务院发展研究中心农村部组织研究室副主任、主任，中共中央文献编辑委员会“万里文选”编辑组编辑；挂职担任县、市领导。澳大利亚国立大学中国研究中心访问学者（1996~1997），美国杜克大学亚太研究所访问学者（2000~2001），哈佛大学费正清东亚研究中心访问学者（2001~2002）。世界银行和英国国际发展部“中国贫困农村社区发展项目”顾问（2004）。哈佛大学肯尼迪政府学院“公共管理高级培训班”结业（2003）。兼任中国农村劳动力资源开发研究会秘书长。曾获中国发展研究奖一等奖。主要研究方向为农村发展、地方治理和基层民主等。

县域改革：加强制度创新和制度化建设

——公共管理学家赵树凯研究员访谈录

自1978年开始的中国改革开放，迄今已经三十年了。在历史的长河中，三十年的时光很短，但这三十年的改革开放对于古老的中国来说，却是历史的巨大变迁，堪称历史性飞跃。改革到了今天，我们还有哪些方面需要深化改革，还面临着哪些体制创新？这是当下人们非常关注的问题。2007年召开的中共十七大鲜明提出“要毫不动摇地坚持改革开放”，在列举一系列需要深化改革的领域中将县域综合体制改革作为当下改革的一大重要举措。不难理解，中国现有2000个县，它们是城乡结合部，所占国土面积最大，居住人口最多，县域经济和社会发展得如何对于中国的整体发展具有举足轻重的意义。在目前中国改革与发展的新形势下，以科学发展观为指导，县域改革将会有什么新特征与新要求？2007年底，国务院发展研究中心研究员、中国发展研究会基金会副秘书长赵树凯在参加由安徽省社科院举办的一次学术活动时，就这一问题发表了学术演讲。笔者有幸聆听了赵树凯的学术演讲，并在会后就此问题访问了他。

一、县域体制改革呈现出什么特征

宋　宏:很荣幸和您见面并访问您。在电视新闻中看到,您曾为党中央政治局学习会作过学习报告,久仰您学术造诣很深。这次听了您关于县域改革专题的学术演讲,感到很受教益,所以想再访问您,请您为我们更深入地谈谈这个问题,好吗?

赵树凯:行啊,行啊。大家都是作研究的,我们一起来交流吧。

宋　宏:我们知道,县域作为中国经济和社会的一个重要基层单元,作为社会政治管理的一个基本层次,县域综合体制改革对于全局的经济和政治体制改革应当说极具基础性的意义。我首先想请教的问题是,在当下改革与发展新形势的时空中,县域体制改革呈现出什么样的特征呢?

赵树凯:在中国的改革与发展历程中,县域的改革与发展其实不是一个新的话题。但是,县域改革在整体布局和自身地位上具有特殊性。大致在上世纪八十年代中后期,县级改革就成为中央文件和中央领导人关注的重点问题。一段时间内,县乡综合改革成为相关研究领域的重要内容,也出现了一些相当有影响的实践探索。现在,这个问题再次成为人们关注的重要话题,甚至成为改革的热点。应该说,这说明,中国的改革和发展又有了新的特点。就我的认识来说,新的特点或者说特征大致包括三个方面:一是县域经济的发展地位更加突出,现在党在执政理念上更为关注民生问题,而县域经济本质上就是民生经济;二是县域发展在内涵上具有了科学发展的新内容,或者说,现在的县域发展应该更多地强调科学发展观的指导;三是县域发展应该更多地强调改革,特别是政府改革的问题,而在二十年前,政府改革与创新问题,还没有这样迫切和重要。

宋　宏:对您的概括,我想是否可以这样理解:由于中国广大农民、农村是在县域范围之中,县域具有城乡结合的自然地理和经济社会的特点,中国的县域目前还承载着最多的人口,按目前中国城市化率计算应该有70%左右的人口居住在县域的城镇和农村范围,所以,“民生问题”在县域这一层面占的比重最大,而您所说的“县域经济本质上是民生经济”正是出于这一理由。此外,您说到,当前“县域发展在内涵上具有了科学发展的新内容”,应该更多地强调改革。我认为,这是在统筹城乡发展的新理念与新形势下的必然要求。统筹城乡发展必须有一个合适的体制作为保障与支持,县域既然是社会政治管理的一个基础层级,对县级政府改革的深化当然也就有了迫切要求。

赵树凯:你说得对,是这样理解的。我在演讲中说了,关于县域改革如何推进、如何深化,我想讨论的主题是县域发展和政府创新。我在演讲时主要提出了三个问题,是想供大家讨论和研究的。一是基层政府改革的目标是什么?二是基层政府存在什么问题?三是基层政府的创新策略有哪些?

二、基层政府改革:改什么与怎么改

宋　宏:是的,是的,您提出了这三个问题,实际上就是基层政府改革究竟改什么与怎么改的问题。请您详细谈谈你的观点。

赵树凯:好。首先,我们来讨论县域改革的目标。我们可以从上世纪80年代中后期的中央文件说起。大致在1986年前后,中央明确提出了县级综合改革的问题,县级改革包括乡镇改革被作为一个重点改革目标提出来。当时提出的改革目标,主要是两个内容:一是简政放权;二是党政分开。先说简政放权问题,从具体的改革内容来说,简政和放权是两个紧密联系的问题。现在,改革二十多年已经过去了,我们可以回过头来看目标达到了没有。从一般观察来看,简政的目标并没有达到。因为机构臃肿、人浮于事的问题,与二十多年前相比并未得到有效的解决,甚至在许多方面更加严重。放权的目标也还没有实现。上世纪80年代中后期到90年代初期的政府体制改革中,比较强调权力下放和扩大地方自主权,在“条条”服从“块块”的基本原则下调整和理顺条块关系。但是,现在来看,基层政府自主权并没有落实,权力并没有真正放下来。相反,在放权的口号声中,集权、收权的动作不断加快。这是上世纪90年代以来政府体制变迁的突出特点。这说明,放权的承诺并没有兑现。那么,现在的问题是,过去提出的改革的方向错了吗?如果错了,为什么没有反思?如果没有错,为什么没有得到实行?这是值得地方党政领导认真研究和思考的问题。

再说党政分开问题,党的十二大报告有了"党政分工"的提法,而党的十三大报告直接提出了"党政公开"。党政分开是十三大提出的政治改革的重要内容之一。在上世纪80年代末期到90年代中期,有一种观点认为,党政分开没有必要,甚至提出应该进一步推行党政合一。实践中,党和政府在改革中面临的问题发生了很大变化,出现了很多新情况、新问题。关于这个问题,不论是理论探讨,还是实践探索,都尚未充分展开。党政究竟要不要分开,能不能分开,需要根据新的形势发展进行新的探讨。研究党政分开问题,应该有一些新的观察和分析角度。例如,党政分开问题与转变政府机制、反腐倡廉、提高政府效率、建立法制政府有什么关系?在党政不分的情况下,建设法制政府是否可能?又如,在党政不分的情况下,如果民众起诉政府,党实际上也就可能成为被起诉对象,这种情况对于建设法制政府有什么影响?类似的许多问题需要作认真分析研究,特别是需要从党和政府工作面临的新情况、新问题出发来进行研究分析。

其次,我们来讨论关于基层政府存在的问题。我认为,改革开放以来中国发展的奇迹,首先要归功于政府,是在政府主导下实现了经济的高速、持续的发展;同时,在改革与发展过程中,政府自身也在与时俱进,在转变职能、提高效率、增强问责等方面成绩巨大。但是,我们也要看到,政府运行确实存在若干问题,其中一些问题已经成为进一步改革与发展的制约因素。

在经济发展过程中,政府应该起什么样的作用?这是政治经济学研究的核心问题。从世界范围来看,在英美等自由市场国家,政府主要是提供发展环境,保护产权、保护市场秩序和自由竞争,政府的职能主要是监管,因此也被称为"监管型政府"。以前苏联为代表的计划经济国家则是另一种类型,政府把几乎一切经济活动都直接管制起来。伴随上世纪七八十年代亚洲"经济四小龙"的崛起,人们看到了政府与经济发展关系的一种新类型。韩国、日本等国家的政府在经济发展中的作用,可以说既不同于英美的自由市场模式,也不同于前苏联的计划经济模式。政府在经济发展中更直接、更积极地发挥作用,如通过制定产业政策、重点扶持等方式推动经济增长。政治经济学家将这样的政府称为“发展型政府”。现在,国际上研究中国经济腾飞的一些学者,也把中国政府定位为“发展型政府”,而且是“地方发展型政府”。他们认为,中国的地方政府在推动地方经济发展中,扮演着积极主动的角色,发挥了非常重要的作用。这种“发展型政府”在经济增长中的确发挥了很大作用,但现在看来,也存在很多问题。政府过度关注和介入经济发展,忽略了社会公共服务,因而导致了一系列的问题,如城乡发展不协调、经济和社会发展不协调等。人们有时候会感到,一方面政府发展在加快,但另一方面民众对政府的信任却在动摇。对此,“发展型政府”是应该反思的。

宋　宏:这个问题有不少学者也观察到了。有的学者就指出,“发展型政府”在全力谋求经济增长时,忽视了许多政府本来必须承担的责任,特别是社会发展和公共服务方面的责任,由此导致了经济与社会发展的不同步、不协调,社会管理与公共服务的不对称等。从实现协调发展、构建和谐社会的新要求考量,应该从“发展型政府”转型为“服务型政府”。

赵树凯:探索基层政府存在的问题,要思考造成中国“发展型政府”的原因,要了解政府过度介入经济发展而忽视社会公共服务的机制。要回答这些问题,必须从政府运作体系内部找答案。

县级政府运作体系的问题,我个人认为,主要应归结为三个方面。一是公司化的运行逻辑。这是说,随着政府独立性和自利性的发展,许多县级政府运行起来就像一个公司,GDP是其营业额,财政收入是其利润,而在这个过程当中可能忽略了民众利益。换言之,一些县级政府的运作还没有搞清楚最应该干什么事情。现在讲科学发展,政府关心的问题已经有一个很大的改变,但体制上还没有根本转变过来。二是运动式的工作机制。有些县级政府的工作方式缺乏常规性,一拨一拨地搞运动,从发展乡镇企业、“普九”达标、政治学习到农业结构调整等,主要靠“运动”在推进。可以说,政府还没有学会按部就班的运作。这个运动化的政府集中表现为,一个领导一种思路,一届班子一个思路,许多声势浩大的工作其实是在折腾。政府的运动化工作方式到现在还没有得到根本改观。三是“碎片化”的权威结构。表面上看,政府运行很有效率,上边有号召,下边就有响应,每一项工作到总结的时候都硕果累累,但其实不是那么回事。政府在运行中,权威相当脆弱,权力体系很不完整。对于同一个工作,上下级之间各有各的利益和理解,各部门之间也各有各的利益和理解,执行起来看上去声势浩大,但其实是"碎片化"了。这种"碎片化"的政府现象是美国学者首先概括出来的。这些问题说明,管理现代经济需要现代政府。在基层,我们现代政府的发育相对滞后,制度化水平不高。有时候,制度规则不清楚,有时候,虽然有规则但是不运转。制度化水平低,政府行为则稳定性差、预见性差、随意性大、效率低。这不是现代政府应当具备的特征。所以,将县级政府等基层政府建立成为现代化的政府很重要。

宋　宏:据我所知,实际中的有些情况正如您所描述的那样。有的基层政府官员就曾公开宣称,政府就要像个公司,追求地方 GDP,追求地方财政收入。这样一来,政府的经济职能就有了无限放大的趋势,即从本应定位于宏观经济层面放大到了微观经济层面,对微观市场主体干预过度,替代企业的决策,干预企业的运营。由此看来,我们只强调转变政府职能可能不能涵盖问题的全部,还有必要明确政府职能的准确定位。基层政府中还相当普遍地存在"一届班子一个调,换了领导换口号"的现象,导致如您所说的"政府行为稳定性差、随意性大"等种种问题。那么,怎样才能建设现代化政府,以避免上述缺陷呢?

赵树凯:我认为,推进政治体制改革才有出路。县域体制改革如何深化,如何推进县级政府改革创新的问题,还需要作深入研究。这里,我想提出一点思路,即政府创新的重点,应该是提高制度化的水平。现在,基层政府的一个很大缺点是不能及时作出回应公众诉求。本来一些小的社会矛盾由于政府不能及时回应和处理,往往累积成大的矛盾,因此,群体性上访事件就不可避免地频频出现。怎样才能做到及时回应公众诉求呢?我认为,民主就是很好的方式。改革开放以来,中国的社会经济结构已经发生了深刻变化,而且还将继续发生变化,各个阶层的群众对于自身利益的表达要求不断发育,表达的能力也不断提高,参与社会治理的意识正不断增强。这种变化本身说明了民主的社会基础在变得丰厚,民主力量在不断成长。这就对政府提出了更高的要求。政府行为应该更加理性,政府工作应该更加富有效率,政府与公众的沟通应该更加通畅。所以,政府创新要抓制度化建设。在这个过程中,要特别重视民主化建设,通过民主建设来建立政府和公众的良性互动机制,保证政府的运行以公众需要为价值取向,克服政府运行的自利性和随意性。

宋　宏:由您的话我想到,关注公众民生、供给公共服务、提高公共福利,这应该说是现代政府的价值取向和职能定位。我非常同意您的观点——“推进政治体制改革才有出路”。在民主化的基础上建设政府运作的制度化,健全稳定的规范和程序,这一点比单纯地增减基层政府机构和人员的数量要重要得多。因为,体制改革原本就是质性的改变,而不在于数量上的增减。您提出的县域政府改革创新的思路,包括您刚才提出的县域政府的改革目标、存在问题和创新策略三个问题,我想都是很值得我们去深入思考和研究的。非常感谢您!

摩根士丹尼大中华区首席经济师王庆

中国经济:探寻"输入型软着陆"的可能性

——摩根士丹尼大中华区首席经济学家王庆访谈录

国内外经济观察家们都认为,2008年甚至到2009年的中国经济存在着诸多不确定性,因而是最为关键的时期。人们对于防止经济全面过热、防止全面通货膨胀有着不同的预测,其中最为引人关注的问题是中国经济能否实现"软着陆"? 2008年春节前,摩根士丹尼公司大中华区首席经济学家王庆来皖,笔者就此问题专访了他。

一、解析中国经济高增长的轨迹

宋 宏:很高兴有幸访问您。您知道,中国经济从2002年开始进入了高速的增长期,统计公报表明,从2003年到2007年一直保持两位数的增长速度,并且这两位数的经济增长伴随着比较低的通货膨胀。但是到2006年第四季度,通货膨胀的迹象开始出现,2007年间通货膨胀逐渐上升;同一时期,"流动性过剩"迹象也出现了,2007年央行虽然采取了提高商业银行贷款准备金率等调控手段,似乎并没能遏制住"流动性过剩"的发展势头。由此,防止经济全面过热和全面通货膨胀的问题日益凸显。您是怎么分析这一现象的?

王 庆:真正研究经济学的人都知道其实经济学家并不懂未来,他也说不清楚未来到底是怎么个方向。但是,经济学提供了分析方法,使人们知道一个结论是怎么得出来的,可以解释它的逻辑关系是什么。

从2002年到现在,中国经济经历了一个非常令人振奋的五年时间,但是向前看却有很多不确定性。提出"两防"乃至实现"两防",首先有必要理解这五年中国经济高增长的轨迹,从而才能认清其原因,然后对症下药。2002年,中国加入WTO;从2003年开始,中国的经济增长就达到了两位数。随后的几年,GDP高增长,通货膨胀比较低,外贸顺差一年比一年大,外汇储备大幅度增加,外汇储备总量将近1.5万亿美元,是世界最高的。外汇储备快速增长的背景下,就是出现所谓的"流动性过剩"。"流动性过剩"后面又出现所谓的"资产价格的通货膨胀",包括股市泡沫、房地产泡沫等等。在这种情况下,中央政府采取了改变经济增长方式、鼓励消费等等一系列措施。

到底应怎么看待这些现象?我从经济学中的供给和需求关系来分析这个问题。供给和需求是现代经济学的最基本概念。一国经济也有供给和需求,就是总供给和总需求的关系。在经济学教科书上,供给曲线是向上倾斜的,即随着价格的上升供给不断增长,而需求曲线是向下倾斜的,也就是随着价格上升需求是趋于下降的,两条曲线的交点是价格和数量。但是,中国的供给和需求关系的这个供给曲线有点怪,这五年间它是一个水平的供给曲线,绕着一点开始向上倾斜。在发展经济学当中,描述一个国家经济如果有剩余劳动力的时候,用的是这样一种简单的模型——水平的供给曲线。经济在沿着供给曲线扩张的时候,没有通货膨胀。在有剩余劳动力的情况下,经济扩张的时候增加劳动力需要,但是有剩余劳动力,所以只是以当前的工资水平来不断地扩张劳动力的规模。这样,经济再扩大,也不会有通货膨胀。这是一个简单的理论的抽象,是对中国经济过去四五年的变化进行描述的一个出发点。

中国过去的经济扩张,严格说来是从2003年开始的,如果要找一个契机的话,就是中国加入WTO。中国加入WTO可以说是一个经济全球化与中国剩余劳动力结合的过程。第一,中国加入WTO,很多国家进一步对中国的产品开放他们的市场。中国突然发现对国外自己的产品有很多需求。这样,需求曲线就发生了向右移动,结果是价格没有发生变化,数量增加了。而总供给曲线是水平的这种特殊的形状,在实际中就是高经济增长率和低通货膨胀。2002年到2006年,中国经济总体上说,是高经济增长,低通货膨胀。第二,这种特殊的总供需关系的另外一个结果,就是较高的资本收益与相对较慢的工资增长。从2003年到2006年,中国工业企业的利润增长是30%,2007年前8个月是34%,中国工业企业的利润率增长很快。为什么是较高的资本收益呢?较高的资本收益就代表着在收入分配中资本有利。举个简单的例子,假如说中国没有加入WTO之前,一个企业是3个工人和1台机器工作,但当中国加入WTO之后,世界对中国的产品需求增加了。企业的反应是扩张规模,首先是增加雇佣工人。因为有这么多剩余劳动力,自然是先把工人雇来,资本量短期是固定的。中国整个经济的生产过程中资本和劳动力的比例关系发生变化。比如,刚开始是3个工人和1台机器工作的经济结构,变成了5个工人和1台机器工作。1台机器和3个工人与1台机器和5个工人,资本的生产率是不一样的,在实际中就表现为利润率的提高。中国的经济和工业企业的利润率,从2003年开始就明显提高,向上涨,涨到2005年底到2006年的时候开始稳定下来。较高的资本收益导致强劲的利润增长,提高的利润率与扩大的生产规模乘起来,直接导致利润总量的扩张。

从2003年到2006年,中国出口增长从20%至将近30%,出口增长快直接导致外贸顺差很大。出口过快增长除了外国需求大以外,还有其他因素,如鼓励出口的政策。中国和许多亚洲国家一样,遵循的是出口导向型的经济发展战略。所以在经济中有一系列的,或隐性或显性的鼓励出口政策,这些政策毫无疑问对出口是很有帮助的。另外,人民币汇率被低估,其直接效果就是鼓励出口,不鼓励进口。所以,它进一步刺激了出口的增长。实际上,央行致力于稳定汇率,汇率被低估了但还是要稳定汇率,不让它升值,进一步鼓励出口的增长。一方面是外贸顺差,另一方面出口有一个低估的汇率,两者结合就形成了外汇储备的大幅度增加。汇率是一个价格,外汇储备是一个数量,一个价格变量,一个数量变量,两个变量之间只能控制一个,若要不想让汇率升值就要增加外汇储备。从央行角度来说,就要不断在外汇市场上买入美元,用人民币买美元,干预外汇市场,不让人民币升值。结果,外汇储备就大幅度增加。

二、"流动性过剩"与经济过热的关系

宋　宏:外汇储备大量增加,意味着资本富余,势必导致"流动性过剩",这也是当下中国经济出现一定程度过热的原因。对此,您是怎么认为的?

王　庆:外汇储备大幅增加的结果就是流动性泛滥。外汇储备增加就是央行在用人民币买美元,从中央银行的角度来说就是在印钞票。印钞票的结果就是每买入1美元就要印制7.4元(一年前是8块钱)的人民币。所以说,"流动性过剩"就是央行发票子发太多了。

"流动性过剩"导致银行很强的放贷冲动。"流动性过剩"从银行的资产负债表来说,就是银行存款大幅度增加。银行是一个商业性机构,存款方是银行的负债方,负债方增加,那么资产方也要跟着增加才行。这就使银行有很强的发放贷款的冲动。流动性泛滥直接导致银行放贷冲动很强。央行治理、稳定汇率的目标直接导致中国利率偏低。从中国利率水平变化来看,中国从2005年7月21号开始让利率浮动。市场化的利率是银行间的、各金融机构间的拆借资金的利率。这个利率从2005年7月21日到2006年的7月份,一直偏低。这样做的一个很重要的考虑就是把中国的利率压低,保证跟美元利率之间有足够的利差。其目的是为了缓解人民币升值压力。从央行角度来说,当时美元的

利率大约是 5 ~ 5.5 之间，人民币的利率水平大概保持在不到 2，利差有 3 ~ 3.5，这个利差就是为了缓解人民币的升值压力。就是说，如果借美元想赌人民币升值的话是要付出一定代价的，要付出 5 ~ 5.5 的利息率的。赌人民币升值，但人民币不升值，那么美元换成人民币存在银行里只能挣到 2%的利息，却要付出 3%的利息成本。所以，把国内利率保持这么低的水平就是为了稳定人民币的升值压力，也是为了稳定人民币的升值预期。2005 年 7 月 21 日开始人民币浮动以后，利差水平一直保持相对不变。利率低就刺激了投资需求。

另一方面，强劲的利润增长直接导致企业大幅的资产收益。在这一轮的经济扩张中，企业利润增长很快，其中很重要的一部分是国有控股企业利润增长很快，但它又不向它的股东也就是国家分红。由于历史的原因，五六年前进行国有企业改革的时候，由于国有企业有很多困难，中央政府为了增强企业的改革动力，采取的政策是：为企业减少成本负担，不向企业要分红。这个政策一直延续了下来，到这轮经济扩张中，企业的利润非常高，但是也没有向国家分红，所以直接导致资产收益比较高。

宋　宏：我们也是这样分析认识的。银行的放贷冲动比较高、利率又比较低、企业有很多钱，这三者结合在一起造成中国固定资产投资增长速度比较快。这是中国投资增长之所以这么快的必要条件。但是，还有一个重要因素，就是地方政府的投资冲动。各地政府在城市化过程中大举开展城市基本建设，投资量巨大，也拉动了投资高速增长。这可以说是中国经济高速增长的充分条件之一。

王　庆：你分析得对。不只是地方政府，还有国有企业都有非商业化行为，这是理解中国投资过快增长的一个关键点。从地方政府来看，非常鼓励投资，这有很深刻的背后原因。在中国，土地是法律规定为国家所有的，但在实际上，土地是地方政府控制的最大的经济资源。怎么把资源变成现金呢？地方政府有很多事情要做，如发展地方经济、发展地方教育等都要花钱。但是，财政收入又没有那么多，怎么办呢？就要动用手中掌控的经济资源——土地。为把土地变成现金，就要鼓励投资。只有把土地批给开发商，开发商才能把现金给你，你才能有钱可花。从地方政府来讲，它越鼓励投资，手中的活钱越多。所以，地方政府很愿意鼓励投资。再看国有企业的非商业化行为，国有企业收益很高又不分红,国有企业高级经理人员的工资是由国资委控制的,对于企业的管理者来说,有这么多资源又不能自己受益,那就想办法把钱花出去,于是就扩大规模。这不是利润最大化,也不是股东收益最大化,而是规模最大化。在扩大规模的过程中,企业在扩大,控制的资源在扩大,雇的人越来越多,企业的经理人也得到一定意义上的满足,虽然不是直接在经济上得到满足。企业扩大规模的投资冲动,这也是一个很重要的原因。就是说,由于国有企业利润很多,国家作为股东来说又不向它要钱,它又不能给自己钱,只有规模最大化。这两个因素加在一起,就是中国经济中特有的投资动机结构,加上资金的因素,就造成投资过快增长。

三、透视“产能过剩”与“内需不足”

宋　宏:近年国家反复提出要控制投资增长,强调要抑制那些“产能过剩”的产业和产品。可是,我们看到的是,被列入“产能过剩”菜单中的产业仍然增长得很快。这种现象颇耐人寻味。

王　庆:的确是这样。中国投资过快增长实际上已经成为中国经济的特殊现象了。从2003年开始,国家就提出要抑制“产能过剩”,一直讲到现在。但是,我从经济分析中没有看到“产能过剩”的迹象。“产能过剩”首先表现为存货增加,但现实中存货没有增加。实际上,中国的存货水平这两年一直在降低,当前企业的存货水平几乎是最低点。其次,如果有“产能过剩”的话,企业利润肯定会受到影响,或者有闲置设备,但是,企业利润率和利润增长速度都处于历史最高水平。第三,如果有“产能过剩”的话,严重一点是要通货紧缩的,生产出过多东西卖不出去肯定要降价,这就会造成通货紧缩,但是,我没有看到通货紧缩,相反出现的是通货膨胀。“产能过剩”,在我看来只是一个概念,不是一个结果。为什么没有“产能过剩”呢?因为,大家通常关注的是:生产了这么多东西但是中国的消费又比较弱,按理会有“产能过剩”。但是在实际中发生的结果是:尽管生产了许多东西,从国内供需看有“产能过剩”,然而实际上“产能过剩”变成了外贸顺差。如果把中国经济静态地看,生产东西卖不出去是有这种可能，而且孤立地从中国经济目前的需求状况看，中国经济是“产能过剩”；但是从国际市场范围来看，就没有“产能过剩”。中国生产的东西是满足国际市场需要的，国际市场需要的就没有“产能过剩”，所以，事前的“产能过剩”表现为事后的外贸顺差。这是没有实际出现“产能过剩”的原因。

当然，值得研究的是，国内消费一直相对比较弱，虽然总是在鼓励内需，可是内需仍然较弱。我列出了以下三个因素：

第一个因素最重要，就是中国居民没有大规模地拥有资产。举个反例说，美国经济扩张也很快，很重要的一点是美国消费者敢花钱，是借钱消费，然后欠很多债。他们为什么敢借钱花钱呢？他们感觉自己有钱，因为他们有资产，拥有房地产，拥有股票。当房地产、股票升值的时候，感觉有钱了，但是他不卖掉房地产和股票就拿不到现金，所以，他感觉有钱，但没有现金，又想消费，所以他借钱去消费。当我们在描述美国消费者在借钱的时候有个误导，好像说他们整体的经济状况在恶化，实际上，如果看美国消费者家庭的资产负债表，从负债方面来看尽管他借了很多钱，但是，他的净资产即拥有股票、房地产的价值，抵消掉借的债之后，仍然处于历史最高水平。因此，美国的经济扩张是消费带动的，就是所谓的财富效应推动的消费扩张。在中国，老百姓不大规模拥有资产。如果我们把经济发展分为国家、企业、个人，这三者关系中，国家财政状况很好，财政收入是每年百分之二十几的增长速度，企业利润增长很高，但是老百姓的受益是有限的，所以企业的表现和老百姓的收益表现之间是有脱节现象的。其结果是企业创造财富，但是在企业内部循环，表现出投资，而没与老百姓分享。为什么？因为，老百姓不拥有这个企业。中国居民不大规模拥有资产有其历史原因。中国从计划经济到市场经济转化的过程中，跟许多国家经济不一样的地方在于中国从没有大规模出现私有化，所以相当一部分财产还是被政府控制。大家虽然收入增长很快，但是不在消费而在储蓄，因为不拥有资产，所以要积累一部分资产，这表现为购买房地产、股票，包括储蓄的增加。这导致了消费增长速度比较慢。

第二个因素是金融资本市场的不发达，消费信贷不是很发达。从现代消费理论上来说，大家在整个生命周期中，消费是非常平滑的。在年轻的时候没有钱，借钱消费；在老的时候，没有收入，就拿储蓄出来维持你的消费水平；在壮年时期，取决于你的收入水平和增长速度，可能会增加一些储蓄。所以说，年轻人按理说来是借钱消费，但是，因为金融市场包括消费信贷不发达，所以即使你不拥有资产但是你拥有你自己这个人力资本，虽然你对未来的增值潜力和收入水平都有信心，可是你并不能借你未来的收入来消费，这也会影响消费。

第三个因素是社会保障不足。就是国家不给你提供退休金，或者教育、卫生、医疗等都没有足够的社会保障，只有自己存钱，存钱为了孩子上学、为了养老、为了看病，许多收入都拿来储蓄为自己以后生活作保障而不消费。百姓如果没有后顾之忧，自然也可以消费。

这样三个因素加起来，导致了消费相对较弱。但是我们要强调的是相对较弱，就是消费增长的速度相对于经济增长速度较弱，消费增长速度相对于投资的增长速度比较慢。背后反映的是这些深层次的因素，除非在这些方面发生根本性的变化，否则，消费很难像投资、出口一样成为强劲的经济增长引擎。

宋　宏：这就是说，要鼓励内需、鼓励消费还应从更多领域的制度设计和安排上解决问题。您刚才所谈的涉及深层次问题，而在解决这些问题上现在也逐步推进着。比如，国家鼓励出口政策已经在改，出口退税一直在减；国资委宣布出台国有企业分红的政策，虽然规模很小，动作很轻；提出转变经济增长方式、改变对地方政府的评价标准等。不过，我们也认识到，解决这些深层次问题需要经历一个长期过程，短期内可能不会有立竿见影的效果。

四、中国经济"输入型软着陆"的可能性

宋　宏：让我们回到当下中国经济的"两防"即防过热、防通胀问题。在美国次贷危机、世界经济增长放缓、资源价格上涨等背景下，中国经济的未来走势将会如何，能否实现比较理想的"软着陆"？

王　庆：好的。我们看 2008、2009 年的中国经济，很重要的一点是要有经济全球化的视野。美国次贷危机到底对中国经济有什么影响？我认为，美国次

贷危机会通过贸易渠道影响中国。因为,中国的资本账户是关闭的,是管制的,所以不会通过资金流造成影响,但是会对中国贸易造成影响,则是可以肯定的。美国如果次贷危机继续发展使经济进入衰退状态,那么中国出口就要受到影响,就不能保持20%、30%的增长速度。出口增速如果降到10%,那么刚才讲的"产能过剩"的倾向就变成实实在在的"产能过剩"了。出口出不去了自然就向国内市场卖,就出现"产能过剩",结果是企业资产、投资就变成了不良资产,投资的这些银行贷款就变成不良贷款。它的影响是很大的,一系列问题就会随之出现。

中国通货膨胀从2006年底开始出现, 进入2007年后一个月比一个月高,到7月份是6.9的通货膨胀,这是10年来最高的。有一种说法是中国从此进入通胀时代。我们回到供给和需求的关系来讲,当前如果通货膨胀那么严重的话,就意味着我前面说的供给曲线已经不是水平的了,而是超过拐点了。因为,一个国家如果通货膨胀能够长期持续下去,一定表现为劳动力成本上升。如果中国还有剩余劳动力,怎么会表现为劳动力成本上升呢?不可能的。中国社科院人口研究所所长蔡□教授,他的研究说中国的剩余劳动力已经快用完了。如果是这样的话,总供给曲线将不再是水平的走向,而是过了拐点在往上走了。所以现在面临这样一个问题,对中国的通货膨胀到底怎么理解?概括来讲,中国经济面临的不确定性,一方面是外部经济的不确定性,外部经济变化对中国经济影响很大;另外一方面是中国经济的通货膨胀,通货膨胀是中国经济过热的一个表现。

中国的出口和OECD国家(即世界经合组织国家,世界发达的工业化国家的一个组织)的关系很密切,这些国家的经济放缓对中国的经济肯定有影响。美国次贷危机已经导致OECD国家金融的波动, 导致这些国家的经济增长放缓,这就引起对中国出口需求的下降,换句话说就是中国出口会因此下降。从中国出口增长速度和中国通货膨胀之间的关系分析,按理来说两者不该有直接的关系,但中国历史上最近出现过两次通货紧缩,一次是1998年的亚洲金融危机,另外一次是美国纳斯达克泡沫破裂。两次都是有通货紧缩(通货膨胀低于0就是通货紧缩),都是由于出口增长速度大幅度下滑出现的。所以,中国的出口增长速度如果突然下降,那么对中国的通货膨胀肯定有影响。向前看，中国经济面临的风险主要来自于外部。就国内因素而言，中国现在面临的通货膨胀，跟货币供给M2相关。货币供给对通货膨胀的影响有一个滞后效果，M2错开了12个月，货币供给增加或减少，要一年时间才能体现到通胀或通缩上。我们都说中国经济发展是靠投资带动，具有周期性，每五年达到一个峰值，然后降落下来，而这一年就是中国政府的换届年。换句话说，中国的政治周期和中国的投资周期是高度相关的。每到政府换届年，中国的投资增长速度就高，然后就降下来，然后又上去。因此，中国经济现在面临这样一个情况：向外看，美国经济受次贷影响正在陷入衰退，对中国影响很大；向内看，通货膨胀很高，投资过热可能性很大。

这样看，就有很多不确定性，这么多不确定性要是排列组合开来，就有四种可能。美国经济衰退不衰退，对中国经济的影响应该是不同的；中国经济紧缩不紧缩，都有不同的影响。这样组合就有四种可能。这四种可能我用中国的"四季"来表示。

第一种可能，美国经济陷入衰退，但中国还在紧缩。结果就是，出口受到影响，内需受到影响，两边一压中国很可能就会出现问题。这种可能，我把它叫做"冬天"，就是经济"硬着陆"。因为，美国经济在衰退，会造成全球经济放缓，会造成中国出口放缓，而这边还在紧缩，结果就是一个衰退。"冬天"就是中国的紧缩政策+美国的衰退。但是，我认为，这种可能性很小，只给5%的概率。因为出现这种可能的话，归根结底是由决策层判断失误造成的，完全低估了外部经济放缓对中国经济的影响，一味紧缩。这种可能性不是很大，因为保持经济增长还是政府的一个很重要的政策目标。所以，我认为，美国经济如果真的放缓，陷入衰退，现在提出的一系列紧缩措施恐怕就不会被严格地执行下去，到一定的时间就会放松，所以结果可能不是这样。

第二种可能，我觉得最有可能的结果是这样的，我把它叫做"秋天"——中国经济实现"软着陆"，"输入型软着陆"。为什么呢？因为中国经济2005年下半年开始出现快速增长和过热的苗头，2006、2007年，政府一直在试图实现经济的"软着陆"，但是都没有实现。我认为，2008年中国经济可能会实现"软着陆"。但是，这个"软着陆"并不是政策制定者制定的政策带来的，而是美国人"帮忙"，是因为美国经济放缓，造成中国出口放缓，进一步冷却中国经济。

中国经济现在这么热,怎么才能冷却?我们从政策执行来说,是没法让它冷却下来。而在这时候美国经济放缓,帮助中国经济实现"软着陆",所以,我叫它"输入型软着陆"。这个我觉得是最大的可能。就是说,美国经济放缓,中国一旦发现,经济非常严厉的紧缩措施就会放松,中国经济实现"软着陆"。

第三种可能,美国经济根本不放缓,或者衰退一两个月但很快又反弹。这种情况下会出现"夏天"的可能,就是中国经济全面过热。大家现在都担心美国次贷危机对美国经济的影响,但是我觉得当前对中国经济最大的风险,是美国经济不衰退,接着走势强劲。如果是那样的话,中国经济将会面临全面的过热。试想,如果美国经济不放缓的话,中国的出口仍然很强劲,仍然保持20%~30%的增长速度,那么,我们现在的政策是在紧缩,就是在控制投资,控制内需,其结果是直接影响进口,结果是出口没有发生变化,出口进一步变小、放缓。这样,外贸顺差更大,外汇储备积累更多,"流动性过剩"更为严重,那么2006、2007年面临的一系列现象只会进一步加重而不会减轻。如果这样的话,现在的政策从一定程度上来说就是一个南辕北辙的政策,是和目标不一致的。所以,在这个情况下,美国经济不放缓,中国经济全面过热的风险是很大的。

第四种可能,我把它叫做"春天",就是说,美国经济不放缓,但是宏观经济政策由于某种政策方式实现中国经济的"软着陆",这里唯一的办法是人民币大幅度升值。我觉得在人民币不大幅度升值的情况下,中国经济自己是不可能实现"软着陆"的,要么经济过热,要么经济"硬着陆"。但是,我认为,这种可能性也很小,因为我不认为人民币汇率会在2008年大幅度升值。我强调,我的判断是人民币不会在2008年大幅度升值。因为我觉得中国的人民币汇率的政策已经不仅仅是一个简单的经济政策了,已经是一个政治问题了,所以不能简单地仅仅从经济逻辑来考虑。中国政府只有在不得已的情况下,才会让人民币大幅度升值,也就是出现一次性调整15%、20%这种情况。"不得已"只有两方面可能,一个是对内来说,通货膨胀失控了,中国很可能会让人民币大幅度升值,来帮助抑制通货膨胀。失控就是消费者价格指数持续6个月超过8%,政府以人民币大幅度升值来遏制通胀可能性非常大。但我觉得尽管通货膨胀的前景不容乐观,但是不至于达到8%,所以2008年这种可能性很小。另一个是从外部角度来说的,我刚才说,人民币汇率已经不仅仅是一个简单的经济政策了,已经是一个政治问题了,是国际政治关系中中国使用的、很重要的一个政策工具,是跟美国和欧洲谈判的筹码。在谈判过程中,你知道对方能给你让步,你也给对方让步,美国人想要人民币升值,我可以升,但你要给我足够的让步。但是,如果美国承认中国全面的市场经济地位的话,我认为,中国很可能会在人民币的问题上作出让步。但是,我认为,这种可能在2008年不大可能发生。首先,美国不会让步;其次,中国也不会让人民币升值。从美国的政治周期来看,也存在换届周期。从谈判角度来说,现在作出让步,过几个月谈判对手就不存在了,没有人领情。所以,从政治周期角度来说,如果要升值,还不如等到美国新一届政府上台,然后再作出新的姿态。换句话说,在这种情况下,如果人民币大幅度升值不出现,如果全球经济不放缓,那么,中国经济就有可能全面过热。如果2008年全面过热的话,那么,2009年就比较危险了。2009年在全面过热的情况下,通胀很高,出现投资增长很快,瓶颈状况,有些行业短缺,2008年下半年或者2009年就会出现像2004年或者更早些时候的那些全面的紧缩。到了2009年,人民币大幅度升值也成为一个政策选项,那时候的紧缩可能就会导致中国经济的"硬着陆"。我们现在判断美国经济会出现衰退。认为"秋天"的可能性最大,给了60%的概率。中国经济可能会实现"输入型软着陆",这是我们对2008年乃至2009年上半年中国经济的一个判断。

宋　宏:您提出"输入型软着陆"非常有意义。以经济全球化的视野分析一国经济与世界经济的互动关系,这是我们研究中国经济包括宏观经济理论和政策必须涵括的重要因素。一国经济出现的问题,原因不仅仅在国内;而解决问题,部分路径也许在国外。分析中国经济的现实问题,设计宏观经济政策,都需要有这样的全球视野和思维方式。非常感谢您,希望有机会再向您请教。

郎咸平，美国宾夕法尼亚大学沃顿商学院博士；现任香港中文大学讲座教授；曾任沃顿商学院、密西根州立大学、俄亥俄州立大学、纽约大学和芝加哥大学教授；郎咸平作为世界级的公司治理和金融专家，主要致力于公司监管、项目融资、直接投资、企业重组、兼并与收购、破产等方面的研究，成就斐然。2004年，郎咸平用最为传统的财务分析方法，痛陈国企改革中的国有资产流失弊病，质疑某些企业侵吞国资，并提出目前一些地方上推行的“国退民进”式的国企产权改革已步入误区，引起巨大的影响，被称为“郎旋风”。

中国金融能抵抗投机资本风险吗

——著名经济学家郎咸平教授访谈录

2006年春夏之交，著名经济学家、香港中文大学教授郎咸平来皖讲学，就他对中国的商业银行如何有效防范投机资本带来的风险的见解，向经济学界、金融界人士作了演讲。笔者听了郎先生的报告，并专访了他。笔者根据郎先生的演讲和访问记录，整理了如下访谈。

一、不争论就不能清楚现实中究竟发生了什么

宋　宏:很荣幸听到郎先生的报告,非常感谢您接受访谈。前些时候您与格林柯尔顾雏军的一场论战,引起国内经济学界激烈的论战,令人瞩目。

郎咸平:啊,啊,不过当时我只是从金融理论和产权理论上通过我对这类案例的观察和分析,指出它们的内幕,提醒当局和金融界注意防范国有资产流失和金融风险的,可没想到引起这么大的争论。有争论也是好事,不争论就不能清楚现实中究竟发生了什么,人们应该怎么去应对。是不是?

宋　宏:是的,真理从来就是越辩越明。郎先生,您刚才的报告着重讲了防范金融风险,这是从亚洲金融危机以来,国内经济学界非常关注的一个重大问题。

郎咸平:对啊。所以我们要清楚,今天我们中国的金融体系最大的问题在哪里?我说在于我们对西方过于崇拜。简单地把外国的技术、分析方法拿来直接用于我们的金融实践,这是绝对不行的,因为中国的银行体系尚未成熟。你如果依靠国外的分析技术,你的坏账会越来越多。举例说,如果你把现行的外汇制度变成浮动汇率制度,对我国经济发展就会造成很大的摧残。为什么浮动汇率制度能造就美国、欧洲、日本,但是用在中国却会造成巨大的问题?因为它和中国的经济体系有密切关系。人民银行有2000多名经济学家,但没有一个外汇操作高手,这是长期以来人民银行的职能所决定的。你只要敢实行浮动汇率,你面对的就是索罗斯。内地经济学界金融界人士在研究亚洲金融危机时对索罗斯可能有所耳闻,但对他的操作方法却并不了解,他的操作方法之复杂是许多人根本想象不到的。去年国际热钱流入中国,人行通过各种方法、想尽一切办法查从哪儿流进来的,但是根本查不出。索罗斯这样的国际炒家动用资金的能力之大令人难以想象,他可以在两天之内动用2000亿美元的资金打垮英格兰银行,我们人民银行的防范能力能跟英格兰银行相比吗?索罗斯跟各国政府关系暧昧也是不能想象的,去年热钱流入中国的时候,美国、日本给中国施压,要我们人民币升值,事后发现有60%的热钱来自日

本,40%来自美国，这不是巧合。我们能够应付浮动汇率带来的风险吗？美国、欧洲、日本的公司都有完善的外汇避险机制,能够通过远期市场、期货市场、期权市场对冲外汇带来的风险。我可以坦率地说,包括中航油在内,中国没有一家公司拥有完善的外汇避险机制。如果现在实行外汇浮动机制,中国各个产业都要受到冲击,银行要受到连带冲击。

二、要知道外国资本究竟想在中国干什么

宋　宏:如您所言,那将是一场灾难。所以,防范金融风险才如此重要啊。郎先生,从金融机构来说,防范风险的工具是审查分析贷款企业的财务报表,这种方法有效吗?

郎咸平:我在今天的讲课中分析了一些国企和民企的案例,表明现在国内商业银行所用的一些财务报表分析方法,根本没有用。

我举一个例子。金光纸业最近在国内闹得风风雨雨,工行给他几十亿元贷款,金光纸业倒闭了,他跟工行说,帮我一下吧,我们重组后你的贷款就能收回了。工行为了能把贷款收回来,到各地去做当地政府的工作,协助他重组,如在云南帮他搞速成林。但是,速成林对地表的破坏是非常严重的,那块地方以后别的树都不会长。

金光纸业究竟在中国想干什么？如果仅从财务报表分析,根本看不出问题。金光纸业这个案例是我在2001年做的,我当时给《华尔街日报》的记者看过这个案例,他说:“不会吧？怎么可能呢？”到了2002年的2月份,《华尔街日报》在2个月的时间里,连续在头版刊登文章,标题是《金光纸业的骗局》,全世界共有183家包括中国工商银行在内的银行深陷其中。可是这种事情国内很少或者是不报道的,各家银行依然前赴后继地给金光纸业贷款。银行看到它的财务数据都是最好的,到现场看它的工厂也没有任何问题。可是它就是突然倒闭,把巨额资金骗进去了。那么金光纸业的根本问题是什么?我们要深入分析这家企业的经营目标是什么?

在2002年之前，金光纸业不叫这个名字，而叫亚洲纸浆造纸公司

(APP),他是印尼的一个家族——瓦加佳家族控制的。瓦加佳家族控制了三家企业,一家是亚洲纸浆造纸公司(APP),一家是金融公司,另一家是亚洲食品房地产公司。2002年之前你如果从上海虹桥机场出来,就能看到亚洲纸浆造纸公司(APP)的广告,现在没有了。我在研究中发现,1998年亚洲纸浆造纸公司有一笔1.8亿美元的一年期无利率贷款,到2002年一直没有还,现在倒闭了更不用还了。从这件事情,让我产生了非常高的警觉。根据公开披露的数据和信息,我发现亚洲纸浆造纸公司在亚洲各地的公司,把他们的现金都转存到印尼国际银行——一个印尼家族控制的银行,从他们的财务报表上看到的现金实际上已经转存到了印尼国际银行,印尼国际银行通过银行间的转贷,把资金转贷给富士国际银行(另一家印尼家族控制的银行,取富士的名字只是为了迷惑客户,以为是一家日本银行)以及其他一些他们控股的银行,把资金分散。这些银行拿到亚洲纸浆造纸公司在亚洲各地的公司转来的资金后再放贷,贷款给瓦加佳家族控制的亚洲食品房地产公司。亚洲食品房地产公司主要生产食用油,要银行贷款是无可厚非的,他拿着贷款购买原材料,他向哪些企业购买呢?向瓦加佳家族控制的一些农业公司购买。他以什么样的价格购买呢?很难调查,从已知的两笔交易中我发现,他的购买价格是国际市场的10倍。

我得出这样一个结论:瓦加佳家族把亚洲纸浆造纸公司在亚洲各地的公司的现金,通过转存、转贷、放贷、购买原材料等方法,转移到自己手中。表面上,亚洲纸浆造纸公司的财务报表都是真的,很漂亮,但是现金全部都不在,已经转到了瓦加佳家族手中。这是一个精心设计的阴谋,每隔五年就做一次,1998~2002年已经做了一次了,离现在是三年了。

瓦加佳家族控制的金融公司还发行一年期的债券,债券到期后,金融公司没有钱兑现,再由亚洲纸浆造纸公司发行等额的债券来取代金融公司的债权,由于业务往来的关系,他们把债券卖给全球183家包括中国工商银行在内的银行,并且亚洲纸浆造纸公司为他在亚洲各地的公司的贷款提供担保。亚洲纸浆造纸公司在亚洲各地的公司向银行借到款后,就通过前面说的方法把现金转到瓦加佳家族手中。在2002年的一天,亚洲纸浆造纸公司在亚洲各地的公司一起全部倒闭,包括中国工商银行在内的中国7家银行,全球183

家银行的贷款、债权全部不还了。这些公司对债权银行说，只要再给我们一些支持，等我们债务重组后，我们一定还款，还想继续骗。

印尼是一个什么样的国家呢？美国《时代周刊》封面曾刊登过这样一张照片：一个印尼人面带微笑，手中提着一个血淋淋的人头，这是一个国家的象征。瓦加佳家族就是通过这种方式席卷各国的财富。为什么印尼、菲律宾等国家的女人要到别的国家当保姆？一个没有法制的国家，民营经济越发达，官商勾结就越严重，民营企业和政府合谋席卷人民的财富，人民太穷困了。什么是股份制？其债权就是有限责任，公司倒闭以后债权人不能向上追索，向股东追索，只能向下追索，这样就保护了上帝的罪人。瓦加佳家族把世界各国的钱中饱私囊，但按照国际通行的法律，这些钱是不可追索的。2002 以后，瓦加佳家族把亚洲纸浆造纸公司更名为金光纸业，企图再来一把，对于这样的公司，如果拿美国风险管理等财务报表分析软件去分析根本无效，这些软件在美国是有效的，因为美国公司的财务数据是真实的，经过软件计算出的数据是可以类比的。但如果把它用在亚洲的某些企业，如金光纸业，计算出的结果很漂亮，但它是虚假的，是骗人的。

在亚洲搞银行风险管理，有一点非常重要，即一定要知道这家公司在想什么。从财务报表上看到的短期资产，在金光纸业这样的企业中是根本不存在的。如果把短期资产、巨大的现金流作为银行风险管理的核心指标，那就太愚蠢了。

宋　宏：这提醒了我们，对上市公司财务报表的分析必须深入透析它后面的内幕，真正了解它的意图及运作手段，而不能仅看其表面。

郎咸平：上市公司中有一些就是圈钱、套钱，结果让小股民上当吃亏。2004 年以前的资本运作方式是：上市公司把一些烂资产剥离出来，从外面找了一个有概念的资产，比如北大正方、清华紫光等注入，把股价大幅拉升，到了最高点所有内部人套现离场。股民对此深恶痛绝，而且这种事情干多了，股民都熟悉了，不上你的当了，这是中国股市衰退的真正原因。

三、格林柯尔案例的警示有什么意义

宋　宏:您说的这种资本就是经济学所称的“投机资本”。那么请您再谈谈格林柯尔的案例吧,从中看这种公司是怎么圈钱、套钱的。

郎咸平:这个案例我说过很多次了,但是非常有意思,非常值得研究。我曾在上海复旦大学作了一个演讲,题目是《在“国退民进”盛筵中狂欢》,讲的是顾雏军的格林柯尔,这个案例的重要性在于激起了全国产权改革的大讨论。

2001 年是顾雏军带领格林柯尔一举成名的年份。在这一年,顾雏军控股的顺德格林柯尔公司收购了时为中国冰箱产业四巨头之一的广东科龙电器,随后,在《福布斯》杂志 2001 年中国富豪榜上,顾雏军赫然位居第 20 名。事实上,媒体早已对顾雏军有一些质疑,第一,顾雏军收购企业的钱是从哪里来的?第二,他到底是做产业整合还是资本运作?第三,科龙、美菱真的赢利了吗?第四,顾雏军真的有汽车情结吗?

顾雏军在 1997 年回国创业,掀起一轮又一轮收购风暴。顾雏军通过其个人全资公司 Greencool Capital Limited(注册于英属处女群岛,非上市公司)控制麾下格林柯尔系三大产业:制冷剂、冰箱和客车。制冷剂产业包括位于天津的格林柯尔制冷剂(中国)有限公司(非上市公司)和在香港上市的格林柯尔科技控股有限公司。冰箱产业包括顺德格林柯尔公司(非上市公司)控股下的广东科龙电器股份有限公司(上市公司)和合肥美菱股份有限公司(上市公司)。客车产业包括扬州格林柯尔创业投资有限公司(非上市公司)控股的扬州亚星客车股份有限公司(上市公司)和襄阳汽车轴承股份公司(上市公司)。

顾雏军到底投资了多少钱呢?根据资料,顾雏军注册了四家公司,顺德格林柯尔、扬州格林柯尔、安徽格林柯尔和江西格林柯尔,注册资本共计 23 个亿。顾雏军收购科龙、美菱、亚星和襄轴,投资南昌工业园、安徽格林柯尔,共花了 41 个亿,除了从香港股市套现的 3 亿港币外,他还有 38 个亿的巨大缺口。对于一个归国的企业家,他从哪儿弄来这么多的钱?对于媒体的质疑,顾雏军说,“我的钱有国际背景”,“我唯一不缺的就是钱,钱不是问题”,“只要有好的项目，我会毫不犹豫地买下来”，“我用的是我个人的钱，是格林柯尔集团内部的钱”。

事实是不是像他说的那样呢？其实这些钱来历不明。根据证监会和我的披露，顾雏军是从上市公司中拿出钱放到自己的私人公司，然后用私人公司的名义投资，控制所有股权。

根据调查我发现，顾雏军收购科龙只付款1.5个亿，所剩部分都用香港格林柯尔的应收账款抵押，收购完科龙后，他就用科龙的钱收购美菱，花了2个亿，收购亚星花了4个亿，收购襄轴1个亿，收购安徽格林柯尔0.3个亿，总共投资了9.1个亿。顾雏军用香港格林柯尔套现3个亿港币，足够他收购科龙，还剩下一点钱。顾雏军曾说，“给我几个亿，我可以撬动一个行业”。他就是用这9个亿元换回来了一些响当当的企业，资产总值共计136个亿。

顾雏军赶上了什么机会呢？主要是赶上了国退民进，地方政府急于甩掉包袱，加快国企退出的好机会。他不断复制科龙经验，加快收购其他国企。

顾雏军用了什么手段呢？我总结了一下就是安营扎寨、乘虚而入、反客为主、投桃报李、洗个大澡、相貌迎人、借鸡生蛋七板斧。

宋　宏：您在许多文章中都讲了这“七板斧”，并指出凡是大学工商管理学院都应该讲授这个内容。我理解，不了解这“七板斧”，就不能明晰投机资本是怎样运作的，的确非常有意思。

郎咸平：是的，这是投机资本的招数。我一一解释：

第一斧：安营扎寨。顾雏军收购的四大企业：科龙、美菱、亚星、襄轴都是通过私人公司收购的。顺德格林柯尔收购科龙及美菱，扬州格林柯尔收购亚星和襄轴，问题就在于顺德格林柯尔和扬州格林柯尔是私人企业，不需要披露资金来源，这就是媒体对顾雏军质疑的原因。根据证监会和我的披露，顺德格林柯尔和扬州格林柯尔收购这些企业的钱来自上市公司，这是违法行为，顾雏军要承担法律责任。

第二斧：乘虚而入。我发现，顾雏军收购的这些国企都是一些生产条件和市场基础非常好的企业，但都遇到了经营困难。

(1)广东科龙电器股份有限公司被收购前是中国规模最大的白色家电制造商和中国家电业十强企业之一，拥有优秀的制冷技术团队及一系列专利技术及营销网络。继2000年首次报亏之后,2001中期报表显示,科龙销售收入和利润继续下跌。与2000年同期相比销售收入下跌9.8%,纯利急降85%,每股赢利0.02元。中报发布当日,该公司在香港股价下跌12%。

(2)美菱冰箱是中国四大名牌之一,美菱电器在业内一直保持稳健的发展步伐,自创业元老张巨声退隐后,曾一度公告亏损。2001年,美菱电器巨额亏损达3亿多元,业绩一路下滑。

(3)亚星客车是国内最早也是最大的大中型豪华客车制造商,是国内客车底盘技术开发的教父。亚星客车的业绩从1999年开始也一路下滑,直至2003年被收购前每股收益跌至-0.78,息税前利润为-1.4亿,2003年第一季度,亚星客车合并报表显示,主营业务收入和净利润分别同比下降38.69%和43.95%。

(4)襄轴股份前身为襄阳轴承厂,建于1968年,是国家"四五"期间重点建设项目,国家四大轴承基地之一,也是目前全国最大的汽车轴承生产专业厂,拥有国家级的专门从事汽车轴承研究、设计、开发的技术装备和研发力量。但是从1999年开始,襄轴的业绩也一路下滑,从1999年开始每股收益和息税前利润几乎为负值。格林柯尔就是乘虚而入,收购这样的公司。

第三斧:反客为主。以科龙为例,在收购前的7个月,顾雏军就去当科龙的董事长。我的问题是,顾雏军为什么这么早就跑去当董事长?他急什么?一个民营企业家提早进入董事会一定有问题。有人说,他提早进入董事会是为了国家、人民、股民,这是不可能的,在当前的整体社会信用水平下不可能产生这种人。再看美菱。美菱是2004年3月完成收购,但顾雏军在10个月前的2003年7月8日,就急着去当董事长。实际上,顾雏军在每一次收购的前一个会计年度,就去当董事长,为新控股股东在对公司的一些操作中带来某些便利。

第四斧:投桃报李。科龙电器的母公司是容声集团,根据资料显示,容声曾向科龙借款12.6个亿,没有能力还。于是顾雏军来了一个投桃,这个桃子就是用3.5个亿股权转让直接抵债,其余的部分以科龙的专利和注册商标抵债6个亿;以土地使用权抵债2个亿,免去所有的利息。这就是我们的产权改革,拿国家的钱做私人交易。另一方面,对方是如何报李的呢?科龙的收购价格从5.6个亿变更为3.48个亿，顾雏军实际上只出了1.5个亿。像科龙这样的大型家电企业，国家光是花在全国各地为科龙电器赊销的费用就有几十个亿，我们的国企老总用1.5个亿就卖了，内地有的媒体还高声叫好。我要问：这就是我们期望的产权改革吗？

顾雏军在解释科龙的收购价格从5.6个亿下降为3.48个亿的原因时说，因为科龙前年有巨幅亏损。我听了后就想，那时顾雏军不是当了董事长了吗？为什么顾雏军当了董事长后科龙就有了巨幅亏损？原来是为了掩饰投桃报李的企图。如果把我们的国企放到美国，让美国的职业经理人来经营，不能说每个都会经营很好，但绝大部分会有光辉的未来。职业经理人非常重要，我们中国缺少职业经理人文化。

第五斧：洗个大澡。顾雏军说，民营企业非常有效率，一家亏损的国企只要到他手中，立刻扭亏为盈。我要说，如果银行的贷款客户讲这样的话，银行千万别相信，都是骗人的。美国都是民营企业，做垮的多得是。国企亏损的原因很多，包括行政、管理、物流、营销、财务等等，是各种原因的综合，你要把一家亏损的国企扭亏为盈，要有大量的资金投入，并且需要一定的时间，三个月就能扭亏为盈一定是骗人的，按照我的研究，最能干的CEO也要2年才能扭亏为盈。

如果把他的财务报表一年一年地看，什么也看不出来。上市公司可以雇人把本期之内的财务报表做得非常漂亮，可是一跨年度就凑不在一起了，任何一个伪造财务报表的人，都可以把每一年做得都很好。看中国公司的财务报表不能一年一年地看，要把每一个会计科目提取出来，几年放在一起对比，只要一对比，破绽一定出来，因为伪造的财务报表只有当期的一致性，没有时间的一致性。什么叫没有时间的一致性？我提取出1998、1999、2000、2001、2002各年的总费用/总收入这个比例把它画在一张图中，就会发现顾雏军在当董事长的时候，科龙总费用/总收入的比例是最高的，竟然高达20%。像冰箱业能够赚5%的利润就谢天谢地了，而且第二年总费用/总收入的比例是零，明显财务报表是造假。如果财务报表造假就一定能发现问题。顾雏军急着当董事长的真正目的，就是伪造财务报表把费用大幅度提高，造成亏损的假象，在第二年收购的时候把费用大幅度降低，造成赢利的假象，说明他有能力扭亏为盈。

第六斧:相貌迎人。顾雏军在收购的前一年提高费用造成亏损假象,收购后减少费用造成赢利假象,扭亏为盈,交出一份漂亮的财务报表,让投资者欢呼雀跃。我按照过去三年的总费用/总收入的平均数,重新调整总费用/总收入比例,不让你在前一年突然增加,在后一年突然减少,便发现科龙、美菱、亚星根本没有赢利。

第七斧:借鸡生蛋。从顾雏军收购科龙开始,人们就对他的钱从何而来产生了强烈的疑问。那到底是什么支撑着他无休止地进行收购?我们对科龙的一系列收购活动进行分析,发现顾雏军利用了科龙电器的强大现金流来完成他的国内冰箱行业收购。

顾雏军这样做的目的是什么呢?顾雏军说,顺德格林柯尔(顺德格林柯尔控制科龙和美菱)已经形成了对国内冰箱行业的控制,我正在等待一个合适的时机,把顺德格林柯尔拿到海外市场上上市。顾雏军控制国内冰箱行业只花了3.5个亿(科龙1.5个亿,美菱2个亿),他在等国内冰箱行业市值增加,当超过100个亿时,他就会在海外上市,至少能赚96.5个亿!他凭什么把国有资本变成他的私人资本?他这样的投机资本凭什么套取股市股民那么的多钱?

你听了以后有什么感觉?就像这样他"轻轻地走了,没有带走一片云彩"。你看像不像一本小说啊?这样一本精心撰写的小说竟然存在于我们的现实社会中!好像我是在讲一个我自己虚构的故事吗?但非常不幸的是,这个故事是真实的。从格林柯尔的案例中,我们得到的启示是:对企业的财务报表,一定要学会用技术分析的方法,把它的问题揭示出来。

四、制度和文化建设为什么极其重要

宋　宏:格林柯尔的运作表现出典型的投机资本性质。但国内许多上市公司是做实业的,可是为什么也会发生类似的现象。

郎咸平:我念的博士是公司治理博士,我主要研究上市公司出台的各种政策,如何才能保护中小股民的利益。我拿美国的上市公司作研究的时候,感到非常正常，但我拿中国的上市公司作研究的时候，发现根本不是那么回事。并不是我想去找格林柯尔，而是我的学生找的，他们想研究分析这些案例，我只是指导他们作分析，仅此而已。很不幸，我把格林柯尔“研究”垮了，所以有些人就骂我，说我不厚道，说我讲谁，谁就要垮，说我是乌鸦嘴。但是我们要明白，我们期望的社会是一个公平、公正、公开的社会，今天如果把格林柯尔这些事情压下来，民怨没处发泄，后果更严重。有人说我揭露格林柯尔的事情，股价下跌了，伤害到了股民。可是事实上全国的股民支持我，为什么对我支持呢？因为我们现在的社会是一个很多人不讲是非、没有道德感的社会，我们不知道公平、公正、公开对国家的长远发展有多么重要？我们的股民这些年来是被骗大的，上市公司骗他们，专家、学者骗他们，没有人告诉他们，这些上市公司是不值得投资的，我只是把这些话讲出来了而已。如果国家多几个像我这样的人，如有200个人，上市公司还敢这么嚣张吗？社会的公理、正义一旦丧失以后，等待人们的就是社会的不安、暴动。凭着这点小小的使命感，我就要揭露这些大企业的不法行为，和他们奋战到底！并不是我不厚道，是那些大企业不厚道！

宋　宏：郎先生，您刚才说到了不良的公司治理导致金融风险，这是国内在建立现代企业制度中一直被经济学界特别关注的问题。现在一些上市公司都存在一股独大，老总大权独揽的现象，发生风险的概率太高，而且一旦问题发生便是灾难性的。

郎咸平：你们说上市公司一股独大、一人独大的问题怎么解决？有人说找一个第二大股东就能制衡，这样行吗？这都是拍脑袋想出来的办法。2001年我在美国最有名的经济学杂志——《美国经济期刊》发表一篇论文。在论文中我说，研究发现，除了美国和英国之外，全世界的上市公司几乎都存在一股独大的现象。一股独大本身不是问题，问题在如何有效监管。在欧洲，第二大股东为了保护自己的利益，常常出来和第一大股东对着干，结果是保护了自己，顺便也保护了中小股民的利益。我研究了亚洲的日本、菲律宾、马来西亚、印尼等9个国家，不包括中国，因为没有资料，我发现亚洲的第二大股东常常和第一大股东勾结在一起，侵害中小股东的利益。

改善公司治理结构需要较长时间，期望短期改善是不可能的，类似的问题 1929 年在美国也发生过,当时美国的上市公司坏透了。在美国证券交易法的第二章中,详细罗列了这些上市公司是采取多么狠毒的手段来侵害中小股民的利益的。当时的罗斯福总统认识到,如果期望上市公司自行进行公司治理、结构改善是缘木求鱼,根本不可能的。因此,美国政府从 1929 ~ 1932 年,用了 3 年的时间,创建了全世界最严格的法案——《美国证券交易法》,这是世界上最严酷的证券交易制度。严酷到什么地步呢?公司只要上市,就有犯罪嫌疑。什么意思?我们的法律都是假设你是清白的,除非控方有证据证明你有罪。可是《美国证券交易法》称:所有上市公司都是有罪的,除非公司有证据证明自己是清白的。这一招之狠毒,不晓得在美国让多少人人头落地。什么叫证明清白?举一个例子,我问你上个星期看过某某电影没有?你说,这很好证明,我和妈妈去看的电影,妈妈可以为我证明。如果我问你,上个星期你没有看过某某电影吗?你就很难证明你没有看过某某电影。美国证监会对上市公司内部交易的监管和处罚是最严厉的,他是如何定义上市公司内部交易的呢?你只要在公布好消息的前一天至三年前有任何一笔交易,只要是能带动你的股价向同方向走的,就是内部交易。一个上市公司三年内可能有 700 ~ 800 笔交易,美国证监会怎么抓呢?他从大到小抓,只要抓住一笔内部交易,他就用美国政府的力量和你打官司,直到你家破人亡为止。我国对上市公司内部交易最高罚款 50 万元,而美国是要死人的,这就是为什么美国安然事件出来以后,安达信会计师事务所有两个人自杀的原因。安达信破产被清除掉,本来是五大会计师事务所现在是四个了。我们做得到吗?这就是美国政府的英明之处,他用严刑峻法使上市公司不敢不有信托责任。如果我们也用美国一样的严刑峻法,根据美国的经验,3 年就可以使现在的中国股市变得和美国股市一样好。在亚洲,上市公司第二大股东和第一大股东既然可以合谋侵害中小股东的利益,也可以合谋侵害银行的利益。要减少银行的坏账,仅仅靠银行一家的力量是不够,要靠政府的力量,全社会的力量,搞系统工程才能根本解决。今天国内股市所处的局面是一个无奈的局面。我们的政府要认识到,真正使中国富强要靠法制,真正使中国股市兴旺要靠严刑峻法。我只能通过一些技术性的办法,帮助把损失尽可能减少,仅此而已。要想从根本上改变,除非国家下坚强的决心,否则改变不了。

为什么发展中国家的银行都是国有银行吗？因为发展中国家没有一个良好的司法体系，大家都不愿意还钱，逼着私人没法做银行，只好由国家来做。任何发展中国家的银行都是坏账一大堆。有人会说，中国银行也是国有银行，但中银纽约分行和伦敦分行为什么能赚钱？这是因为纽约人的经济素质是好的，当地法制是健全的，每个借钱的人都愿意还钱，银行当然就不会有坏账了，仅此而已。香港1997年楼市崩盘以后，上百万的家庭有负资产，香港的老百姓仅凭着那一点点的信托责任，硬扛着债务不放，没有造成香港银行的倒闭，这就是香港人的经济素质！一个国家的国民没有好的经济素质，国家没有好的法律体系，银行一定是坏账一大堆。

宋　宏：这正是国内经济学界和金融界当下所热衷研究的“金融生态”。没有良好的金融生态，金融是没法健康发展的。

郎咸平：对啊！当国民的经济素质上升，国家法制健全的时候，银行就一定会做得好。无可否认，现在中国企业的经济素质比15年前要好多了，在这种情况下，银行的坏账会因为整个社会环境的不断好转而减少，绝对不是哪一个领导的英明，这是经济规律。但就在这个时候，外资银行想要进来。因为现在中国银行业坏账太多，外资银行可以贱价收购，我们自己还很高兴。等到5～10年之后，我国的法制健全了，国民的经济素质提高了，银行自然就会赚钱，但是你们那时会发现，中国的银行可能都控制在外国人手中。你们知道在WTO中，外国人最想要的是什么？是金融。我们要有警觉，眼光要长远一点。

宋　宏：改善公司治理的关键人物是职业经理人，您刚才也提到这一点。您对现在中国的职业经理人怎么看？

郎咸平：世界500强企业没有一个不是职业经理人做的，创办人已经没有能力应付一个大型企业了，职业经理人的职业化是大势所趋。为什么职业经理人在美国、欧洲做得好？因为美国人、欧洲人在他们的血管中流淌着信托责任的血，他们认为把企业做好是应该的，他们会拿着他们应得的报酬走人。而我们中国不是这样，我们的血管中没有信托责任的血，我们认为把企业做好是不应该的，做好就应该是自己的，这就是中国和欧美的职业经理人的根本不同之处。职业经理人、股份制这些概念是西方文化的产物，只有西方人才能玩得转,我们中国人玩不动或把他玩歪了。我看,中国的职业经理人建设任重道远。

宋　宏:这就是素质的养成问题。建立完善的现代市场经济,必须有现代市场经济意识为先导,道德文化也是一个基础。您所说的要有效抵抗和防范投机资本,都离不开这样的基础。

郎咸平:中国的有识之士呼盼了二百年的国家强盛,但许多人都是默默以终,好不容易盼来了中华人民共和国——今天的汉唐盛世。但这种盛世是有代价的,会遭到叮咬,形成一个个脓包,在它变成粉红色即将要破的时候往往是最美丽的,这就是我们今天的社会问题!今天的中国社会是一个转折点,如果我们走得好的话,我们可以延续汉唐盛世;走得不好的话,二十年以后中国人给宝贝女儿写信,可能会像印尼、菲律宾的父母对他们的女儿那样写信:宝贝女儿,你在别的国家做保姆的日子还好吗?

宋　宏:郎先生,您所谈论的会引起人们更冷静的观察与思考,从而寻找到解决问题的出路。占用您不少时间了,非常感谢您。

菲律宾德拉塞尔大学工商管理学院教授爱彼芬娜·安弗妮

21 世纪企业需要什么样的新型领导

——管理学家爱彼芬娜·安弗妮教授访谈录

在工商管理学科研究中，企业领导科学始终是一个人们倍加关注的重大课题。进入 21 世纪以来，世界各国的工商管理研究者和实务者都深刻地感受到，时代的变化对于企业领导已经提出了新的需要、新的要求。而这种新的需要和新的要求与过去相比亦有着很大程度的区别。因此，当今企业领导的转型正在凸显出不可回避的客观必然性和新的发展趋势。2004 年 4 月中旬，安徽大学工商管理学院与在菲律宾乃至东亚工商管理学界享有颇高知名度的菲律宾德拉塞尔大学工商管理学院在合肥举行"21 世纪企业管理创新国际研讨会"，会议的一个论题便是"21 世纪的企业领导"。菲律宾德拉塞尔大学工商管理学教授爱彼芬娜·安弗妮女士在会上就此专题发表了学术报告，引起与会学者的热烈反响。笔者在与会期间，借助翻译专访了安弗妮教授。

一、领导的实质是“领导力”

宋　宏:安弗妮教授,您好。我听了您在研讨会上的发言,感到很有新意,因此想采访您,可以吗?

安弗妮:喔,可以,可以。您访问我,我很荣幸。

宋　宏:非常感谢您接受访问。就我所知,在领导科学中的“领导”概念并不仅仅是指由选举或任命产生的“领导者”,而更重要的是定义于一种“领导力”,即在一个组织中起到带领、引导作用的力量和影响。我注意到,您在研讨报告中也是在这个意义上使用“领导”这一概念的。我的第一个问题是,21世纪变化着的环境对当今企业领导力的要求发生了什么样的变化?

安弗妮:21世纪的最大特点就是技术、社会、政治、经济和商业状况处在持续多变的环境之中。我们的时代既充满着惶恐和焦虑,也充满着机遇和希望。企业要适应这种持续多变的环境并得以生存和发展,就要在组织中拥有正确的领导力,从而能够把企业引向健康发展之路。由于面对的环境复杂多变,所以对领导的要求更多,尤其是对工商业领导和管理者更是如此。它要求在企业中发挥领导作用的人必须是发展成熟的人,而且能对自己、雇员、公司以及更广泛的系统的良好行为负责。

因为技术的发展,个人和组织获取的信息无穷无尽,常常导致发生“信息不对称”现象,这也成为一种发挥领导力的障碍。所以,领导者必须努力获得技术和能力。21世纪的领导者在很大程度上必须依靠复杂的知识和革新能力。这些知识和革新能力来自于组织内部和组织外部的所有方面。现在的工人具有知识,这使他们变得可以像企业家那样思考,并且倾向于从工作单位以外寻找更合适的领导,如果他们当前的管理者无法提供这样的领导的话,情况就会变得如此。

宋　宏:这就是说,仅就企业内部的工人素质的提升而言,就需要企业管理者不断提高领导力的供给水平。管理者如果不具备驾驭“可以像企业家那样思考的工人”的领导能力,便只能被工人“用脚投票”抛弃。

安弗妮：对的，对的。领导的作用在于产生组织所要追求的新的目标，激发组织中的雇员，使之潜力最大程度地发挥。这就需要领导必须一直保持竞争力，它可以是在某种程度上改变经营方向的知识，但这种知识并不总是来自于高层。这种领导向组织的各个层次开放，对于组织的生存是非常必要的。

管理者方面的领导一直是企业所需要的。管理者方面的领导是那种追求发动变化，既追求新的方向，或者说革新以将组织引向新的市场，又追求对现有事物进行改进，以提高质量、效率和服务水平等。

企业家方面的领导在一个组织和产业中也成为经常的话题。创新，为发展人、产业和世界而革新，诚实、真诚、团队精神以及服务，这些素质在本世纪对于领导力的增强和企业的发展壮大是非常有价值的。

二、领导力不在“统治”而在“创新”

宋　宏：的确如此。您一再强调“创新是企业家的必备素质”，我觉得非常重要。在21世纪，企业的开放性更高，信息和知识的可共享性也更强，员工的个性与能力更得到前所未有的张扬，于是传统的“统治式领导”的基础便不可避免地发生动摇甚至崩塌。这样，企业的领导力也就不再表现为某个人对信息和知识的独占以及由此带来的神秘感与权威性。正如当代盛行的美国经济学家熊彼特的创新理论所指出的，创新意识、创新能力以及拥有支撑它们的新知识和新技术是当代领导必备的素质，甚至称之为当代企业家的首要素质。在新世纪、新时代，判断有没有领导力的标准，不在于“统治”，而在于“创新”。那么，您强调21世纪的企业要有新型领导，它与传统的领导相比有哪些区别呢？

安弗妮：这是个很有趣也很有意义的问题。对于两者的区别，我作了一组对比，简略地概括，可以分为以下十二个方面。第一，传统的领导概念是只有老板才是领导；新型的领导概念则是所有人都可以成为领导，尤其是那些具有关键知识的人。第二，传统的领导观念指望高层管理者领导；而新型的领导观念则是任何人都必须具有领导实力。第三，传统的领导形象是领导或管理者要像高高在上的古代的将军;而新型的领导形象则是领导者应该更像是与群众打成一片的“游击队员”。第四,传统的领导方式是CEO可以领导变革,作出所有决定;而新型的领导方式则是看重一线员工更具有积极的、持续的革新能力。第五,传统的领导结构是自上而下;而新型的领导结构则是既自上而下,又自下而上。第六,传统的领导是要求全体一致;而新型的领导则是鼓励变化,通过改变方向使企业达到新境界,或者领导者不断产生新的意念,为企业增加多种成功的机会。第七,传统的领导是以个人成功为内在动力;而新型的领导则是以为他人服务的欲望而产生动力。第八,传统的领导是为保持权力而控制信息;而新型的领导则是让大众分享信息。第九,传统的领导喜欢制定并掌控内部政策,并利用它们获取个人的成功;而新型的领导则是乐于激发他人,使所有人具有威力,由此赢得共同的目标,取得团队的成功。第十,传统的领导认为,个人价值来自于个人的才智;而新型的领导则认为,个人价值来自于与他人的合作和互相信任。第十一,传统的领导把团队视为权力基础;而新型的领导则是发展互相信任,反对独断专行。第十二,传统的领导利用幽默控制他人,以炫耀某种“高傲的魅力”;而新型的领导则是利用幽默使他人轻松,不反对从错误中学习经验,为他人和企业营造宽松的氛围。

三、21世纪领导转型的趋势

宋　宏:您的这些概括言简意赅,犹如一面镜子,将传统的领导与新型的领导作出了既抽象又具体的对照,涵义丰富且耐人思索。您在工商管理学院,想必与企业界有很多的接触,对企业家及其领导能力有着深刻的了解、观察和研究。接下来,我还想问的问题是,据您的研究,21世纪时代领导转型的趋势将是什么样的?

安弗妮:是的。我非常关注企业界和企业家,考察过不少菲律宾的工商企业,也调查过不少企业家。作工商管理研究,不了解企业,不理解企业家,仅靠书本是研究不成的。你问我的问题,从我个人的观察和研究的视角来说,我认为,在21世纪要成为适应持续多变环境的新型领导,或者说要具备新时代企业所需要的领导力，提升素质无疑是必要的。领导的技术和能力发展现时表现出四个基本趋势。第一，自我发展。倾向于发现和理解自我的各个方面，自己自觉主动地发展变化。对影响他人思维、触发某种感性反应以及连接一种方式与另一种方式的事物谨小慎微。寻求达到感情的和精神的竞争力。这导致了坚定和沉稳，从而拥有处理困境的清醒头脑和洞察力。有勇气改变自身，不仅是表面的行为，而且包括态度、信仰以及心理结构方面。这就保证了转变的行为持久发展，使人更有效率。对自己、对他人和对世界拥有更加宽广的、包容的世界观。明白自己以及组织中每个人的发展对经营结果的影响，知道如何创造组织结构来支持所有个人的发展。第二，潜能最大化。寻求发展所有个人的潜能。除了要了解每个人的思想和愿望，还必须集合直觉、心情、精神和身体等因素而激发个人和雇员的潜能。创造一个宽松的环境，支持所有雇员立志发展创造力、稳定、活力、集中力、生产率和养老，最终达到美满的生活。第三，有意识地融入更大的系统。崇尚革新，维护集体、团队精神和世界公民的意识，拥有个人的使命感，应为他人和世界的良好行为作贡献。通过奉献以及开拓组织结构使之尊重和贡献于更大的系统，从而发现自己人生更大的意义。第四，参与创造权力。承认与他人分享权力有助于创造一个充满革新、合作、活力、灵感的组织环境。懂得如何鼓励他人获取更多的权力和驱动力，用以提高组织团队的应变能力和学习能力。了解内部沟通和联合创造的威力，并且知道何时展示人性和真诚，如何提供支持和交流。

宋　宏：您提到的这四个方面的基本趋势，实质上揭示了21世纪企业领导应有的理念、素质、行为方式与追求目标，应该是当代企业领导者们必须付诸努力的方向。我认为，这里不仅包括领导者的自我“修炼”，以提高个人素质，而且涵盖了增强对一个企业组织内部和外部更大的系统的整合能力，甚或还应该含有哲学理念的转变。可见，对21世纪企业领导的要求要比对以往领导的要求更丰富、更复杂。再问最后一个问题，作为21世纪的企业领导应该有哪些特性呢？

安弗妮：我认为，21世纪企业的新型领导至少应该具备三项基本特质。我把它们简要地概括为以下要点：一是冒险精神，包括：探索、打破常规、挑战现状、坚信自己的判断、迎接风险、反抗所谓的权威、革新；二是影响他人的能力,包括重事实、讲道理、热情、坚忍不拔、描绘蓝图;三是一定的学识水平。只有具备了这样的特质,才能成为适应时代的有效的领导,才能保证企业在新的时代中不断在各个方面创新并持续发展。

宋　宏:我们国内也有许多学者在研究21世纪企业的新型领导问题,他们所提出的见解与您谈到的观点有着诸多的暗合。从中可以看出,在经济全球化的时代,不同国别的企业在管理创新以及领导转型等方面所面临的问题具有很大的共性,其间变化的趋势也有着普遍意义。因此,工商管理学界的国际对话无疑有着许多的共同话题,互相借鉴的研究空间也一定是很大的。此次中菲两所大学的企业管理学者们进行高水准的学术交流和研讨,使大家分享企业管理创新前沿问题研究的最新成果,尤其是您对于21世纪企业领导的一番阐述,让我们深获教益。非常感谢您!

“新经济”：认知与回应

——旅美经济学家何凌天教授访谈录

在当前经济全球化浪潮中，一个被称之为“新经济”的现象悄然浮现，旋即引起了世界各国的惊异与瞩目，在经济界更是成为人们关注和议论的热点。2000 年 7 月中旬，安徽省社科院、省经济学会邀请曾在省社科院工作、现任美国中阿肯色大学终身教授的何凌天博士来皖讲学。何先生作了有关“新经济”的专题学术报告。报告之后，老友聚会，笔者借机专访了何凌天教授。

宋　宏:多年不见了,这次相聚真令人高兴。

何凌天:是啊,是啊,回来看到那么多的老朋友,又看到中国的变化、合肥的变化,真叫人高兴。您还是在报社,还是在做经济学的研究工作吗?

宋　宏:是啊。兴趣所致,习惯改不了啦。我想,不妨借这个机会,和您做个访谈如何?

何凌天:行啊。那么,您打算访谈什么内容呢?

一、什么是"新经济"

宋　宏:在跨世纪之际,现时人们对于"新经济"的现象业已给予相当关注。您在美国教授和研究经济学,可谓"近水楼台",想必对此有直接而丰富的感知。首先想请您介绍一下,什么是"新经济"?

何凌天:据我的了解和研究,"新经济"最初是在美国证券市场上提出的概念,相当于股市上常说的"概念股",就是把诸如基础产业、制造产业等传统产业指称为"旧经济",而把高技术产业如信息、网络产业等新兴产业叫做"新经济"。其含义是从行业角度区分新旧产业股票板块和概念。以后,这个概念又延伸和发展了,逐渐成为表示对显现拉动经济增长的主导产业和改变传统的经济周期特点的美国经济现状的概念,并由于美国官方使用了这一概念而日趋流行。近两年以来,"新经济"的概念在世界也大肆流行起来。不过,这种概念的定义至今仍有一些争论,还需时日加以更缜密、严格的界定。从大多数经济人士比较认同的意义上说,通常所谓的"新经济",不仅是指传统产业与新兴高技术产业的区分,更重要的在于描述美国经济近几年运行中显露的全新特征和态势。从1991年4月到2000年6月,美国经济已经在高位增长率上持续发展了111个月,是一百多年来持续时间最长的一次增长期,而且伴随着经济持续高增长的是低通货膨胀率和低失业率,概言之,即"一高两低"。人们可能还记得,70年代末的美国经济处于滞胀状态,深受高通胀率、高失业率和增长衰退的困扰,而现在的"新经济"则近乎神奇般地把它扭转和颠倒过来,显示出一种完全不同于以往经济周期状态的崭新特点。对于"新经济",我们应当特别注意观察和研究它的经济运行周期的新特征方面的含义。

宋　宏:我们看到,有些媒体在报道有关新经济时,常常把高技术中的信息技术产业即 IT 产业等同于"新经济",或者把"知识经济"、网络经济等当作"新经济"的同一概念使用,这与您所说的经济运行及其周期新特点的涵义显然有很大不同。这种认识是否正确?如果不正确,那么,它究竟错在哪里呢?

何凌天:的确,现在常把新经济与 IT 产业、"知识经济"、网络经济混为一谈。其实,它们之间虽有着密切联系,但又不能简单等同。应该说,高新技术产业、"知识经济"、网络经济是"新经济"的技术支撑,是"新经济"的一个技术性基础和前提。但是,不能以为只要有高新技术,搞点"知识经济"和网络经济的技术因素,就能形成"新经济"的运行状态。即便在技术层面上,现在时兴的信息技术也不是"新经济"的唯一支撑,我认为还有基因工程技术、生态环保技术等更新的高技术也将成为重要的支撑。从美国"新经济"的实际情况看,支持"新经济"出现的因素是综合性的、多元化的,如资本市场的风险投资、政府相应的货币政策、公众消费方式和消费偏好的变化等等。把"新经济"的产生原因归结于唯一的某种因素,这就太简单化了。一种经济形态不可能是由唯一的技术因素构成的,它必然是多元因素的集合。所以,我们的视野应放宽些。

二、什么原因促成了"新经济"的形成

宋　宏:我们正想要了解的,除了技术层面的因素,还有什么原因促成了"新经济"的形成呢?

何凌天:这是一个很重要的问题。据我研究,促成"新经济"形成的主要原因有两方面。一是在微观上,新一代创业者的高新技术创新,创造了一大批新兴产业,并且运用这些高新技术发展了传统产业,开辟了新的经济增长和就业增长空间。二是在宏观上,有效的货币政策是一个关键性因素,再有就是政府的刺激举措。比如,美国政府制定的"信息高速公路计划",对信息技术产业、网络经济产生了强有力的刺激和推动作用。又如,美国官方允许建立创

业型高新产业必需的风险投资机制,如纳斯达克股市,拉动了高新产业投资。特别值得指出的是,美国联邦储备委员会(简称“美联储”,即美国的中央银行)的货币政策运作是极其有效的,在经济高增长中,货币政策的着力点放在抑制通货膨胀上。美联储每个星期都对各项经济指标加以观察和分析,一旦发现有通胀迹象就迅速采取调控措施进行校正,而且力度掌握在既抑制通胀又不损害增长的适度水平。这几方面因素的共同作用,才导致了“一高两低”的“新经济”现状。所以,可以说,微观企业和创业者的技术创新与宏观调控的合理有效运作,形成了两者的良性互动,而在这样的基础上才产生了“一高两低”的“新经济”现象。

宋　宏:“新经济”的“一高两低”突破了我们认识经济周期及其表现特点的既有经济学理论,也就是“菲力普斯曲线”、“资源稀缺”等认识定势。世界经济学界有不少人都指出,这将带来意义非同小可的经济学理论革命。无疑,这是我们经济学界亟需研究的。

何凌天:确实如此。“菲力普斯曲线”是一个沿用了好几十年的经济理论,人们一直用它来解释经济的变化和周期的特征。它总把经济增长过程中的失业率和通胀率用图表显示出来,说明经济增长快,引起失业率下降、需求增长,而由此导致通货膨胀率上升,使经济运行失衡,进而又引起经济衰退。这样,就必须对经济运行加以调整。在这个曲线的理论中,“一高两低”是不可能共存的。但是对于“新经济”,菲力普斯曲线却不再生效,用这个理论也不能解释和证明了,并且同样不能作为经济调整的理论依据。现在“新经济”所带来的理论突破,使人们必须用新的思维、新的理论来审视未来经济。这个观念转变是非常现实的。

三、“新经济”对中国将发生什么影响

宋　宏:您谈得非常好,我完全赞同您的观点。让我们回到实际层面,“新经济”目前还只是在美国出现的经济现象,不过在经济全球化中,它不能不对世界经济产生影响。据您看来,它对我国经济会有什么样的影响呢?

何凌天:它对中国经济肯定是会产生影响的。在经济全球化的趋势和格局下,世界各国经济的交汇和融合,当然会使美国的“新经济”对世界各国经济产生深远的影响,安徽乃至中国也不例外。我认为,它可能会使人们意识到有必要对以往的发展思路和战略设计进行反思、重新审视,可能导致原来的战略重点以及调控方式、政策取向的某种改变和更新。我认为应该有以下这些方面:

第一,国内经济的现时发展阶段还远非信息时代、网络经济,工业化的任务还有待于逐步完成。但是,这并不意味着现在不能适当发展高技术产业。我看到,现在中国经济增长得非常快,国内信息产业发展很快,网络的推广也很迅速,许多人都用着手机,很多人都有家庭电脑上互联网,好像都快赶上美国的手机和电脑的普及程度了,真是出乎意料。要知道,高新科技产业是下个世纪经济的主导和支柱,一个国家、一个地方如果不加速高新技术产业发展,不适当地有一定的高新技术产业布局,那么就毫无竞争力和发展后劲。发展高新技术产业不是“赶时髦”,不能搞一哄而起,而应当是扎扎实实的战略重点。我认为,国内各地可以在信息产业、生物制品产业、环保产业、新材料产业等领域适当发展,要在高新技术产业中占有一席之地,培育未来发展的长远增长点,培育后劲。

第二,从一定意义上说,“新经济”是知识与人才高度密集型的经济,与此相联系的是人才和教育。美国的“新经济”现在受到了高技术专业人才短缺的困扰。美国教育那么发达,高等教育早就普及化了,可是现在却仍然感到了高技术专业人才不足,可见教育是何等的重要。所以,我认为,国内在发展观念上应当更加强调人才比钱更重要、人才是第一位要素的理念。你刚才说到“新经济”突破了传统的“资源稀缺”理论,这是值得重视的。以前的经济发展讲人、财、物三要素,这些资源都有着数量上的硬约束,消耗了就会减少以至稀缺。但是当知识成为第四要素后,由于知识可以不断再生、增长、创新,取之不竭,因而,所谓“资源稀缺”理论也就被打破了。随之而来的是,许多以“资源稀缺论”为公理前提的经济理论和分析方法都将有必要重新研究。从实际看,掌握知识、运用知识的人才,就是未来经济的首要资源,因此,是否真正重视人才、爱护人才、培养人才、运用人才就成为经济发展的关键。要说投资环境，应该首先是有利于人才成长、创新和创业的环境。没有人才，其他都是空的。为获得充分的人才资源，就需要加快教育的发展和改革。所以要设计经济战略，人才和教育不能不成为战略重点。

第三，发展高新技术产业还需要风险投资体系的建立和完善。高新技术产业往往风险很大，创业之初，如果没有风险投资的支持是不可能真正成长起来的。美国的“新经济”，其实就是风险投资培育起来的。国内称之为“创业板”的风险投资股市，在美国非常发达，战略投资者纷纷关注并且投入到风险投资领域中，这才促成了高新技术创业者在良好的条件下获得成功。目前，国内在这方面存在比较大的欠缺，风险投资市场尚待发育，尤其是风险投资的观念尚待培养。我感到，从国家层面上说，这个问题应当加快解决，否则就会束缚高新技术产业发展。我在互联网上了解到，最近国内经济界正在研究和讨论发展风险投资基金、在股市开设风险投资的“二板市场”等等。我希望这一研究进程和实际操作进程都能够加快。

最后，我还想谈谈宏观调控及其政策。我刚才说到美国的“新经济”产业有政府的宏观调控政策之功，这意味着促进高新技术产业发展和保持经济运行平稳协调，不能缺少政府及其财政货币政策的因素。目前，国内经济运行的情形是内部需求不足、通货紧缩，而需求不足的主因是分配出了问题，收入差距悬殊、贫富差距严重，这就需要财政政策的介入，进行二次分配，也就是社会收入再分配。这次从美国回来，无论是在上海这样国内比较发达的地方，还是在安徽这样国内不发达地方，我都了解到社会收入差距悬殊的情况，而且这种差距的程度可以说是我们在国外不可想象的。我听国内学者介绍说，国内收入差距、贫富差距的基尼系数都达到0.45，这就比较危险了。说实话，我不免有些担心，这种收入差距悬殊可能将影响经济的正常运行和社会稳定。所以，目前财政及其税收政策要比货币政策重要。只有解决了收入问题，消费需求和市场才不会萎缩，经济才能振兴，就业岗位也才能增加。在运用货币政策方面，我觉得可以在适合本国国情的基础上借鉴世界各国的现代方式与成功经验，为经济平稳发展提供良好的宏观环境。这些问题非常需要政府宏观调控部门和经济学界进行深入研究，拿出可行的、有效的办法。

四、对“新经济”的前瞻

宋　宏:归纳起来,我们已经谈了“新经济”的概念、成因以及它对经济学理论和我国的影响。您能否对“新经济”及其影响作一前瞻?

何凌天:“新经济”的增长态势目前仍然强劲,但也出现了金融市场的震荡,如美国纽约股市的道·琼斯指和纳斯达克股指都曾发生较大的波动震荡。这表明,“新经济”的进程并非没有风险,它所带来的新问题或许还没有充分显现;它对世界各国将会产生的影响及其实际效应或许还得经过一个时段才能表现得更清楚。美国经济在“新经济”的牵引下已经持续高增长了一个较长时期,风险投资也有些过热的迹象,我觉得还是会有周期性变化的。但是,不管美国的“新经济”今后怎样,国内经济界应该关注它、研究它,还要实际地应对它,汲取经验教训,从而增强自己的后发优势,少走弯路,把自己的经济发展得更好。

宋　宏:您给我们勾勒了“新经济”问题的概貌图景,使我们获得了新知识、新观念,真是受益匪浅。是否应该说,“新经济”离我们其实并不遥远,随着中国加入 WTO,“新经济”对我们的冲击和影响事实上是近在眼前、迫在眉睫了,我们不能没有准备。今天交谈得非常高兴,希望您有机会常回来走走看看,也给我们这些身在内地的老朋友们带来一些新鲜的思想观念和新鲜的学术空气。

何凌天:真希望能常回来看看老朋友,和国内学者们多多交流。

张巨声，全国优秀企业家、全国劳动模范、中共十五大代表，美菱集团董事长。在企业经营与管理方面显示出卓越才华，把美菱从一个濒临倒闭的小厂发展成国家大型重点骨干企业集团，净资产增值591倍，并成功培育出两家独立上市公司。美菱商标是我省首块“中国驰名商标”。美菱冰箱也为我省率先荣获首批“中国名牌产品”称号。

“鸡蛋与温度”的辩证法

——企业家张巨声访谈录

2006年早春为做一项旨在研究中国企业家生长环境的国家自然科学基金管理类研究课题，我们特别约请了原合肥美菱集团董事长张巨声先生，向这位曾被称为中国冰箱制造业“四大巨头”之一的著名企业家请教了一些问题。

宋　宏：张总，您好啊。有蛮长时间没见到您了，身体好吗？

张巨声：你好，你好。老朋友啊，见到你们真是高兴。

宋　宏：张总是全国知名的企业家，把一个弱小困难的集体小厂发展成为全国冰箱业四强大企业，成就令人敬佩，如今可谓功成身退。上世纪 80 年代初，日本经济学家小宫隆太郎曾指出，当时的中国没有真正意义的企业，当然也没有真正意义的企业家。对于发展中国家特别是从计划经济体制转轨的国家来说，企业家是一种最为稀缺的经济资源。应该说，您是我国实行从计划经济转向市场经济的改革所成就的第一代企业家，尽管今天已经出现了第二代、第三代企业家，社会经济体制也发生了很大变化，但你们第一代企业家的成长经验和感悟仍然富有现实意义，尤其对于目前经济不发达、市场体制发育较为滞后的中西部地区的企业家更具借鉴价值。今天我们访问您，主要想请您以自己的亲身感受来谈谈以下几个问题：作为一个企业家应该具备哪些素质？企业家的生成与所处的环境有什么关系？就企业家生成环境而言，安徽的市场环境与其他地区如江苏、浙江等有什么不同？

张巨声：这些问题都是大问题，有的还是敏感问题。干企业真是要尝遍甜酸苦辣，有些话当时真不好说，也不想说。现在我已经退休了，回过头来想想，总是有不少感触。关于企业家素质，这个问题讲了很多年了，一定要我谈谈，也许十分钟就讲完了。不过，现在退休了，就把以前的和现在的思考说说吧，仅仅只是个人的看法。

一、“企业家既要有天赋内因也要有环境外因”

宋　宏：张总，关于企业家素质问题，探讨的文章确实很多，但仁者见仁，智者见智，没有一个统一的观点。其中，有一篇文章谈到清华大学魏杰的观点，认为企业家是天生的，他的素质是先天性的。如果这样的话，研究企业家的生长环境就没有意义了。如果不是天生的，哪些素质与环境有关呢？

张巨声：说企业家是天生的，这个观点有点偏激了。要我说，企业家的确要有一些天赋的内因，但同时也需要一定的外因，就像鸡蛋必须有一定的温度才能孵化出小鸡一样。哲学上说是这个道理,但要更具体更直观地细细分析就很复杂了。我认为,企业家的素质有如下两点最重要:第一是眼光,眼光要超前,要适度超前;第二是胆略、勇气,要敢于承担风险,认准的东西能够坚持下去。其他方面包括责任感、德行、组织协调能力、知识等。它是一个综合的东西,善于用人也是一种素质。对于一个特定的个体,有些素质也可能表现不同。

宋　宏:那么,我们首先就说企业家的眼光。从您在美菱创业经营的时间逻辑上看,您当初怎么会有认准并决定上电冰箱项目的眼光?

张巨声:我是 1983 年到电冰箱厂、当时叫二轻机具厂走马上任的。那时,厂里非常困难,买什么的钱都没有。我提出上电冰箱项目,几乎所有的人都反对,连市里的领导也说,谁会买电冰箱啊,买回家装老咸菜?当时国内家庭买冰箱的很少,我那时大小也是个厂负责人,一个月工资才 50 来块,普通居民买那个上千块玩意儿干啥?一般百姓恐怕想都不敢想啥时候才能买得起电冰箱。我的直感告诉我,上电冰箱项目能成。可当时厂里的工人不答应。甚至有人说,张巨声要搞电冰箱,让他从我们厂直着进来横着出去。当时的情况也难怪,前任厂长刚进行了一次失败的转产,想生产某种类型的机床,结果花了厂里几十万宝贵的资金,却一事无成。

我当时认准了这个项目。这里有两方面的原因。第一个是因为我们经济发展的目标就是为了满足人民群众日益增长的物质文化需要。什么叫满足?就是用发展的眼光关注人民需求的增长和提高。再说,百姓们的生活消费有一个攀比效应,只要有一个人买了,就会有一批又一批比着来,不愁卖不掉,过去自行车、电风扇等产品的发展规律就是这样。1983 年的时候有电冰箱的家庭很少,但我们要用发展的眼光看问题。20 世纪 70 年代的夏天大家还摇芭蕉扇,没过多少时候家家户户都购置了电风扇。我的直觉告诉我,上电冰箱项目能成。当自行车、手表、电风扇这些"老三大件"消费品基本普及后,居民需求肯定要向更高的层次变迁,就会像那时北京、上海、广东的富裕家庭一样,购买电冰箱、彩电等产品。第二个方面的原因是当时我们的二轻机具厂已经面临绝境,急需找一条生路。你们知道,在计划经济体制下,二轻系统的企业隶属"手工业管理局",是比国营企业低一等的,计划、生产、技术、销售水平都比国营企业低了许多，我们"大集体"性质的工厂生产的东西人家看不上，都去要国营厂的。如果我们还是困守老行当、老产品，那么，工厂就不可能有生路，更不可能有发展，只会是死路一条。所以要想让企业得到发展，要做大一个企业，只能另辟新路。这样，我就选择了上电冰箱项目。

宋　宏：这也许可以说，您选择上电冰箱项目也是时势所迫使然了。当时反对的意见那么多，对于您来说压力是很大的，您有没有犹豫过？

张巨声：没有犹豫过！认准了的事，一定要坚持下去。这不是什么固执，而是企业家应有的自信。对自己的眼光、自己的选择，一定要有自信，至于犹豫动摇，那是不自信的表现。企业家首先要有追求。追求什么？名吗？利吗？都不是！真正的企业家追求的是事业。我刚到美菱时，已经50多岁，条件非常艰苦，一个人住在厂里当时一间只有6平方米的房间里，没有水，没有气，更不要说空调、冷暖气，吃饭就是用一个大些的电热杯煮面条。那一段时间，没日没夜地干，白天就在车间里和工人们一起琢磨冰箱技术与制造，晚上就在屋里起草文件、对外联络。那时，这样的小厂技术、文案等人才奇缺，许多本应由办事员做的事都得自己亲自操办。对我来说，从来就没有所谓"八小时工作时间"的概念，至于家里也根本顾不了。所以，我的夫人46岁就退休了。我对她说，没有办法，你就多做一些牺牲吧。

宋　宏：这么说身体素质对一个企业家来说也是很重要的。

张巨声：那当然。回想起那段日子，吃了很多苦，那恐怕不是一般人能够受得了的。

宋　宏：所以说，论起企业家素质，真正是一个奥妙无穷的问题。吃苦耐劳也是企业家非常重要的素质，不仅要有吃苦耐劳的精神，而且要有吃苦耐劳的身体。由此，我们想到，过去徽商为什么厉害？原因即在于历史文化传统加上吃苦耐劳。徽州人多地少，传统养成了这样一种生存习惯，男儿12～13岁就必须外出谋生，远离家门做生意，做不出名堂是无颜回去面对江东父老的，这就是徽商文化。少小离家，得吃多少苦，才能成功？很多人没有成功，也苦，因为无颜面回家，只好漂泊他乡。但正因为这样，才能出像胡雪岩那样的大商人，才能成就徽商的辉煌。对于创业者来说，甘于吃苦耐劳、能够吃苦耐劳，无疑是非常重要的。

话说回来,你怎么就认准电冰箱项目一定能成呢? 有没有做过市场调查来支持自己的选择?

张巨声:直觉! 凭直觉上电冰箱项目一定行。没有做过专门的市场调查,更别提到国外去考察了。那时不像现在,人们的消费意识特别是现代化社会的消费意识远没有形成,还正在启蒙;而且对许多人来说,不要讲会想到自己消费电冰箱,连见也没有见过。如果做市场调查的话,也得不出有意义的结果,因为当时几乎没有多少人了解电冰箱,你要问他买不买电冰箱,他自己也搞不清楚。

无论是选择还是实施电冰箱项目,都应该说是顶着很大的压力和风险的。因为刚开始时,我们厂里所有的人连电冰箱是怎么制冷的都不知道。于是,我带一帮人去人家的厂里学习、考察,但人家封锁呀,千般反对,万般拒绝,好不容易通过人情找到湖北沙市的沙松电冰箱厂,终于让进厂参观了,可是车间还是根本进不去,只允许在厂区转悠转悠,没用。我们在沙市呆了9天,他们冰箱厂干脆停产9天,让我们什么也看不到。回到驻地只有自己想办法。后来从他们厂请了一个技术员来我们住的旅馆给我们上了几十分钟的启蒙课,讲电冰箱制冷的原理。我们这批人才大致知道了电冰箱制冷怎么回事。至于讲课的报酬问题,有人提议,给10块钱吧,因为那时还不兴这个,10块钱相当于当时普通工人月收入的三分之一,这个标准一般人看来是不低的。但是,我说不行,得给100块,大家都不出声,显然是不赞成,最后来了个折中,给的是50块钱。这不仅是个劳动报酬问题,也是感情投资。

光知道原理还差得远啊,我们找到那位技术员,希望了解生产工艺,人家不干,一遍又一遍地去拜访,还是不行。看到他上班路远,买不到自行车,因为当时是凭票购买,别说200多块钱一般人买不起,光有钱没票也不行。当即我到二轻局弄到一张自行车票,买了立即送去。我还承诺一旦有问题,随时到美菱来,一套房子,并担任副总。最后,他终于被感动了,不仅提供了生产工艺,连所有的图纸都带来了。以后,我们就是通过他得到了沙市冰箱厂的全套技术图纸,由此生产出第一批美菱电冰箱。

宋　宏:创业时最难的恐怕是资金,当时资金投入问题是怎么解决的?

张巨声:哎呀,这个事说起来惭愧。人家省市办的国营企业都是拨款,那时候省市办企业还不兴借款。而我们美菱没有资格享受这一优惠条件，我们是一家一家地跑，十万、二十万的借款，且不说借款要还，要承担责任，光是观念上打破习惯思维就需要非常的勇气。要上电冰箱项目，国家没有投资，必要的资金是我自己找关系跑下来的。省经贸委给了二十万技改投资，市财政给一些钱，市经贸委也给了一些。就这样七拼八凑弄了几十万，生产了第一批电冰箱。要是没有一点事业心，没有一种追求，谁愿意做这种事。这同样是企业家一个非常重要的素质。

真正做起电冰箱项目来，真的很不容易。美菱最终的成功应该说还有一个重要的条件：具备了“温度”。没有合适的温度，鸡蛋是孵不出小鸡的。当时，有一些人抱有这样的观点，认为张巨声是干不长的，随他折腾去，搞不成了只当是“交学费”。我也正好利用了这种看法，获得了一个让自己“折腾”的小气候。当我实际操作冰箱项目时，合肥市政府是非常支持的，合肥市二轻局更是支持的，因为美菱直接关系到二轻局的利益，上面给了我很大的处置权力，用人我说了算，很多方面我有决定权。我的工作经历也是一种资源，我是从二轻局出来的，很多关系很熟，办事比别人稍稍方便一些。

美菱于1983年1月1日投产，一年实现产值176万，1985年是1549万，利税总额337万，以后几乎是年年翻番，一下成为合肥市的利税大户，1990、1991年一跃成为家电行业全国著名的龙头企业，美菱成为一个品牌。

宋　宏：我们记得90年代早些时候，合肥市政府因为您的杰出贡献，一次性奖励您5万元，但当时您的收入和现在年薪制下企业家的报酬无法相比，您当时有没有心理不平衡？

张巨声：一次性奖励5万元，现在看来不算什么，但在那时的合肥，还是很轰动的。我说过，我这个人是有追求的，而且我认为真正的企业家追求的不是名利，而是一种事业。在当时物质匮乏的年代、凭票供应的年代，我如果想赚私钱的话，应该说确实有很多的机会和诱惑，但是我没有。这就是企业家的德性吧，没有这一点，我想我不会有今天的结果。

二、"一个地方真的需要'企业森林'"

宋　宏:您刚才谈到创业之初以您对市场的直觉作出了上马电冰箱项目的决策,而且在别的企业和政府部门的支持下,做得相当成功。那么,在以后的时间里,您作为企业家的个人素质的提高与外部环境又有怎样的关系呢?

张巨声:做成一件事不能算是企业家。要想不断进取,获得成功,企业家当然必须不断提高自身素质。当美菱进入冰箱行业后,中国的冰箱业正是"一哄而起",冰箱市场竞争更是风起云涌,那个竞争真叫残酷。这种市场环境给我的最大压力,就是学习。现在企业界看重学历,什么MBA、什么"海归"啦。我认为,学历固然重要,但更重要也更实际的是学习能力。按现在的水准,我这个人文化层次不高。那时做企业的文化水平和学历水平普遍不高,这也是第一代企业家群体的一个特征。工作之前,我只系统地学了一个冬天。我家是河北的,解放初期地方政府为扫盲都是利用冬天办"冬学",主要学习注音、拼音和打算盘。我是特别认真学的,而且算是有悟性,学得特别好。这就给我打了一个很好的基础,使我有了学习能力。文字的东西我就通过注音、拼音来学,计算之类的我就用珠算学,进步很快。找工作时,我也不太懂,看到"河北煤炭器材公司",看中了"器材"两字,就报考了,结果一考就考中了。1951年工作以后,又到"河北商业学校"学了一年。之后,我又报考了"航空学校",所以以后填学历就是大专水平。我上学并不多,但在后来的工作中因为有学习能力,所以能够通过自学来不断地获取新知识,不断地提高知识水平和其他素质。我认为,获取或索取知识的能力比知识本身更重要。所以,在做美菱的近二十年中,我对学习抓得很紧,包括学习冰箱技术知识、国内外先进的企业经营和管理,还阅读大量国外企业家传记,从中学习人家的战略思维、决策方法和经营管理理念。外部环境压力对企业家素质的提高是好事,没有环境压力的刺激,人就可能滋长惰性,就会落伍。

宋　宏:您个人认为这些重要的素质哪些是属于天生的、哪些是后天可以培养的?

张巨声：我这个人一提到市场就兴奋，可以说是具有创业的冲动吧。这对于企业家也许是最重要的素质。同时，我有吃苦耐劳的精神，敢于承担责任和风险。

在企业家素质中，有天生的，也有后天形成的。我认为，学习能力或者说学习的悟性是天生的。同样是学习，有的人就要比别人学得好、学得快、学得多。对市场的感觉、直觉应该是天生的，这也是一种悟性。有的人对市场就特别敏感，有的人却不行。再有就是性格，有的人性格柔弱，处事不果断；而有的人性格果敢，敢于冒风险，敢于担责任。这也是天生的。至于其他的，如知识、经验等，应该说是后天形成的。

企业家必须不断追求，不能满足，要不断提出新的目标。1990 年美菱率先在全国推出大冷冻室冰箱；当时有些人的观点是，外国的冰箱生产标准都是小冷冻室，我们照样做就成了，不要标新立异。我不这样认为，我觉得中国和外国不同，中国的冰箱应该具备多种功能，既有冷冻功能，又有储藏、储物功能，就像是农村家庭的地窖。我们要勇于创新，不崇洋媚外，要敢于打破外国人的洋框框，要不停地打败对手。我们这样做了，大冷冻室冰箱的投产又一次使美菱走在了冰箱业的前列。

宋　宏：您刚才提到的企业家的重要素质里面有眼光和胆识，应该说安徽的民营企业家史玉柱是具备这两点的。他当时所投资的领域，如软件、房地产、保健品行业等都是有发展前景的，可是他走的路却非常曲折。您怎么看待史玉柱这样的企业家？

张巨声：具体的情况我不是特别清楚，但我认为史玉柱很了不起，这么年轻能把企业搞到那种程度确实了不起。作为企业家，主要的东西要抓住，如对管理就时刻不能放松。对于企业管理，我有我自己的切身体会，在实践中悟出的有几项管理主要是解决什么的。比如，计划管理主要解决目标与资源配置问题，流程管理是解决运作效率问题的，组织管理主要解决把合适的人放在合适的岗位上的问题，文化管理管的是价值观的问题，战略管理不是解决企业干什么，而是解决企业不干什么。因为市场的机会和诱惑太多，企业往往是这也想干，那也想干，认为这也能干，那也能干，不清楚企业不能干的是什么。所以，我在企业经常说，要做对的事，而不是把事做对。

宋　宏:一个人具备了企业家的必要素质,应该说有成为企业家的可能性,而成为现实的企业家则一定要与他的企业及其成功事业结合于一体,与一定的外部环境结合于一体。您刚才说到"鸡蛋与温度"的关系,个人素质的提高过程以及创新业绩,也证明了企业家的成长离不开一定的外部环境。有关研究认为,一方面,环境对于企业家是一种"外在性环境",如市场环境、制度环境、商业文化环境和社会政治环境等等,这些都是其他主体从外部给予企业家的;但另一方面,还有一种"内生性环境",即是企业家自主营造的环境,或者说是通过企业家的各种努力改善了生存发展环境质量。这两个方面既互相贯通,又互相作用,形成一种互动关系。您在这方面做过努力吗?

张巨声:做过。我们这个城市经济不算发达,企业特别是大企业不多,在改善企业外部环境上常感到势单力孤,孤掌难鸣。为此,我在美菱曾经提过一个战略,叫"森林战略",即集团下面再分出若干企业,每一个都应该有自己的核心产品,这样才能发展。合肥如果只有一个美菱,或者有几个美菱,政府单靠这几个企业是不行的,独木不成林。只有少数几个大企业,地方经济发展的指标任务、税收指标任务、社会公益事业赞助任务以及合并那些困难企业和各种摊派的压力统统都加在这几个企业头上,这样的"环境"实在太紧了,简直就是企业的"紧箍咒"。我看这也是中西部地区企业和企业家发育不足的一大原因。所以,我想通过美菱母体分蘖,再建立几家企业,形成企业集群,形成森林,形成群落效应,营造出一个众多企业竞争互动的环境,使我们的生存和发展环境宽松一些。所以,我不赞成1992年在条件不成熟时用行政方式将美菱与另一家洗衣机企业合并,原本合肥企业就少得可怜,再合并就更成孤家寡人了。当然,靠大企业分蘖也有风险,因为分蘖时要搞多元化经营,力量很容易分散,原有主业会受到影响,如果新企业成长不起来或者成长不快,就会把母体拖下去。现在回过头来看,我们搞多元化经营和实施"森林战略"还是有意义的,但在操作上应该十分谨慎。

对于一个地方来说,政府真的需要讲"森林战略"。现在民营企业大发展,就应当引导它们进行产业和企业集聚,政府对此应该给予充分关注,为民营企业解决外部环境问题。只有民营企业崛起,形成森林,安徽经济的发展才真正有希望。安徽产业积聚的薄弱与此也有关系。政府给民营企业解决问题,不能认为是恩赐，实际上这是相互作用的关系，民营企业起来了，地方经济也就发展起来了，政府也随之起来了。现在政府要吸取以往对待国有企业、集体企业干预和管制的经验教训，对民营企业要多加呵护。

宋　宏：您说的“森林战略”思路很有意思。在理论界，许多研究将企业家队伍“建设”或者企业家生长机制“设计”理解为理性的人为的过程，即使有的人能够从自发性秩序角度理解环境与机制，但也大多把它理解为客观的外生的秩序，很少有人能够从博弈均衡的内生性角度对企业家成长环境与机制作更深入的思辨和解释。当外部没有形成企业集群时，而且政府未能为企业和企业家提供一个较为理想的环境时，大企业通过自身分蘖来营造企业群落，为自己创造一个宽松的生成与发展环境，这叫企业内生性的创造外部环境。这个过程显然是一个博弈均衡的过程。现在回过头来看，您提出“森林战略”似乎更强调把企业做多做强，而不是人们通常强调的把企业做大做强，是不是这样呢？

张巨声：在我们这样一个发展中国家，首要的问题是企业还太少，所以当务之急是把企业做多。做大企业当然有利于中国在国际市场上的竞争，但关键是看能不能做成。美国有那么多大公司，那是因为它有更多的中小企业为基础。“多”是“大”的前提和基础，离开“多”就不可能有“大”。1992 年市里搞合并，市里的意图是想做大，但合并应该有其内在的需要，如果电冰箱可以大、应该大，在合肥不要说搞 1 个美菱，就是 3 个、4 个，甚至 10 个，我看也照样可以生存。企业该有多大这是有规律的。什么才叫大？什么又叫小？100 亿算不算大？大小是相对而言的。著名经济学家吴敬琏说过，民营企业不应该盲目求大，不是规模越大越好，适度规模才是最好。这里人的质量是关键，企业的质量也是关键，有的该大就应该大。比如，中国的农业要发展，就不能总是一家一户，必须搞集约化经营。中国人很少能够做成大企业，这是由中国的历史文化决定的。因为在中国，许多企业大到一定程度就要分家，民营企业也是如此。一些产业集群发达的地区，其实没有几个真正意义上的中国的大企业。但是，中国人现在很少能做成大企业，并不代表中国经济不能崛起。因为，这种不足可以通过营造数量多、密度大的产业集群和企业集群的方式来弥补。

宋　宏：我们发现这样一个有意思的现象，即企业家成功率与企业集群密度有着直接的正相关关系。一个地方的企业集群越大越密,这里的企业和企业家成功率就越高。这种现象暗含的机理可以说是企业集群也是一个企业和企业家成长与成功的重要环境,也正是您说的“温度”因素之一。企业集群是一种共生群体。其中各共生单元之间的相互合作与竞争有利于提高资源配置效率和企业经营效率。同时,企业集群还有一个共生环境,这种共生环境在很大程度上是由共生企业的相互作用和共同对外部环境的博弈而形成的,可谓“内生性环境”。事实上,当我们说“环境决定企业家”时,还应当同时说“企业家营造环境”。

三、企业家成败与政府作为

宋　宏:张总,就我们的观察和研究,在中国第一代企业家成长经历中,所谓“温度”因素中最突出的可以说是政府及其所提供的环境因素。在中国企业和企业家问题研究中,企业与政府应该建立什么样的关系,政府究竟为企业家给出何种“温度”才能有利于企业家成长并成就事业,其中内在机理是什么,仍然是一大难点问题。能否请您从与外地企业家经历的比较角度来谈谈这个问题?

张巨声:好。我就说说我那时的体会。安徽比较闭塞,发展水平比较落后,特别是体制转轨方面不如江浙等地。从文化方面讲,安徽人不如江苏人、浙江人能吃苦,浙江人可以不辞辛苦去外地做生意,哪怕是弹棉花,赚了钱再回去盖房子什么的。安徽人不行,要面子,觉得那样太没面子,当年的徽商精神丢掉了不少。从政府方面讲,合肥的企业、安徽的企业基本上是自生自灭,机会很少,真正为企业设身处地着想、给予关爱的少,没有真正的、完整的如何对待企业的规划;企业家的地位没有得到确认,而江浙地区就是以财富论英雄。从导向上看,安徽人做事是看政府做什么,而不是看企业做什么。这不是说政府不支持企业,而是说企业真正需要的是政府在企业办不到的事情上给予支持。

我接触过市内外很多企业家, 我就感觉到外省的企业家是比较轻松的,安徽的企业家感觉则不行,安徽对企业的索取往往大于所给的支持。如青岛的海尔冰箱厂,90年代中期时和我们美菱冰箱厂在规模上、水平上都差不多,但是青岛市对于海尔的支持是美菱想也想不来的。青岛市政府给海尔以财政贴息贷款政策、技术开发减免税政策等优惠政策,一下就使海尔具有很强的融资能力、积累能力和开发能力,所以能够从当时规模、水平都差不多的几十家冰箱厂中脱颖而出,几年下来就做得很大。而我们却没有这样的条件,虽然我反复争取了许多次,但就是没有得到这样的优惠政策,真是有力没法使,真是无可奈何。

又如,电冰箱最紧张的是压缩机,最困难的是"定点"。所谓"定点",是指老体制下企业产品在国家那里上"户口",取得产销的合法性。为搞"定点",我们是一次一次地上北京。当时,全国其他地方的冰箱厂也是跑北京争取"定点"。我们上北京跑部里是企业自己跑,到北京一看,人家跑部里都是省领导、市领导带队跑,力度比我们就大得多了。我回来请求市里也派领导人跑北京,但市里不干,还说"张巨声有办法,就让他自己把'定点'的事跑下来"。这样,我们在北京跑"定点"就比人家难得多。没办法,我们只有自己使出浑身解数找关系、跑部门、说好话、讲理由,为这事还和中央有关部门管事的某某干了一架。我当时急得敲着桌子对他说:"不给我搞'定点',我和你没完。"总算还好,结果把"定点"的事跑下来了。但是和人家比比,我们也真够伤心的。人家是一个团队,我们则是孤军单干。

宋　宏:在环境因素中,您认为重要的是什么?

张巨声:文化氛围、政策法律,其他还有一些相关的因素,其中最主要的是政府。企业需要政府的支持,但政府干预得过分也会坏事。我举两个例子。

第一个例子,1992年市里要搞大集团,把美菱冰箱厂与洗衣机厂合并为一个"美菱集团",1月1日宣布成立了大集团。市里搞大集团时,先是想让我当总经理,市领导找我谈了三次话,我也没接受。后来让我干董事长,我也没问事。现在的董事长在人们心目中地位很高,而那时的董事长真的不算什么。从举行集团成立大会到市委常委会决定撤销集团,总共只有不到半年时间。我对这个合并为什么不积极呢?这是因为,我看到这个合并不是企业自主自愿的,而是政府行为;当然不是说两个企业一定不能合并,而是当时条件不成熟。现在搞企业合并,其中的产权问题、多元化集团的资源整合问题、集团管理问题等都有了知识,体制上也没有那时不可克服的障碍,但在当时这些条件都不具备。所以,我认定这个合并不会成功。于是,我就在当时做了两手准备,也就是准备美菱今后的自我发展。在此期间,我做了两件事:一是让美菱厂的人购买肥东 400 ~ 500 亩地,建设美菱工业园;另一件事就是让他们做企业上市的调研。当时中国股市搞了没有几年,很多人连企业上市是怎么回事都不知道,在安徽这绝对是超前的。6 月 15 日市里让我重新主持美菱工作,我就在大会上当场宣布美菱冰箱厂争取上市的决定。我们 10 月份开始改制,第二年就上市了。一些企业上市时很多人买了不少股,甚至炒卖股票,但我没有。我只买了 2000 股,其实我有条件那样做,如果我当时买了 10 万、20 万股,我早就发财了。我并不是犯傻,相反,我认为应该是,一不犯法,二不犯傻,该得的就得。这个政府行政干预下的流产的合并,在一定程度上把两个正在迅速成长的企业给耽误了。

第二个例子,美菱在 1993 年打算上汽车项目结果流产。1993 年,我觉到汽车市场行情看好。当时看天津的夏利,在汽车行业里不算怎么样,还卖得挺好。我的市场直觉告诉我,居民消费水平进一步升级,将会趋于购买家庭小汽车,美菱如能跟上这一需求趋势就能有新突破,带来新发展。当时有一位台湾商人在合肥,我请他在美菱兼职,但要求他每年至少回台湾几次,做台商的联络工作,特别要求他接触玉龙集团的管理层,为美菱与玉龙的合作牵线。由于玉龙集团也有意到大陆办厂,这件事进展十分顺利。双方经过多轮讨论,有意在合肥建立汽车生产线,生产家庭经济型汽车。对方的董事长、总经理和一位技术部门的负责人一起到合肥来准备签约。这次可以说是万事俱备,只欠东风了。谁知道这事在最后关头出了差错。

事情就出在合肥市对上汽车项目的高度重视上。当时芜湖市正在上汽车项目,合肥市当然也不甘落后。市领导牵头组织了一套班子经常开会讨论这事,会议也经常让我参加。市里的意思是与美国通用公司合作上大项目,也要让美菱集团参加市里计划。我当时就觉得这事不太现实,以我们合肥市的经济实力还不足以和通用公司合作上汽车生产线,不如与台湾玉龙集团这样规模的企业合作更为实际。那时大的跨国公司还没有向中国中西部地方推进的意图和趋势,你想引进是引不来的。我曾在会上当面对市里领导说过这样的意见,而市里领导其实不同意我们与玉龙集团合作。

那次玉龙集团高层来访,我们请市里领导出面以示支持,市里领导也应邀到场。可在那次会上,市里领导对台湾的客人讲了近两个小时的合肥市大城市建设,非但不谈美菱与玉龙的合作项目,反而对客人们谈起合肥市要与通用合作生产汽车的事情。会后对方的董事长对我说,既然合肥市要与通用合作,那我们之间的合作事以后再说吧。这事就这样流产了。为此,我对市里某位领导是有意见的。这位领导在许多事情上支持美菱,但在这个关键问题上没有支持我们。后来市里派团到美国考察,回来说,与通用合作我们需要投资 17 亿人民币。市里开会讨论,这钱我们拿不出,最终与通用公司合作上汽车项目的事也没有搞成。假如当年市里领导不是这个思路,可能合肥的经济就不是今天这个样子,美菱的结局也不是今天这个样子。

宋　宏:对于企业家来说,政府既是一种社会资本,又是一个重要的环境因素。我们接触的许多企业家都谈到,既希望政府发挥对企业的支持作用,又要求政府不要涉足太深,管得过多。这就提出了政府与企业和企业家的关系究竟如何定位的问题。政府有效支持了企业家及其事业发展,就是"好的环境";而政府如果越位或错位,则是"坏的环境"。在市场经济中,政府如何定位和作为,无疑是研究企业家与环境关系问题所不可回避的难点之一。我们就"企业家生长环境"问题讨论了"鸡蛋与温度"的辩证关系。您从切身体验的实证角度展开的思辨,对我们颇有启发。您在企业做了许多年,也经历了那么的事,一定有非常多的体会和感受。今天您谈了一些,恐怕只是其中的很少一部分。期望有机会再来向您请教,谢谢您。

(注:本文与荣兆梓、朱云娟合作访问)

浙江雪歌服饰有限公司成立于1997年10月，是一家集设计、生产、销售高档女装、鞋、包于一体的现代女装企业。一直以来，公司秉承“诚信务实、开拓进取”的企业精神，同时把满足顾客需求作为公司发展的最基本目标，在不断开发新产品、新款式的同时，以优质的产品在市场竞争中取得了优势地位。2000年被评为“中国最具时尚女装品牌”、“全国服装行业百强企业”，是温州女装龙头企业。公司董事长兼总经理陈迷丽女士2000年被评为“中国十佳服装设计师”、2004年被评为“第四届新世纪中国改革百名优秀人物”；任中国服装协会女装专业委员会副主席。

创业自立：做自己喜欢的事

——企业家陈迷丽女士访谈录

有人说，温州是中国民营经济的大摇篮，在这里，千万个民营企业家“横空出世”，形成了中国发展现代市场以来新一代“温州商帮”。为体认这一代与中国经济社会转型同步成长的企业家的职业生涯与心路历程，笔者专程赴温州调研，于是有机会访问了当地人称“美女企业家”的陈迷丽女士。

一、“企业家应有四大精神特质”

宋　宏:陈总,很高兴能在温州采访您。来之前我们看过有关您和您的企业的一些资料。我们初步了解到,由于您创办和经营的雪歌公司获得巨大成功,您的影响力也在不断扩大,您在温州市、浙江省乃至中国服装业都有许多重要兼职,而且您在业界也有着良好的口碑。作为一名年轻而又非常成功的女企业家,您的精神特质、创业历程以及伴随您成长的外部环境,都是我们颇感兴趣的。今天,我们想占用您一点时间访问您,可以吗?

陈迷丽:好的呀。我也很喜欢和学者专家交谈的。哎,我讲话有温州地方话口音的,你能听得懂吧?

宋　宏:您和我讲话已经是用普通话了,能听得懂的,如果有听不懂的我就请您再解释一下。是这样,我们正在做一个国家级学术研究课题,内容是关于企业家成长环境的比较。所以,我们访问您,是想请您给我们具体地谈一谈您的创业经历以及成长环境问题。第一个问题是,企业家成功创业需要哪些精神特质?

陈迷丽:从我做雪歌十几年的亲身体验来说,企业家成功创业的精神特质是很丰富的,但其中居于首位的是企业家的人格。通常大家都说,企业家要有人格魅力,但人格在前,魅力在后。只有修炼出良好的人格,才能显示出人格魅力,才能发挥出人格影响力。所以,我认为,企业家创业精神中,做人是第一位的。也就是我们企业人公认的一句话:先做人,后做事。我经常对我的员工说,只要把人先做好,不管你做什么事,不管你的能力是大是小,都会有人帮你。现在有人说,“21世纪企业之间的竞争就是企业家人格魅力之间的竞争”;也有人说,“企业老总的人格有多高,他的企业就会做多大”。我对这些观点是高度赞同的。因为,我的企业发展经历过重大的挫折,是从挫折中挺过来的。当我遇到重大的挫折时,我曾得到方方面面的帮助和支持。如果没有来自内外的理解和援助,我很可能跨不过那道坎。果真如此,也不会有今天的“雪歌”公司了。

宋　宏:您所说的"那道坎"是怎样一个故事?对您一定是有着特别的意义吧? 我们想知道得详细一点。

陈迷丽:这涉及"雪歌"的创业过程。1997年初创办"雪歌",是我和弟弟共同出资、共同管理、共同所有的。一年多以后,企业做得稍具规模,可是我们的经营思想出现了分歧。由于分歧不能弥合,许多事情很难办,企业运作难以为继。从长远考虑,我们"分家"了。分家时,我把厂房、设备等资产都给了弟弟,自己只拿了"雪歌"这个品牌,另外还带着一帮愿意跟我的员工。当时的境况真是步履维艰,我很悲观,也很失望。然而就在此时,我得到了好多意想不到的支持。其中最令我感动、令我从此振奋的竟然是我的一位员工给我写的一封长信。他在信中对我说,相信我不会不要我亲手创办的企业,相信我不会不顾和我一起打拼的员工,相信我不会沉沦,相信我一定能够重振"雪歌"。这封信的鼓励使我为之一振,至今想起来,我都认为,如果没有那位员工的那封激励信,感觉不到那份信任,我不知道还要在精神上、心理上沉沦多长时间。员工的那封信,让我顿时清醒了,振奋了,终于从精神和心理的低谷中解脱出来。从此以后,我和员工们始终都对"雪歌"的二次创业充满信心。这就是我所跨越的那道心理上的"坎",也是创业中的一道坎。

宋　宏:这也就是您作为一位企业家的人格魅力在关键时刻发挥出了它的影响力。真是难能可贵啊!的确,企业家的人格魅力对企业家来说是一种重要的素质,对企业来说是一笔巨大的无形资产。在企业发展过程中,尤其是在创业阶段,它往往比企业的有形资产更有价值。不过,陈总,在"雪歌"二次创业的过程中,除了企业家的人格魅力以外,还有哪些企业家的内在因素在发挥作用?

陈迷丽:很多啦。如团队意识、创新精神、学习能力等,它们都是企业家精神的构成要素,也都是支持我二次创业并取得成功的重要因素。

先说团队意识吧。我觉得我是一个女人,要把企业做大,光靠自己一个人是很难的。我要有一个目标,那就是希望培养一个团队,我们一起打出一片属于"雪歌"的天下。正因为有了这种意识,所以,我不准备把钱赚来都放进自己的口袋里,我希望有一群人跟我一起花。一个团队一起创造事业,又一起分享创造出来的成果。这样的团队一定是最具凝聚力和创造力的。对于企业家来说,这种团队意识要求老总们要有“肚量”,要有成就员工的胸襟和气度。在我们“雪歌”,高层管理团队全是家族以外的人。实践证明,企业小的时候,凭着个人的经验,埋头苦干是可以的;但当企业做大时,要靠所有员工,起码要培养出一支较为出色的骨干员工团队。所以,我对我们的团队建设一直很重视。

宋　宏:您的这一理念和实践其实蕴含了一个很重要的理论问题,那就是团队与企业家或者说组织与企业家的关系问题。在理论上有一种观点认为,一定的组织对于造就企业家以及企业家素质有着非常重大的作用和影响。从您刚才所说的故事和表达的观点,我们就可看出,您身边的员工和“雪歌”团队对您的影响是很大的,至少对于您的创业精神的增强、管理素质的提高等方面都起到了相当有力度的作用。一方面,您作为企业家十分重视团队的建设;另一方面,团队也造就了您个人的精神支柱与素质修养。应该说,这两个方面是互相促进、互相依存的。是不是这个道理呢?

陈迷丽:你概括得很好。我接着说创新意识。你们知道,温州的服装在全国都是有名的,服装时尚变化很快,为了占领并巩固市场,企业家必须要有创新意识,而且可以说要有非常强烈的创新意识。这要求企业家对新事物要比较敏感,且有很强的吸收能力。创新抵制保守,它带有一定的冒险精神。这种冒险是必要的,否则你光跟在别人后面走,别人做好了你再去模仿,虽然这样做可能最保险,但你却永远不可能超越别人。我这个人有一种天性,就是敢于尝试别人还没有做到,甚至是没有想到的事。因为我总觉得,作为一个企业老总,如果不能比别人快走半步,总是一种老观念,迟早是要被淘汰的。我能把“雪歌”做成温州服装业的龙头,靠的就是这种创新意识。为此,我本人每年要进行三四次的出国考察,以及一两次的国内旅游。考察和旅游不是纯粹的休闲游玩,而是做市场观察、服装消费调查和设计采风,让自己获取服装潮流最前沿的信息,并不断激发创新的灵感。除此之外,我还让我的设计团队经常到香港或其他大城市去采风,去看现场,目的就是保证他们不断产生新的创意,拿出新的设计。

再谈谈学习能力。市场的千变万化,要求人人具备学习能力,而对于企业家来说,更要具备特殊的学习能力。所谓特殊,就是不拘形式、不限途径。我做“雪歌”十几年,从一根尺子、一把剪刀、一间自家房屋开始,到它成为中国服装百强、温州服装龙头企业,其间倾注了我半生的精力和心血。我把这个事业看得极重,现在公司又正处于做大做强的关键时刻,所以我不可能像别的企业老总那样,离岗脱产一两年,去某个大学读个 MBA,而只能以我的方式来学习。我的学习途径有三种。一是听,就是利用来温州知名专家、学者、教授搞讲座的机会,只要走得开,我都去听。在课间课后,和教授们喝杯咖啡或聊聊天,也能学到不少知识。有时,他们谈的一个好想法,我会立即把它在我的企业里用上。二是问,即向设计顾问或管理顾问咨询、请教。我们公司请了一些服装设计顾问和管理顾问。这些顾问对相关企业和市场都比较了解,而且有很专业的研究。从他们那里,我也会得到很多知识和信息,这样可以不断提升我的决策能力和水平。三是实地考察。我每年都要到“雪歌”在全国各地的200多个销售网点去考察,在它们所在的城市进行市场观察,从而可以得到许多活生生的知识和信息。

宋　宏:您的学习方式的确独特。“干中学”正是许多企业家成就企业家素质的养成路径。其实,“学习型组织”理论所讲的学习,特点也是在于“在学习中工作,在工作中学习”。您的这种学习方式,倒非常切合学习与工作融合一体的要求,而且也非常有效,很值得赞赏和推崇。

二、“企业家对环境的需求是强烈的”

宋　宏:我们感到,您对企业家创业精神的认识、理解和把握都是非常深刻而独特的。但是,无论从理论上还是从实践上来看,企业家创业精神都不完全是内生的,它的形成、维系以及发扬光大,都需要良好的外部环境。是不是这样呢?您是如何看待环境问题的?

陈迷丽:那是当然了。环境是企业家成长的土壤,没有土壤哪会有企业家的成长啊?企业家创业成功与否,在很大程度上取决于环境。就我做“雪歌”的经历和体验来说,企业家对环境的需求是强烈的。我自己体会,其主要包括这样几个方面:

第一,制度环境。制度不仅可以培育企业家的创业意识,而且可以决定企业家的创业能否成功。我们都知道,在计划经济体制下,中国有多少真正意义上的企业和企业家?可以说没有。但实行市场经济后,情况就不一样了,现在全国各地都有一大批企业家,无论国内市场还是国际市场都有一个企业家队伍。这就是制度的力量。社会制度和经济制度可以制约或激发企业家精神和行为。

第二,政策环境。政策环境是指各种区域对企业家创业行为的政策举措。这涉及各个地区政府的角色定位问题,以及它们在总体上所履行的服务功能。现在,大家都到温州来学习或考察,认可温州的企业家。这表明,温州市政府在政策的制定和执行上是有功的,因为它给了温州企业家很大的生存与发展的空间。从“雪歌”的创业与发展来看,我觉得温州市政府对企业家的关心和支持都很到位。

宋　宏:政府是企业外部环境的制造者和供给者。您所说的制度环境和政策环境正是需要政府来提供的。对于温州企业和企业家的认可,其实内在地包含着对于当地政府提供有效制度和环境的认可。您不妨给我们详细谈谈。

陈迷丽:好的呀。就我自己的体验来说,其主要有以下几个方面:

第一,在土地、税收、监管等方面,温州市政府对企业制定的政策都有很大的弹性,可以让企业家把政策利用足、利用活。比如,我们“雪歌”下一步的发展需要拓展规模,但是我们公司现在拥有的空间、面积显然远远不够,我们就充分利用了政府的政策,在瓯海经济开发区征了五十亩地,价格还是很优惠的。

第二,在企业家群体的组织、交流、沟通与协作方面,政府做了大量的基础性工作。各种行业协会、商会、专业委员会、联合会、联谊会等民间组织在政府的支持下都一一成立起来。这些组织为企业家的相互学习与共同成长提供了良好的平台。大家通过经常性的接触与交往,不仅可以互通有无,而且可以互换资源,包括有形资源和无形资源如信息、知识、创意等,同时相互间能产生一致对外的凝聚力和竞争力,从总体上增强温州的经济实力。

第三,在企业和企业家个人的宣传上,温州市政府和媒体做了大量有益的工作。政府和媒体主动帮企业宣传,对我们企业拿到国家品牌还给予奖励。

这对提升企业的形象，开拓我们产品的市场都是必需的。创业以来，我本人获得的荣誉头衔、夺得的奖项，企业在行业中的排名，产品的知名度、美誉度、市场占有率、销售额等无不与舆论宣传有关。这是很让我们这些企业老总感谢甚至是感激的。

第四，文化环境。现在大家都说温州人会做生意，我们自己也觉得温州人的基因中似乎比别人更具有商业因子。但是究其根源，是温州连山带海、资源匮乏的地理环境和古代经济思想界中的“永嘉学派”义利并重的重商思想为底蕴的文化环境，孕育出了我们祖先的商业基因。我们温州人讲义气，也重实利。在价值观上，我们的实利取向非常明显。你们在温州也许可以体会到这种文化氛围，我们人人想赚钱，个个想当老板。温州人差不多个个都是理直气壮地这么说，也个个都是想尽办法这么干。正是这种精神力量，驱动着我们吃苦耐劳，四处探索，去发掘经商的奥秘。在探险的过程中，我们积累了经验，找到了路子，抓住了改革开放的机会，挖到了市场经济的第一桶金。

第五，市场竞争环境。竞争的确很残酷，因为它会优胜劣汰。但是，有作为的企业家对市场竞争是持欢迎态度的，并且在努力营造一个良性的竞争环境。改革开放以来，我们温州市服装业的竞争环境经历了三大阶段的变化：第一阶段是不同所有制的竞争，即公有制和私营企业的竞争，竞争的结果是私营企业的发展和壮大；第二阶段是私营企业间大和小的竞争，竞争的结果是小企业没有多少了，剩下来的企业规模和实力都是可观的；现在是第三阶段的竞争，属于强强之争，竞争的结果肯定是企业的数量进一步减少，规模和实力会进一步增强。这三个阶段是本地的内部的竞争，而接下来的是第四阶段的竞争，即区域之间的竞争，如温州和广东的竞争、温州和山东的竞争等。随着竞争格局的变动和演进，具有国际竞争力的大型企业集团会脱颖而出，市场的竞争环境会得到优化。那时，“员工荒”的问题可能会非常容易得到解决。当然，在这一制度环境和市场环境发生巨变的过程中，不同企业家的表现和作为会有所不同，有的可能和企业一起被淘汰，从此销声匿迹；有的可能会成长为世界级的企业家。所以，市场既是一种竞争环境，也是一种激励环境，对企业家来说，它是一把“双刃剑”。

三、特别的“意会知识”注入企业家创业因子

宋 宏:陈总,您刚才已经用较长时间谈论了制度政策、地理文化和市场竞争等环境因素对企业家生存机制与发展规律的重大作用与功能。我们很赞同您的观点,也很欣赏您对环境的适应与应变能力。我们想再同您讨论一个问题,就是在温州我们总能非常强烈地感受到一种现象,或叫一种氛围,即当地人的创业冲动格外亢奋,几乎所有的人都梦想着创建自己的企业,并且总处在寻找机会、为此准备的状态之中。您刚才说到您的创业,您认为当初激发您的创业冲动是什么环境因素,或者说最为主要的环境因素是什么?

陈迷丽:我在前面讲过,在温州,商业文化的底蕴很浓厚,而且在现时的温州很张扬,这样就形成了一种“人人想赚钱,个个想当老板”的群体观念。在这种群体观念的深刻影响下、在这种文化环境下,我们温州人当然就具有创业的冲动和创业的激情,很多人都努力成为创业者,企业家也就从这里生产出来。这也许就是温州的企业家数量特别多的原因吧。

就拿我本人来说,也许是女孩子更爱美的原因,我上中学时就喜欢自己改衣服,剪剪裁裁的,总想打扮得更美丽、更独特。毕业后,我凭着一根尺子、一把剪刀、一台缝纫机,利用自己家的一间空房,开起了服装店。当时我就想,自己要自立,自己要做事,而且要做自己喜欢做的事。看看周围和我差不多年龄的人,都是自己求自立、努力创事业,想赚钱、想当老板,我怎么可以无所事事、白吃干饭呢?开店的第一天,就有三个人上门来做衣服,一天忙下来,我赚了十几元钱,算是旗开得胜了,这更坚定了我的信心。在做的过程中,我也注意与别人经营方式的不同,以往做剪裁缝纫的都是客人带衣料、定款式。我的服装店就打破这一惯例,为客人准备衣料、推荐款式,成为温州第一家提供面料和款式、不要客人自带衣料上门的服装店,结果很受欢迎,生意做得越来越火。我创造了这种经营方式之后,其他的服装店也纷纷效仿。于是我又转向,把以服装加工为主向以服装设计为主转变。服装设计更具有个性化,要凭设计者个人对颜色、时尚、款式、审美的感觉和领悟,这是很难简单

模仿的。为了实现这个转向,为了学习服装设计,我又上了纺织学校,拿到了服装设计专业的毕业证书。1993年,我创办了服装设计中心。1997年成立了温州雪歌服饰有限公司,集服装设计与服装制作为一体,创办出一个像样的服装企业。我自己给自己的定位是,不仅是一家企业的老板,而且更是一个服装设计师,要把我对服装的理解尽情表现出来,把美丽带给广大消费者。做自己喜欢做的事,而且经济上有收益,社会上有效果,我感到非常充实。现在,我们"雪歌"做得越来越大,我们的设计在市场上也有了越来越高的美誉度和知名度。在温州众多的服装企业中,我们形成了自己的特色和优势。

宋 宏:从您的创业经历看,您最初的创业冲动可以说是来自于温州的商业文化环境,正如您说到的"周围同龄人都在创业"的影响,还有"人人都想赚钱,个个都想当老板"的群体观念的驱动。在有关理论上,这种商业文化氛围、群体观念影响往往表现为"意会知识",即它不是以文本的形式表现,像学校教育那样给您一本本的创业教科书,而是通过口头的、行为的、群体氛围的形式给人一种让您意会的知识,使您认同群体观念,并在行动上进行模仿。您刚才说到,温州的企业家大都很年轻,也没有很高的学历、文凭,就是说接受的文本知识并不多,但是,他们的创业精神与商业知识却往往比拥有高学历、高文凭的人要多得多,这恐怕只能用温州特定文化环境下的"意会知识"概念来解释。您的创业经历故事恰恰证实了这一点。

陈迷丽:是吗?"意会知识",我还是第一次听到这个名词呢!但是,我同意这种解释。一个人的素质不是天生的,说温州人天生会经商,还不如说温州具有特别的商业文化环境,还有你所说的这里特别的"意会知识"因素,给温州人注入了创业精神和创业冲动的因子,造就了温州的企业家群体。

宋 宏:反过来看安徽,安徽在明清时期出过影响全国、富甲天下的徽商,在安徽的徽州当时也可以说是重商主义盛行了,当地就有"十三四岁,往外一丢",让孩子出外经商创业的传统。在明清两代的数百年间,徽州商人如同今天的温州企业家一样可谓大批量地产生,形成了称雄全国的大商帮。应该说,在安徽或者至少在徽州,商业文化环境也同温州有重商主义的"永嘉学派"一样具有深厚的底蕴和传统。然而,可能与温州不同的是,徽州在经商风气盛行之时,重商主义文化却附着于四处漂游的徽州商人而漂流在外,而在本地却仍然是儒家程朱理学占统治地位,故而“学而优则仕”成为主导的价值观,当地总是以出过多少状元和朝廷重臣为标榜。显然,在徽州文化中,我们可以看到,实际上存在着两种文明之间的冲突,即重商文化与崇官文化之间的冲突。虽然徽商称雄一时,其在商业文化上也有许多创造,但在更为强大的崇官文化面前,它仍然显得弱小无力,终于不敌而败北乃至湮灭。有人说,安徽的商业文化环境远不如温州,相反的“崇官文化”却要比温州强盛得多,这正是安徽企业家未能大批量产生的文化环境方面的原因。从历史研究的视角分析,这其中两种文明的冲突很能说明一些问题,而且这也启示我们,要使企业家大批涌现和成长,适应于此的文化环境是一个必不可少的条件。一个人创业冲动的萌发、一个企业家的成长,都需要一定的条件和氛围。如果要成为一种群体性的价值取向和行为方式,那么,一定的文化环境就显得更加重要了。

陈迷丽:你研究得很深入了,我觉得很有道理。我不是作学术研究的,但我感觉是这样的,这可以说是一个规律。

四、品味企业家的兴奋点与价值观

宋　宏:您作为一位年轻的女企业家,在不长的时间里成功进行了初次创业和二次创业。其中,您感悟最深的是什么?您能给准备创业的其他女性朋友哪些建议和指点?

陈迷丽:要说感悟呢,感悟最深的是一忙、二累、三兴奋。我本来并未准备把企业做到这么大,当初只是凭着自己的兴趣、爱好起家的。在创业阶段,忙和累是很自然的,但创业成功后,虽然依旧要忙要累,但感受到了兴奋。

我的兴奋点在于企业和事业的成功。一个人如果一直都做自己极度厌倦的事,他肯定会感到很累。但如果你对自己从事的事业特别有兴趣,而且又做得很好,你就会不觉得累,而且你会很兴奋,因为兴趣是最好的老师,它会诱使你慷慨地投入和付出。创业以来,我对服装设计、制作和经营的投入和付出几乎是倾我所有,每当一件事情做成后,我都异常兴奋。每一位企业家对“苦”和“累”都有不同的体验,我的体验就是累得很快乐,苦得很满足,很让自己激动和充实。因此,如果要给准备创业的女性朋友们提建议的话,那就是:找准自己对事业的兴趣点,一旦开始,决不后退!

宋　宏:时下人们谈论较多的人生价值观的一个问题就是"幸福感",认为幸福应该成为人生价值中最大意义的目标。据我们的观察,不同企业家对幸福的理解是很不一样的,而且追求的幸福内涵也不一样:有的追求金钱、有的追求社会地位等。您好像很偏重于精神和心理层面,是这样的吗?

陈迷丽:对呀,对呀。这与我的个性和价值观是吻合的。我更看重的是自己的内心感受和体验。自己感兴趣的事做成功了,内心感到了满足和充实,精神上感到了兴奋和快乐,我就觉得是幸福。

宋　宏:由此看来,您的个性和价值观也像您的"雪歌"品牌所追求的理念和意境一样,既高又雅,真是令人佩服!顺便问一下,您下一步的发展目标是什么?实现目标的困难预计有哪些?将会采取什么样的措施来解决?

陈迷丽:我们现在是全国服装百强企业,年产值1亿多。未来3~5年,我们要搬到瓯海经济开发区去发展,产值至少要达到2.5亿~3亿,企业要进入全国服装前5名的行列。实现这一目标并不是一件容易的事,目前最大的障碍是人才问题,就是服装设计创新人才以及服装制作的能工巧匠。我们解决这个问题的思路是:以人为本,加大外部引才的力度和对内部员工培训的投入,给新老员工提供发展所需要的各种平台和足够空间,保证"雪歌"在全国市场乃至国际市场上有强大的竞争实力,为温州争光,为中国争光。

宋　宏:听了您描绘的战略规划,我们感到您的眼界和心胸像大海一样宽阔,真的为您高兴,祝愿您和您的企业早日取得新的成功!今天我们和您一起讨论了企业家的创业精神与环境需求问题,您从自己的创业经历和实践体会方面给我们谈了您的理解,给我们以很大启发。谢谢您!

陈迷丽:应该说是互相启发。我刚才就说过的,我很喜欢和你们学者交谈,与学者们交流,对于我也是一个获得知识和信息的好机会。所以,我也要谢谢你们啊,欢迎你们以后再来"雪歌"。

(注:本文与钱士茹合作访问)

陈鹰，曾为军人、政府官员，早年受命“下海”兴办企业，经过二十年商海的历练已成为著名的企业家。现任安徽华源化纤有限公司总经理、安徽华源发展有限公司董事长兼党委书记（于 2000 年 10 月就任）、安徽华源进出口公司董事长、安徽飞达合成纤维有限公司总经理、湖北华源长江地毯有限公司董事长、天津华源地毯有限公司董事长、安徽雅克纶新材料有限公司总经理。她还是安徽省政协委员、合肥市政协委员、中国国际商会安徽商会副会长、安徽省女企业家协会会长、安徽省企业家联合会副会长。

中小企业怎样跳出“短命”怪圈

——企业家陈鹰女士访谈录

在企业界流行着这样一句话，小企业的平均寿命只有 2～3 年。这并非戏言，国内外有关的实证研究表明，在小企业的生长中的确存在着平均寿命过短的怪圈。这一断言常常使得意欲创业者望而生畏，不敢起步；又常常使得开始创业者深感困惑，信心不足。但是，一家几乎是白手起家至今规模仍然不算大的企业，制造着不算显赫的产品，却稳健地发展了近二十年之久，目前创下了销售收入达数亿元、创外汇数百万美元、人均利润几万元的骄人业绩。这便是主产地毯绒丝的安徽华源化纤有限公司。一家中小企业打破了“短命”的怪圈，近二十年一直持续保持着稳健增长态势，其经营思路无疑值得探究和借鉴。2008 年早春，笔者专访了该公司的董事长陈鹰女士。

一、寻找需求潜力,准确定位企业

宋　宏:陈董事长,我在很长时间内一直关注您的公司,我发现您的公司虽然不大,但发展得一直非常稳健。有句话说,小企业很难摆脱"短命"的怪圈,而您的公司却跳出了这个怪圈。这令我非常感兴趣。当下市场总体上可谓是"过剩的市场",所以许多意欲创业的人总不免抱怨没有市场机会,难以创业。从您创业到今天,以您的切身体会,您是怎样看待市场的?

陈　鹰:我做的是一个小行业,不是规模经济基准又高又大的行业,所以一般不会做得很大。现在虽然市场上一般商品存在一定程度的过剩现象,似乎没有什么商机,没有很好的创业机会,但即便如此,现实中总是有人在赚钱,这个事实就证明无论何时总是存在着商机。如果这个赚钱者不是我们,那只能查找自己的原因,而不应一味地抱怨市场。因为,企业必须适应市场,而不是市场必须适应企业。我们公司所从事的地毯材料行业是个小行业,市场竞争同样激烈。当年我们创业时,我分析过这个市场。我认为有两个发展趋向:一是国内产品档次低,表现在绒丝加工深度不够、回弹力差、花色品种少等方面。我们如果只在这个档次上进行市场定位,那肯定是没有出路的。从趋向上看,随着大众生活水平和生活质量的提高,国外高档次、高规格的地毯装饰品在国内终究要流行起来,而且流行的速度还会相当快,越来越向家庭住宅装饰普及,所以内需市场的发展空间是很大的。二是地毯装饰品在向家庭普及过程中,需求的个性化偏好将会越来越突出,消费呈现出多元化、多层化和个性化,一改以往那种单一性消费格局,这里也有很大的市场需求潜力。我认为,对市场不能静态地观察,而应有动态的观念,要从市场变化中寻找市场的潜力,从而寻找企业的更大商机和长久支撑。现在国内外商家都极其看重中国市场,看重的就是我国市场的良好潜质,这是有长远而科学的眼光的。我们自己如果不看重内需市场,失去信心,那就太不应该了。当然,不同行业的具体市场尽管各不相同,但市场变化、发展的一般规律是一致的,道理是相通的。要想捕捉商机,关键是要洞悉市场的变化,"变"是市场的本性,"变"中蕴藏着机遇。

宋　宏：的确如此。从发展经济学的理论考察，我国市场目前的状况表明供求结构和水平正面临着深刻的变化和转折。从20世纪80年代初人均GDP不足200美元到今天的1000多美元，收入差距也拉开了，市场正处于大转变的时段和区间中。一般的“大路货”乏人问津，表明需求水平面临更高的提升；前些年那种“排浪式”购买现象的消失，表明消费结构从单一平面转向多元化层次与个性化的发展趋势。今后的市场热点，可能不是高度集中的，而是相当发散的。这就决定了企业在经营思路上要有所转变，如不再沿用低水平、重复建设的赶超策略，不再囿于同样品种、技术在单一狭小的市场区间过度竞争等。你们有了这样的认识，那么，你们的经营思路是怎样的呢？

二、经营必须求新求异，强化特色

陈　鹰：用一句话来概括，就是求新求异，强化特色。首先，我们在市场定位上，就注意与市场变化契合，选择前卫性的产品，让别人不能复制或难以复制，与其他企业区别开来，以个性化产品的“新”和“异”来占领独特的市场。我说过，我们地毯行业是个小行业，经济规模不大，但个性化要求很高。因此，我们不能像那些规模经济要求很大的企业那样，依托少品种、大批量、低成本的方式来扩充市场占有份额。我们制造的加捻热定型地毯丝，就是织造高档新型地毯的材料，我们的技术工艺也是国际领先的，在国内是首家生产成功的。由于我们定位准、产品“新异”，所以国内地毯市场需求水平近年一再提高，我们的产品就成了热销品，其中新产品的50%还出口国外。对于市场，我们并非靠“量”来取胜，而是凭借“特”来立足。华源经营思路的一个重要内容，就是细分市场，找准位置，独树一帜，始终求新求异，以特色产品开拓和占领市场。尽管国外市场环境给我们带来了一定困难与压力，但在国内市场上，由于我们的“新异”定位仍然十分稳固并有新的发展。

宋　宏：您的这一经营思路与经营理论上的“市场区隔”之说可谓不谋而合。市场区隔也叫市场细分，是市场定位的一种基本策略和方法。现在许多企业也在说市场区隔,但大都是着眼于市场的地区分割或区域占有。其实市场的分割,更多是由品种细分、质量定位来决定的。市场的区域性分割将不再像单一、单层市场情况下那么重要,而是被人们通常讲的"你无我有,你有我新"所取代。这个道理并不深奥,但能真正做到绝非易事。

陈 鹰:我也思考过这个问题。我认为,人们在市场红火热销时往往忽视了其中的不合理因素,如重复建设,一味地扩张规模;按照这种思维定势,一旦遇到市场低迷则往往忽视其中的有利因素,如市场需求的提升、市场的重新划分,这都不利于企业的长远、持续发展。所以,一个企业必须有战略性的经营思路。我很喜欢清代著名徽商胡雪岩的一句话:"上半夜想想自己,下半夜想想对手。"想到什么程度?想到自己的将来,想到对手没有想到的程度。有这样的深谋远虑,企业才有发展的希望。

宋 宏:有了战略思路,关键还在于有可行的执行措施。我在企业调查中看到,有的企业说起战略思路时一套一套的,然而执行和落实起来却大打折扣。但是,华源的战略思路在实际运行中得到了切实的贯彻执行。那么,你们的具体战略措施主要有哪些?

陈 鹰:不妨套用一个词,就是"两手抓",即一方面抓市场网络建设,一方面抓生产、技术和开发以及管理,有外有里,不可偏废。在市场销售网络建设上,我们既有国外还有国内,同步开拓。我想强调一点,抓市场不是单纯地推销自己已有的产品,而是要把这个网络作为企业的信息网络,由此了解市场需求的最新变化和国内外竞争对手的最新动态,并予以迅速反馈,以改进和创新我们的产品。这个功能比销售产品功能更为重要。在内部生产、技术、开发和管理上,我们也在不断强化创新,继续引进最新技术水准的生产线,着力开发新的品种,管理也走上了规范化、科学化的轨道。这些虽然都是很单调、琐碎的事,但都是基础工作,一刻也不能放松,我们要求全体员工扎实有序地做好每一件事。这样,企业才能扎实稳健地走好每一步。当然,在战略指向下,企业在不同时期有着不同的战术重点,对此要及时把握,及时解决重点问题,不能让它累积沉淀而最终积重难返。有的企业尽管也制定战略规划,但忽视战术操作,尤其是在市场好时惯于"萝卜快了不洗泥",不注重开发、管理,结果弄得"泥沙淤积",窒息了企业的生机和活力,最后追悔莫及。

宋　宏：这就是说，既要清晰地认识市场变化，着眼长远规划企业的战略，又要把它落实到每一个战术行动上，这才是完整的企业经营之道。让我们换个问题，您认为，贵公司现在处于什么发展阶段？

陈　鹰：从市场竞争角度看，有一个品种——品质——品牌的循序递进和升级的过程。根据国际经验，我们这个行业现在只能说还处在最初的品种阶段。事实上，国内大部分行业也处于这个阶段。目前市场与企业的主要问题，实质上是产品结构不合理，产品不适销对路，而远不是绝对过剩。在经济全球化中，国内企业距跨国公司的品牌竞争水平还相差悬殊。因此，在这个阶段上，我们特别要避免市场失序和过度竞争。企业之间应把功夫下到品种开发创新上，下在新的市场区隔上，细分市场，准确定位，开发新品，适销对路，而不该在低水平上打所谓的倾销战、价格战，弄得彼此“双输”。当前最重要的，我认为是进一步认识市场在新的经济发展阶段中的发展趋向，以新的视角、新的思路确定企业的市场定位、战略和战术。这样，我们的企业才可能掌控买方市场的主动权，打破市场僵局，走出困境。

三、中小企业如何应对经济周期

宋　宏：让我们不妨再深入地讨论一个目前经济界非常关心的问题，这就是经济周期问题。从1992年以后经济高速增长到1997年经济出现明显的低落、从2002年以来经济进入新一轮高速增长到2007年下半年中央采取防止经济过热和通货膨胀的宏观调控，经济学界有不少人认为，这是一种经济周期现象。微观企业的运营发展维系于宏观经济周期，并深受经济周期起伏波动的影响。大凡出现经济周期的波动，几乎所有的企业莫不经历相当严酷的磨炼和考验。特别是中小企业，往往可能在经济周期的波动中朝不保夕。所谓的“小企业短命说”，与经济周期的影响直接相关。从您所言，我想作为企业经营者，一方面在精力上付出了更多的艰辛，心理上承载着更重的负荷；另一方面也从实践中领悟到对经济周期以及企业如何应对的更为直接而深切的感知。我想知道的是，您对经济周期问题是怎么看的？

陈　鹰:你是经济学家,你才有发言权啊。

宋　宏:不,我就是想听您的。因为您在第一线做企业,您有实感,而这种实感是搞理论研究的人不容易具备的。

陈　鹰:那好,我就说说。对经济周期必须有辩证的认识。经济周期本是经济运动的一种具有客观必然性的过程和状态,其间既有高涨,也有低谷。对于经济周期,人们往往习惯于看好高涨而看坏低谷,认为只有高涨对企业发展有利,而低谷则只有负面作用。这种看法似乎已成一种思维定势,毋庸置疑。然而,从经济理论与实际分析,这种看法恰恰是一种认识误区。实际上,经济周期本身具有两重性,高涨是这样,低谷也如此。就企业而言,高涨可有较大的利润空间,积累较丰,增长迅速,但此时又极易诱发盲目投资,重复建设,导致结构失衡,资源浪费;而在低谷时,企业的市场压力增大,利润空间缩小,超额利润的获得更没有可能,发展滞缓。然而,此时又正是调整结构、技术改造更新、产业转换升级的最佳时段,因为此时的机会成本最小。我们怎么可以用片面的绝对化的观点来看待呢?我认为,企业经营者在任何时候都应保持信心,针对不同的阶段态势,按照经济规律因势利导,趋利避害。

宋　宏:对呀!马克思在研究资本主义经济危机和经济周期问题时,就曾明确地告诉我们,每当经济周期进入低谷阶段,总是引发大规模的技术更新和企业重组,以使失衡的经济结构得到调整,而复苏和振兴正是以此为基础才到来的。这是对经济规律的科学总结。显而易见,经济周期包括高涨和低谷都客观地具有两重性。您认为,经济周期的低谷阶段也存在着商机,这是一种很高明的见解。十年前亚洲金融危机引起发达国家经济周期波动走低之际,许多大企业迅即作出反应,这就是大规模的企业并购重组浪潮。一些企业破产、出售,另一些企业则并购、扩张;弱势企业逐步被淘汰出局,优势企业则扩张成为更强势实体;在宏观上,经济结构得到了调整,企业素质得到了优化,整体竞争力得到了加强。或许可以说,这正是经济周期低谷时的商机所在,这就是企业因势利导的明智选择。

陈　鹰:的确是这个道理。我那个时候在美国看到一家情况还不错的同业企业,有家大企业有意收购它。老板告诉我说,这可是一笔好的交易,趁我们企业景况好、价值高,被收购后双方都有利可图,否则等到企业濒临破产再出售，双方都会吃亏。这种思维方式和价值判断，对我很有启迪意义。我们的企业虽然在纺丝行业被同行公认产品质量全国第一，经济效益也不错，但危机是共存的。因此，发展乃是唯一出路。所以从美国回来后，我就致力于抓住低谷中的商机，进行企业结构调整和扩张。1999年开始进行兼并湖北一家地毯厂的工作，打出了自己的最终产品及其品牌，组建了自己的销售公司及其销售网络，使企业发展实现了一定的"蜕变"，上升到一个新的境界。这一举措在高涨时是断无可能的，那时大家都热衷于抢利润，不会去费力调整结构、重构组织，而在低谷时调整结构、重构组织则不仅必要，而且紧迫。因此，优势企业就应积极主动，在机会成本最低时实现扩张，进而取得对并购双方都有利的"双赢"结果。通过重组而形成合力，强化了企业竞争力，这样的好事何乐而不为呢？

宋　宏：您这里说了经济周期中低迷阶段小企业的应对之策，我们再进一步讨论，当经济周期进入复苏阶段时，我们经常看到，许多企业觉得终于可以松一口气了，可以放开手脚重操旧业了，于是还按着老路子做下去。那么，您认为，如果在复苏之际还应该有危机感吗？

陈　鹰：复苏当然会给企业界带来诸多有利条件，但是我们却不能没有危机感。应该看到，现实中不少企业在低谷时段调整结构、重构组织的力度和进度不尽如人意，特别像安徽这样不发达省区的企业界与周边省区特别是沿海地区大规模、强力度的企业并购、重组相比更是差距悬殊。这不能不影响一个区域的经济结构、产业层次和企业竞争力，不能不影响我们在今后复苏和高涨阶段的实力、地位和态势。随着低谷阶段逐渐过去，在机会成本最低情况下的企业重组、扩张也将失去最佳时机。我们能否快速动手，抓住这一机遇的"尾巴"，实在是至关重要。我国已经加入WTO，在全球化的经济竞争中，以后的企业综合竞争力、区域综合竞争力的较量将更加直接和激烈。我们如果还是旧的结构、旧的产业层次，还只有小舢板而没有航母舰队，怎么可能与未来的挑战抗衡、占据发展的先机与制高点呢？所以，我们既要积极应对并促进经济复苏乃至高涨，又要抓紧目前为时不长的调整、重组机遇，尽快弥补尚存的缺陷和不足，这是极为关键的。比如在经过上一次周期的复苏阶段，我们就加紧开始与国际知名企业联手，开发世界级的新产品，填补国内空白，争取进入世界先进产品的行列。

这里有两个道理需要明晰。第一,企业重组是一种资本运营,企业通过并购、重组而达至价值升值、实力增强,其中的“失”是为了“得”,而没有失就没有得。抱残守缺,结果只能是捡了芝麻丢了西瓜。第二,没有合理的结构,没有充满活力的组织,企业就会丧失更多发展良机。在经济复苏时,这种企业将比优势企业慢一拍进入高涨;在经济低迷时,这种企业又会比优势企业快一拍进入低谷。时间机遇已经所剩无几了,还有什么“赶超”可言?所以,我们不应有守株待兔的幻想,不能采取消极等待的态度。

宋　宏:在美国“新经济”出现以来,传统意义上的经济周期似乎被“新经济”所打破。现在国内外经济学界都在研究经济周期所发生的新变化。但是,我国经济发展在今后一个时期里将仍然处于工业化阶段,因此,工业化过程的经济周期现象是不可避免的。很明显,一个企业要想可持续发展,在企业战略方面就不能不充分考虑经济周期问题,而不能是事到临头时才去想应对之策。

陈　鹰:你说得很对。经营任何企业,无论如何都要有战略思维和战略谋划。现在大家都在寻求商机、寻找利润点以及卖点,但主动权还是掌握在具有战略思维和战略谋划的企业手中。企业战略应该覆盖经济周期,高涨时怎样发展,低谷时又怎样地运营,都要在谋划之列。有的经营者只考虑高涨时发展,景况处境不错便大谈发展战略计划,但对低谷时的运营却考虑不多,真到了低谷时则手足无措。实际上,这不是真正的战略思维,不是科学的战略谋划。考虑一半,就意味着半途而废。我认为,经济周期中不论高涨还是低谷,都蕴含着企业的机遇,区别只在于不同阶段解决的主要矛盾不同、对策和方法不同。企业经营者必须审时度势,顺应周期变化,抓住机遇完成阶段性任务,扎实地步步推进。

事实上,企业本身也是有生命周期的。一个企业每当发展到一定的阶段和一定的水平,就会受到来自外部和内部的制约。不同规模、不同时期企业管理模式也大不相同。因此,每个企业都不可避免地要经历“蜕变”,脱胎换骨,全面创新,以获得再生的生机与活力。企业技术、制度、组织等创新,企业重组、并购等,就是这种“蜕变”之道。企业的战略、规划要特别重视企业“蜕变",应有清晰的认识、周密的审视、明智的判断与抉择,还要有多套运作应变方案。唯有如此,企业才能在经济周期中保持可持续发展,保持长盛不衰的生命力。

四、政府要大力支持中小企业创新

宋　宏:不断创新是企业保持和增强竞争力的核心环节,尤其对于中小企业来说更是如此,否则便不可能跳出"短命"的怪圈。近几年,国内许多曾经在市场上叱咤风云的知名企业现在纷纷被并购,这与世界上那些"百年企业"形成了巨大的反差。究其原因,我国企业在产品创新、科技创新和制度创新方面存在缺陷,不能适应迅速变化的市场竞争和社会需求。因此,把创新作为企业生存与发展的生命线,理当是一个根本的战略理念。您在企业创新的实践中有哪些体会?

陈　鹰:企业是产品创新的主体,产品创新是企业的自主行为。但是,这并不意味着企业可以孤立地进行创新,而不需要政府提供合适的土壤或称外部环境。我认为,政府作为是中小企业创新的关键支撑因素。

从国际经验考察,无论是发达国家还是发展中国家,中央政府和地方政府对于企业的科技创新、产品创新活动都给予了极大的支持。其主要的支持形式有:第一,在制度建设上,政府通过技术经济政策、产业政策和标准化政策等制度工具,激励企业的创新活动,淘汰技术落后、污染环境、不适应社会需求的产品,从而形成强有力的支持企业创新的制度与机制,营造激励企业创新的氛围。第二,在创新的风险性投资上给予支持。一方面是通过建设风险投资市场、培育风险投资机构来为企业提供创新所需要的风险投资;另一方面是政府直接为重大创新项目提供风险投资支持,如购买创新产品和服务、提供财政担保支持等等。第三,对于企业创新活动给予税收方面的优惠,减免企业创新产品的税收即是常用的手段。另外,在企业创新产品的价格方面,政府也应采取适当的保护性政策。第四,鼓励科研机构、大学与企业建立"产学研"一体化创新平台。例如,有的国家如法国等还将这一组织形式上升到法律规范加以鼓励和促进；美国则以政府法令的形式要求科研机构、大学与企业建立创新方面的合作关系。第五，各国政府为适应知识经济时代的发展，不断强化对知识产权的保护，维护知识产权及其所有者的合法权益，有力地激励了企业创新的积极性。正是由于创新关系到一国企业的国际竞争力，关系到一个国家的经济竞争力，所以在制定 WTO 规则时，各成员国政府都认同了对企业创新活动必须给予支持的相关规则，如“绿箱政策”、“黄箱政策”等等。不难看出，政府支持企业创新活动，乃是当今世界经济中的国际惯例和通行做法。

宋　宏：我国提出建立“创新型国家”和“创新型社会”的战略理念，这是顺应世界经济发展与竞争趋势的重大举措。但是，以企业为主体的创新型社会不是一句口号、几次号召就能建立起来的，而是需要政府与企业、社会其他方面通力合作，以构建一个系统化的创新体系。其中，政府最重要的责任，即在于从制度环境上为企业提供有力有效的支持系统，包括经济政策的导向、财税工具的运用、风险投资市场和技术市场的建设、法律保障的完善等等，建立起引导和支持企业创新的外部激励机制，使企业在这样的“土壤”中不断生长出创新的新芽，最终获得丰硕的成果。

陈　鹰：太对了！现在各地政府在支持、激励企业产品创新方面作出了许多努力。比如，我们企业在产品创新中，就得到了政府在减免税方面的支持，有力地鼓舞了企业创新的积极性和主动性。但是，这样的支持是一种“事后性支持”，即当企业产品创新已经出了成果之后才能获得的支持。这种支持无疑是必要的，然而又是不够的。那么，政府支持、激励企业创新的重点应该在哪里呢？我认为应该是在“源头”环节。如果把企业创新的过程分为开始环节、中间环节和成功环节，那么，企业最需要外部支持的环节正在于开始环节，也可称之为“源头”环节。

从实际情形观察，企业创新的资源和能力与企业规模有着一定的相关性。一般来说，大企业的创新资源和能力较多较强，而中小企业则相对缺乏创新的资源和能力。例如，大企业可以建立自己的研究设计院进行自主研发，而中小企业却往往缺少创新人才资源；大企业可以在创新活动的财力投入上达到较高水平，而中小企业却往往缺乏这种实力；在产品和技术创新的信息获得上，大企业比中小企业更具有优势，中小企业的新技术和新信息的获得能力较为短缺。这些因素都在企业创新的开始环节上对企业创新有所制约。这也是中小企业在进行产品和技术创新的过程中所常常遇到的障碍。因此，中小企业由于受到这些因素的困扰，往往虽然有创新愿望，但在创新的开始环节就无从着手，无力推进，创新萌芽尚未出土就失去了生命。

宋　宏：正因为企业创新总是在开始环节不可避免地遇到最多的困难，所以，政府对企业创新的支持也应该相应地以开始环节为重点，从企业创新的"源头"上加大支持力度。WTO规则的"绿箱规则"和"黄箱规则"就是针对企业创新的实际过程，允许政府在企业创新的开始环节给予力度最强的支持，在企业创新的中间环节给予次一等的支持，而在创新成功地形成规模产业化后则政府支持必须退出。我们从实际情形和国际经验可以看出，政府支持企业创新的重点不在于"事后"，而应当是"源头"。

五、支持中小企业创新的重点何在

宋　宏：那么在您看来，政府应当如何从"源头"上支持重点中小企业创新呢？

陈　鹰：我看有这样几个重点。

第一，建立和完善风险投资机制。产品创新和技术创新具有风险性，创新活动的投资因此属于风险投资。对于中小企业而言，创新开始环节最需要的就是风险投资支持。风险投资实质上是一种高科技与金融相结合，将资金投入风险极大的高新技术开发生产中，使科技成果迅速转化为商品的新型的投资机制，是高新技术产业化过程中的一个资金有效使用的支持系统。合肥市的风险投资刚起步，仅有几家风险投资公司，对企业的科技创新起不到多大的风险分散的作用。因此，扶持企业科技创新要大力发展风险投资。风险投资作为市场行为不宜采用官办形式，但它却离不开政府的支持。政府应该创造有利于风险投资发展的社会环境、政策和法律环境，并给予积极的支持。政府宜采取"支持而不控股，引导而不干涉"的态度来发挥其在风险投资中的作用。政府主要应采取以下措施:一是制定有利于风险投资发展的鼓励和支持政策,主要包括税收优惠政策、提供贷款担保政策、政府采购和拨款资助政策、产业引导政策等。二是建立信息网络。政府应组织建立高效、便捷、畅通的风险投资信息网络,为风险投资者和高新技术企业牵线搭桥。三是培育适应风险投资需要的各类中介机构,包括风险投资协会、标准认证机构、知识产权评估机构、科技项目评估机构、专业性融资担保公司等。

第二,发展和健全技术市场。中小企业创新的技术来源和信息来源主要是技术市场。技术市场不应只是科技成果买卖的场所,而应成为科技资源流动的主要渠道。作为社会主义统一市场体系中的有机组成部分,它是反映经济需求的信息中介、响应需求的组织中介和满足需求的传播中介。因此,政府部门应完善各项服务,保护知识产权,杜绝假冒伪劣商品,建立信息网络,与金融相匹配,按价值规律配置国内外科技资源,制定科技市场法规,监督交易各方进行公平、互利的交易。同时,政府要加强技术市场的中介队伍建设,培养和造就一批懂技术、懂经济、懂经营、懂法律的科技经纪人,用庞大的技术经纪人队伍组成一条连接技术与市场的牢固纽带;要创办具有较高水平的技术咨询、技术评估机构,开展项目评估工程咨询等项业务,为科技创新成果转化向中小企业提供优质的售前、售中和售后服务。

第三,建立针对中小企业的"产学研"平台。目前,我国和我省科技力量主要分布在科研院所和高等院校,企业的科技力量严重不足,企业的研发投入低、研发机构少、创新能力弱。《国家中长期科学和技术发展规划纲要》明确提出,要加快建设企业为主体、产学研结合的技术创新体系,并以此为突破口全面推进中国特色国家创新体系的建设。为此,一是政府必须尽快整合资源,充分发挥科研机构和高等院校的作用,重视推动产学研结合,特别是激励高校和科研机构向中小企业提供新技术、新工艺和新产品,开发设计成果;二是政府要帮助中小企业进行产品和技术创新需求的信息发布,建立中小企业创新需求信息网,使中小企业与高等院校、科研机构的创新供求信息能够快捷沟通和对接。

第四,切实保护知识产权。政府要进一步加大知识产权保护力度,严厉打击侵犯知识产权犯罪,着力营造有利于自主创新的法治环境;要注重保护科技人员和科技成果拥有者等所享有的智力成果权，维护企业创新的合法权益，采取各种司法救济手段以及民事制裁措施，制止、制裁侵权、假冒、盗版行为；要通过对知识产权纠纷案件的处理，促进知识文化的传播，维护社会公众利益，促进企业核心竞争力的提高，保障科技创新体系建设。

第五，帮助中小企业解决创新人才短缺问题。目前，政府已经出台了引进创新人才优惠政策和鼓励措施。这不仅有利于大企业，而且也应当覆盖中小企业。政府的作为，一是建立人才流动机制，实现人才资源的优化配置。合理有效的人才流动机制，既是科技创新及产业化的前提，又是科技成果产业化的保证。通过流入流出，使人尽其才、才尽其用，达到增加人才供给、缓解人才短缺的目的。地方政府要拿出一部分资金为企业引进创新人才，让这些人才能享受到政府公务员一样的待遇，安心为企业工作，促进企业的科技创新。二是引导高等院校和科研机构面向市场，面向经济建设，为企业培养大批符合市场需求的技术人才。三是建立人才激励机制。人才代理部门要制定并切实实施激励科技人员从事企业技术开发、技术推广工作的政策和措施，将科技成果产业化所取得的效益同科研人员的收入相联系。此外，政府要让企业科技人才在职评定中，与高等院校、科研院所享有同等的条件，以吸引和鼓励优秀科技人才进企业并长期在企业工作。

宋　宏：同您讨论了这些问题，对我颇有启发，相信对企业界也有借鉴和参考价值。把企业做长做强，这个问题亦是个探索不尽的课题。谈了不少时间了，我们暂且打住吧。希望有机会再听听您的新感受、新见解，想必您不会拒绝吧？

陈　鹰：当然，非常欢迎。

杨昌德，男，1948年9月出生，回族，中共党员，高级经济师，现任飙马（中国）商业地产顾问集团公司常务副总裁。

1969年至1986年，先后任铜陵市百货公司营业员、商店经理、公司副总经理；1987年至1989年，任铜陵市商业局副局长；1990年至1994年，任铜陵市百货公司总经理；1995年至1997年，任安徽商之都总经理；1998年至2000年，任阜阳国贸商城总经理；2001年至2003年，任安徽乐普生总经理；2004年至2006年，任六安西都时代广场总经理，浙江祥源投资集团副总裁；2007年至现在，任飙马（中国）商业地产顾问集团公司常务副总裁。

职业经理人的价值取向与环境供给

——职业经理人杨昌德访谈录

职业经理人是中国改革开放以后出现的新职业新事物，其群体规模已经越来越大，成为企业界重要的人力资本。2005年为进行一项国家自然科学基金研究项目，我们访问了杨昌德先生，感受这个被称为“新族群”的职业经理人在当下中国企业界的职业生涯和所思所为。

宋　宏：杨总经理，您好。我们知道，您多年来活跃在商业界，担任过安徽省几家大商场的老总。与许多始终固定于一个企业创业、经营、管理或者说“从一而终”的企业家不同，您的从业经历更具有职业经理人的特点。所以，我们想请您谈谈作为一个职业经理人的成功与环境的关系。

一、三次辞官、四次“跳槽”

宋　宏：首先，请您谈谈您在商业界的从业经历。

杨昌德：我的经历概括地说，就是三次辞官，做过四个商企的负责人。我于1969年由学校分配到安徽铜陵，1972年任铜陵市团委副书记，行政级别是副科级。那时，我结识了一位从省商业厅下放到铜陵市商业局的老局长，常常和他谈天。他对我说，你年轻，又是学会计的，如果在实践中学点业务知识，一定可以成为“文革”以后国家需要的建设型人才。这话对我触动很大，想到基层去锻炼。于是，我就去做领导的工作，终于得到同意。1974年5月，我被任命为市属铜陵县的一个综合商店副经理，以后又当了经理。这一做就是十年，对我是很大的锻炼。这是我第一次辞官从商。

1985年，我被提升为百货公司副经理，1987年调任市商业局副局长。做了三年之后，我又动了辞官的念头。当时，我找到市长说：“做官以后我自己的个性没有了。官员既好当又难当，好当是官员没有定量的任务，无非是上传下达，实际任务都在企业；难当是下面企业好的事情不找你，出了问题却来找你，而且下面出了问题市政府也是找商业局，这是最难办的，因为我们自己也做不了自己的主。我觉得在这里没有用武之地，像我这样的个性还是愿意到企业去。”市长看我的态度坚决就同意了。1989年，我辞掉了市商业局副局长官职，到铜陵百货公司担任总经理。这是我第二次辞官从商。

进入铜陵百货之后，我制定了一些改革措施，1990年就改变了其过去的“大而空、脏而乱”面貌。在当年和以后两年的全国商业系统“最大规模和最佳经济效益企业”评比中，铜陵百货荣获“最佳经济效益企业”荣誉称号。1993年我们开始筹备建设一个大型百货商场，1995年新的3万多平方米的新商场已经封顶。此时,由省商业厅等单位投资的安徽商之都也在筹建,省商业厅的一位厅长几次打电话鼓动我应聘总经理。当时,我在铜陵百货做得很成功,百货公司经济效益非常好,是该市最好的单位,再者新商场也即将建成,事业可以做得更大。但是,我又想铜陵百货的规模太小,事业平台也小,如能到商之都则可以有更大的事业平台和空间,可以与全国强手们竞争。同时,由于商之都对全国招聘总经理时全是外地人应聘,而安徽竟无一人报名,省商业厅长对我说:"这样安徽人太没有面子。"这也给了我刺激,促使我出来接受挑战。经过考试,我受聘为安徽商之都总经理,商场于 1995 年 11 月开业。当时,有一些商场一边开门,一边关门,竞争非常残酷,使我感到压力很大。但是,我相信我能搞好。我提出了"以文促商、以诚经商、以人为本、以德为魂"的经营理念,采取了一系列手段,使商之都开业当年就创造了销售额 3 亿多元、利润 100 多万元的业绩,大获成功。

宋　宏:经过这两次"辞官下海",可以说您完成了从官员到商人的转型。而您在铜陵百货公司和合肥安徽商之都两个商场的经历,则可以说是以在国有商业企业领域里打拼为特征的,而且都获得了不俗的成绩。应该说,这时您的事业前景非常好,按照常人想法就应当沿此道路走下去便能功成名就。出人意料的是,两年以后您却转到民营商企做老总,但在民企做了三年之后又突然离开,这是为什么呢?

杨昌德:这里有多方面原因。1996 开业的民营性质的阜阳国贸商城开业 5 个月就亏损 50 多万元,其董事长找到省商业厅要求支援一个总经理。厅长回答说:"除了商之都的老杨,其他任何人都可以找。"因为,此时省商业厅已内定我为行政副厅级,给我升官了。但阜阳国贸董事长就认定了我,无数次找我,并且每天晚上一个电话向我汇报国贸的情况,干脆把我当作他的"影子总经理"了。这个过程持续了半年时间。这样,我就考虑,第一,1997 年党的十五大即将召开,有关信息表明党对民营经济的政策将更放开,民营经济因此将会有一个新的大发展,而国营可能会逐渐退出商业领域。从政策方面考虑,我觉得民营企业可以干。第二,我在国营企业、政府部门和股份制企业干过,却没干过民营企业,如果到民营企业去,老了以后可以比较这几种体制,总结适合国情的现代化商业发展之路,写部专著。第三,民营企业待遇吸引人。当时阜阳国贸提出买断我的工龄50万、年薪30万，另加一套200平方米的住房、一部新车，还给我100万元股份，而我在商之都一年才2万元收入，最多能干20年，加起来不过40来万。这一比较，民企的吸引力大得多了。由于上述这几方面的原因，我就第三次辞官，跳出国企转到民营的阜阳国贸了。

在阜阳国贸，我走的是“名店卖名品、名品进名店”的经营路线。我刚去时企业亏损60多万，但到当年底利润赚了600多万，第二年升至800万，第三年达到1000万。但是，到三年合同期满时，我又离开了阜阳国贸。离开的原因主要有：第一，职业经理人在企业讲话不算数，自己计划做的事很难做成；第二，职业经理人与企业老板存在矛盾是普遍现象，阜阳国贸也不例外。由于在几件有关经营和分配的大事上我和董事长以及董事会产生了矛盾，因此，我选择了离开。

离开阜阳国贸后，我先应邀在合肥的义乌小商品市场做了一年的副总裁，然后转到合肥乐普生公司担任总经理。我到乐普生时企业已经处于困境，欠供应商和银行的债务达1300多万，公司房产只有800多万，实际是资不抵债。这家企业是以香港资本为背景的，因此，我去后就讲求以现代企业经营理念来经营企业，提出了“告别传统百货，迈向现代百货”的口号，按外资企业经营。我的收入是年薪制加红包，也是外资企业的报酬方式。我到乐普生后，第一年实现扭亏，第二年利润100万，2004年利润达1500万。这样，安徽最大的国有商企——安徽商之都、效益最好的商场——铜陵百货、最大的民营商企——阜阳国贸和最大的外资商企——合肥乐普生，我全干过；国有、民营、外资体制，我也都经历过。

二、职业经理人的价值取向

宋　宏：您的经历的确很丰富。从您的经历来看，您可以说是一个非常典型的职业经理人，而现代市场经济下职业经理人正是企业家群体中很重要的组成部分。关于企业家的理论研究表明，企业家是一种不同于常人的异质型人力资本，换句话说即是具有某些特殊的素质，包括他的理念、性格、知识、专门能力和价值取向等等。我们不妨接着谈第二个问题,您怎样看待"企业家"这一概念和企业家的价值取向?

杨昌德:要成为一个"家",不是件很容易的事情,如作家、画家,到了一定高度才能成为"家"。职业经理人中的佼佼者,非常好的才能称为企业家。现在,人们一般把企业老总称为企业家,是以职务论企业家。实际上,这是不对的,因为老总里面有好的和差的,有成功的也有不成功的,不能都称为企业家。企业家作为一种"家",应该有自己的事业追求,经营理念、思路,自己的一套管理模式,有一整套的东西才能称为"家"。所以,成为"家"是件不容易的事。作为一个合格的企业家,起码要具备职业品德、敬业精神、业务能力、自己的管理模式、成功的经营思路。

在我的从商过程中,我体会要做好企业家,内因是主要的。人要想成功,第一是本身的素质,第二才是要有机遇。我这一生好就好在有几次机遇我都抓住了。不辞去商业局副局长,不到铜陵百货,就创不了"中国第一店";如果不放弃铜陵百货的优厚待遇,不到商之都来,我就不能成为全省最大商场的老总;假如不到民营企业去,就不会被社会认可,因为大家总觉得国营企业老总受到保护多,搞好很容易,而搞好民营企业则很不容易;再加上使具有外资背景的乐普生起死回生,进一步证明了我的个人实力。我觉得机遇是每个人都会遇到的,就看你能不能抓住。自己要争取,去发掘了,才可能成功。我是自己主宰自己的命运。外因也有,就是党的政策、社会环境、公共关系等,这些对企业家的成长和成功肯定是有影响的。

宋　宏:您从自己的经历中总结了企业家的内因,但我们感到您似乎漏了一些内容。比如,作为职业经理人,您反复提到的"挑战性"的素质。挑战性不仅是个人性格方面的素质,更重要的是一种价值取向。对事业的追求欲望强烈到敢于冒风险、辟新路,由此才有挑战性。正因为具有特别强烈的挑战意识,所以才总不满足于既得成就,总偏好于迎接新的挑战,由此才有连连不断地从一个企业跳到另一个企业的行为特征。又如,我们常常听到企业家说起事业心,并认为这是企业家最大的甚至是唯一的内在激励因素,但您很坦率地表明了一个职业经理人本来就具有的逐利意识,正是报酬收入作为原因之一促使您从报酬收入低的国企商之都跳到了报酬收入高的民企阜阳国贸。这就证明了报酬收入也是企业家一个非常重要的价值取向和激励因素。指出这些是有意义的，因为我们研究企业家的成长环境问题，就要考察企业家的价值取向与环境供给的关系。对于职业经理人来说，就职的企业本身便是他的成长环境，存在着一个相互适应的问题，更有一个互动创新的问题。职业经理人之所以从一个企业跳到另一个企业，显然是选择更优越的事业环境和收入待遇。一个素质高、能力强的职业经理人在体制、实力等环境条件好的企业，更易于创造成就，可谓“水涨船高”；或者，当他在一个环境相对差的企业，则通过改革等强力措施，使企业面貌改观，从而成为他成就事业的良好平台。您的经历也证明了这一点，即一方面环境造就企业家，另一方面企业家也创造环境。

如果从您经历过的国有商企、民营商企和外资商企看，您认为哪类企业环境更有利于职业经理人积极性的发挥？

杨昌德：应该是外资企业。外企对职业经理人的经营指标大、工作压力大，但奖励力度也大，外企的约束机制和奖惩机制对应并且较为对称。在乐普生约束机制就很硬，完不成指标要难堪的；但它的奖励机制也强，如部门经理每年年薪有3万，完成好还有红包，而这种分配机制在国企就没有。在决策机制上，民营企业好一些，民企的老板大部分素质较低、不懂业务，总经理去了当作人才引进，老板基本不管具体业务，放手让总经理做。外企老板虽不懂具体业务但也要管，对总经理有许多约束。相比之下是国企最难，机制落后。举例来说，乐普生是董事长领导下的总经理负责制，一般事情我来管，重大事情向上汇报。在阜阳国贸，我一个说了算，董事长就下发几个指标，但分配机制不好。我离开阜阳的原因前面讲过：一是老板在下属几个效益不同的企业中分配搞平衡，实际上是讲情面、讲平均主义；二是老板看商场搞好了，就觉得我重要性不是很大了，有一种给我那么多钱是不是值得的想法；三是用于分配报酬的资金比例太大，真正给钱时，民营企业老板还是舍不得的。我离开阜阳国贸后，它的效益确实下降了，这就是人才的重要性，老板自己也体会到了。现在铜陵百货倒掉了，卖给合肥百大，原因在于国企的用人问题，是用企业家还是用行政干部的问题。

三、企业家如何营造企业环境

宋　宏:我们刚才讨论了哪类企业环境更适合职业经理人的问题,这里蕴含着的是环境造就企业家的关系。我们不妨再来讨论另一方面问题,即企业家如何创造企业环境?

杨昌德:我在商界是做百货店的,我认为关键有以下几点:一是要定位好;二是要有信用;三是要把自己的商品、价格、服务搞好;四是把企业文化搞好。如果说企业家创造企业环境,那么,最能够发挥企业家主观能动性的就是创造企业文化。

我在商之都、乐普生时就用非常大的精力来创建企业文化。现在乐普生的企业文化是综合性的,如店庆时向合肥郊区三县的父老乡亲汇报演出。外树形象,内求团结,对内要调动员工积极性,如举办职工体育运动会、汇演、演讲、普通话比赛,每个月都有活动,外部每两个月都有一个大的活动。中国企业发展的关键在于把员工积极性调动起来。老总要做的,第一是出思路,并且保证得到贯彻执行;第二是把员工的积极性调动起来,使他们团结在老总周围。我就围绕这两项来做。中国人95%以上都是愿意干事的,因为干得好有待遇。关键在于领导能不能创造一个公平竞争的环境和一个好的平台。我在乐普生创造了很多平台,如评最佳销售能手、最佳服务员,举办体育、文艺、演讲、普通话比赛等,使企业一千多名员工只要有特长,就有展示机会,并给予表彰、奖励。这样,所有的人都能实现他的人生价值,把企业当作家,热爱企业,企业也就发展了。这就是"以人为本"的理念。每个企业都要有适合自己的发展思路,要有企业文化,如日本松下有松下文化、索尼有索尼文化。拥有企业文化,就能战胜困难,如没有,你这个企业就没有竞争力,一旦遇风险,企业就会倒掉。而中国企业家也是这样,只有懂得企业文化的企业家才能够把企业办成功,如不懂企业文化,这样的企业家肯定不能打胜仗。

宋　宏:您认为,个性差异对企业家是否重要?企业家的个性差异对企业文化有哪些影响?

杨昌德：企业文化创造企业家，而企业家又能发展企业文化，两者是辩证的、相互作用的。企业文化是由企业家的素质决定的。企业文化有强文化和弱文化之分，企业家素质高可能文化起点高，发展动力大，是强文化；企业家本身文化程度不高，或综合素质不高，对应的就是弱文化。强文化的企业发展快，弱文化企业发展慢，没有文化的企业则无法发展。企业个性的关键就是凝聚力问题。有的企业家能把全体员工团结在一起，有的则只能把一半的人团结起来。首先，企业家本身有素质要求，如个人形象很重要。我就提出凡让员工做到的，自己一定要做到。其次，企业家个人的品德要高尚。我干了这么多年，该我拿的，我一个不少；不该我拿的，我一分不要。同时，我本人不吸烟、不喝酒，就爱好学习。企业家各种综合能力要适于老总的位置。中国的领导有两个字"权"和"威"，"权"是领导给的，如我做总经理是董事长任命的，但我有权不代表有威，"威信"靠自己树立，若两者都有就更理想。另外，企业家还应具备较好的业务能力、公关能力、组织能力、应变能力等。企业家的素质决定一切。企业家的素质有12条，你全部占上，就是一个优秀的企业家；如果你占8条，得80分，你就不是一个优秀的企业家，只是一个合格的企业家；若你少于60分，则是一个不合格的企业家。

"道德"是个社会范畴，企业家要有企业家的道德，而企业也要有企业道德，这是企业文化的重要内容。企业家的道德就是"平等待人、无私奉献"。我认为，企业家的道德水准有多高，企业的道德水准就有多高。比如，一个企业家喜欢投机倒把，搞假冒伪劣商品，那么这个企业一定也是如此；一个企业家如果不搞假冒伪劣商品，痛恨欺骗消费者，那么下面干部员工就不敢搞，因为爱憎分明，遇到这事肯定要处理的，企业就不会坑害消费者。所以，企业家的素质有多高，企业的素质就有多高，这是成正比例的。现在有人提出"做事先做人"，我很欣赏这个，因为人做不好，怎能做事？普通人都做不好，怎能做企业家？企业家的水准应高于普通人的水准。

宋　宏：您指出，创建企业文化是企业家创造企业环境最重要或者说最能发挥主观能动性的运作，这恰好与当代企业管理理论关于企业文化是企业核心竞争力之一的观点相吻合。我们认为，企业的基础设施、经营主业和治理结构等是由企业老板决定的，对于职业经理人可谓一种"硬件"；而企业文化则是一种“软件”,它更强调个性化。这样,职业经理人的个性因素在其中便有了很大的发挥主观能动性或者说张扬企业家个性的空间。我们现在还无法充分证明创建企业文化是企业家自主创造企业环境的最优路径,但您的经验和体会无疑能够给我们极重要的启示。不过,我们想再作进一步探讨,在不同类别的企业,您是否可以按您的想法来创建一种普适性模式的企业文化以及管理机制?

杨昌德:每个企业都有各自不同的情况,如地理位置、规模、员工素质、所有制的性质等。所以,我最大的体会就是你必须根据每个企业的特点来确立企业的发展之路,要有每个企业的思路、定位和管理模式,以及自己员工的企业文化。这样,企业才能不断发展。你如果按同一模式肯定不行。例如,外企与民营所有制不同,管理起来就不一样,企业文化不一样,而民营与国企又不一样,我之所以成功就在于每到一个企业,我都会根据它的特点确立一条独特的发展之路。我如果把铜陵模式带到另外三个商场中肯定行不通。

宋　宏:这就是说,企业家在创造企业环境时的主观能动作用仍然是有限的。他首先必须适应或者说结合企业原有实际与基本特点,然后才能根据这些实际和特点来创建企业文化,为自己开辟有利于自己最大程度地发展事业的环境和空间。可以肯定,企业家在发挥主观能动性时不可能是随心所欲、信马由缰的。企业家与企业环境的关系是相互制约、相互促进的。

我们不妨把“环境”的概念再放大一些,从企业环境扩展到地区环境,如省与省之间的比较。您一直是在安徽从商的,对安徽的环境无疑有着深刻的体验,但想必您通过与别的省市商界企业家的交流,也相当了解其他地方的环境。那么,就您所知所闻,您不妨将安徽与江苏、浙江在企业家成长和做事环境方面作一比较。

杨昌德:坦率地说,我觉得安徽的环境不如江苏、浙江。第一,安徽省整个观念不行,差就差在观念、思路上。第二,安徽的政策没有外面搞得活。安徽与江苏、浙江最大的差距是讲得多却落实得少,而且限制很多。文件、领导讲得很好,但具体执行过程很难。说句不好听得话,凡是有权的单位都要利用自己的职权给企业设置一点障碍。当然现在不像过去那么明显了,但或多或少还是有。应该说,我们这边环境比外面差得多。对于改变这样大的外部环境，企业没办法，企业家也没办法。因此，中国的企业家首先要了解中国的政治，这就是中国特色的企业家。中国企业家与外国企业家不同，要具备一种“政治素质”，要抽出一部分时间搞好公共关系，这在中国很重要。我国企业离开了公关，就寸步难行。厂长、经理必须拿出一部分时间搞公关，方方面面都不能得罪，如工商局、技术监督局、银行、税务等。因为，中国现在还不是一个法制社会，而且中国的权力没有制约。一些企业家明明知道他们的做法是不对的，是违法的或是违规的，也不能告他们。因为，这次你告赢了，下一次你就肯定要被“穿小鞋”。打赢一场官司，你就会失去市场，对此，企业只能忍受。中国企业的外部环境那么差，哪能不出问题，所以在中国干企业不容易。沿海地区对企业的保护政策要好一点，不像安徽嘴上讲保护企业，但实际上谁都不来落实。以前国营企业还有主管局，出了问题还可以找主管局帮助解决；而民营企业、外资企业没有“娘家”。要想不出问题怎么办？你就得把这些权力部门的关系摆平。

处在这样的环境中，我觉得安徽的企业家可以说比浙江、江苏的企业家成熟一点，反过来说是保守一点。所谓成熟一点，是指面对安徽这种环境，必须要适者生存，不适应这个环境，企业家和企业肯定都搞不好。我之所以能搞好，是因为我当了三年商业局长，“政治素质”高，比较能协调方方面面的关系，包括与政府、新闻界的关系。和国家一样，企业也要有一个稳定的环境，要是今天打仗，明天闹事，谈何发展？所谓保守一点，是指安徽的企业家总是围绕政府打转，缺乏江浙企业家的独立性、自主性和能动性，闯劲和冲劲不强。

四、职业经理人的社会资源

宋　宏：您反复提到一个词，就是“公共关系”。这在企业家成长环境中是一个很重要的概念，也是一个很重要的机制。事实上，社会学和经济学研究早已有此方面的专门理论，即社会资本理论。企业家的公共关系其实也正是企业家的社会资本，而企业家的社会资本既企业家成长环境的构成部分，也是企业家自身作为人力资本的一个基础。对于职业经理人而言，公共关系涵盖了企业家之间、企业家与政府之间、企业家与其他社会机构之间等方面的关系。最早将社会资本引进社会学研究的学者布迪厄曾指出："社会资本是实际的或潜在的资源集合体，这些资源与或多或少制度化了的相互认识和认可的持久的关系网有关，换言之，与一个群体的成员身份有关。它从集体拥有的角度为每个成员提供支持，在这个词汇上的多种意义上，它是为其成员提供获得信用的'信任状'。"所以，企业家们几乎无一例外地对公共关系表现出极高的重视和积极的作为，就不足为奇了。

我们先来谈企业家之间的关系。在外省比如江浙地区，企业家相当讲求群体的合作，成立了企业家协会以建立企业家的群体组织和群体秩序，实质上也是营造企业家的成长环境。这些地方的企业家协会相当活跃，显现出颇大的作用。目前，安徽也有省企业家协会，您是否参加其活动？

杨昌德：没有。我参加了中国企业家协会，是中协会会员，但也仅仅是挂名的，没有什么实质性活动和效果，仅仅是开开年会而已。安徽省也有企协会，我没参加。因为现在缺乏企业家之间的相互联系和交流，所以，做事业的关键是靠企业家自己。你自己素质高、思路好、管理水平好，企业就可能发展快一点。在安徽，只能完全靠自己，没有人来帮你，没有人来指导你。例如，我们完全靠自己，平常看书、上网，通过这些方式来提高自己的个人素质。

宋　宏：这正应了您所说的一句话，即是安徽企业家"保守特征"的一大表现。我们再来谈企业家与政府之间、其他社会机构之间的公共关系。有人说，企业家想做成事情，都要建立一个公共关系网络。您有没有这样的网络，在关键时候是否发挥过作用？

杨昌德：实际上，我跟省里、厅里领导都很熟，毕竟商务厅属于省直单位，另外和很多政府部门、新闻界关系也很深，也算是有一定的公共关系网络，但我从来没用过。因为有什么事情找了关系，把这个事情摆平了，但下次人家还来找你麻烦，你总不能无休无止地找关系。现在唯一的办法是人大要加强对政府执法部门的监督。因为，权力没有约束，就产生腐败，产生对企业不正常的干扰，而企业家和企业在这方面无能为力。企业家干得好，人家承认你；干得不好，人家说你不行。企业只是一个经济组织，不是执法单位。

宋　宏：政府也应该意识到形势正在变化，意识到要处理好与企业的关系。

杨昌德：理论上讲是这样，中国社会主义的政府应该是服务型的政府。我们是纳税人。比如，我们企业一年纳税400多万，还养活了1000多名职工，我和公司对社会是有贡献的。政府就应该为纳税人服务，为企业和企业家服务。可是，现在我们能指望的仅仅是找工商局领导，求他少罚我们一点，就这么一点点。

宋　宏：政府部门有没有专门的办法解决这些问题？

杨昌德：现在搞了一个行风评议，我认为没有太大的实际意思。而且说实话，关于行风评议，各个部门写的东西都是违心的。例如，政府某个局要我们写个东西，反映他们一年来在我们这表现怎么样？他们自己来找我们写，又是管我们的权力部门，我们能写不好吗？写好以后还要给他看。所以，安徽搞假搞得太多。

宋　宏：国外有一个企业家成长理论，叫"政治与政府政策引导理论"。它认为，政府政策的正确引导是企业家成功的关键。您同意这种观点吗？

杨昌德：对，肯定的。例如，合肥市要大发展，我们企业就考虑要配合政府的规划，然后怎么把企业做大做强，把蛋糕做大，应该是这样的。但在政府与企业家的沟通方面，合肥是讲得多、做得少。合肥的计划经济色彩较浓，政府官员还是喜欢抓国营企业，对民营、个体经济完全是一种自由放任态度。但好就好在这几年由于党的政策好，所以，个体、私营经济发展比较快。由于下岗职工多，必须搞个体，必须要"下海"，这并不是政府有意培养、引导的结果。

我在学校学的是商业，对商业在国民经济中的重要性、地位和作用是有所认识的，以后又搞商业。我最大的特点是完全靠自己，边干边学。我一个月买书平均要花200元，我最大的爱好是逛书店，买书看书。我上的是商业网，从网上再吸取一些先进的管理理念，用外面的经验结合自己企业的实际，走一条自己的路。我不照搬照套，而是根据企业实际情况，硬、软件情况，对顾客群体定位来确定一条自己的路。

宋　宏：下一步有何个人方面的打算？

杨昌德：做职业经理人，如果安徽有大型的商场聘请我，我还愿意去做老总。最近，外地好多商企来找我，因为我在全国商界的名气，但我总觉得我是安徽人,安徽的商业发展并不好,我是安徽学校培养的,安徽这片土地养育了我,安徽的几个商场也是我做过的,所以我如果再要发展一定要留在安徽这块土地上。此外,安徽的商业确实落后,如果安徽稍微有点本事的人都走了,安徽就更加落后了,跟人家差距越来越大。乐普生要发展,要进一步做大做强,就必须引进外资,与外商合作,光靠自己是不行的。

宋　宏:我们来小结一下。从理论上和国外实践上说,职业经理人是一种异质型人力资本,即是依托个人的特殊素质而成为经理型企业家。如果说在改革初期出现的职业经理人大都是从官场"下海"到商场的,还带有颇多的"红顶商人"、"官商不分"色彩的话,那么,现在活跃在产业界的职业经理人则离官场距离渐远,更具有独立性,包括独立的价值取向、利益要求和事业发展,因而越来越成为社会中独立的一个阶层。随着市场经济的发展,中国将会产生越来越多的职业经理人,包括那些"海归经理人"。作为职业经理人,他与企业、政府和社会之间的关系构成了他的成长环境,而如何使这个环境有利于职业经理人发挥才智和创造性工作,显然存在着双向适应、双向互动和双向改进的博弈过程。毫无疑问,这是经济学需要深入研究的新课题。您的经历和体会,使我们对职业经理人有更多更深的了解。谢谢您。

(注:本文与戴玲合作访问)